本书是国家社科基金重大招标项目《中日韩〈诗经〉百家汇纂》的系列成果之一，项目编号IO&ZDIO1

是姚奠中国学基金项目"《诗经·小雅·北山》研究"的最终成果之一，项目编号2015GX03

《诗经·小雅·北山》研究

李润民 著

中国书籍出版社

图书在版编目（CIP）数据

《诗经·小雅·北山》研究/李润民著.—北京：
中国书籍出版社，2023.6
ISBN 978-7-5068-9426-5

Ⅰ.①诗… Ⅱ.①李… Ⅲ.①古典诗歌—诗歌研究—中国 Ⅳ.①I207.22

中国国家版本馆 CIP 数据核字（2023）第 097073 号

《诗经·小雅·北山》研究

李润民 著

责任编辑	王　淼
责任印制	孙马飞　马　芝
封面设计	中联华文
出版发行	中国书籍出版社
地　　址	北京市丰台区三路居路 97 号（邮编：100073）
电　　话	（010）52257143（总编室）　　（010）52257140（发行部）
电子邮箱	eo@chinabp.com.cn
经　　销	全国新华书店
印　　刷	三河市华东印刷有限公司
开　　本	710 毫米×1000 毫米　1/16
字　　数	357 千字
印　　张	20.5
版　　次	2023 年 6 月第 1 版　2023 年 6 月第 1 次印刷
书　　号	ISBN 978-7-5068-9426-5
定　　价	89.00 元

版权所有　翻印必究

前 言

一、《北山》的作者与时代

《北山》一诗的作者，没有人知道他的具体姓名，只有关于其身份的猜测。最早有宋·李樗认为是诗中的"大夫作此诗也"，宋·朱熹也认为是"大夫行役而作此诗"。而宋·杨简在他的《慈湖诗传》卷十四中以疑问的口气说："然则作诗者士欤？"明·何楷则明确地说："作此诗者，其为士而非大夫明甚。"（《诗经世本古义·卷十八之下》）清·许伯政从另一个角度提出了这首诗"殆亦东都人所作"（《诗深·卷十八》）。今天我们从诗中有"大夫不均，我从事独贤"的句子看，这是对大夫的怨刺，就不大可能是"大夫"作的诗了，而且作这首诗的人是"士"更合乎情理。其实何楷等人也是基于这样的道理，认为作《北山》诗的人是"士"。至于这个作诗的"士"是否是"东都人"，还有待进一步的考证。

今人高亨也认为："《北山》，这首诗是统治阶级下层即士的作品"（《诗经今注》）。

这首诗的问世时间可能有二，一是周懿王时期，一是周幽王时期。《毛诗序》说："《北山》，大夫刺幽王也。"那诗的问世自然是在周幽王时期。明·丰坊说："《子贡传》以此为懿王之时，司马迁亦言：'懿王之时，王室遂衰，诗人作刺'"（《鲁诗世学·卷二十一》）。认为这是周懿王时期的诗。总体上看，认为这是周幽王时期的诗的人多。

二、《北山》的诗旨问题

关于这首诗的主旨歧见不算多，主要有两种说法：

(一) 怨刺说

认为这首诗的作者遭受到不公平的待遇，担负沉重的劳役，以至于不能赡养自己的父母，因此有不平、有怨气，形之于诗，有所怨刺。但怨刺的对象又有不同见解，主要有三种观点：一是刺王；二是刺大夫；三是刺不均。

大多数学者认为《北山》是刺王的。《毛诗序》说："《北山》，大夫刺幽王也。"后来赞同刺王说的人相当多，其中大多是认为刺幽王，而少数人认为是刺懿王的。朱熹还特别辨析说："言土之广，臣之众，而王不均平，使我从事独劳也。不斥王而曰大夫，不言独劳而曰独贤，诗人之忠厚如此"（宋·朱熹《诗经集传·卷十三》）。意思是，造成役使不均，唯我独劳不得养父母的责任在王，而诗中却说"大夫不均"，是由于诗人的忠厚才那样说的。

有人认为是刺大夫的。《郑笺》云："王不均大夫之使。"清·刘沅说："大夫假君命以役臣，不得孝养其亲，其人作此刺之。"（《诗经恒解·卷四》）刘沅还认为大夫行役即使特别艰苦，不能侍亲也不能有抱怨，刺王就更不应该。

也有个别人说是既刺王，也刺大夫，日本·猪饲彦博说："盖此诗士之行役者，刺王及大臣之不均也，故自称以士子，刺在上以大夫。"（《诗经集说标记》）

还有相当多的学者认为《北山》是刺"不均"的。宋·范处义说："《大东》专言赋之不均，此诗专言役之不均，以见幽王之时赋役皆不均平。赋不均则以伤财而告病，役不均则不得养其父母，尤为可刺也。"（《诗补传·卷二十》）朝鲜·正祖说："且此诗所刺即'不均'二字。"（《经史讲义·诗》）当然，"不均"只是一种现象，深入分析还需要指出造成不均的人，最后实际还得"刺王"抑或是"刺大夫"。

另外有少部分学者说《北山》是表面上是士刺大夫，实际还是刺王。明·张次仲说："'大夫不均，我从事独贤。'是士刺大夫。而曰大夫刺王者，盖令出于王，大夫不得而止。故托于士之刺大夫以刺王也。"（《待轩诗记·卷五》）。明·朱朝瑛也说："役使不均，令出于王，大夫不得而止之，故托于士子之刺大夫者，以刺王也。"（《读诗略记·卷四》）清·顾广誉说："大夫不均，辞刺大夫，意实刺王。"（《学诗详说·卷二十》）

(二) 鼓吹忠义说

认为这首诗"有忠厚之意"，"非谓责人，盖欲相勉以勤王事，犹所谓无然泄泄之意"（明·李先芳语，见《读诗私记·卷四》）。明·黄道周在《诗经琅玕》卷六中引黄石齐语："要知此诗非以独劳鸣怨，乃以公义鼓忠。故篇中特指出一王字及贤字，正以忧国之忠献之。不均者，如徒作不平之叹，取义便浅。"

与忠义说意思相近的有所谓思孝说。明·范王孙说："夫人忠孝两念岂有异哉？古之人不敢以父母之身行殆，而偏可为其君死，能孝者未有不能忠者也。但世衰国危，喜怒为政。役使不均，群小得志。令人进不得尽其忠，始转而思孝耳。"（《诗志·卷十四》）清·姜炳璋说："此篇孝子之悲思，非劳臣之感情也。"（《诗序补义·卷十八》）清·姜文灿在分析《北山》诗旨时，在文章的前边说是刺不均的，而文章要结束时又引用了陆云士的话："《北山》非以私劳伤怨，乃以公义鼓忠，天下事非一力能持，惟行者尽劳，居者尽职，合外内而共励■精，而后称王臣而无忝也。"这陆云士的观点显然是鼓吹忠义说。

综合看，主张鼓吹忠义说的人远没有主张怨刺说的人多。

关于《北山》的主旨，除了以上两种观点之外，还有一些零星个别的说法。有人认为是刺群臣不同心的，这个说法的只有民国·王闿运，他说："刺群臣不同心，非欲归养。"（《毛诗补笺·卷十三》）

还有人说："此篇言天下众民智愚贤不肖，既各异，其优劣则虽其志之所趋，其身之所处，亦皆有高卑劳逸之不均。"（日本·皆川愿《诗经绎解》）

应该说是刺王的观点比较符合诗的本义，阐述的理由也比较到位中肯，比如说有很多人探讨了刺王、刺不均的原因。宋·李樗说："同是大夫而不均如此，所以《北山》致大夫之怨也。"（《毛诗李黄集解·卷二十五》）。明·朱善说："赋敛之不均则诸侯怨，役使之不均则臣子怨。夫臣之于君，不择事而安之，所以为忠也，而不免于怨，何也？盖怨生于彼此之相形者也。吾方尽瘁，而彼则居息之燕燕；吾方劬劳，而彼则叫号之不知。"（《诗解颐·卷二》）明·朱谋㙔说："《北山》，大夫刺幽王也。何刺乎？刺为政者役使之不均也。"（《诗故·卷七》）而鼓吹忠义的说法显然是为了附会印证儒家的诗教说，不免有曲解的味道。比如清·冉觐祖引章天节曰："诗可以怨，《小弁》怨亲也，《北山》虽怨大夫实怨君也。《小弁》之怨正征其孝，《北山》之怨正见其忠。（《诗经详说·卷五十三》）怨了，反而正表现了忠，如此说，不免有牵强之嫌。或者是强调诗人虽然怨了，却"不失忠厚之道"。[①] 所

[①] 参看明·徐光启《毛诗六帖讲意》卷二，明·贺贻孙《诗触》卷四。

幸，持此种观点的人不算很多。

与诗旨有关的还有一个人的说法需要提及，宋·李樗认为《北山》表达的是怨刺情绪，但因此《北山》之诗的品位就降低一个档次，他写道："若《北山》之大夫，则已为怨也，此其所以为变风变雅也。"而且这样一来，"人尝以谓《北山》之大夫不如《北门》之忠臣。"（参看《毛诗详解》《毛诗李黄集解·卷二十六》）

这一首诗有两个关键词：不均与独贤。有不少人围绕着这两个关键词探讨这首诗的旨意与章法。唐·孔颖达说："《序》以由不均而致此怨，故先言役使不均也。"（《毛诗正义·卷十三》）明·邹之麟说："《北山》通诗以不均意为主，独贤不过是不均之名目。首言行役而不均，独贤之意已寓其中。"（《诗经翼注讲意·卷二》）明·黄道周说："《北山》全旨：通诗尽'不均'意，'独贤'是'不均'好名目。"（《诗经琅玕·卷六》）总之，不均与独贤是理解《北山》一诗的关键，很值得研味。

最后需要注意的一点是有人谈到了这首诗的本事背景，背景有二：一是北方戍边，明·朱谋㙔说："曰'四牡彭彭，旅力方刚'，知防秋于北也。"（《诗故·卷七》）明·李资乾说："北虏为中国患，幽王暗弱，戎狄益骚北方，边境苦无宁日。王遣将士备豫，久而不召，相与采杞而食之。"（《诗经传注·卷二》）清·潘克溥说："《北山》，大夫从王北征而作也。《竹书》：'穆王十二年，北巡狩遂伐犬戎。'"（《诗经说铃·卷八》）

背景二是东人服役，清·许伯政把《北山》和《大东》联系起来说"东都之民供役于西都，过期而代者不至，故怨大夫至不均而作此"。（《诗深·卷十八》）

这只能是算两种猜想，但也可以给读者一点启示。

（三）首章诗旨及歧义

首章的字面内容是说，服役的士子登上北山，采集杞木之叶。这服役的士子，身体强壮，从早到晚为王事操劳。王事固然是得到了巩固，但服役之人在忧虑父母。

对这一章总说最简单的概括是元·朱公迁说的："劳苦而思其亲。"（《诗经疏义会通·卷十三》）。

诸家对首章总说的阐释分析形形色色，归纳起来看，其中有三几个明显的分歧：

一是士子登山采杞，是实有其事，即"采芑以食且以饲马"；还是"览物兴思",只是一种比兴而已？其中认为登山采杞是比兴的人稍多一些。

二是王事繁重，父母见我久不得归，"故父母思己而忧也"；还是"王事固不可废败，奈何役我独多，使不得养其父母哉"，所以我在"忧父母之缺养尔"。简单说，就是：父母在忧我，还是我在忧父母。这其中认为是"贻我父母之忧"——我服役久不得归，害得父母为我忧虑的人为多数。

三是这一章表达的是"士子朝夕从事无有休息"，所以行役者发"劳臣之怨嗟"；还是"臣之尽忠，即所以为孝矣""此章可见诗人忠孝之心也"。这其中明确点出是发抱怨之情的人是乎很少，但从很多人的阐释中使用了以下这样的词句："从于王役之事常不得休止""忧我父母不得养之""劳苦饥甚""役使贵于均平，何今日不然耶？……何独我父母忧子之独劳乎""思及父母不得养，倍益忧悲，此其心乱如麻"等等，其中无疑蕴含了怨愤之情。说是表达忠孝之心的人不过五六个，显然是认为是发怨愤之情的人占多数。

在我们看来，第一个分歧的两种意见都可以说得通，无论哪种说法都不影响对下边诗句的理解；第二个分歧就不一样了，还是"我因为想到王事靡盬，而忧虑父母"的说法更自然通畅，而我"以王事不可以不勤，是以贻我父母之忧耳"的说法有点"隔"，对此，民国·焦琳在他的《诗蠲·卷七》中有精辟的分析论证，可以参看；第三个分歧的"此章可见诗人忠孝之心也"的说法，缺少文本依据，是后世儒家从诗教立场出发强加上去的，是一种有意无意的歪曲，还是以怨愤说为上。

最后提及一点，民国·王闿运的观点很特别，他说："父母，王及二伯也，使小臣出不足抚诸侯，忧列国之轻朝廷。"（民国·王闿运《毛诗补笺·卷十三》）。与所有人说法截然不同，可备一说。

（四）二章诗旨及歧义

《北山》第二章是全诗的核心所在，正如清·陈奂所言"统释首章与《序》言不得养父母，合下章及末三章言独劳不均，皆从此章之义而申说之"（《诗毛氏传疏》卷二十）。

第二章的主要表达的是"役使不均，则此劳彼逸而怨谤生。"（见清·邓翔《诗经绎参》卷之三）。使役不均，所以有怨，而对这个怨，有不同的理解，是大夫怨，还是怨大夫？孔颖达说："此大夫怨王偏役于己"，是大夫怨愤之词；而大部分人则认为诗中的"大夫"是执政者，他掌管朝政，办事不公，才致使"我"——服役的士子"劳事独多"，因此是士子怨大夫。

它前四句字面的意思讲的是普天之下都是王的土地，在这块土地上生活的都是王的臣民。后两句的字面意思有两种解释，一是"王不均大夫之使"，也就是"王不均平"，以我为贤，使"我独多劳动"；二是执政大夫不均劳役之使，指派我服苦役。前四句话的言外之意是：既然有这么广袤的土地，众多的臣民，就都应该为王服役。那为什么"何独任我也？"（参看宋·李樗《毛诗详解》）

诸家对这一章的章义阐释有明显的分歧。

第一个分歧，有人说服役者的"役使不均"是"王不均平"造成的，汉·郑玄、宋·朱熹都是这个观点；有人说是"大夫秉政役使士子不均"，（宋·杨简语）"今大夫不均以劳苦之事"，（宋·李樗语）不均是由大夫执政不公造成的。

第二个分歧，有很多人认为诗"不斥王而曰大夫"，指责的是大夫，这表现了诗人的忠厚；也有少数人认为诗就是刺王的，如明·梁寅说："王政不平，权臣擅命；奸谀得志，享有利禄；正直见疎，独当勤苦，大率多如是。"（《诗演义·卷十三》）还有明·季本说："不均，言大夫者，见王委政非人而不能察也。"（《诗说解颐·卷二十》）

第三个分歧是对"我从事独贤"的理解，即王是以我为贤，还是大夫以我为贤。进一步说，王以我为贤，是否真的以我为贤。有两种意见，一是有少数人认为是王以我为贤，所以让我独当劳务，如明·李资乾说："独贤者，贤方见用，不贤不得以与选也。不曰独劳，而曰独贤，谓君选我而见用，不敢谓君独劳我也"（《诗经传注·卷二十六》）；还有明·姚舜牧说："云独贤者，非自称其贤也，维贤任事，谓君或以我为独贤也。"（《重订诗经疑问·卷六》）第二种意见，多数人认为王并不以我为贤，如果真的以我为贤的话，就会重用我，而不是让我服苦役，独贤是独劳的另一种说法，正如朱熹所言"不言独劳而曰独贤"，结合下一章的"嘉我未老，鲜我方将"句子，这其实是"恨而问王之辞，非王实知其贤也"，（参看唐·孔颖达《毛诗正义》）因为多数人认为诗人忠厚不斥王而是斥大夫，那自然就是大夫以我为贤了。

当很多人都认可，"不斥王而但言大夫，不曰独劳而乃曰独贤"[①]，是表现了诗人的忠厚，给予赞扬时，也有人不以忠厚说为然，日本·冢田虎说："余云：不斥王而曰大夫，不言独劳而曰独贤，诗人之忍辱如此，是亦曰独贤，则何以为忠厚乎？■不审也。"（《冢注毛诗·卷十三》）

最后需要指出的是，关于二章的章义，除了上边说的服役人抱怨使役不

---

① 参看宋·辅广《诗童子问》卷五。

均的主流看法之外，也有极少数很另类的看法，如民国·王闿运说："诸侯不朝事王而此臣能和之，故言事犹可为也。"云云（见《毛诗补笺》卷十三）。不足为训。

（五）三章诗旨及歧义

《北山》第三章承接第二章的"不均""独贤"的话题，继续前行，正如宋·辅广所言："此章又承上句独贤之意而言，上之所以使我者，得无善我之未老而方壮，其膂力足以经营四方乎？"（《诗童子问·卷五》）以及宋·杨简所言："诗人之意，谓虽嘉，王使我而不均也，怨其心不爱我也。故具言不均之状。"（《慈湖诗传·卷十四》）明·许天赠对这一章总说概括的最为简洁："诗人叙己从事之劳，而推其所以独劳也。"（见《诗经正义·卷十五》）

此章前二句是说"我"为王事忙得不可开交，这也可以看作是对上章"独贤"的注释，用元·刘玉汝的话说是"承上申言独贤"。前二句也是对下边"经营四方"句的写照。接下来的三句是王或大夫夸赞"我"年轻力壮——正是要"我"独劳的理由。最后一句回应前两句，"我"年轻力壮，可以"彭彭、傍傍"地奔走四方。

联系上一章的天下之大"莫非王臣"，这一章的言外之意就是："天下之未老而方将者，非一人也，而独使我经营如此，其不均甚矣。"（参看明·邹泉《新刻七进士诗经折衷讲意·卷二》）

对这一章总说的看法分歧，基本是承接上章的有关分歧来的。第一个分歧是"嘉我、鲜我"的人是谁？有人说是王，有人说是大夫。宋·谢枋得说："此章乃曰：天子嘉我之未老，善我之方壮，喜我之旅力方刚，而可以经营四方。"（《诗传注疏》）谢枋得说很明确，是王"嘉我、鲜我"。而清·刘沅说这一章是"承上独贤之意，而言大夫岂真以我为贤哉？假王事役我，使不得休息，特以我年壮堪任劳苦耳"。（《诗经恒解·卷四》）刘沅的意思是大夫"嘉我、鲜我"。

第二个分歧是此章是表现了诗人的忠厚之意，还是表现了诗人的愤怨之情？

宋·辅广说："上之所以使我者，得无善我之未老而方壮，其膂力足以经营四方乎？此意尤忠厚，而有尽力尽瘁之诚也。"（《诗童子问·卷五》）明·许天赠说："此章乃曰天子嘉我之未老，鲜我之方将，膂力可以经营乎四方，反以王为知己，忠厚之至也。"（《诗经正义·卷十五》）清·方宗诚说："三章则曰'嘉我未老，鲜我方将'，若以上之人为知我独贤未老，而故使我独任其劳,并非上之人有偏私也,何等忠厚。"(《说诗章义》)辅广、许天增、方宗诚等人的话说得很明确,此章表现了诗人的忠厚。

认为是表现愤怨之情的人,话说得虽然不是很明确,但其中意思还是可以体味出来的,比如以下几个人是这样说的:

宋·王质说:"以我少壮而使我陈力固当然,但不均为可恨耳。"(《诗总闻·卷十三》)

明·万时华说:"此诗本为不均而作乃,云天子嘉我之未老,少我之方壮,嘉我膂力方刚,故独见任使。若反以为王之知己,忠厚之至也。然强壮者,又岂止一人耶?"(《诗经偶笺·卷八》)

清·姜炳璋说:"三章旅力方刚,经营四方,是报国之日长而报亲之日短。《陈情表》似以此诗为蓝本,只就王使我之意于人子身上一照便有,垂白二亲需人奉养意,一'未'字,两'方'字,正见报效无穷,何苦夺我爱日①,致恨终天。"(《诗序补义·卷十八》)

清·牛运震说:"作知遇感奋语,极兴头正极悲怨,似《硕人》俁俁之旨。"(见《诗志·卷四》)

其中的"不均""可恨""致恨""岂止一人""极悲怨"等词语无疑传达出了愤怨的情绪。

总体上看,主张忠厚说的人要比愤怨说的人少一些,但忠厚说显然是后世儒家从诗教的立场出发而言,不免有曲解色彩。

同上一章一样,民国·王闿运的观点与他人大是不同,他说这一章表现的是"合群力以谋四方则国势强"(《毛诗补笺·卷十三》),难言达诂,聊备一说。

(六)后三章诗旨及歧义

很多人把《北山》后三章放在一块议论,因为这三章表达的思想感情是完全一致的,使用的写作手法也完全一样,所以我们这里也把后三章放在一块探讨。

《北山》后三章的基本内容讲的都是一个意思,用宋·李樗的话说就是"自此以下皆是言役使不均",或者如宋·范处义所言:"此三章皆历陈不均之事",也就是对前三章说到的"朝夕从事""我从事独贤""经营四方"的具体写照。对此几乎没有异议,但是关于它的评价就有不同看法了,其分歧依

---

① 此"日"字,疑有误。

然是延续前三章的话题。

有人依然用忠厚来评价这三章的意蕴，如：

1. 宋·辅广说："此章而下，则方言其不均之实，然亦不过以其劳逸者对言之，使上之人自察耳。但言之重辞之复，则其望于上者亦切矣，诗可以怨谓此类也。"（见《诗童子问·卷五》）

2. 元·刘玉汝说："此下三章承上申言不均，既极尽不均之情态，以冀上之察，又皆以'或'言，见非独为己而发，皆忠厚之意也。"（见《诗缵绪·卷十一》）

3. 明·丰坊说："皆以申言大夫不均之寖也。虽词繁而不杀，亦怨而不怨，每形忠厚之言，益其所以为温柔敦厚之教也欤？"（见《鲁诗世学·卷二十一》）

4. 明·沈守正说："四、五、六章虽言劳逸之不同，亦只两两言之，使人之自察，有告劳之意，无怨怼之词，《北山》之所以为厚也。"（见《诗经说通·卷八》）

5. 清·张叙说："盖有各行其志，各成其是之意，虽不均而无怨焉，此其所以为贤也。"（见《诗贯·卷八》）

有人认为后三章表现的却是愤怨之情，如：

1. 宋·李樗说："今也，同是大夫而不均如此，所以《北山》致大夫之怨也。"（见《毛诗李黄集解·卷二十五》）

2. 宋·范处义说："同为王臣而劳逸不均如此，以见明不能察。此其所以为《北山》欤？"（见《诗补传·卷二十》）

3. 明·冯元飏、冯元飙说："以彼之燕居息偃，视此之尽瘁不已，何劳逸之相悬耶？"（见《手授诗经·卷五》）

4. 清·汪绂说："历数其不均至是，始有怨之之意而不忍明言，然言外可想也。"（见《诗经诠义·卷七》）

5. 民国·吴闿生："此实怨悱而故反言之，非真谓王知己也。"（见《诗义会通·卷二》）

6. 日本·山本章夫说："以下三章六节互言闲剧，映出同为士子，同享官禄，而致幸不幸有如此差异，所以不堪痛恨也。"（见《诗经新注》）

同前三章情况相同，主张忠厚说的人要比主张愤怨说的人少一些。在我们看来还是愤怨说更接近诗意，而忠厚说不免有曲解之嫌。比如诗人把劳逸的情状"对言之""两两言之"，只做客观的描绘而不做主观的评论，这本一种文学常用的写作手法，意在要读者自己分析评价，主张愤怨说的人对此欣然领会，民国·吴闿生说：'后三章历数不均之状，戛然而止更不多着一词，皆文法高妙之处'（见《诗义会通·卷二》），而主张诗教的人偏要把这说成是诗人的忠厚。

　　同前三章一样，还是民国·王闿运的论述与别人看法大不同，他写道："此下十二'或'字，刺三公三孤六卿心不同不合旅力，息偃不问政也。行者欲致诸侯，凶国之臣有此十二种也。"（见《毛诗补笺·卷十三》）

凡 例

1. 全书先录经文，以下按条目形式出现，先总说，次句解，再次分章总说，最后集评。

2. 总说辑录中国、日本、朝鲜历代学者对于《北山》主题、作者、写作年等各类问题的看法。

3. 句解辑录对本诗每一句的解释，以单句为条目。

4. 分章总说辑录本诗每个段落意思的概括或分析。

5. 集评主要是对本诗写作艺术方面评论的汇集。

6. 总说、句解、分章总说和集评后都有本书作者按语。

7. 按语归纳条理纷纭之说，评析各说优劣得失，进而提出自己的观点。

8. 按语勾勒出《北山》研究发展演变之轨迹，总结各阶段研究特色，并加以评述。

9. 全书辑录的中日韩原始文献一律用繁体字录入，并保留异体字和通假字，保存古代文献原貌。

10. 本书还为辑录的中国、日本、朝鲜《北山》研究文献加注了新式标点。

11. 对于记录文献的错讹问题，也做了简明扼要的校勘，无法辨认的字迹，以"■"标明。

目 录
CONTENTS

原　诗 …………………………………………………… 1

总　说 …………………………………………………… 2

首章句解 ………………………………………………… 38

　　陟彼北山 …………………………………………… 38

　　言采其杞 …………………………………………… 41

　　偕偕士子 …………………………………………… 47

　　朝夕从事 …………………………………………… 54

　　王事靡盬 …………………………………………… 56

　　忧我父母 …………………………………………… 60

首章总说 ………………………………………………… 63

二章句解 ………………………………………………… 77

　　溥天之下 …………………………………………… 77

　　莫非王土 …………………………………………… 84

　　率土之滨 …………………………………………… 86

　　莫非王臣 …………………………………………… 96

　　大夫不均 …………………………………………… 98

　　我从事独贤 ………………………………………… 102

1

二章总说	112
三章句解	133
四牡彭彭	133
王事傍傍	139
嘉我未老	144
鲜我方将	147
旅力方刚	154
经营四方	163
三章总说	166
四章句解	181
或燕燕居息	181
或尽瘁国事	187
或息偃在床	192
或不已于行	195
四章总说	198
五章句解	214
或不知叫号	214
或惨惨劬劳	221
或栖迟偃仰	224
或王事鞅掌	228
五章总说	242
六章句解	256
或湛乐饮酒	256
或惨惨畏咎	259
或出入风议	261
或靡事不为	269

六章总说 ··· 272
集　评 ··· 287
　　《北山》的篇章结构问题 ······················· 298
　　《北山》的基本表现手法问题 ················ 298
　　《北山》的艺术风格问题 ······················· 298
　　《北山》的偶对与用韵问题 ···················· 299
　　《北山》的具体写作技法问题 ················ 300
　　《北山》对后世诗歌创作的影响问题 ······ 301
参考文献 ··· 302
后　记 ··· 305

原 诗

小雅　谷風之什　北山

《序》：《北山》，大夫刺幽王也。役使不均，己勞於從事而不得養其父母焉。

陟彼北山，言采其杞。偕偕士子，朝夕從事。王事靡盬，憂我父母。
溥天之下，莫非王土。率土之濱，莫非王臣。大夫不均，我從事獨賢。
四牡彭彭，王事傍傍。嘉我未老，鮮我方將。旅力方剛，經營四方。
或燕燕居息，或盡瘁事國。或息偃在牀，或不已於行。
或不知叫號，或慘慘劬勞。或棲遲偃仰，或王事鞅掌。
或湛樂飲酒，或慘慘畏咎。或出入風議，或靡事不為。

《北山》六章，三章章六句，三章章四句。

总　说

中国

《毛诗序》（《毛诗正义·卷十三》）："《北山》，大夫刺幽王也。役使不均，已劳於从事而不得养其父母焉。"

按：宋·朱熹《诗序辨说》：《北山》，大夫刺幽王也。役使不均，己劳於从事而不得养其父母焉。

《毛诗诂训传》（《毛诗正义·卷十三》）：使，如字。已，音纪。下注，喻亦同。养，馀亮反。

唐·孔颖达《毛诗正义》卷十三：《北山》六章，三章章六句，三章章四句，至父母焉。

《正义》曰：经六章，皆怨役使不均之辞，若指文则"大夫不均，我从事独贤"，是役使不均也；"朝夕从事"，是已劳于从事也；"忧我父母"，是由不得养其父母所以忧之也。经《序》倒者，作者恨劳而不得供养，故言忧我父母。《序》以由不均而致此怨，故先言役使不均也。

宋·苏辙《诗集传·卷十二》：《北山》，大夫刺幽王也。

宋·李樗《毛诗详解》（《毛诗李黄集解·卷二十五》）：李曰：言幽王之时，役使臣下不均。《北山》之大夫独劳於从事不得休息，其他大夫未必尔，《北山》之大夫所以怀怨不得养其父母而作此诗也。昔晋周处以强毅为朝廷所恶，及使隶夏侯骏西征，孙秀知其将死，谓之曰："卿有老母，可以此辞也。"处曰："忠孝之道，安得两全？既辞亲事君，父母安得而子乎？今日是我死所也。"盖既己事君，则不得顾其父母；既以为国，则不知顾其家；所以不敢以家事辞王事，人臣之大义也。若周处者，可谓尽事君之节矣。盖处之於父母非不爱也，义所当然也。而《北山》之大夫劳於王事，乃复念以不得养其父母，何哉？人尝以谓《北山》之大夫不如《北门》之忠臣，又不如《汝坟》《殷其雷》之妇人。《汝坟》之妇人能勉其夫以正而曰："鲂鱼赪尾，王室如燬,① 父母孔邇"；《殷其雷》之婦人乃能勸其夫以義而曰："振振君子，歸哉歸哉"。婦人之無知，乃能不以王事為怨，亦可謂難矣。至於《北門》之詩則曰："室人交徧讁我，已焉哉。天實為之，謂之何哉？""室人交徧讁我"，則其忠臣，已不如《殷其雷》《汝墳》之婦人矣，然其臣乃能歸之於天不以為怨。若《北山》之大夫，則已為怨也，此其所以為變風變雅也。《北山》大夫不當怨而怨，夫子不刪之者蓋所以刺幽王也。孔子曰："公則說，人主苟有均平之心，則雖征役之重不以為怨；若有不均之心，則雖征役未甚勞苦而人亦將怨矣。"觀幽王之所為，則甚不均矣。《大東》之詩則賦役亦不均，有"粲粲衣服"者，有"葛屨履霜"者；《北山》之詩則役使不均，有"偃息在牀"者，有"不已於行"者。以此二詩觀之，則幽王之政無一得其平矣，則天下安得而悅服哉？此其所以可刺也。

又：夫坐而論道謂之三公，作而行事謂之士大夫。三公之與大夫則有勞逸之殊，其勢然也，孰敢懷怨上之心哉？今也，同是大夫而不均如此，所以《北山》致大夫之怨也。

宋·范处义《诗补传·卷二十》：《北山》，大夫刺幽王也。役使不均，已勞於從事而不得養其父母焉。

《大東》專言賦之不均，此詩專言役之不均，以見幽王之時賦役皆不均平。賦不均則以傷財而告病，役不均則不得養其父母，尤為可刺也。

宋·王质《诗总闻·卷十三》：此所謂不均也。

又：不均歸咎於大夫，大夫以君命而役庶位者也。大率詩人於君多婉。

【李润民，按：王质的分章——五章，与主流分法略有不同，详见章义。】

宋·朱熹《诗经集传》 卷十三：大夫行役而作此詩。《北山》六章，三章章六句，三章章四句。

宋·吕祖谦《吕氏家塾读诗记·卷二十二》：《北山之什》

李氏曰："孔子曰：公則說，若不均則雖征役未甚勞苦，而人亦將怨矣。觀《大東》之詩則有'粲粲衣服'者，有'葛屨履霜'者，《北山》之詩則有'息偃在牀'者，有'不已於行者'。"則天下安得而說服哉？王氏曰："'經營四方，出入風議'，皆大夫之事也。"

宋·段昌武《毛诗集解》：李曰："孔子曰：'公則說，若不均則雖征役未甚勞苦而人亦將怨矣。'觀《大東》之詩則有'粲粲衣服'者，有'葛屨履霜'者。《北山》之詩則有'息偃在牀'者，有'不已于行'者，則天下

---

① 按：此处原诗还有一句：虽则如燬。

安得而說服哉？"王曰："經營四方，出入風議，皆大夫之事也。"

《北山》六章，三章章六句，三章章四句。

宋·杨简《慈湖诗传·卷十四》：周官所謂卿者，正大夫也，然則作詩者士歟？而衞宏作《毛詩序》曰："大夫刺幽王。"宏致詩鹵莽，率類此。

宋·辅广《诗童子问·卷五》：此詩行役之大夫所作，以言上之役使不均也。

宋·林岊《毛诗讲义·卷六》：孔子曰："不患寡而患不均。"

宋·戴溪《续吕氏家塾读诗记·卷二》：《北山》為行役不均作也。觀其詩，辭言"偕偕士子，大夫不均"，知大夫尊養而士子勞苦也。此詩我獨賢，非多之謂也。觀"嘉我未老，鮮我方將"之辭，知宴安之人陽推其能，而意實役使之也。

宋·严粲《诗缉·卷二十二》：李氏曰："《北山》大夫不當怨而怨，夫子不刪之者，蓋所以刺幽王也。孔子云：'公則說，人主苟有均平之心，則雖征役之重不以為怨。'"

《補傳》曰："《大東》言賦之不均；《北山》言役之不均。"

今曰：孟子云是詩也，勞於王事而不得養父母也。

《後序》與《孟子》之言合。

元·胡一桂《诗集传附录纂疏·卷十三》：《北山》六章，三章章六句，三章章四句。

元·刘瑾《诗传通释·卷十三》：李迂仲曰："孔子云：公則說，若不均則雖征役未甚勞苦而人亦怨矣。觀《大東》之詩則有'粲粲衣服'者，有'葛屨履霜'者。《北山》之詩則有'息偃在床'者，有'不已於行'者，則天下安得而說服哉？"胡庭芳曰："《補傳》云：《大東》言賦之不均；《北山》言役之不均。"

元·许谦《诗集传名物钞·卷六》：《北山》，（《小》五十一，變二十九）大夫行役。

李氏："《北山》之大夫不如《北門》之忠臣，《北門》之忠臣，又不如《汝墳·殷其靁》之婦人。"一章，杞，即前篇之杞。四章，瘁，徂醉反。五章，李氏有"棲遲於家而偃仰者"，棲遲，見《陳·衡門傳》。

《傳》：卒章，從，七恭反。

元·朱公迁《诗经疏义》（《诗经疏义会通·卷十三》）：《北山》六章，三章章六句，三章章四句。一章勞苦而思其親，二章三章勞苦而怨其上，四章以後極言勞逸不均而深怨之也。

元·王逢《诗经疏义辑录》（《诗经疏义会通·卷十三》）：胡庭芳曰："《補傳》云：《大東》言賦之不均；《北山》言役之不均。"

明·梁寅《诗演义·卷十三》：《北山》大夫行役而作也。

明·朱善《诗解颐·卷二》：《北山》總論。

《大東》言賦斂之不均；《北山》言役使之不均。賦斂之不均則諸侯怨，役使之不均則臣子怨。夫臣之於君，不擇事而安之，所以爲忠也，而不免於怨，何也？蓋怨生於彼此之相形者也。吾方盡瘁，而彼則居息之燕燕；吾方劬勞，而彼則叫號之不知；吾方畏咎，而彼則飲酒以湛樂，此勞與逸之相形也。彼且息偃在牀，而吾則征行之不已；彼且棲遲偃仰，而吾則鞅掌於王事；彼且出入風議，而吾則靡事之不爲，此親與疎之相形者也。均之爲臣子也，彼以其逸，我以其勞，彼若是其相親，吾若是其相逵，吾獨非人邪？《大東》之詩亦然。東人之貴者勞，西人之賤者逸；東人之富者貧，西人之貧者富。均是人也，而勞逸厚薄若是，其相懸果能自己於言邪？然則臣子之事君，雖不可不竭其力，而君之使臣，要必有道矣。爲人上者，其亦均平其心，而無使其彼此之相形乎？

明·胡广《诗传大全·卷十三》：大夫行役而作此詩。

又：三山李氏曰："孔子云：'公則說，若不均，則雖征役未甚勞苦而人亦怨矣。'觀《大東》之詩則有'粲粲衣服'者，有'葛屨履霜'者。《北山》之詩則有'息偃在牀'者，有'不已於行'者，則天下安得而說服哉？"

新安胡氏曰："《補傳》云：《大東》言賦之不均；《北山》言役之不均。"

明·吕柟《毛诗说序·卷四》：《北山》，大夫刺幽王也。役使不均，己勞於王事而不得養其父母焉。盛德曰："顧如《序》說矣，六章謂之，何曰上三章似言王使之不均，下三章似言臣使之不均。蓋賢者勞勤歷艱於外，皆此'息偃、棲遲、飲酒、風議'者之所陰遣也。"

明·季本《诗说解颐·卷二十》：經旨曰：士人以大夫役使不均，已勞於王事而不得以養其父母，故作此詩而正言以譏切時事也。夫以士子而任經營四方之事，非若老成更事之有素望者，則非所當使而使矣。欲辭不得而無所控愬，此其所以不得不正言，以發其不均之情歟？蓋恐或僨國事則所係尤重也。三山李氏以爲"《北山》不當怨而怨，夫子不刪之者，所以刺幽王也"，則不知作者之意本出於不得已耳。

明·黄佐《诗经通解·卷十四》：大夫行役而作此詩。

明·邹泉《新刻七进士诗经折衷讲意·卷二》：《北山》此詩首章言行役之苦，下是嘆其役之不均而極言之也。析言之：一章敘己從事之勞而貽憂於親也；二章言王之役使不均而己獨勞也；三章則原己之所以獨勞也；四章而下則歷敘其不均也。

又："陟彼北山"三章。又："或燕燕居息"三章。

【李润民，按：邹泉把"陟彼北山"前三章和"或燕燕居息"后三章，分成两个层次进行分析，有他对《北山》全诗段落划分的考虑，他的这个认识其他人也有。】

又：此诗所谓不均，不过以其劳逸者对言之，使王之自察，而初无甚怼之词。诗可以怨，此类是也，然使人如此，亦何以感天下于和平也哉？

明·丰坊《鲁诗世学·卷二十一》：《北山》大夫刺幽王也。役使不均，己勞於從事而不得養其父母焉。

又：大夫行役，不得養其父母而作是詩。全篇皆賦也。

正说：按：《子贡传》以此为懿王之时，司马迁亦言："懿王之时，王室遂衰，诗人作刺。"子贡圣门高弟，而迁生汉初，去周未遠，宜或得其寔欤？小《序》以为刺幽王，未详所据。朱子辨云《序》言时世多不可信，■旨哉。

考补：按：昭有《鼓锺》，穆有《■■》，则刺诗非始于懿王也，但自懿以后怨刺始多，而词益哀切。迁之斯言，盖舉其重耳。

附：明·豐坊《魯詩世學》：懿王之時，大夫勞於王（按：原文缺字今补）事，賦《北山》。

又：《考補》：懿王名緊，扈共王子。（按：原文缺字今补）

明·李先芳《讀詩私記·卷四》：《北山》，初疑此章怨己尤人，無人臣致身之義，及玩經文意，"膂力方剛"二句，又見以才力見知于君，自幸有忠厚之意。"或燕燕"以下，非謂責人，蓋欲相勉以勤王事，猶所謂"無然泄泄"之意。

明·李資乾《詩經傳注·卷二》：按：周都西秦獫狁，在左去北嶽恒山猶遠，而征繕之士出自北門者皆曰北山。自季歷伐燕京，始呼翳徒之戎，延及穆王征犬戎，北虜為中國患，幽王闇弱，戎狄益騷北方，邊境苦無寧日。王遣將士傋豫，久而不召，相與采杞而食之，故曰"陟彼北山，言采其杞"。宣王初立，命尹吉甫北伐獫狁，至于太原，北地始歸周版圖，故曰："北山有萊。"

明·李资乾《诗经传注·卷二十六》：此篇前三章專言勞力王事，下三章以勞逸並舉，以逸形勞。勞之善益彰，逸之過不顯，此又溫厚和平之極。

《北山》六章，三章章六句，三章章四句。

太子不得養父母，則國本搖，北方益多事矣。故受之以陟彼北山，勤勞北方，而盡瘁事國，忠君即所以愛親也。

明·顾起元《诗经金丹》卷五：《北山》全旨：首章分，上言行役之苦，下是嘆其役使之不均而極言之，通篇須以"朝夕從事"句為主，以後五章皆根此句發，以見役使不均處。語須婉至，勿涉怨懟。

明·江环《诗经阐蒙衍义集注》（《诗经铎振·卷五》）：《北山》全旨：首章分，上言行役之苦，下是嘆其役之不均而極言之也。析言之，一章敘己從事之勞，而貽憂於親；二章言王之役使不均，而以己為獨賢也；三章正言其獨賢之故。末三章歷敘其不均之意。

全破：詩人敘己行役而貽親之憂，因嘆役之不均而極言之也。

明·郝敬《毛诗原解·卷二十二》：《古序》曰："《北山》，大夫刺幽王也"，毛公曰："役使不均，己勞於從事而不得養其父母焉"，朱子改為"大夫行役而作"，非也。為行役者之言以刺王耳，說見《孟子》。

明·徐光启《毛诗六帖讲意·卷二》：《序》曰："《北山》，大夫刺幽王也。役使不均，己勞於從事而不得養其父母。"此詩可謂怨矣，然悲楚之意，達以委婉之辭，不失忠厚之道。

一　●○○○○　　杞子事母
二　○○○○○○　下土　濱臣均賢
三　○○●○○○　彭傍將剛方
四　○○○○　　　息國　牀行
五　○○○○　　　號勞　仰掌
六　○○○○　　　酒咎　議為

明·沈守正《诗经说通·卷八》：通詩雖為役使不均而作，詞旨溫厚。首章敘行役之情事，曰"偕偕士子"，非一人之詞。《傳》說恐礙獨賢意，必以為一人亦固矣。

二章正言不均而又不直言，設為疑惑之詞，而隨下轉語，若曰：普天下非王土乎？率土非王臣乎？何大夫之不均也？亦以我之獨賢耳？

三章正所謂獨賢也。曰"嘉我""鮮我"，若以之為知己者，然曰"未老方將"，方剛正獨賢處也。

四、五、六章雖言勞逸之不同，亦只兩兩言之，使人之自察，有告勞之意無怨懟之詞，《北山》之所以為厚也。

明·朱谋㙔《诗故·卷七》：《北山》，大夫刺幽王也。何刺乎？刺爲政者役使之不均也。曰士子者，上士、中士、下士之屬也。北山，極北之山，苦寒之地，胡虜域也。杞謂枸杞，今甘肅之杞最多，疑即其所也。曰"四牡彭彭，旅力方剛"，知防秋於北也，杞實成於秋暮者也。

明·凌蒙初《诗逆》：《北山》，大夫行役而作此詩。

明·陆燧《诗筌·卷二》：《北山》

一章敘己行役之苦；二章嘆己獨賢之勞；三章正原己所以獨勞，而末則歷敘役使不均之事。

明·陆化熙《诗通·卷二》：為■言偕偕強壯，便伏下未老方將意；言朝夕從事，便伏下盡瘁劬勞意。王事靡盬，與他處不同。

溥天四句，詞平而意串，走重在王臣一邊，大夫不均，亦只言不均勞而已。

傍字從旁，有旁午之意。未老方將、方剛，正所謂獨賢。經營四方打轉，四牡二句只作經畫四方之事說，不是征伐。

"燕燕"，重言之見安之甚。息偃之"偃"作"臥"字看，偃仰之"偃"作"俯"字看。偃仰從容，閒暇之意也。鞅以控馬而執在手，一脫手則馬奔而不可御矣。總攬國事亦然，故曰鞅掌。風議，是主身事外談論人之是非。此三章俱以一勞一逸，極相反者相形看，數"或"字未嘗粘着自己而已，隱然在中，大夫之不均亦不言自見。

明·徐奋鹏《诗经尊朱删补》（《诗经铎振·卷五》）：首章言行役而貽憂，下皆極慨獨賢不均之意也。

明·顾梦麟《诗经说约·卷十六》：大夫行役而作此詩。

《疏義》："大夫行役而怨大夫不均，蓋天子之大夫非一人也。此則指夫執政者而言。"

《北山》六章，三章章六句，三章章四句。

明·邹之麟《诗经翼注讲意·卷二》：《北山》通詩以"不均"意為主，"獨賢"不過是不均之名目。首言行役而不均，獨賢之意已寓其中。"偕偕士子"括盡"未老方將"等意，"朝夕從事"括盡"盡瘁不已"等意，但此且未可露出，只含其意以為發端。王事泛言，不主征伐。說"溥天"四句，須歸重王臣邊。凡踐王土者，皆王臣也，王臣兼在位與不在位者。大夫，指執政。"大夫"字、"賢"字，只就本文說。《註》"王"字、"勞"字，言外見之。"四牡"二句承"從事"二字，"傍傍"，字從旁，有旁午意。"嘉我"四句一直趕下，"未老方將、方剛"，即所謂賢也。"旅力"句，承上帶下"經營"句，折轉"四牡"二句。"燕燕居息"三章，只以人己之勞逸反相形看，總是不均之意。而疊言之"或"字，以彼此對言，猶曰同一臣也，或如此或如彼耳。每二句各就本文字面發意，自不重疊。"出入風議"，言出入于朝廷之上，而諷議人之是非。

明·张次仲《待轩诗记·卷五》：《序》："大夫刺幽王也。"

《詩》言"偕偕士子，朝夕從事""大夫不均，我從事獨賢"，是士刺大夫。而曰大夫刺王者，蓋令出于王，大夫不得而止。故託於士之刺大夫以刺王也。

明·黄道周《诗经琅玕·卷六》：《北山》全旨：通詩盡不均意，"獨賢"是不均好名目。首章"朝夕從事"是作詩本旨，下特詳之也。故"四牡"二句應"從事"二字，"嘉我未老"四句應"獨賢"二字，"燕燕居息"十二句應"不均"二字。

黄石齊曰："要知此詩非以獨勞鳴怨，乃以公義鼓忠。故篇中特指出一'王'字及'賢'字，正以憂國之忠獻之。不均者，如徒作不平之嘆，取義便淺。"

明·钱天锡《诗牗·卷九》：《北山》

《序》曰："《北山》，大夫刺幽王也。役使不均，己勞於從事而不得養其父母焉。"

通詩為役使不均而作。首言"偕偕士子"括盡"未老方將"等意，"朝夕從事"括盡"盡瘁""鞅掌"等意，"憂我父母"只是念於勤勞，非以缺養也。

"溥天"四句正可想出"不均"的意。

"未老方將"正"獨賢"處也。曰"嘉我""鮮我"，若以之為知己者，然經營以區畫造作言，然言外要見"未老方將"非我一人之意。

後三章兩兩言之，正使人之自察有告勞意，非怨懟之詞。

孔氏曰："作者言王道之衰傷境界之削，則云：'蹙國百里。'蹙，蹙靡所騁。恨其人衆而不使，即以廣大言之，所怨情異，故設辭不同。"

又：《大東》言賦之不均；《北山》言役之不均。

明·冯元飏、冯元飙《手授诗经·卷五》：《北山》全旨：首章分。上言行役之苦，下是嘆其後之不均而極言之也。析言之，一章敘己從事之勞而貽憂於親；二章言上之役使不均而以己為"獨賢"也；三章正言其"獨賢"之故；末三章歷敘其"不均"之意。

明·何楷《诗经世本古义·卷十八之下》：《北山》，行役之士刺幽王不均也，勞於王事而不得養父母焉。

《孟子》曰："是詩也，勞於王事而不得養父母也。"曰此莫非王事，我獨賢勞也。《子夏序》同，而以為"大夫刺幽王役使不均"。愚按：篇中自敘偕偕士子而怨大夫不均，則作此詩者，其為士而非大夫明甚。唯謂刺幽王則理固可信。《雨無正》之詩曰："正大夫離居""三事大夫，莫肯夙夜"，即所謂"大夫不均、燕燕居息"也；"曾我暬御，憯憯日瘁"，即所謂"偕偕士子、盡瘁事國"也。特彼意主黽勉盡職言，此意主行役四方言，微不同耳。三山李氏云："《北山》不當怨而怨，夫子不刪之者蓋所以刺幽王也。孔子曰：'公則說，人主苟有均平之心，則雖征役之重不以為怨；若不均，則雖未甚勞苦，而人亦將怨矣。'觀《大東》之詩則有'粲粲衣服'者，有'葛屨履霜'者。《北山》之詩則有'息偃在牀'者，有'不已於行'者。天下安得而悅服哉？"鄧元錫云："《雅》之盛也，上平其政載恤其私，內外均勞役也，故士盡瘁而忘其勞；雅之變也，上不平其政不恤其私，私內勤外，故士盡瘁而哀其病。蓋《四牡》《皇華》之意索其盡矣。"

又：《北山》四章，三章章六句，一章十二句。舊作六句，自"或燕燕"而下分為三章，章各四句。《子貢傳》以為懿王時詩。鄒忠胤諛其說，引《竹書紀年》註謂："懿王之世，興居無節，號令不時，挈壺氏不能供其職，諸侯於是攜德。"按：此乃全抄《東方未明篇·詩序》，固齊詩也。沈約意其在懿王時，遂以屬之耳。然即如所云，亦於役使不均，何與申培說及《朱傳》皆謂大夫行役作此，與《序》略同，辨已見前。

明·黃文煥《詩經嫏嬛·卷五》：《北山》全旨：首章分，上言行役之苦，下嘆其役使不均而極言之。通篇須以"朝夕從事"句為主，以後五章皆根此句發，以見役使不均處。語須婉至，勿似怨懟。

明·唐汝諤《毛詩蒙引·卷十二》：一章敘己行役之苦，二章嘆人臣皆當供役而己獨賢勞，三章正原己所以獨勞，而末則歷敘役使不均之事。

徐玄扈曰："此以悲楚之意達委婉之詞，詩真可以怨矣。"

又：《大東》言賦之不均；《北山》言役之不均。

明·楊廷麟《詩經聽月》卷八：附《傳》："懿王之時大夫勞於王事，賦《北山》。懿王名繄，扈共王子。"

附《序》："《北山》，大夫刺幽王也。役使不均也，勞於從事而不得養其父母焉。"

明·萬時華《詩經偶箋·卷八》：敷政集事，鞠躬盡瘁，不敢告勞，臣之分也，亦賢者之志也。大小鈞連，勞佚均通，無使壅閼，政之經也，亦朝廷之惠也。《汝墳》之民，能自忘赬尾之苦；《四牡》之君，能恤下將母之志。《北山》不均之歎，何自而作？首章述行役之勞，二、三章正言獨勞不均之事，四、五、六章以人己之勞佚，兩兩相形，而不均自見。

明·陈组绶《诗经副墨》：大夫行役而作此詩。

《序》曰："刺幽王也。役使不均，己勞於從事而不得養其父母焉。"

章意：通詩重不均意，獨賢是不均好名目。首章"朝夕從事"是作詩本旨。末三章兩兩言之，固以見勞逸之不同，亦使人之自察有告勞之意，無怨懟之詞。《北山》之所以為厚也。

明·朱朝瑛《读诗略记·卷四》：《序》曰："《北山》，大夫刺幽王也。"役使不均，令出于王，大夫不得而止之，故託于士子之刺大夫者，以刺王也。

明·胡绍曾《诗经胡传·卷七》：《序》曰："《北山》大夫刺幽王也。役使不均，已勞於從事而不得養其父母焉。"

此詩人以壯年薄職出身勤王，觀其才志氣力實有可尚。夫君子之乘也，車本勞薪，而必先護轂；其用馬力也，平日委之以莝，有事則予以之粟，而況用人乎？乃使其父母憂，其曰不均，信乎不均矣。雖然古之君子於國家多事，豈顧期人代之？若人人見以為勞，將難乎其為上，蓋以國士遇焉。彼則國士，自為以眾人遍之，彼將曰以王之大，何使而不得，乃必于我哉？亦欲分之眾人而已，故不均之說，亦善立言者也，所怨不繇此也。

明·范王孙《诗志·卷十四》：《序》曰："《北山》，大夫刺幽王也。役使不均，已勞於從事而不得養其父母焉。"

孟子之說《詩》曰："勞於王事，而不得養父母也。"夫人忠孝兩念豈有異哉？古之人不敢以父母之身行殆，而偏可為其君死，能孝者未有不能忠者也。但世衰國危，喜怒為政。役使不均，羣小得志。令人進不得盡其忠，始轉而思孝耳。王事靡盬，憂我父母，衰世不得已之情也。不然王孫賈之母，且以其子不能殉國難為憂，而以不得歸激之。王陵之母且以其子貳心於君為憂，而殺身以成之，彼獨非人情也哉？

《傳》曰："旅，眾也。"《尚書》解云："旅力如耳力、目力、手力、足力也。"此言方剛，如耳目聰明、手足輕捷也。

若以為知己者然，而實非也。意若曰：嘉我之未老乎？鮮我之方壯乎？以我旅力方剛，故使之經營四方乎？果爾則四方多故，有力者當盡其力，有材者當盡其材，于以共濟時艱，分固應耳。然試觀今日，非論能授官之朝也。未嘗曰：某也宜靜而坐鎮；某也宜動而奔命；某也宜親而操風議之權；某也宜疏而膺鞅掌之任。第或有此一等，或有彼一等耳。以喜怒為上下，以愛憎為低昂。勞逸不均，憂樂殊任，又如此矣。甚而此一等之命，仍操於彼一等之手，士人輕感恩而重知己，豈今日之謂哉？

姚承菴曰："鞅以控馬而執在手者，一釋手則馬奔而不可御矣。總攬國事亦然，故曰鞅掌。"

在彼一等，父母之日夕瞻依，吾知其喜溢庭幃；在此一等，父母之倚門倚廬，亮所不免矣。

此輩肉食而緘口，舉酒而忘公，偃息安居，而無多事亦足矣，又且湛而樂也，風而議也。酒中之語毒於酖，快意之言憯於刃，此又世事之更可傷者。

張云："此非以私勞鳴怨，乃以公義責忠也。"我誠賢矣，爾獨不賢乎？我誠未老矣，爾獨老乎？我之方將誠鮮矣，而飲酒風議之中豈鮮乎？爾大夫自處謂何矣？老矣而飲酒若渴，風議亹亹乎？

明·賀貽孫《詩觸·卷四》：梅誕生曰："馬駕具在腹曰鞅。《左傳》齊大子光'抽劍斷鞅'，是也。鞅，所以拘物。王事鞅掌，謂王事所拘也。或曰鞅以鞿馬而執在手，一釋手則馬奔而不可御，故總攬國事曰鞅掌。"

詩為勞役不均而作，然有勞苦之情無憤懟之語，所以為忠厚也。

首章述行役也。陟山采杞，役者感物傷懷。偕偕，猶言遺父母憂也。

二、三章嘆獨勞也。不言獨勞而言獨賢，寓意深婉。"嘉我未老，鮮我方將。旅力方剛，經營四方"，又將獨賢意而暢言之。詩意本言勞役不均，而詩詞似誇似喜，其怨歎傷嗟之情，皆以感恩知己之語出之，占地甚高，立言甚厚。

四、五、六章又遞相比勘，以見不均之意，言雖重、辭雖複，而終無一語怨王，此所謂可以怨也。然其妙尤在將勞佚二意演為十二句，於勞字一邊不甚形容，獨於佚處極力刻畫，似讚似羨，以志不平。如："燕燕居息"而又燕安之甚也；"息偃在牀"高臥而廢人事，又甚於居息矣；不知叫號，深居不聞人聲，無復知世間有愁苦叫號之聲，又甚於在床矣；棲遲偃仰疲於佚也，盡佚者之疲於佚，亦猶勞者之疲於勞，終日飽飫熟寐，憊憊困人如病人癥，故棲遲遊衍，或偃或仰，使其筋骨脈絡鼓舞搖蕩，以舒其惰寐之氣也，又甚於不知叫號矣；湛樂飲酒，則鼓舞沉湎逍遙醉鄉，又甚於棲遲偃仰矣；出入風議，則不獨居己於事外也，且以事外而彈射事中之是非，蓋優閒之人無處棲心，故其一出一入，惟以風議他人為事，則又甚於湛樂飲酒矣。《楚辭·卜居》篇，亦將忠佞二意演為十六句，亦於忠處不甚費力，獨於佞一邊深文巧詆，窮極工妙，以寫其騷怨，與此篇筆意彷彿相似，深心者自辯之。

"慘慘畏咎"一句，較前後五句獨深，有此句而後知向之畏勞者不過畏咎耳。亂世任事之難，如此所以有不均之嘆，不然經營四方，亦賢者所樂有事也，又何怨焉？

12

清·朱鹤龄《诗经通义·卷八》：《序》："《北山》，大夫刺幽王也。役使不均，己勞於從事而不得養其父母焉。"

《補傳》："《大東》言賦之不均；此篇言役之不均。"

讀後三章，知當時以役使不均，不得養父母者，非獨賦《北山》之一人也。連用十二"或"字，章法甚奇。

清·钱澄之《田间诗学·卷八》：《北山》

何氏云："篇中自敘'偕偕士子'，則作此詩者為士，非大夫矣。《雨無正》之詩曰：'正大夫離居''三事大夫，莫肯夙夜'，即所謂'大夫不均，燕燕居息'也；'曾我暬御，憯憯日瘁。'即所謂'偕偕士子，盡瘁事國也'。"

又，謝氏云："自古君子常任其勞，小人常處其逸；君子常任其憂，小人常享其樂。雖曰役使不均、我獨賢勞，然君子本心亦不願逸樂也。"

清·张沐《诗经疏略·卷八》：《北山》，大夫刺幽王也。役使不均，己勞於從事而不得養其父母焉。

清·冉觐祖《诗经详说·卷五十三》：三山李氏曰："孔子云：'公則說，若不均，則雖征役未甚勞苦而人亦怨矣。'觀《大東》之詩則有'粲粲衣服'者，有'葛屨履霜'者。《北山》之詩則有'息偃在牀'者，有'不已於行'者，則天下安得而悅服哉？"

新安胡氏曰："《補傳》云：《大東》言賦之不均；《北山》言役之不均。"

《小序》："《北山》，大夫刺幽王也。役使不均，己勞於從事而不得養其父母焉。"

《孔疏》："經六章，皆怨役使不均之辭，若指文則大夫不均，我從事獨賢是役使不均也。朝夕從事是己勞於從事也，憂我父母是不得養其父母所以憂之也。經《序》倒者，作者恨勞而不得供養。故言'憂我父母'。《序》以由不均而致此怨，故先言'役使不均'也。"

《正解》："通詩六章，總重役使不均。上首章言行役之苦，下是歎其役之不均而極言之也。析言之，一章敘己從事之勞而貽憂於親，二章言王之役使不均而以己為獨賢也，三章正言其獨賢之故，末三章歷敘其不均之意。須以'朝夕從事'句為主，以後五章皆根此句發。前三章數'我'字單言在己之勞，後三章數'或'字將人己相形，而不均在其中矣。語須婉至，勿涉怨懟。"章天節曰："'詩可以怨。《小弁》怨親也，《北山》雖怨大夫實怨君也。《小弁》之怨正徵其孝，《北山》之怨正見其忠。旅力雖剛一身如四方，何一身不足惜，四方不可不念也？此其怨是何等忠處，不然幾使'歷山號泣，曾閔羞稱。澤畔行吟，龍比不齒'矣。"

《集解》："此怨役使不均之辭，以獨賢為名，是詩人措語忠厚處。末三章敘不均之實，但舉勞逸對言之，而怨懟之情，望恤之意，皆隱然言外。"

清·李光地《诗所·卷十四》：《北山》六章。大夫行役者之詩，然王非能知其賢而勞之也，即或知其賢而勞之，亦直使爲其難而藉此以疏遠之耳。彼燕息、湛樂而出入風議者，且將沮格而制其命，蓋有驅馳憔悴而功無可成，罪或不免者矣。前三章不敢爲懟君之辭，若君之知己而任之者，厚也。後三章則露其意，彼從容議者，即此之所以慘慘畏咎而懼憂我父母者與？

清·王鸿绪等《钦定诗经传说汇纂·卷十四》：總論：李氏樗曰："孔子曰'公則說：人主苟有均平之心，則雖征役之重不以為怨；若有不均之心，則雖征役未甚勞苦而人亦將怨矣。'觀《大東》之詩有'粲粲衣服'者，有'葛屨履霜'者；《北山》之詩有'偃息在牀'者，有'不已於行'者，則無一得其平矣。天下安得而說服哉？"

朱氏善曰："臣之於君不擇事而安之，所以為忠也，而不免於怨，何也？蓋怨生於彼此之相形者也。均之為臣子也，彼以其逸我以其勞，彼若是其相親，我若是其相遠，果能自已於言邪？然則臣子之事君，雖不可不竭其力，而君之使臣要必有道矣。為人上者，其亦均平其心，而無使其彼此之相形乎？"

《北山》六章，三章章六句，三章章四句。

集說：鄧氏元錫曰："《北山》刺不均也。秉均者不均，臕仕者衆而賢者獨勞，瘁畏讒譏焉，蓋《四牡》《皇華》之意索其盡矣。故《雅》之盛也，上平其政，載恤其私，故士盡瘁而忘其勞；《雅》之變也，上不平其政，不恤其私，故士盡瘁而哀其病也。"

清·姚际恒《诗经通论·卷十一》：《孟子》曰："勞於王事而不得養父母也。"但此爲爲①士者所作，以怨大夫也。故曰"偕偕士子"，曰"大夫不均"，有明文矣。《集傳》謂"大夫行役而作"，謬。

又：時行之士非一人，而此詩則一人所作也。

《北山》四章，三章章六句，一章十二句。末舊分三章，今當為一章，以其文法相同也。

清·王心敬《丰川诗说·卷十五》：《序》曰："《北山》，大夫刺幽王也。役使不均，己勞於從事而不得養其父母焉。"《原解》曰："《朱傳》改為大夫行役而作，非也。為行役者之言，以刺王耳。說見《孟子》。"

---

① 据文意，疑此处一"为"字是衍文。

14

《詩釋》曰:"《北山》刺不均也。秉鈞者不鈞,臚仕者衆而賢者獨勞,瘁畏讒議焉。蓋《四牡》《皇華》之意索其盡矣。故《雅》之盛也,上平其政,載恤其私,內外均勞逸也,故士盡瘁而忘其勞;《雅》之變也,上不均平其政,不恤其私,私內勤外,故士盡瘁而哀其病。"逮於幽王之朝,匪直私之、逸之、豫之,且從其後而誹議之外臣,獨勤、劬勞、鞅掌、靡不極已,且悾悾畏讒,愬焉,悲夫!

清·李塨《诗经传注·卷五》:《序》曰:"《北山》,大夫刺幽王也。役使不均,己勞於從事而不得養其父母焉。"

清·姜文燦《诗经正解·卷十七》:《北山》章,《序》:"《北山》,大夫刺幽王也。役使不均,己勞於從事而不得養其父母焉。"

全旨:通詩六章,總重役使不均上。首章言行役之苦,下是嘆其役之不均而極言之也。析言之,一章敘己從事之勞而貽憂於親;二章言王之役使不均而以己為獨賢也;三章正言其獨賢之故;末二章歷敘其不均之意。須以"朝夕從事"句為主,以後五章皆根此句發。前三章數"我"字單言在己之勞;後三章數"或"字將人己相形,而不均在其中矣。語須婉至,勿涉怨懟。

又:陸雲士曰:"《北山》非以私勞傷怨,乃以公義鼓忠,天下事非一力能持,惟行者盡勞,居者盡職,合外內而共勵■精,而後稱王臣而無忝也。"

詹■諧曰:"求忠臣于孝子之門,孝即忠也,豈有願為孝子,不樂為忠臣之理?《北山》似孝親之念重,忠君之意輕,不知其忠君之意,正寓于孝親一念中。見得經營,既無以孝親,獨賢勞而經營,並無以忠君,使大夫言念及此,誰無親而我獨遠之?誰無君而我獨任之?亦宜憬然悟矣。"

章天節曰:"詩可以怨。《小弁》怨親也,《北山》雖怨大夫實怨君也。《小弁》之怨正徵其孝,《北山》之怨正見其忠。旅力雖剛一身如四方,何一身不足惜,四方不可不念也?此其怨是何等忠處,不然幾使歷山號泣,曾閔羞稱。澤畔行吟,龍比不齒矣。"

新安胡氏曰:"《大東》言賦之不均也;《北山》言役之不均也。"

清·陸奎勳《陆堂诗学》:《北山》二則。詩與《四牡》反對,然亦不能定其在何王之世。晉悼■於綿上,左氏引《詩》曰"儀刑文王,萬邦作孚",言刑善也。及其衰也,《詩》曰"大夫不均,我從事獨賢",言不讓也,可証其爲衰周之詩而已。《呂覽》:"舜自爲詩曰:'普天之下,莫非王土。率王之濱,莫非王臣。'"所以見《書》有之也,豈惟不解?《孟子》即《北山》全文似亦未經寓目而佹然,自以爲懸金不易之書,噫!異矣。

陟彼采杞,興也。鮮我方將,王氏云:"今人猶呼少壯為鮮健,蓋平聲也。"後三章連用"或"字，昌黎《南山詩》句法祖此。

清·姜兆锡《诗传述蕴》：《北山》，按："獨賢"二字大█大體有多少慍怒意，並省多少趨避意。下文"嘉我""鮮我"，即其所以"獨賢"之意也。鞅，所以拘馬腹者。鞅掌，言手足如有拘倛然，故《註》曰"失容"也。《豳風》言"予手拮据"① 亦似之。

清·方苞《朱子诗义补正·卷五》："偕偕士子""旅力方剛"，不宜以勞於王事爲怨，所以然者，有父母而不得養，且曰"嘉我未老"，則年已將及矣；而"不已於行"，是使父母憂思而無一日之安也。然所歎，惟大夫之不均，而無怨上之辭，所謂止乎禮義。

《聘禮》："君與卿圖事，遂命使者。"詩人自言獨肩勞役，必當國之大夫。稱其賢，而數以艱辛之役，屬之也。唐、宋柄臣排異己者，多稱其能，出之於外。觀末章"慘慘畏咎"，則非眞以爲賢而相倚任，明矣。（二章）

清·黄梦白、陈曾《诗经广大全·卷十三》：《北山》大夫行役而作。首章言行役之苦，下歎其役之不均而極言之也。《序》云："刺幽王也。役使不均，勞於從事而不得養父母焉。"

清·张叙《诗贯·卷八》：《北山》，賢者獨勞也。

此大夫行役而歎不均也。前三章不敢為懟君之詞，若上之知我而厚任之者，立言之妙也；後三章始露其意，然敷陳其狀而不加一語，則亦令人自悟而已。

《北山》六章。

清·汪绂《诗经诠义·卷七》：《北山》大夫刺幽王也。役使不均，已勞於從事而不得養其父母焉。

此詩實怨王役使之不均而情辭忠厚。怨而不怒，強以忠勤匪躬贊之，亦深求而失詩人意也。但不均獨勞如此，而不敢以私廢公，又為忠厚之言，則以視徇私忘公之臣，其相去抑已遠矣。

清·顾栋高《毛诗订诂·卷十八附录二卷》：《小序》："《北山》，大夫刺幽王也。役使不均，已勞於從事而不得養其父母焉。"

《詩緝》曰："《後序》與《孟子》'勞於王事，不得養其父母'之言合。"

李迂仲曰："北山之大夫不當怨而怨，夫子不刪之者，蓋所以刺幽王也。孔子云：'公則悅，人主苟有均平之心，則雖征役之重不以爲怨。"

---

① 見《豳風·鴟鴞》篇。

16

謝疊山曰："此詩本爲役使不均獨勞於王而作，而第三章乃曰天子嘉我之未老、善我之方壯、喜我之旅力方剛，而可以經營四方，故獨見任使，反以王爲知己，忠厚之至也。"

清·许伯政《诗深·卷十八》：《北山》

《補序》："大夫刺幽王也。"

《續序》："役使不均，己勞於從事而不得養其父母焉。"

《集傳》："大夫行役而作此詩。"

辨義：自此至《何草不黃》共三十篇，舊分《北山》《桑扈》《都人士》三什。今讀衆《序》之首句，惟《鼓鐘》《賓筵》《菀柳》《白華》《苕之華》五篇。本《序》義以求詩意，顯有可據，餘《序》則書法淺妄，迥與詩意牴牾，細揆其故以什分，本無所取義。良由秦禁挾《書》藏《詩》者，慮其久而淩亂脫亡，故"雅""頌"分什，與十五風詩，各記其篇章之數以便考校。其後出之，獨此三什內，二十五篇之序。簡蠹文滅，古序另編，故《序》亾而《詩》在，及毛公爲詁訓，《傳》分置篇首。遂以己意補之，其首句之下則小毛衛宏又增益之，即如此詩，自稱"偕偕士子"，又稱"大夫不均"，其非大夫所作明矣。《補序》但依《四月》之序，以爲"大夫刺幽王"，而《續序》則又本於《孟子》。今按：詩刺不均之實，詳于後三章，其意與《大東》之東人、西人勞逸偏異相似，殆亦東都人所作。首章所云，又與《杕杜》之三章正同也。

又：東都之民供役於西都，過期而代者不至，故怨大夫至不均而作此。言"陟彼北山，言采其杞"，正還役抵家之時也。今"偕偕士子，朝夕從事"而不休，是"王事靡盬，憂我父母"而不得歸養矣。細思："普天之下，莫非王土，率王之濱，莫非王臣"，今"大夫不均"，乃謂我從事之"獨賢"而久役之；四牡則彭彭不息，王事則傍傍不已，蓋"嘉我未老，鮮我方將"，正當"旅力方剛"，可以"經營四方"也；但"未老方將"者，亦多矣，今逸者"或燕燕居息"，勞者"或盡瘁事國"；處者"或息偃在牀"，出者"或不已於行"；甚至居息者，"或不知叫號"，盡瘁者，"或慘慘劬勞"在牀者；"或棲遲偃仰"，"不已於行"者；"或王事鞅掌"，且"不知叫號"者，"或湛樂飲酒""慘慘劬勞"者；"或慘慘畏咎"，"棲遲偃仰"者；"或出入風議"，"王事鞅掌"者；或"靡事不爲"，何不均若是也！

《北山》六章。

清·牛运震《诗志·卷四》：此詩《孟子》之說得之，"大夫不均，從事獨賢"一篇之旨。"四牡彭彭"一章，正寫賢勞之實，是其精神凝注處，開端點。

清·刘始兴《诗益·卷五》：周大夫行役而作此詩。陟山采杞，蓋言其道途所歷之事，亦賦中有興義。

清·顾镇《虞东学诗·卷八》：《大東》言賦之不均；《北山》言役之不均。（《范傳》）

鄧元錫曰："《雅》之盛也，上恤其私，故盡瘁而忘其勞；《雅》之變也，上不恤其私，故盡瘁而哀其病。蓋《四牡》《皇華》之意索矣，故《序》以為刺幽王也。"

又：陟山采芑，義當屬興，《毛傳》缺。

清·傅恒等《御纂诗义折中·卷十四》：《北山》刺時也。夫君子之仕也，原以宣勞非求逸也。王事靡盬而膂力方剛，已欲求逸誰當任勞。顧勞可也，勞而不均不可也。止於勞逸不均猶可也，使勞者受逸者之害不可也。自古疆場多事之秋，君子竭力致身以勞於外，而一二得志之小人，居息偃仰出入風議，始則媒孽而亂其謀，終則阻格而制其命，於是乎賢勞之人功無可成而罪且不免。《北山》之詩人致怨於大夫，有以也，誰秉國均，必有任其責者矣。

清·罗典《凝园读诗管见·卷八》：《北山》，大夫刺幽王也。

清·任兆麟《毛诗通说·卷二十》：《北山》，大夫刺幽王也。役使不均，己勞於從事而不得養其父母焉。

《孟子》："咸丘蒙曰：'《詩》云溥天之下，莫非王土。率土之濱，莫非王臣。而舜既為天子矣，敢問瞽瞍之非臣如何？'曰：是詩也，非是之謂也，勞於王事而不得養父母也。曰：'此莫非王事，我獨賢勞也。'故說《詩》者不以文害辭，不以辭害志，以意逆志，是為得之。如以辭而已矣。《雲漢》之詩曰：'周於黎民，靡有孑遺。'信斯言也，是周無遺民也。"

《戰國策》："溫人之周，周不納客，即對曰：'主人也。'問其巷而不知也，吏因囚之。君使人問之曰：'子非周人，而自謂非客，何也？'對曰：'臣少而頌《詩》，《詩》曰：普天之下，莫非王土。率王之濱，莫非王臣。今周君天下，則吾天子之臣，而又為客哉？'[①] 君使吏出之。"

清·范家相《三家诗拾遗》：《北山》，普天之下（《孟子》）；率土之賓（《漢書》）；或憔悴事國（《左傳》）。

清·范家相《诗渖·卷十三》：《孟子》曰："是詩也，勞於王事而不得

---

① 查《战国策》此处缺："故曰主人"一句。

18

养其父母也。"已盡通篇之意。後四章但言行役不均，而失養之怨自明。"嘉我未老，鮮我方將"，若猶知其才之可用者，但爲此輩所遏抑耳，惟其"出入風議，靡事不爲"，是以使我賢勞，以遂其逸樂，其如我有父母何哉？

清·胡文英《诗经逢原》：《北山》

《序》："《北山》，大夫刺幽王也。役使不均，己勞於從事而不得養其父母焉。"

《集傳》："大夫行役而作此詩。"

清·汪梧凤《诗学女为·卷二十六》：此行役者之作，通篇皆怨不均。其曰"我從事獨賢"亦怨辭也。猶曰：此大夫之不均也，寧我獨賢乎？前三章其詞婉，後三章其詞激，然形容不均之狀戛然便止，不更著一語，可謂怨而不怒，詩格亦奇。

清·段玉裁《毛诗故训传定本》：《北山》，大夫刺幽王也。役使不均，己勞於從事而不得養其父母焉。

清·姜炳璋《诗序补义·卷十八》：《孟子》曰："是詩也，勞於王事不得養其父母也。"已盡此篇之旨。蓋不得終養只於首章見之，通篇俱承此意，不徒行役不均之怨也。

又：故此篇孝子之悲思，非勞臣之感情也。

清·牟应震《诗问·卷四》：《北山》，刺不均也。

清·戚学标《毛诗证读》：陟彼北山，言采其杞。偕偕士子，朝夕從**事**（士）。王靡鹽，憂我父母（米）。

溥天之下，莫非王**土**。率王之**濱**，莫非王**臣**。大夫不均，我從事獨**賢**。（讀若臤，漢校官碑"親賢"作"親臤"。劉向謂書多，誤以賢爲形如，今讀不容致誤。）

四牡彭**彭**（《說文》作骿骿，馬盛貌。），王事傍傍。嘉我未老，鮮我方**將**。旅（膂之假，本又作呂，脊骨也。）力方剛，經營四方。

或燕燕（《五行志》作宴）居**息**，或盡瘁事**國**。或息偃在**牀**，或不已於**行**（杭）。

或不知叫（《釋文》："叫本作噭，乃譟字之訛。"）**號**，或慘慘劬勞。或棲遲偃仰，或王事鞅掌。

或湛樂飲酒，或慘慘畏**咎**。或出入風議（《史記·敘傳》："桓公之東，太史是庸，及周侵禾，王人是議。"吳據此讀牛何切，顧：魚賀反。《釋文》："議，如字，恊句，音宜。"），或靡事不**爲**（顧讀吪）。

《北山》六章，三章章六句，三章章四句。

清·牟庭《诗切·卷三》：《北山》，諸侯之大夫刺不均也。

《北山》，大夫刺幽王也。役使不均，己勞於從事而不得養其父母焉。

《北山》，役人刺不均也。

《北山》，役人刺不均也。五章，章六句。（舊作六章，後三章，章四句。）

清·刘沅《诗经恒解·卷四》：大夫假君命以役臣，不得孝養其親，其人作此刺之。

附解：《序》謂大夫刺幽王詩，《傳》謂懿王之時大夫勞於王事，朱子則但以為大夫行役而作，然詩明言大夫不均非刺王矣。謂大夫行役勞苦而怨，尤非人臣，盡職盡瘁乃其本分，即不得侍親亦忠孝不能兩全，安得怨謗？玩其詞義，乃執政專擅以天子命役使同列，而其人或係世戚忠賢，義不可去，惡其不均，將使賢能解體，故作此刺之。夫子錄之，亦以權臣擅命以私意役使忠賢，順則引為己黨，逆則加以罪戮，往往有之，故以此為戒也。不然君子之任仕也，揆之於義，義不容辭則盡瘁鞠躬；義不可畱則全身高蹈。若受祿而不任勞，戀棧而任不均，乃小人之尤，夫子何以取之哉？

清·徐华岳《诗故考异·卷二十》：《北山》，大夫刺幽王也。役使不均，己勞於從事而不得養其父母焉。

清·陈乔枞《鲁诗遗说考·卷四》：《北山》

補：《後漢書·楊賜疏》："勞逸無別，善惡同流。《北山》之詩所爲訓作。"

清·胡承珙《毛诗后笺·卷二十》：《序》云："《北山》，大夫刺幽王也。役使不均，己勞於從事而不得其養父母焉。"《正義》曰："經六章皆怨役使不均之辭，憂我父母，是由不得養其父母所以憂之也。經《序》倒者，作者恨勞而不得供養，故言憂我父母。《序》以由不均而致此怨，故先言役使不均也。"

范氏《詩瀋》曰："《孟子》曰：'是詩也，勞於王事而不得養父母也。'已盡通篇之意。後四章但言役使不均，而失養之怨自明。"

姜氏《廣義》曰："二章言天下孰非臣，而父母惟有子，王無我非無可使之臣，親無我更無可依之子，何為從事獨賢不容終養也？三章'旅力方剛，經營四方'是報國日長之意。故此篇孝子之悲思，非勞臣之感憤也。"

承珙案：二說以此詩通篇章意主不得養父母，故可以怨，足破李迂仲謂"《北山》懷怨，不及《北門》大夫"之說。《呂覽·慎人篇》云："舜自為詩曰：'普天之下，莫非王土。率土之濱，莫非王臣。'"所以見盡有之也。焦里堂曰："當時蓋相傳此詩為舜作，故咸邱蒙引以為問，《孟子》直據《北山》之詩解之，則詩非舜作明矣，《孟子》不獨論舜，兼以明詩。"承珙謂此當是不韋之時，經師道絕，六籍榛蕪。門下食客因咸邱蒙事，而遂誤託於舜耳。毛公遭秦滅學，而獨與《孟子》合其源流，斷非三家所能及矣。

清·徐璈《诗经广诂·卷十》：孟子曰："是詩也，勞於王事而不得養父母也。"

清·冯登府《三家诗遗说·卷六》：《北山》

《鹽鐵論》："莫非王事①，而我獨勞"，與《孟子》合。

清·李诒经《诗经蠹简·卷三》：《北山》

此苦於行役作以諷王之詩也，以直說其苦不妙，故以"不均"為言。前三章單就自己說，後三章就別人與自己相形說。就其情論，重在憂我父母句；就其詞論，重在大夫不均句。

清·李允升《诗义旁通·卷七》：《序》："《北山》大夫刺幽王也。役使不均，己勞於從事而不得養其父母焉。"

鄧潛穀雲："《北山》刺不均也，《四牡》《皇華》之意索其盡矣。"

清·陈奂《诗毛氏传疏·卷二十》：《北山》，大夫刺幽王也。役使不均，己勞於從事而不得養其父母焉。

清·陈仅《诗诵·卷二十》：《小雅·谷風之什·北山》

《北山》怨不均也，而曰"獨賢"，曰"嘉我未老"，曰"鮮我方將"，轉為"使我"者，解若以為特拔，且引為知己也。後三章連用十二"或"字，但兩兩對勘不申一語，使人自無詞以答，所謂言之者無罪，聞之者足以戒。《小東》之西人貧富相耀，《北山》之大夫勞逸相形。"或以其酒"四句奚落得無理；"嘉我未老"四句贊美得不情，真善於言怨者。

清·夏炘《诗章句考》：《北山》六章，三章章六句，三章章四句。

劉氏公瑾曰："或燕燕居息以下凡十二句為偶，皆以他人之逸樂對己之憂勞，皆所以形容不均之意。"丁氏奉曰："'或'字十二疊，詩中奇格也。後世韓昌黎《南山詩》、文信國《正氣歌》皆祖諸此。何氏楷遂依其說，合後三章十二句為一章。"

炘案：前三章言己獨勤勞，後三章言人與己逸勞不均，反覆詠歎。與前三章相配每章一換韻，意味深長，若改作一章則與前三章多寡不齊，有頭輕腳重之病。韓昌黎祖此為《南山詩》，疊"或"字至五十二句，又祇用一韻。

---

① 此处"事"字，有无错讹，待考。

昔人頗譏其曼冗，因《南山詩》而改此詩。後三章爲一章似涉武斷。又《正氣歌》四疊"在"字、"爲"字、"或"字，氣骨崢嶸。以昔人忠義事蹟實之，雖摹仿《南山詩》格，似較《南山詩》爲優。

清·潘克溥《诗经说铃·卷八》：正说：《序》："《北山》，大夫刺幽王也。役使不均，己勞於從事而不得養其父母焉。"

辅说：朱傳："大夫行役而作此詩。"

汇说：《草堂說詩》："《大東》賦之不均也，《北山》以下三詩役之不均也。"王質云："不均歸咎於大夫，大夫以君命而役庶位者也。"《後漢·楊賜傳》："勞逸無別，善惡同流。《北山》之詩所爲訓作。"《顏氏家訓》："北面事親別舅，摘《渭陽》之詠；堂上養老送兄，賦《北山》之悲。皆大失也。"《傳》："懿王之（缺三字）勞於王事賦《北山》。"《詩傳》闡引《竹書》注，謂"懿王之世，興居無節，號令不時。挈壺氏不能供其職，諸侯於是攜德。"

异说：《證義》："《北山》，大夫從王北征而作也。"《竹書》："穆王十二年，北巡狩遂伐犬戎。"

清·魏源《诗古微》：《北山》，大夫勞於王事不得養其父母也。（《孟子》）與《蓼莪》《四月》同義，篇次當在其前。此乃未聞喪時賦（《顏氏家訓》："北面事親，別舅摘《渭陽》之詠；堂上養勞，送兄賦《北山》之悲，皆大失也。"是韓詩以《北山》亦不得終養之詩。），彼乃旣聞喪後賦也。

清·李灏《诗说活参·二卷卷下》：《序》云"役使不均者"，得之；刺幽，則未有考。

忠孝本難兩全，但爲君者能以臣之心爲心，則臣無不均之嘆矣。今《北山》詩人旣勞於王事，又不得養父母，則其志苦矣，乃其作詩獨以賢勞致慨立言，盡善能令君受同爲感泣。詩可以怨，信也。

清·顾广誉《学诗详说·卷二十》：范氏《詩瀋》謂《孟子》曰"是詩也，勞於王事而不得養父母也。"已蓋通篇之意。後四章但言役使不均而失養之怨自明。董氏《廣義》謂"此篇孝子之悲思，非勞臣之感憤"。胡氏《後箋》謂"此詩通章意主不得養父母，故可以怨"，並得詩指。

大夫不均，辭刺大夫，意實刺王。《序》探其本意而直以役使不均屬王也。《箋》謂"王之不均，大夫之使"，失之。《集傳》言"土之廣，臣之眾，而王不均平，使我從事獨勞也。不斥王而曰大夫，詩人之忠厚如此"。（此依呂氏所引，視今《集傳》少"不言獨勞而曰獨賢"一句。）方得詩人之意，蓋不均是全詩之主。既以刺大夫，則詩皆若刺大夫者然。

清·方玉润《诗经原始·卷十一》：右《北山》四章，三章章六句，一

22

章十二句。姚氏際恒曰："末舊分三章，今當為一章，以其文法相同也。"從之。《序》謂"刺幽王"，而不言何人作。《集傳》云："大夫行役而作此詩。"惟姚氏以為"此士者所作以怨大夫也"。蓋以詩中有"偕偕士子"及"大夫不均"之語，故不得又謂大夫作耳。幽王之時，役賦不均，豈獨一士受其害？然此詩則實士者之作無疑。前三章皆言一己獨勞之故，尚屬臣子分所應為，故不敢怨。末乃勞逸對舉，兩兩相形，一直到底，不言怨而怨自深矣。此詩人善於立言處，固不徒以無數或字見局陣之奇也。

清·龔橙《诗本谊》：《北山》，勞於王事不得養其父母也。（《孟子》說："《毛序》'刺幽王'。"）

清·方宗诚《说诗章义》：《北山》六章

上之政役不均，致賢者獨勞而不能養父母，然首章則曰"王事靡盬"，見大義所在，不敢避也。二章則曰"我從事獨賢"。三章則曰"嘉我未老，鮮我方將"，若以上之人為知我獨賢未老，而故使我獨任其勞，並非上之人有偏私也，何等忠厚。

清·邓翔《诗经绎参·卷之三》：《北風》之逋臣得遯之初焉，而無其係戀；《北山》之勞臣得困之二焉，而無其酒食。《四月》之大夫盡瘁以仕，《北山》之大夫盡瘁事國。武侯云"鞠躬盡瘁"，義蓋本此，深于詩意者也。

清·龙起涛《毛诗补正·卷十七》：《北山》六章，刺不均也。自古仕宦之地，以邊塞為苦，宣力之人，以將士為勞。周之邊患，莫劇於戎狄，若獫狁，若昆夷，其最強者也。周之北山，其遠者自三危以接乎陰山，崇山峻嶺，連亙不斷；其近者則甘泉連延，至巘薛九崚，蓋皆周之所謂北山也（見胡三省《通鑑》注）。文王之時，築城朔方，以備二寇，其於當日將士遣之則有《采薇》，勞之則有《出車》《杕杜》，憫其飢渴，哀其沉瘁。其恩義既稠疊矣，而又柳往雪來，定其歸期，均其勞逸，彼偕偕士子，何至憂其不遑將父，不遑將母哉？今之《北山》猶《杕杜》之北山也，而恩怨頓異，何也？蓋尹氏皇父輩，徒知庇其私人，厚其姻婭，而瀸瀸訿訿之徒，又復出入風議，以持勞臣之短長，使盡瘁事國者不惟無功，而且得罪，天下事尚可為哉？君子讀《北山》之詩，而知戎狄之必且覆周也。

清·吕调阳《诗序议·卷三下》：《折中》："君子之仕也，原以宣勞非求逸也。王事靡盬而膂力方剛，已欲求逸誰當任勞。顧勞可也，勞而不均不可也。止於勞逸不均猶可也，使勞者受逸者之害不可也。自古疆場多事之秋，君子竭力致身以勞於外，而一二得志之小人，居息偃仰出入風議，始則媒孽而亂其謀，終則阻格而制其命，於是乎賢勞之人功無可成而罪且不免。《北

23

山》之詩人致怨於大夫，有以也，誰秉國均，必有任其責者矣。"

清·梁中孚《诗经精义集钞·卷三》：《禦纂》："《北山》刺時也。夫君子之仕也，原以宣勞非求逸也。王事靡盬而膂力方剛，已欲求逸誰當任勞。顧勞可也，勞而不均不可也。止於勞逸不均猶可也，使勞者受逸者之害不可也。自古疆場多事之秋，君子竭力致身以勞於外，而一二得志之小人，居息偃仰出入風議，始則媒糵而亂其謀，終則阻格而制其命，於是乎賢勞之人功無可成而罪且不免。《北山》之詩人致怨於大夫，有以也，誰秉國均，必有任其責者矣。"

《北山》六章，三章章六句，三章章四句。《集傳》："大夫行役而作此詩。"

《小序》："《北山》大夫刺幽王也。役使不均，己勞於從事而不得養其父母焉。"

鄧氏元錫曰："《北山》刺不均也。《四牡》《黃華》之意索然盡矣。上平其政，載恤其私，士盡瘁而忘其勞，《雅》之盛也；及其變也，上不平其政，不恤其私，故士盡瘁而衰其病也。"

謝氏枋得曰："自古君子小人立己不同，其事君亦異。君子當任其勞，小人常處其逸。君子常任其憂，小人常享其樂。雖曰役使不均而獨賢勞，然君子本心亦不願逸樂也。"

輔氏廣曰："自四章而下方言其不均之實，然不過以其勞逸者對言之，使上之人自察耳，但言之重辭之複，則其望於上者亦切矣。《詩》可以怨，謂此類也。"

李氏樗曰："孔子曰'公則說。人主苟有均平之心，則雖征役之重不以為怨；若有不均之心，則雖征役未甚勞苦而人亦將怨矣。'觀《大東》之詩有'粲粲衣服'者，有'葛屨履霜'者，《北山》之詩有'息偃在牀'者，有'不已於行'者，則無一得其平矣，天下安得而說服哉？"

朱氏善曰："臣之於君，不擇事而安之，所以為忠也，而不免於怨，何也？蓋怨生於彼此之相形也，均之為臣子也，彼以其逸，我以其勞，彼若是其相親，我若是其相遠，果能自已於言耶？然則臣子之事君，雖不可不竭其力，而君之使臣，要必有道矣。為人上者，其亦均平其心，而無使其彼此者相形乎？"

清·王先謙《诗三家义集疏》：《北山》六章，三章章六句，三章章四句。

清·陈百先《诗经备旨·卷五》：《北山》之什二之六

《北山》全旨：此詩首章言行役之苦，下是嘆其役之不均而極言之也。以"朝夕從事"句為主，後五章皆根此句而發以見役使不均之意。語須婉至，勿似怨懟光景。上四句，敘行役之不息，下推其以王事貽憂於親也，登山采杞羈旅情況。"偕偕"已含"方剛"意，"朝夕從事"已含"獨賢"意，俱發端語，未可盡露。王事句，推所以從事之故，父母之憂乃念子勤勞之意。

民國·王闓運《毛诗补笺·卷十三》：《北山》，大夫刺幽王也，役使不均，己勞於從事而不得養其父母焉。

補曰：刺羣臣不同心，非欲歸養。

民國·马其昶《诗毛氏学·卷二十》：《北山》，大夫刺幽王也。役使不均，己勞於從事而不得養其父母焉。

《孟子》云："是詩也，勞於王事而不得養父母也。"

又：鄧元錫曰："《北山》刺不均也，秉鈞者不均，膴仕者衆，而賢者獨勞瘁，畏讒譏焉，蓋《四牡》《黃華》之意索然盡矣。《雅》之盛也，上平其政，不恤其私，故士盡瘁而忘其勞。《雅》之變也。上不平其政，不恤其私，故士盡瘁而哀其病也。"

民國·魏元旷、胡思敏《诗故·卷七》：《北山》，大夫刺幽王也。何刺乎？刺爲政者役使不均也。曰士子者，上士、中士、下士之屬也。北山，極北之山，苦寒之地，胡虜城也。杞，謂枸杞，今甘肅之杞最多，疑卽其所也。曰"四牡彭彭，旅力方剛"，知防秋于北也。杞實，成於秋暮者也。

民國·李九华《毛诗评注·卷二十》：《北山》，大夫刺幽王也。役使不均，己勞於從事而不得養其父母焉。（《詩序》）

民國·焦琳《诗蠲》：亂政不均，行役危苦，作是詩以風上也。

《蠲》曰：若政使經營四方而得行己志以平世也，君子固不以己勞人逸而致怨也。志不得行，經營總歸無益，雖勞而不怨，終無少裨，是當怨矣。然亦當怨其大者要者，奚至區區以在己之勞逸為詞，是知此詩之怨不均，故當以風曉王心，欲其均天下之政為要旨，而我獨賢勞之語示己之怨，卽示此政之不當如此行也。但《四月》風王之意明，而說者猶忽之；此詩風王之意隱，安在不但解為怨役不均哉？夫但以此詩為怨，役使之不均，則詩人之為人無甚可學，但可知役人之當均而已。然役人之事，果能絲絲無少不均耶？若知其為風王之作，則詩人甘自居於易怨，而格君乃在於無形。上之於下，又當如何隱度其微意，安敢以怨誹為臣罪也哉？

民國·吴闓生《诗义会通·卷二》：闓生案：此詩《孟子》"勞於王事而不得養父母"一語盡之，《序》卽本《孟子》爲說。然詩惟首章有"憂我父母"一語，以下更不溯及，後三章歷數不均之狀戛然而止，更不多著一詞，皆文法高妙之處。舊評"不均"二句爲一篇之綱，"四牡"以下承"獨賢"，"燕燕"以下承"不均"，是也。朱子曰"不斥王而曰大夫，詩人之忠厚如此"，亦是謝枋得謂"嘉我未老四句，反以王爲知己"，則不然，此實怨悱而故反用。

附現代人

附1

高亨·《诗经今注》：《北山》，这首诗是统治阶级下层即士的作品。在周代等級制度下，士當然也剝削勞動人民，但他們又受上層天子、諸侯、大夫等的壓迫，擔任徭役也很繁重。作者寫作此詩，申述了自己的痛苦與不平。

《北山》，大夫刺幽王也。役使不均，己勞於從事而不得養其父母焉。

陈子展·《诗经直解·卷二十》：《北山》六章，三章章六句，三章章四句。

今按：《北山》，刺士大夫間勞逸不均之詩。《孟子》論是詩"勞於王事而不得養父母。"雖未爲大誤，顧猶是斷章取義，引《詩》以就已說之義。詩明刺役使不均，非刺失養父母，主題固在彼而不在此也。《詩》云："大夫不均，我從事獨賢。"大毛公以後，漢唐經師皆以爲此詩作者爲大夫。至姚氏《詩經通論》獨以爲此"士者所作，以怨大夫"。誰士誰大夫，詩中"均有明文"，其說是也。士降於大夫一等，士與大夫等級間之對立，不均之矛盾，此可以想像得之。王臣公，公臣大夫，大夫臣士，一層奴役一層。此固當時奴隸制社會統治階級內部不可逾越之等級。其下則爲庶人（包括自由民）與皂隸，期間亦復有等級，同屬於被統治階級。《北山》之詩，即爲對於當時統治階級內部一種矛盾尖銳化之反映也。同時對立階級間之矛盾尖銳化，民族間之矛盾尖銳化，其他《小雅》詩篇亦反映之。茲復申言之，此詩當爲周代奴隸制社會統治階級基層、卽士之一階層，有人呼籲等級不平、苦樂不均而作。"天有十日，人又十等"，是當時等級制社會現象顯然存在之反映。殷商時代已有王、侯、邦伯、男、子等奴隸主貴族等級；而眾、工、臣、妾、僕等，則是廣大被壓迫奴隸之稱等。迄於周代，此一制度發展更爲完備，並帶有明顯之宗法性質。國家常依據宗法血緣關係之遠近親疏，以確定等級之尊卑高下。周天子是最高等級之奴隸主，擁有全中國之土地，是謂公田，是謂井田；佔有全中國之奴隸，是謂臣妾，是謂庶人。《詩》所謂"溥天之下，莫非王土。率土之濱，莫非王臣"是也。卽《左傳·昭七年》所謂"天子經略，諸侯正封，古之制也。封略之内，何非君土？食土之毛，何非王臣"是也。周天子大規模封邦建國，將大部分土地與奴隸分封於同異姓之諸侯，又將一部分土地與奴隸分賜於卿大夫。當時等級制與分封制世襲制，分而異用，合而一體。在此統治階級等級制中，士屬基層，亦恒懷不滿。此三百篇中《北山》而外，《北門》《小星》以及《鰥蠻》一類之詩所為作也。當時此等等級支配社會生活之各方面，大之典章制度軍賓朝聘，小之冠昏桑祭衣食住行，皆各有等級規定，不得僭越，此之謂"禮"。厲幽之世，王綱解紐，禮治陵遲，已進入社會急劇變革之時代矣。此詩主旨今古文說不殊。王先謙曰："《後漢·楊賜傳》，賜《疏》云'勞逸無別，善惡同流。'《北山》之詩所為作此。《魯說》齊、韓蓋同。"宋儒無新義。朱子《辯說》無文。是詩描述大夫士不均之矛盾情狀極為突出。清初傅恒、孫嘉淦等奉敕撰《詩經折中》云："或安居於家，或盡瘁於國。或高臥於牀，或奔走於道，則勞樂大大懸殊矣。此不均之實也。或耳不聞徵發之聲，或面帶憂苦之狀。或退食從容而俯仰作態，或經理煩劇而倉卒失容，極言不均之致也，不止勞逸不均而已。或湛樂飲酒，則是既已逸矣，且深知逸之無妨，故愈耽於逸也。或慘慘畏咎，則是勞無功矣，且恐因勞而得過，反不如不勞也。或出入風議，則己不任勞，而轉持勞者之短長。或靡事不為，則是勤勞王事之外，又畏風議之口而周旋彌縫之也。此則不均之大害，而不敢詳言之矣。"官書官話，鮮有可取，而論此詩，頗有是處，故錄之也。

北山

（一）王田者何？卽《孟子》侈言之井田，今再稍以之新史學家見地而釋之。中國奴隸制社會之土地所有制為奴隸主之土地國有制，卽在西周全部土地屬於以周天子為代表之奴隸主所有制。周武王滅商以後，以土地及其居民分諸侯。諸侯在國内又按宗法關係分封采邑與其卿大夫士。奴隸主之最低等級為士，士一般皆有祿田。此自上而下之分封、成為土地佔有之等級結構。但所有分封之土地不能自由買賣，亦不能私相授受，故曰"溥天之下，莫非王土"。又《禮記·王制》云："田裏不鬻。"在此一財產形態下，正如馬克思所云："主權就是在全國範圍内集中的土地所有權。"（《馬克思、恩格斯全集》卷一、頁三八二）而田租與稅自然合一。但看周金文《兮甲鼎》《毛公鼎》《頌鼎》所徵收之實便是如此。

附2
《晋骆先生辑着诗经小雅》① 卷七

《北山》全意。首章分，首言其行役而貽憂於親，下因嘆其役之不均而極言之也。

日本

日本·中村之钦《笔记诗集传·卷十》：後語。胡氏曰："《補傳》：'《大東》言賦之不均；此詩言役之不均。'"

日本·冈白驹《毛诗补义》：《北山》，大夫刺幽王也。役使不均，已勞於從事而不得養其父母焉。

《北山》六章，三章章六句，三章章四句。

日本·赤松弘《诗经述·卷九》：《北山》六章，三章章六句，三章章四句。

日本·皆川愿《诗经绎解》：此篇言天下眾民智愚賢不肖，既各異，其優劣則雖其志之所趨，其身之所處，亦皆有高卑勞逸之不均。苟必欲皆與之偕和，然後以從事，則德不可得成，功不可得就也，故篇末三章十二句，但以見其不均以終之矣。

日本·伊藤善韶《诗解》：此詩周之大夫役使不均，怨不得養父母而作也。《序》云："大夫刺幽王也"，亦同他詩之例也，蓋在上使令人之人鑒不均之戒，以用心則其為益大矣哉。

日本·冢田虎《冢注毛诗》：《北山》，大夫刺幽王也。役使不均，已勞於從事而不得養其父母焉。

此詩之作果當幽王時否？未之有審也。

《子貢詩傳》以為懿王之時，大夫勞於王事之詩，《申詩》說亦以為大夫行役，不得以養其父母而作。

日本·猪饲彦博《诗经集说标记》：《李講》："因見枸杞之生，感時物之變，傷行役之久，非有其實也。"

先生曰：《小序》云"大夫刺幽王也"，鄭注"大夫不均"，云"王不均大夫之使"（故以謂王役使大夫不均平。），是鄭國《小序》"以為大夫刺王之詩，不可自刺其為政之不均"。云王不均，大夫之詩，是■然證之以"赫赫師尹，不平謂何"，則其說之非，可知也。蓋此詩士之行役者，刺王及大臣之不

---

① 李润民案：晋骆先生生卒年未知，故附此。

均也，故自稱以士子，刺在上以大夫。朱子既不信《小序》，又改大夫不均之解，而云大夫行役者，偶■旧解耳，不可用。朱公遷說亦為《集傳》護短也。

日本·仁井田好古《毛诗补传·卷二十》：《北山》，大夫刺幽王也。役使不均、已勞於從複而不得養其父母焉。

《北山》六章，三章章六句，三章章四句。

李迂仲曰："北山不當怨而怨，夫子不刪之者，蓋所以刺幽王也。孔子曰'公則悅，人主苟有均平之心則雖征役之重不以為怨，若不均則雖未甚勞苦而人亦將怨矣。'觀《大東》之詩則有'粲粲衣服'者，有'葛屨履霜'者。《北山》之詩則有'息偃在牀'者，有'不已於行'者，天下安得而悅服哉？"

日本·龟井昱《古序翼》：《北山》

翼曰：朱子曰："不斥王而曰大夫不均，詩人忠厚。"全篇無斥王之辭，朱子胡不曰刺執政，非刺王？若果不然，《小宛》民勞之不斥王，獨非忠厚乎？且《四月》南役，《北山》北役，一思先祖，一思父母，二首相比，《序》首句可玩。朱子以《北山》爲什首，大不當矣。如《古序》《蓼莪》《大東》《四月》《北山》《小明》行役怨望之詩，皆輯在《谷風之什》。

日本·龟井昱《毛诗考》：《北山》，大夫刺幽王也。

《四月》《北山》並大夫行役之詩也，《小明》主悔仕，故退而與《無將大車》比。役使不均，已勞於從事而不得養其父母焉。

《孟子》說是詩曰勞於王事而不得養其父母。《古義》相符，則"憂我父母"為一篇龍眼，可知"先祖匪人"，亦在《四月》為龍眼，故比前序"不言思祭"三章一意，反覆明曰，故也。《北山》■知序法，鑒是通彼。

《北山》六章。

日本·东条弘《诗经标识》：按：不獨自謂，兼謂諸大夫之勞於王事者。

按：《序》云："大夫刺幽王也。役使不均，已勞於從事而不得養其父母焉。"文意精當，當從之，不必改定。

日本·金子济民《诗传纂要》：《北山》六章，三章六句，三章四句。按：首章母（蒲彼反）與杞、子、事叶，一韻。二章下（後五反）與土叶、賢（下珍反）與濱臣均叶，二韻。三章一韻。四章息、國（職韻），牀、休（陽韻）■二轉韻，五章號、勞一韻，仰、掌一韻，亦二轉韻。六章酒咎（有韻）議（魚羈反）爲（支韻）亦二換韻。

日本·尾田玄古《诗经图解》：《北山》六章，三章章六句，三章章四句。

日本·滕知刚《毛诗品物正误》：《北山》，杞，枸杞。【案：原件有模糊不清的字跡。待查。】

日本·安井衡《毛诗辑疏》：《北山》六章，三章章六句，三章章四句。《北山》，大夫刺幽王也。役使不均，己勞於從事而不得養其父母焉。

日本·上田元冲《说诗小言》：《北山》，使行役不均也。

日本·安藤龙《诗经辨话器解》：《北山》，大夫刺幽王（作此詩也）。役使不均，（行政者大夫，從政者士也。政所行曰事。《孟子》曰："發其政害其事。"）己勞於從事而不得養其父母焉。

采杞食者，朝夕從事者也，而大夫朝夕從事，鞅掌其職，喻猶言登北山采杞。杞，非山菜。從事，非大夫之職。

又：是皆王所不知也，同姓大夫作此詩以怨刺幽王也。

日本·山本章夫《诗经新注》：《北山》，幽王之亂，役使不均，忠實者獨勞於事，哀而作此詩。

朝鲜

朝鲜·林泳《读书札录》（诗传）卷十九：《北山》觀《詩》有二道，既可觀當時之得失，又可觀詩人之性情，如此詩，則當時之使臣下無法，勞佚不均者可以觀矣。詩人之雖不能無怨而無忿悁，過越之意者亦可觀也。凡《詩》皆當以此法觀之。

朝鲜·朴世堂《诗经思辨录》：《北山》六章。

《序》："大夫刺幽王。役使不均，己勞於從事而不得養其父母焉。"

孔云："六章皆怨役使不均之辭。我從事獨賢是役使不均也，朝夕從事是己勞於從事也，憂我父母，由不得養其父母所以憂之也。"

朝鲜·李瀷《诗经疾书》：《綱目》："漢順帝陽嘉二年郎顗上章'栖遲偃仰，寢疾自逸'。"以此推之，"息偃在床"，疑是後世朝臣稱疾之意。"方將"，如後世歇後體，謂"方將有爲"。

第四章首二句爲捴會，下十句相反，其五"或"字皆"燕燕居息"之事，五"或"字皆"盡瘁事國"之事，此皆"不均"之註腳。一段閑忙不均也，二段勞逸不均也，三段勤慢不均也，四段憂樂不均也，五段貴賤不均也。

朝鲜·正祖《经史讲义》（诗）：獨賢，獨勞也。上章曰"偕偕士子"，下章曰"膂力方剛"，既是强壯之人，則足任事務之繁，何憚於勞苦而必怨之歟？且夫君子之心不願佚樂，而詩人之言，如此者何歟？

若鏞對：事上之義，雖當鞠躬盡瘁，使下之道，不亙竭人之力。今以膂力方剛而使之獨勞,怨所由生也。且此詩所刺卽"不均"二字,而曰"大夫不均",則非大夫自作之也。

或不知叫號,是言不聞行役者叫苦愁嘆之聲,而《集傳》泛言不聞人聲,何歟?

若鏞對:不知與不聞有異,謂不知叫號之苦也。《集傳》之釋終屬可疑。共人僚友之處者之於行者,在所當羨,而念之反至於涕零如雨者何歟?處者亦無樂事,則與《北山》之"或湛樂飲酒"者異矣,非一時之詩歟?

羲淳對:在室在塗,勞佚相懸,而燕居者反為行役者所念,則其無閑逸之樂可知矣。此詩與《北山》同為久役不歸之辭,似是一時之詩。

朝鲜·金义淳《讲说》(诗传):《北山》

禦製條問曰:獨賢,獨勞也。上章曰"偕偕士子",下章曰"膂力方剛既",是強壯之人則足任事務之繁,何憚於勞苦而必怨之歟?且夫君子之心不願佚樂,而詩之言如此者,何歟?

臣對曰:爲此詩者,槩多忠厚之辭,則其不以勞佚爲恤可知,況是強壯膂力之時,則區區征役又何憚乎?蓋小人而處於逸樂,君子而任其勞瘁,足見時君任使之失,宜則"獨賢"之嘆。雖似私怨,而其爲國深憂,可見其言外之旨矣。

朝鲜·申绰《诗次故》:《北山》六章,三章章六句,三章章四句。

《襄十三年·左傳》:"世之亂也,君子稱其功以加小人,小人伐其技以馮君子,是以上下無禮亂虐並生,由爭善也。""周之衰也,其詩曰'大夫不均,我從事獨賢',言不讓也。"《孟子》:"《詩》云'普天之下',至'莫非王臣',勞於王事而不得養父母也。曰:此莫非王事,我獨賢勞也。"《後漢》:"楊賜封事:今所序用無他德,有形勢者,旬日累遷;守真之徒,歷載不轉。勞逸無別,善惡同流。《北山》之詩所為諷作。"

朝鲜·成海应《诗说》:《北山》

此詩行役之大夫自言,當強壯之年豈不以王事爲憂哉?但以父母之養無人,故陳己之情私。蓋執政者之大夫謂我賢而獨勞者,誠不諒人也。夫彼燕燕居息,或息偃在床,或湛樂飲酒,或出入風議者,皆安樂而無所事,何不使此輩代我而使我歸養乎?其心非怨上也。觀"慘慘畏咎"之句意,有責其慢而督其勤者,不徒役之不均,且慮其以罪加之而不能歸也。

朝鲜·丁若镛《诗经讲义》:《北山》之什、《北山》

御問曰:獨賢,獨勞也。偕偕士子,膂力方剛,旣是強壯之人,則足任事務之繁,何憚於勞苦而必怨之欤?且夫君子之心不願佚樂,而詩人之言如

31

此者，何歟？

（臣）對曰：事上之義，雖以鞠躬盡瘁爲本分，使下之道不宜竭人之力。今以膂力方剛，而使之獨勞，可乎？此乃怨之所由生也。此詩大意即"不均"二字，而曰"大夫不均"，則非大夫自作之也。《左傳》論范宣子辭將之事而引此詩，以戒之曰："世之亂也，君子稱其功以加小人，小人伐其技以馮君子，由爭善也。"又晉伯瑕引第四章之語曰："戎其同始而異終。"古人之善於說詩，有如是矣。

朝鲜·赵得永《诗传讲义》：《北山》

御製條問曰：獨賢，獨勞也。上章曰"偕偕士子"，下章曰"膂力方強"，既是強壯之人，則足任事務之繁，何憚於勞苦而必怨之歟？且夫君子之心不願佚樂，而詩人之言如此者，何歟？

（臣）對曰：役使不均，使行役之大夫有怨國之心者，君人者之過也。然爲人臣子，致身奉公，不顧險夷，曰東曰西，惟令是從，此古君子為國効忠之道，而此詩曰"莫非王土，莫非王臣。大夫不均，我從事獨賢"。又曰"或燕燕居息，或盡瘁事國。或息偃在床，或不已於行"。下三章言之重辭之複，莫非計勞逸怨君上之意，縱使其君虐使其臣，而為人臣者寧處其薄乎？臣於是詩窃有感於時世之變也。《皇華》者遣使臣之詩也，其所以逆探其情而懸念于原隰之勞者，恩之深仁之厚也。當時之臣，必皆銜恩盡節湯火不避，安得有此等詩語哉？以文武之後世，而一轉而有此詩，寧不懼哉？朱子嘗稱詩人之忠厚，而臣則猶惜其薄。

御製條問曰：或不知叫號，是言不聞行役者叫苦愁嘆之聲，而《集傳》泛言"不聞人聲"，何歟？

臣對曰：以為不聞行役者之叫號之聲，似親切有味，《集傳》之泛言"不聞人聲"者，無乃齟齬乎？

朝鲜·崔璧《诗传讲义录》：《北山》一條

禦製條問曰：獨賢，獨勞也。上章曰"偕偕士子"，下章曰"膂力方剛"，既是強壯之人，則足任事務之繁，何憚於勞苦而必怨之歟？且夫君子之心不願佚樂，而詩人之言如此者，何歟？

（臣）璧對曰：勞於王事者臣子之職，而況膂力剛壯足任事務，則詩人豈敢有憚殃之怨哉？然而勞逸不均，未見共供之事使役，無常不聞同寅之義，實君子任其憂，小人享其樂，則獨賢之怨，安得不發於從事勞苦之時乎？《詩》可以怨，政為此類，而宜爲在上者之所鑑也。

朝鲜·金学淳《讲筵文义》（诗传）：《北山》

御製條問曰：獨賢，獨勞也。上章曰"偕偕士子"，下章曰"膂力方剛"，既是強壯之人，則足任事務之繁，何憚於勞苦而必怨之歟？且夫君子之心不願佚樂，而詩人之言如此者，何歟？

（臣）對曰：為此詩者槩多忠厚之辭，則其不以勞佚為恤可知，況是強壯膂力之時，則區區征役又何憚乎？蓋小人而處於逸樂，君子而任其勞瘁，足見時君任使之失宜，則獨賢之嘆雖似私怨，而其為國深憂，可見言外之旨矣。

朝鮮·沈大允《诗经集传辨正》：諸侯之大夫役於周，怨其不均而作此詩。

又：夫怨生於不均，生於無節，無節者，可已而不已也，非不可不為而為之者也。使之無節，而又重之以不均，怨之所聚也。後之君子可以鑑焉。

朝鮮·尹廷琦《诗经讲义续集》卷七：《北山》
此亦《四月》同時之作。羣小得志於內，賢人被黜於外，從役南國而作也。

陟北山者，蓋以從役於南，故自南而望家鄉必登北山也。杞以喻父母前已詳之矣（詳《杕杜》）。此詩大旨《孟子》明言之，其答咸丘蒙之問，釋"普天之下，莫非王土。率王之濱，莫非王臣"之義曰："是詩也，謂勞於王事而不得養父母也。"然則"憂我父母"一句，即以從役在外不得奉養父母，而使父母不免凍餒之憂也。

朝鮮·朴文鎬《枫山记闻录》（毛诗）：《北山》二章末言獨賢，三章又自解其獨賢之由，其辭雖若自詡，而其實則甚怨之意也。但古人語不迫切，故其怨常從忠厚中出來。（相範）

朝鮮·朴文鎬《诗集传详说》：《北山》六章，三章章六句，三章章四句。新安胡氏曰："《大東》言賦之不均；《北山》言役之不均。"

又：《北山》，大夫刺幽王也。役使不均，己勞於從事而不得養其父母焉。

朝鮮·李炳憲《孔经大义考》（诗经）：《北山》，《孟子》曰："大夫勞於王事，不得養父母也。"

朝鮮·无名氏《诗义》：籲！王者，以四海為一家，中國為一人，則孰非王土，孰非王臣乎？是故，夏禹制貢而九州，土賦莫不畢貢者，以天下之皆王土也。職方掌圖而四海人民莫不盡掌者，以率土之皆王臣也。茲義也，余於《周雅》見之矣。噫！蒞天下而至尊名，王也；臨率土而無外者，王也。則寸地尺天莫非王者之所有也，四海九州莫非王者所御也。然則其日月所照、霜露所墜、舟車所至，吾必曰王土也；其林林然、蔥蔥然、驪驪然者，吾必曰王臣也。惟其尺土之莫非王土，則天下豈有非王土者乎？一民之莫非王臣，则率土岂有非王臣者乎？是以指其天下之土而曰莫非王土，指其率土之民而曰莫非王臣，则其王者之至大，無外於此可見矣。

《北山之什》《小雅北山》六章。

李润民按：《北山》一诗的作者，没有人知道他的具体姓名，只有关于其身份的猜测。最早有宋·李樗认为是诗中的"大夫作此诗也"，宋·朱熹也认为是"大夫行役而作此诗"。而宋·杨简在他的《慈湖诗传·卷十四》中以疑问的口气说："然则作诗者士欤？"明·何楷则明确的说："作此诗者，其为士而非大夫明甚。"（《诗经世本古义·卷十八》之下）清·许伯政从另一个角度提出了这首诗"殆亦东都人所作"（《诗深·卷十八》）。今天我们从诗中有"大夫不均，我从事独贤"的句子看，这是对大夫的怨刺，就不大可能是"大夫"作的诗了，而且作这首诗的人是"士"更合乎情理。其实何楷等人也是基于这样的道理，认为作《北山》诗的人是"士"。至于这个作诗的士是否是"东都人"，还有待进一步的考证。

今人高亨也认为："《北山》，这首诗是统治阶级下层即士的作品。"（《诗经今注》）

这首诗的问世时间可能有二，一是周懿王时期，一是周幽王时期。《毛诗序》说："《北山》，大夫刺幽王也。"那诗的问世自然是在周幽王时期。明·丰坊说："《子贡传》以此为懿王之时，司马迁亦言：'懿王之时，王室遂衰，诗人作刺。'"（《鲁诗世学·卷二十一》）认为这是周懿王时期的诗。总体上看，认为这是周幽王时期的诗的人多。

关于这首诗的主旨歧见不算多，主要有两种说法：

一，怨刺说。认为这首诗的作者遭受到不公平的待遇，担负沉重的劳役，以至于不能赡养自己的父母，因此有不平、有怨气，形之于诗，有所怨刺。但怨刺的对象又有不同见解，主要又三种观点：一是刺王；二是刺大夫；三是刺不均。

大多数学者认为《北山》是刺王的。《毛诗序》说："《北山》，大夫刺幽王也。"后来赞同刺王说的人相当多，其中大多是认为刺幽王，而少数人认为是刺懿王的。朱熹还特别辨析说："言土之广，臣之众，而王不均平，使我从事独劳也。不斥王而曰大夫，不言独劳而曰独贤，诗人之忠厚如此。"（宋·朱熹《诗经集传·卷十三》）意思是，造成役使不均，唯我独劳不得养父母的责任在王，而诗中却说"大夫不均"，是由于诗人的忠厚才那样说的。

有人认为是刺大夫的。《郑笺》云："王不均大夫之使。"清·刘沅说：

"大夫假君命以役臣，不得孝养其亲，其人作此刺之"（《诗经恒解·卷四》）。刘沅还认为大夫行役即使特别艰苦，不能侍亲也不能有抱怨，刺王就更不应该。

也有个别人说是既刺王，也刺大夫，日本·猪饲彦博说："盖此诗士之行役者，刺王及大臣之不均也，故自称以士子，刺在上以大夫。"（《诗经集说标记》）

还有相当多的学者认为《北山》是刺"不均"的。宋·范处义说："《大东》专言赋之不均，此诗专言役之不均，以见幽王之时赋役皆不均平。赋不均则以伤财而告病，役不均则不得养其父母，尤为可刺也。"（《诗补传·卷二十》）朝鲜·正祖说："且此诗所刺即'不均'二字。"（《经史讲义·诗》）当然，"不均"只是一种现象，深入分析还需要指出造成不均的人，最后实际还得"刺王"抑或是"刺大夫"。

另外有少部分学者说《北山》是表面上是士刺大夫，实际还是刺王。明·张次仲说："'大夫不均，我从事独贤。'是士刺大夫。而曰大夫刺王者，盖令出于王，大夫不得而止。故托于士之刺大夫以刺王也。"（《待轩诗记·卷五》）明·朱朝瑛也说："役使不均，令出于王，大夫不得而止之，故托于士子之刺大夫者，以刺王也。"（《读诗略记·卷四》）清·顾广誉说："大夫不均，辞刺大夫，意实刺王。"（《学诗详说·卷二十》）

二，鼓吹忠义说。认为这首诗"有忠厚之意"，"非谓责人，盖欲相勉以勤王事，犹所谓无然泄泄之意。"（明·李先芳语，见《读诗私记·卷四》）明·黄道周在《诗经琅玕·卷六》中引黄石齐语："要知此诗非以独劳鸣怨，乃以公义鼓忠。故篇中特指出一王字及贤字，正以忧国之忠献之。不均者，如徒作不平之叹，取义便浅。"

与忠义说意思相近的有所谓思孝说。明·范王孙说："夫人忠孝两念岂有异哉？古之人不敢以父母之身行殆，而偏可为其君死，能孝者未有不能忠者也。但世衰国危，喜怒为政。役使不均，群小得志。令人进不得尽其忠，始转而思孝耳。"（《诗志·卷十四》）清·姜炳璋说："此篇孝子之悲思，非劳臣之感情也。"（《诗序补义·卷十八》）清·姜文灿在分析《北山》诗旨时，在文章的前边说是刺不均的，而文章要结束时又引用了陆云士的话："《北山》非以私劳伤怨，乃以公义鼓忠，天下事非一力能持，惟行者尽劳，居者尽职，合外内而共励■精，而后称王臣而无忝也。"这陆云士的观点显然是鼓吹忠义说。

综合看，主张鼓吹忠义说的人远没有主张怨刺说的人多。

《诗经·小雅·北山》研究 >>>

关于《北山》的主旨,除了以上两种观点之外,还有一些零星个别的说法。有人认为是刺群臣不同心的,这个说法的只有民国·王闿运,他说:"刺群臣不同心,非欲归养。"(《毛诗补笺·卷十三》)。

还有人说:"此篇言天下众民智愚贤不肖,既各异,其优劣则虽其志之所趋,其身之所处,亦皆有高卑劳逸之不均。"(日本·皆川愿《诗经绎解》)

应该说是刺王的观点比较符合诗的本义,阐述的理由也比较到位中肯,比如说有很多人探讨了刺王、刺不均的原因。宋·李樗说:"同是大夫而不均如此,所以《北山》致大夫之怨也。"(《毛诗李黄集解·卷二十五》)明·朱善说:"赋敛之不均则诸侯怨,役使之不均则臣子怨。夫臣之于君,不择事而安之,所以为忠也,而不免于怨,何也?盖怨生于彼此之相形者也。吾方尽瘁,而彼则居息之燕燕;吾方劬劳,而彼则叫号之不知。"(《诗解颐·卷二》)明·朱谋㙔说:"《北山》,大夫刺幽王也。何刺乎?刺爲政者役使之不均也。"(《诗故·卷七》)而鼓吹忠义的说法显然是为了附会印证儒家的诗教说,不免有曲解的味道。比如清·冉觐祖引章天节曰:"诗可以怨,《小弁》怨亲也,《北山》虽怨大夫实怨君也。《小弁》之怨正征其孝,《北山》之怨正见其忠。(《诗经详说·卷五十三》)怨了,反而正表现了忠,如此说,不免有牵强之嫌。或者是强调诗人虽然怨了,却"不失忠厚之道"①。所幸,持此种观点的人不算很多。

与诗旨有关的还有一个人的说法需要提及,宋·李樗认为《北山》表达的是怨刺情绪,但因此《北山》之诗的品位就降低一个档次,他写道:"若《北山》之大夫,则已为怨也,此其所以为变风变雅也。"而且这样一来,"人尝以谓《北山》之大夫不如《北门》之忠臣。"(参看《毛诗详解》〔《毛诗李黄集解·卷二十六》〕)

这一首诗有两个关键词:不均与独贤。有不少人围绕着这两个关键词探讨这首诗的旨意与章法。唐·孔颖达说:"《序》以由不均而致此怨,故先言役使不均也。"(《毛诗正义·卷十三》)明·邹之麟说:"《北山》通诗以不均意为主,独贤不过是不均之名目。首言行役而不均,独贤之意已寓其中。"(《诗经翼注讲意·卷二》)明·黄道周说:"《北山》全旨:通诗尽'不均'意,'独贤'是'不均'好名目。"(《诗经琅玕·卷六》)总之,不均与独贤是理解《北山》一诗的关键,很值得研味。

最后需要注意的一点是有人谈到了这首诗的本事背景,背景有二:一是

---

① 参看明·徐光启《毛诗六帖讲意·卷二》,明·贺贻孙《诗触·卷四》。

北方戍边，明·朱谋㙔说："曰'四牡彭彭，旅力方刚'，知防秋于北也。"（《诗故·卷七》）明·李资乾说："北虏为中国患，幽王暗弱，戎狄益骚北方，边境苦无宁日。王遣将士偹豫，久而不召，相与采杞而食之。"（《诗经传注·卷二》）清·潘克溥说："《北山》，大夫从王北征而作也。《竹书》：'穆王十二年，北巡狩遂伐犬戎。'"（《诗经说铃·卷八》）

  背景二是东人服役，清·许伯政把《北山》和《大东》联系起来说"东都之民供役于西都，过期而代者不至，故怨大夫至不均而作此"（《诗深·卷十八》）。

  这只能是算两种猜想，但也可以给读者一点启示。

首章句解

陟彼北山

中国

汉·郑玄《毛诗笺》（《毛诗正义·卷十三》）：言我也登山而采杞，非可食之物，喻已行役不得其事。

唐·孔颖达《毛诗正义·卷十三》：《正义》曰："言有人登彼北山之上者，云我采其杞木之葉也。此杞葉非可食之物，而登山以采之非宜矣。"

宋·李樗《毛诗详解·卷二十五》（《毛诗李黄集解》卷）：王氏曰：陟彼北山，適險而之幽也亦非也。此但言往北山采杞不以幽險為説。

宋·范处义《诗补传·卷二十》：詩人言南北雖或指所見大槩，南言其明北言其不明。《蓼莪》言"南山烈烈"，猶望其明也，陟彼北山，則不復望其明矣。杞，枸檵也。以其甘而可食，故人多采之。喻王如北山而役我多於衆人也，然我亦偕士子同從王事耳。

明·李资乾《诗经传注·卷二十六》：北山即戍役之山

明·郝敬《毛诗原解·卷二十二》：北山，背陽之比。

明·徐光启《毛诗六帖讲意》：《笺》曰："登山而采杞，非可食之物，喻已行役不得其事。"

明·朱谋㙔《诗故·卷七》：北山，極北之山，苦寒之地，胡虜域也。

明·黄道周《诗经琅玕·卷六》：陟，是升。

明·冯元飓、冯元飙《手授诗经·卷五》：陟，是升。

明·杨廷麟《诗经听月·卷八》：陟，是升。

清·钱澄之《田间诗学·卷八》：郝氏云："北山，背陽之比。"

清·顾栋高《毛诗类释·卷三》：《北山》，胡氏渭曰："終南之名惟見於

《秦風》，而《小雅》則稱南山不一而足，又有北山。蓋南山謂都南諸山，終南太一在焉。北山謂都北諸山，九嵕甘泉巀嶭等也。"（臣）謹案：《召南》："陟彼南山，言采其蕨。"《小雅》"陟彼北山，言采其杞。"不舉山名，單稱南、北者，主豐鎬帝都而言。

  清·刘始兴《诗益·卷五》：陟山采杞，蓋言其道途所歷之事，亦賦中有興義。

  清·顾镇《虞东学诗·卷八》：北山，行役所過也。

  清·傅恒等《御纂诗义折中·卷十四》：陟山采杞，望父母也。

  清·罗典《凝园读诗管见·卷八》：北山，謂朔方之山，偪狹境，亦交涉戎境，其大夫蓋因從事於此而身陟之也。

  清·徐华岳《诗故考异·卷二十》：《箋》言"我登山而采杞非可食之物，喻己行役不得其事。"

  清·李允升《诗义旁通·卷七》：《鄭箋》："我也，登山而采杞，非可食之物，喻己行役不得其事。"

  清·陈奂《诗毛氏传疏·卷二十》：北山采杞，以喻勞於從事。

  清·龙起涛《毛诗补正·卷十七》：《詩》屢言南山，釋《詩》者皆以終南當之，以鎬京對面爲終南也。此詠北山疑在豐鎬之北，《禹貢》所紀"三危"等處，蓋爲備北狄計，故役於此。

  清·吕调阳《诗序议·卷三下》：陟山采杞，望父母也。

  清·梁中孚《诗经精义集钞·卷三》：陟山采杞，望父母也。

  清·王先谦《诗三家义集疏·卷十八》：《箋》言："我也登山而采杞，非可食之物，喻己行役不得其事。"

  清·桂文灿《毛诗释地》：《北山》

  《杕杜》北山，"陟彼北山。"

  《南山有臺》"北山有萊。"

  《左昭公二十二年傳》："王由于北山。"注：洛北芒也。案：芒山一作邙山，一曰平逢山，亦曰郟山，亦曰太平山，今在河南，河南府城洛陽縣東北，連偃師孟津鞏三縣界，汲冢《周書》作雒解，云："作大邑成周，於土中城。方千七百二十丈，郭方七十裏。南繫於洛水，北因於郟山。"即此山也。

  民国·王闿运《毛诗补笺·卷十三》：《箋》云："言我也，登山而采杞非可食之物，喻己行役不得其事。"《補曰》：北山，喻暗君也。

  民国·魏元旷、胡思敏《诗故·卷七》：北山，極北之山，苦寒之地，胡虜城也。

民国·林义光《诗经通解·卷二十》：北山采杞，郑玄云："登山而采杞，非可食之物。喻已行役不得其事。"

民国·焦琳《诗鬷·卷七》：北山采杞，未详，疑杞非美菜果，又不易采，故以陟北山喻其劳，以采其杞喻无功绩与。

附现代人：

高亨《诗经今注》：陟，登也。

陈子展《诗经直解·卷二十》：陟彼北山，登上了那座北山。言采其杞，我採那裡的枸杞。

日本

日本·皆川愿《诗经绎解·卷十一》：盖北山喻其恶仕惮事，采杞喻若以偕偕士子，若以忧父母藉口也。又前篇终曰"隰有杞棟"，而此乃於山言杞，正亦示其义之相反者矣。

日本·冢田虎《冢注毛诗·卷十三》：盖行役之士欲采枸檵，而登北山望其故乡，以赋其情爾。

日本·龟井昱《毛诗考》：北山，北方之山也。本言朔方，则是亦北征大夫作也。

日本·东条弘《诗经标识》：

按：首二句特不过以兴下二句耳，必言采杞者，以喻士子朝夕从事之勤，言采之食者，非也。

日本·滕知刚《毛诗品物正误》：《北山》……①

日本·安井衡《毛诗辑疏·卷十上》：《笺》言："我也登山而采杞，非可食之物，喻已行役不得其事。"

日本·安藤龙《诗经辨话器解》：《笺》云，"言我也，登山而采杞非可食之物。喻已行役不得其事。"

朝鲜（案：此句朝鲜学者无解）

李润民按："陟彼北山"，字面意思简单。陟，升也，没有异议。北山，有几说：

1. 北山即戍役之山；（见明·李资乾《诗经传注·卷二十六》）

---

① 案：原件模糊待查补

40

2. 北山，极北之山，苦寒之地，胡虏域也；（见明·朱谋㙔《诗故·卷七》）

3. 郝氏云："北山，背阳之比。"（见清·钱澄之《田间诗学·卷八》）

4. 北山，行役所过也。（见清·顾镇《虞东学诗·卷八》）

5. 北山，谓朔方之山，偪狭境，亦交涉戎境。（见清·罗典《凝园读诗管见·卷八》）

6. 此咏北山疑在丰镐之北，《禹贡》所纪"三危"等处。（见清·龙起涛《毛诗补正·卷十七》）

7. 北山，谓所戍地之北山。（见日本·山本章夫《诗经新注》）

对"北山"的解释虽然有几说，没有太大的分歧。那么"陟彼北山"的字面意思，用今人陈子展的话说就是："登上了那座北山。"（见《诗经直解·卷二十》）

当然，"陟彼北山"，还有它的暗示及言外之意，如清·刘始兴所言："亦赋中有兴义。"（《诗益·卷五》）宋·范处义说："喻王如北山而役我多于衆人也。"（《诗补传·卷二十》）民国·王闿运说："北山，喻暗君也"（《毛诗补笺·卷十三》）。日本·皆川愿说："盖北山喻其恶仕憚事"（《诗经绎解·卷十一》）。

总之，北山是一座地处极北的苦寒之地，与狄人部落相接，是诗中主人公服役戍边的地方，它给人的感觉是沉重的压抑的，所以有人把它喻为高高在上的君王，或者是令人厌恶的差事，就不奇怪了。那登上了这样一座山，心情自然不会欢乐，下边发出怨刺也就是不可避免的了。

更进一步的理解，需要结合下一句"言采其杞"的句义看。

言采其杞

中国

汉·郑玄《毛诗笺》（《毛诗正义·卷十三》）：言我也登山而采杞，非可食之物，喻已行役不得其事。

唐·陆德明《毛诗音义》（《毛诗正义·卷十三》）：杞，音起。

唐·孔颖达《毛诗正义·卷十三》：言有人登彼北山之上者，云我采其杞木之叶也。此杞叶非可食之物，而登山以采之非宜矣。以兴大夫循彼長逺之路者，云我從其勞苦之役也。

宋·蔡卞《毛诗名物解》：芑以言其穀之嘉也，《七月》陳先公風化之所由得土之盛，故曰穜稑稙穉之種因天時也，穜稑之實得地氣也。《閟宮》備言后稷稼穡之道，故校四者而言之爲稼穡而因天時得地氣，此所以降之百福也。美穀可以養人，嘉穀不可以爲食之常也，先王用之於祭祀而已，故生民言后稷之肇祀而曰："誕降嘉穀，秬秠穈芑。"

宋·李樗《毛诗详解》（《毛诗李黄集解·卷二十六》）：杞，枸杞也。《季氏昭十二年》："有圃生之"。晚杜元凱注曰："世所謂枸者"正與此同。鄭氏曰："喻已行役不得其事"，此説是也。此詩所言"陟彼北山言采其杞"因見杞菜之生，感時物之變，傷行役之久，非有其實也。

宋·范处义《诗补传·卷二十》：杞，枸檵也。以其甘而可食，故人多采之。

宋·王质《诗总闻·卷十三》：杞，枸杞也，仲春可食，當是此時。

宋·吕祖谦《吕氏家塾读诗记·卷二十二》：李氏曰："杞，枸杞也。"《左氏·昭十二年》有"圃生之杞"。杜元凱注云："世所謂枸杞者"。

宋·段昌武《毛诗集解·卷十三》：杞，音起。李曰："枸，枸杞也。"《左昭十二年》："有圃生之杞。"杜元凱注云："世所謂枸杞者。"朱曰："大夫行役，陟彼北山采杞而食也。"

宋·杨简《慈湖诗传·卷十四》：李曰："杞，枸杞也。"《左傳·昭十三年》："我有圃生之杞。"杜預注云："世所謂枸杞者，行役於外采杞而食。"

宋·严粲《诗缉·卷二十二》：李氏曰："杞，枸杞也。"
三杞，考見《四牡》。

元·胡一桂《诗集传附录纂疏·卷十三》：《纂疏》："杞見《四牡》。"

元·许谦《诗集传名物钞·卷六》：杞，即前篇之杞。

明·梁寅《诗演义·卷十三》：杞者，枸（苟）杞（芑）也，春可羹而微苦。

明·丰坊《鲁诗世学·卷二十一》：言采其芑，毛本作杞。

明·李资乾《诗经传注·卷二十六》："言采其杞"者，戍役之人，推度家中之人言曰："戍役者，斯時當采杞矣，"非真有采杞之事，亦非戍役者自登北山，亦非采杞者相率而言以徃杞所也。

明·郝敬《毛诗原解·卷二十二》：杞，苦菜，食苦之比。

明·朱谋㙔《诗故·卷七》：杞，謂枸杞，今甘肅之杞最多，疑即其所也。

明·张次仲《待轩诗记·卷五》：杞，枸杞。

明·黄道周《诗经琅玕·卷六》：杞，木名。登山采杞，自是羁旅情况。

明·冯元飏、冯元飙《手授诗经·卷五》：杞，木名。

明·何楷《诗经世本古义·卷十八下》：杞，拘檵。解见《四牡》《杕杜》篇。郝敬云："北山，背阳之比。杞，苦菜，食苦之比。"

明·杨廷麟《诗经听月·卷八》：杞，木名。

清·钱澄之《田间诗学·卷八》：郝氏云："杞，苦菜。食苦之比。"

清·张沐《诗经疏略·八卷》：杞，枸杞也。

清·陈启源《毛诗稽古编·卷十四》：華谷①辨诗有三杞，以《小雅》之《四牡》《杕杜》《四月》《北山》，此四诗之杞皆枸杞，然惟《四牡》《四月》毛訓"枸"，"檵"。《杕杜》《北山》無傳。《杕杜》，《箋》云："杞，非常菜。"《北山》，《箋》云"杞，非可食之物"，則以此二杞為枸杞，未必毛、鄭意。《陸疏》謂"枸杞，春生可作羹茹"。安得為"非常菜"不可食乎？

清·冉觐祖《诗经详说·卷五十三》：按：鄭以杞不可食，喻行役不得其事，不合。

清·黄梦白、陈曾《诗经广大全·卷十三》：枸■也，見《四牡》。

清·刘始兴《诗益·卷五》：陟山采杞，蓋言其道途所歷之事，亦賦中有興義。

清·程晋芳《毛郑异同考》：《箋》："言我也登山而采杞，非②可食之物。喻己行役不得其事。"案：此無傳者，不煩釋也。《箋》則稍贅，此杞爲枸杞，辨見《詩緝》"杞菜之葉，何不可食之有"？

清·顾镇《虞东学诗·卷八》：采芑，感時物也。

清·姚炳《诗识名解》：嚴華谷亦以此杞為枸杞，當從其說。杞葉初生可採以為茹，而鄭氏以非可食之物，為興。郝仲輿又謂苦菜，為食苦之比，豈此詩之杞，固即《廣雅》所釋苦杞者？抑將同《采芑》之芑，如陸璣所謂似苦菜，《集傳》所謂野苦蕒者，故以苦為喻耶？要未可據矣。

清·罗典《凝园读诗管见·卷八》：杞，枸檵之一，字名攺·《本草集》說："枸檵作叢生，莖幹高三五尺，獨蘭州■州九原以西枸檵並具大樹。沈存中《筆談》亦言陝西極邊生枸檵，高丈餘，大可作柱。然則杞之■自北山，其材固特異矣。"言采其杞"對下"憂我父母"說，乃"言采其杞"之根耳。

---

① 华谷，宋代人严粲的号。
② 程氏此处原文是"亦"字，错，据《毛诗正义》改。

枸櫞根名地骨，一名地仙，一名却老，一名仙人杖。有根之異者，則仙家所謂千歲枸櫞，其形如犬者也，食之可長生。彼大夫之陟彼北山，瞥見杞者有大可作柱之異材，當必有其形如犬之異根，以為若采而得之，是足藉以永父母之年，而使不害於憂也。故雖不必果采，而心口相商，則有言云然矣。

清·牟庭《诗切·卷三》：《四月》，《毛傳》曰："杞，枸櫞也。"

清·黄位清《诗绪余录》：《北山》

杞，《詩緝》："杞，李氏曰：'枸杞也。'"三杞，考見前《將仲子》。

清·李允升《诗义旁通·卷七》：鄭箋》："我也，登山而采杞，非可食之物，喻已行役不得其事。"

清·陈奂《诗毛氏传疏·卷二十》：北山采杞，以喻勞於從事。言，語詞。

清·多隆阿《毛诗多识》：杞，枸杞，爲枸杞，故言采，見《四牡》。

清·吕调阳《诗序议·卷三下》：陟山采杞，望父母也。

清·梁中孚《诗经精义集钞·卷三》：陟山采杞，望父母也。

清·王先谦《诗三家义集疏·卷十八》：《箋》言："我也登山而采杞，非可食之物，喻已行役不得其事。

清·陈百先《诗经备旨·卷五》：杞，水名。

民国·王闓运《毛诗补笺·卷十三》：《箋》云："言我也，登山而采杞非可食之物，喻已行役不得其事。"《補曰》：杞，小木，喻無賢能臣。

民国·魏元旷、胡思敏《诗故·卷七》：杞，謂枸杞，今甘肅之杞最多，

民国·林义光《诗经通解·卷二十》：北山采杞，鄭玄云："登山而采杞，非可食之物。喻已行役不得其事。"

民国·焦琳《诗蠲·卷七》：杞，枸杞也，葉實皆可食。

附现代人

刘毓庆《雅颂新考》：言采其杞

《詩經》喜用諧音雙關，但卻不被學者們所注意。《小雅·北山》"陟彼北山言采其杞""杞"與"已"古音相近，"采杞"實際上是"采已"，就是希望行役早點結束的意思。這幾句詩，又見於《小雅·杕杜》，那也是征夫思家，希望早點了結束役期的詩。《杕杜》第一章說："有杕之杜，有睆其實"。《說文》云："室，實也"，"實"與"室"古音相同，"實"就是"妻室"的諧音雙關。第二章"其葉萋萋"，"萋萋"即"妻妻"的雙關。《小雅·我行其野》"蔽芾其樗"，"樗"與"宇"同音，宇就是居的意思。第二章"言采

其蓫"，"蓫"即"逐"的諧音。第三章"言采其葍"，"葍"即"逼"的諧音，這實際上隱言主人公音家庭不和而被迫離居的過程。《車轄》"析其柞薪"，"薪"即"新"的諧音，隱言新婚。《國風》中這種例子也很多，如《周南·葛覃》，第一章"維葉萋萋"，"萋萋"即"妻妻"的諧音。隱喻其初嫁之時；第二章"維葉莫莫"，"莫莫"即"勉勉"的諧音，隱言其出嫁之後，辛勤治理家務；《鄘風·相鼠》："相鼠有齒"，"相鼠有體"，"齒"即"恥"的諧音，"體"即"禮"的諧音。這意思是，連鼠都有"禮"有"恥"，人若沒有，其不死何為？這些地方不被前人所注意，故特發其覆，以窮詩之妙。

陈子展《诗经直解·卷二十》：陟彼北山，登上了那座北山。言采其杞，我採那裡的枸杞。

高亨《诗经今注》：言，語助詞。杞，枸杞。

日本

日本·赤松弘《诗经述·九述》：杞，枸檵也。

日本·皆川愿《诗经绎解·卷十一》：杞，解見前。

蓋北山喻其惡仕憚事，采杞喻若以偕偕士子，若以憂父母藉口也。又前篇終曰"隰有杞梀"，而此乃於山言杞，正亦示其義之相反者矣。

日本·冢田虎《冢注毛诗·卷十三》：言，語辭。杞，枸檵也。蓋行役之士欲采枸檵，而登北山望其故鄉，以賦其情爾。

日本·猪饲彦博《诗经集说标记》：李講："因見枸杞之生，感時物之變，傷行役之久，非有憂實也。"

日本·龟井昱《毛诗考》：采杞，客中遊戲，所以慰朝夕之勞，又有《陟岵》瞻望之意。

日本·东条弘《诗经标识》：按：首二句特不過以興下二句耳，必言采杞者，以喻士子朝夕從事之勤，言采之食者，非也。

日本·安井衡《毛诗辑疏·卷十上》：《箋》言："我也登山而采杞，非可食之物喻已行役不得其事。"

日本·安藤龙《诗经辨话器解》：《箋》云，"言我也，登山而采杞非可食之物，喻已行役不得其事。"杞，名杞，非山之菜也。

日本·山本章夫《诗经新注》：杞，枸杞，其葉可食。軍須告匱，或自采之于山，采薪之類也。

朝鲜

朝鲜·沈大允《诗经集传辨正》：采杞，言成功也。

李润民按："言采其杞"一句，字面意思简单。"言"是语助词。杞是枸杞，郑玄说是"非可食之物"，宋·王质说是"仲春可食"，明·郝敬说："杞，苦菜，食苦之比。"明·梁寅说："杞者，枸（苟）杞（芑）也，春可羹而微苦。"日本·山本章夫说是"其叶可食"。清·姚炳在他的《诗识名解》中，以及清·罗典的《凝园读诗管见·卷八》都对"杞"进行了一番梳理，值得注意。

民国·王闿运从另一个角度说："杞，小木，喻无贤能臣。"（《毛诗补笺·卷十三》）。

采杞，唐·孔颖达说是在"采其杞木之叶也"，日本·龟井昱说："采杞，客中游戏，所以慰朝夕之劳，又有《陟岵》瞻望之意。"（《毛诗考》）朝鲜·沈大允说："采杞，言成功也。"（《诗经集传辨正》）

那麼"言采其杞"的字面意思，用今人陈子展的话说就是："我采那里的枸杞。"（见《诗经直解·卷二十》）

但对"言采其杞"的进一步探讨，就有了两种明显对立的见解，一是认为这一句话是赋，意思说诗中主人公实实在在的采摘那里的枸杞或杞木之叶（这是基于杞是可食之物而言）。如宋·范处义说："以其甘而可食，故人多采之。"（《诗补传·卷二十》）日本·山本章夫也说："杞，枸杞，其叶可食。军须告匮，或自采之于山，采薪之类也。"（《诗经新注》）二是认为这句话只是为了比喻、起兴而歌的，诗中主人公其实并没有实际的采摘行动（这是基于杞是"非可食之物"而言的）。如宋·李樗说："郑氏曰：'喻已行役不得其事'，此说是也。此诗所言'陟彼北山言采其杞'因见杞菜之生，感时物之变，伤行役之久，非有其实也。"（《毛诗详解》）除这两种见解之外，还有明·李资乾的看法："'言采其杞'者，戍役之人，推度家中之人言曰：'戍役者，斯时当采杞矣'，非真有采杞之事，亦非戍役者自登北山，亦非采杞者相率而言以徂杞所也。"（《诗经传注·卷二十六》）

很多人认为"言采其杞"是有言外之意的，大都赞同汉·郑玄所说的："言我也登山而采杞，非可食之物，喻已行役不得其事。"（《毛诗笺》）唐·孔颖达做了进一步的阐释："此杞叶非可食之物，而登山以采之非宜矣。以兴大夫循彼长远之路者，云我从其劳苦之役也。"（《毛诗正义·卷十三》）另有清·陈奂说:"北山采杞,以喻劳于从事。"(《诗毛氏传疏·卷二十》)民国·王闿运用杞来"喻无贤能臣",虽然进一步阐释"言采其杞"的含义,但联系他把北山喻暗君,还是不难体会他的言外之意的。但也有一些人不同意郑玄的说法,如清·冉觐祖说:"郑以杞不可食,喻行役不得其事,不合。"(《诗经详说·卷五十三》)的确,郑玄把他的观点"喻已行役不得其事"建立在杞是"非可食之物"基础上,是很勉强的,今天几乎人们都知道枸杞的叶子和果实都是可以实用的。

对"言采其杞"言外之意的洞察还是刘毓庆先生的解释更为"达诂":"《诗经》喜用谐音双关,但却不被学者们所注意。《小雅·北山》'陟彼北山言采其杞','杞'与'已'古音相近,'采杞'实际上是'采已',就是希望行役早点结束的意思。这几句诗,又见于《小雅·杕杜》,那也是征夫思家,希望早点了结东役期的诗。"(《雅颂新考》)

偕偕士子

中国

《毛诗故训传》(《毛诗正义·卷十三》):偕偕,强壮貌。士子,有王事者也。

唐·陆德明《毛诗音义》(《毛诗正义·卷十三》):偕,音皆。徐音諧,《說文》云:"強也。"

宋·苏辙《诗集传·卷十二》:偕偕,強壯貌。

宋·李樗《毛诗详解》(《毛诗李黄集解·卷二十五》):偕偕,強壯也。《說文》曰:"強也。"因舉此詩言其強壯士子朝夕從事無有休息,王事則無不堅固矣。

宋·朱熹《诗经集传·卷十三》:偕偕,強壯貌。士子,詩人自謂也。

宋·吕祖谦《吕氏家塾读诗记·卷二十二》:偕,音皆。毛氏曰:"偕偕,彊壯貌。"(《說文》曰:"偕,強也。"毛氏曰:"士子有王事者也。"鄭氏曰:"朝夕從事言,不得休息。"

宋·段昌武《毛诗集解》:偕,(音皆)。毛曰:"偕偕,彊壯貌。"(《説文》曰:"偕偕,彊也。")朱曰:"大夫行役,陟彼北山采杞而食也。"毛曰:"士子,有王事者也。"鄭曰:"朝夕從事,言不得休息。"

宋·杨简《慈湖诗传·卷十四》："偕偕士子"，則與士子偕行者不一也。

宋·严粲《诗缉·卷二十二》：《箋》曰："偕偕，同也。士，己之屬也。"①

元·胡一桂《诗集传附录纂疏·卷十三》：偕偕，強壯貌。士子，詩人自謂也。一說嚴氏曰："偕偕，同也。士子，己之屬也。"

明·梁寅《诗演义·卷十三》：偕偕，強壯貌，又並行也。大夫而曰士子，謙辭也。

明·胡广《诗传大全·卷十三》：偕偕，強壯貌。士子，詩人自謂也。

明·季本《诗说解颐·卷二十》：偕偕，強壯，率人之意。士子，詩人自謂，蓋文士也。

明·丰坊《鲁诗世学·卷二十一》：偕偕士士，偕偕，強壯貌。士士，詩人自謂也。

明·李资乾《诗经传注·卷二十六》：偕偕者，人皆如此之貌。故"偕"字從亻從皆，猶云人皆同役也。皆字上從比下從曰，猶云：日日比而同之，不失伴也。士者，戰士，上士、中士、下士之屬。子者，卿大夫之主帥也。

明·郝敬《毛诗原解·卷二十二》：偕偕，旅行貌。士子，任事之稱。

明·姚舜牧《重订诗经疑问·卷六》：偕偕，不必作強壯解，即所偕行之人也。雖曰從事獨賢，然必有同事偕行者，故曰"偕偕士子，朝夕從事"。

明·朱谋㙔《诗故·卷七》：曰士子者，上士、中士、下士之屬也。

明·徐奋鹏《诗经尊朱删补》（《诗经铎振·卷五》）：偕偕，強壯貌。士子，詩人自謂也。

明·顾梦麟《诗经说约·卷十六》：偕偕，強壯貌。士子，詩人自謂也。

又：《釋文》："偕，音皆。徐音諧。《說文》云：'強也。'"

明·邹之麟《诗经翼注讲意·卷二》："偕偕士子"括盡"未老方將"等意。

明·张次仲《待轩诗记·卷五》：偕偕，同也。言從事者非一人也，士子有王事者也。

明·黄道周《诗经琅玕·卷六》：偕偕，強壯貌。士子，詩人自指，便伏下"未老方將"意。朝夕從事，見不得休息意。意行役之事，便伏下"盡瘁""劬勞"。

明·冯元飏、冯元飆《手授诗经·卷五》：偕偕，強壯貌。士子，詩人

---

① 、李潤民按：鄭玄的《毛诗箋》並沒有這樣的解釋，不知嚴粲的"箋曰"所指何箋。

自指。

明·何楷《诗经世本古义·卷十八下》：偕，《説文》云："俱也。"士，六等之爵之一，有上士、中士、下士。子者，男子之通稱。"嚴粲云："偕偕，同也。士子，已之侶也。"

明·黄文焕《诗经嫏嬛·卷五》：偕偕，強壯貌。士子，詩人自謂也。偕偕已含方剛意，朝夕從事已含獨賢意，但是發端語未可盡露。

明·杨廷麟《诗经听月·卷八》：偕偕，強壯貌。士子，詩人自指。

明·万时华《诗经偶笺·卷八》：偕偕，《注》雖云強壯，本指同行者，即《皇華①》詵詵②同義。

清·钱澄之《田间诗学·卷八》：士，六等爵之一。偕偕，同也。

清·张沐《诗经疏略·八卷》：偕偕，強壯貌。

清·冉觐祖《诗经详说·卷五十三》：偕偕，強壯貌。士子，詩人自謂也。

《毛傳》："偕偕，強壯貌。士子，有王事者也。"

《釋文》："偕，音皆，徐音諧。《說文》云：強也。"

按：偕偕士子，《朱傳》有皆字當寬說，而己在其中。

清·王鸿绪等《钦定诗经传说汇纂·卷十四》：《集傳》："偕偕，強壯貌。士子，詩人自謂也。"毛氏萇曰："士子，有王事者也。"

清·姚际恒《诗经通论·卷十一》：偕偕，同也。

清·李塨《诗经传注·卷五》：偕偕，彊壯貌。

清·姜文灿《诗经正解·卷十七》：偕偕，強壯貌。士子，詩人自謂也。

清·黄梦白、陈曾《诗经广大全·卷十三》：偕偕，彊壯貌。士子，詩人自謂。

清·沈镐《诗经诠义·卷之七》："偕偕"即第三章"未老方將"意，"朝夕從事"即所謂"經營四方"也。

清·刘始兴《诗益·卷五》：偕偕，強壯貌。士子，大夫自謂。

清·顾镇《虞东学诗·卷八》：偕偕，強壯貌，（《毛傳》）即下未老方剛也。《經》言士子，《序》稱大夫。《序》以大夫為列朝之通稱，而作詩者固士也。

清·傅恒等《御纂诗义折中·卷十四》：偕偕，壯貌。士子，詩人自謂也

---

① 皇华，应该是《小雅·皇皇者华》的略称。
② 此处疑为"駪駪"的错刻。

清·罗典《凝园读诗管见·卷八》："偕偕士子，朝夕從事"：士子，猶稱兵丁云爾。偕，俱也。大夫偕士子而朝從事，亦偕士子而夕從事，故偕偕字重。曰從事則知領士子者有主帥，而大夫屬在偏裨之列也。

清·胡文英《诗经逢原》：偕偕，清剛強立之貌。士子，使臣自謂。

清·段玉裁《毛诗故训传定本》：偕偕，彊壯貌。士子，有王事者也。

清·牟应震《诗问·卷四》：偕偕，言偕行者，猶云依依也。士子，從行之士，所謂上士、中士下士也。

清·牟庭《诗切·卷三》：《毛傳》曰："偕偕，強壯貌。"《釋文》曰："偕，音皆。"《說文》曰："偕，彊也。"毛傳》曰："士子，有王事者也。"

清·刘沅《诗经恒解·卷四》：偕偕，強壯貌。士子，詩人自謂。

清·徐华岳《诗故考异·卷二十》：《傳》："偕偕，彊壯貌。士子，有王事者也。"

清·徐璈《诗经广诂》：偕偕士子。《說文》曰："偕偕，彊也。一曰俱，是也。"（引《詩》）

清·冯登府《三家诗遗说》：偕偕士子，《說文》："偕偕，彊也。一曰俱也"。按：茅　訓本《毛傳》"俱"訓，或三家說也。

清·陈奂《诗毛氏传疏·卷二十》：偕偕，爲強壯，強當作彊。《說文》："偕，彊也。"引《詩》"偕偕士子"，本《傳》訓也。《大玄①》"彊"，"次四：爰聽爰明，左右彊彊。"測曰："爰聽爰明，庶士方來也。"又《增上九》，測曰："羣士彊彊"。偕偕與彊彊同，士讀爲事。《傳》云："士子，有王事者。"王事挍下句爲訓。

清·丁晏《毛郑诗释·卷二》：偕偕士子，《傳》："偕，強壯貌."案：《說文·人部》："偕，彊也，從人，皆聲。《詩》曰：'偕偕士子。'"一曰俱也。徐鍇《繫傳》曰："彊，力也，能皆同於人是彊也。"

清·方玉润《诗经原始·卷十一》：偕偕，強壯貌。

清·邓翔《诗经绎参·卷之三》：偕偕，彊壯貌。士子，詩人自謂。

清·龙起涛《毛诗补正·卷十七》：《毛》："偕偕，強壯貌。"（案：相與同役者非一人，故云偕偕，疑非強壯貌。）"士子，有王事者也。"

清·吕调阳《诗序议·卷三下》：偕偕，與俱也。《魏風》曰："夙夜必偕，士子從者也，朝夕從事，不得養父母也。"

清·梁中孚《诗经精义集钞·卷三》：偕偕，壯貌。士子，詩人自謂也。

---

① 大玄，疑应为太玄。

清·王先谦《诗三家义集疏·卷十八》：疏：《傳》："偕偕，強壯貌。士子，有王事者也。"

又：偕偕，《傳》訓強壯貌。強當為彊，《說文》："彊，弓有力也。偕，彊也。"引《詩》"偕偕士子"，士讀為事。士子從事，王朝之子也。

清·陈百先《诗经备旨·卷五》：偕偕，強壯貌。士子，詩人自謂。

又：士子兼同役者言。

民国·王闿运《毛诗补笺·卷十三》：《說文》引偕，偕偕，彊壯貌。士子，有王事者也。《補》曰：士子，小臣也。使士攝大夫，故曰士子朝夕。諸侯王事之詞，從事會盟征伐之事。

民国·马其昶《诗毛氏学·卷二十》：偕，音皆。偕偕，強壯。《說文引詩》云"彊也"。士子，有王事者也。陳曰："士讀爲事，探下句爲訓從事，從王事也。"

民国·魏元旷、胡思敏《诗故·卷七》：曰士子者，上士、中士、下士之屬也。

民国·丁惟汾《诗毛氏传解诂》：偕偕士子。《傳》云："偕偕，強壯貌。士子，有王事者也。"按：偕，《萬章篇》："牛羊茁壯長而已。"趙訓："茁壯為肥好長大。"士、事同聲。《鄭風·褰裳》，《傳》："士，事也。"

民国·李九华《毛诗评注·卷二十》：偕偕，強壯貌。士子，有王事者也。

民国·林义光《诗经通解·卷二十》：偕偕，毛云"強壯貌"。士，毛云"有王事者"。

民国·焦琳《诗蠲·卷七》：偕偕，強貌。士，事王事者。

民国·吴闿生《诗义会通·卷二》：偕偕，清剛強立之貌。士子，有王事者也。闓生案：偕偕，強壯貌。士子，有王事者也。

附现代人

高亨《诗经今注》：偕偕，健壯貌。

陈子展《诗经直解·卷二十》：偕偕士子，強強壯壯的士子。朝夕從事。起早晚睡的從事。

日本

日本·中村之钦《笔记诗集传·卷十》：《娜嬛》云："偕偕已含方剛意。"又云："士子，已之侶也。"

日本·赤松弘《诗经述·九述》：偕偕，強壯貌。士子，有王事者也。

日本·皆川愿《诗经绎解·卷十一》：偕，俱也。

日本·伊藤善韶《诗解》：偕偕，強壯也。士子，士君子也，自稱亦自在其內。

日本·冢田虎《冢注毛诗·卷十三》：偕偕，強壯貌。士子，詩人自謂也。

日本·仁井田好古《毛诗补传·卷二十》：偕偕，強壯貌。

日本·龟井昱《毛诗考》：偕偕，強壯貌。士子，自稱也。上句孕三章，下句孕四章以下。

日本·东条弘《诗经标识》：按："士子"連言，通稱士大夫之在官者而言之也。

日本·安井衡《毛诗辑疏·卷十上》：偕偕，強壯貌。士子，有王事者也。

日本·安藤龙《诗经辨话器解》：偕偕士子（王事者）。偕偕。強壯貌。士子。有王事者也。

日本·山本章夫《诗经新注》：偕偕，共事貌。士子，詩人自言也。

朝鲜

朝鲜·朴世堂《诗经思辨录》：毛云："偕偕，強壯貌。士子，有王事也。"

朝鲜·李瀷《诗经疾书》：士子，上、中、下三士也。

朝鲜·申绰《诗次故》：《說文》引此云"偕，彊也。"

朝鲜·沈大允《诗经集传辨正》：偕，《集傳》曰"強壯貌。"諸侯之大夫役於周怨其不均而作此詩。

朝鲜·朴文镐《诗集传详说·卷十一》：偕偕，（諺音誤），強壯貌，士子，（猶前篇言君子）詩人自謂也。

李润民按："偕偕士子"一句，由两个词组——"偕偕"和"士子"组成。"偕偕"，《毛传》、朱熹都训为"強壯貌"，后来的大多数学者赞同这种说法。

对"偕偕"的解释另外有几种不同的说法：

1. 偕偕，同也。（见宋·严粲说《诗缉·卷二十二》）

2. 偕偕者，人皆如此之貌。故偕字从亻从皆，犹云人皆同役也。皆字上

徣比下徣日，犹云：日日比而同之，不失伴也。（见明·李资乾《诗经传注·卷二十六》）

3. 偕偕，旅行貌。（见明·郝敬《毛诗原解·卷二十二》）

4. 偕偕，不必作强壮解，即所偕行之人也。（见明·姚舜牧《重订诗经疑问·卷六》）

这几种不同的说法大同小异，可以归纳为：同行。那么对"偕偕"的理解基本就是"强壮"与"同行"的分歧，也有人把这两种见解综合起来理解。如明·梁寅说："偕偕，强壮貌，又并行也。"（见《诗演义·卷十三》）

对"士子"的解释有以下几种：

1. 士子，有王事者也。（见《毛诗故训传》）

2. 士子，诗人自谓也。（见宋·朱熹说《诗经集传·卷十三》）

3. 大夫而曰士子，谦辞也。（见明·梁寅《诗演义·卷十三》）

4. 士子，诗人自谓，盖文士也。（见明·季本《诗说解颐·卷二十》）

5. 士者，战士，上士、中士、下士之属。子者，卿大夫之主帅也。（见明·李资乾《诗经传注·卷二十六》）

6. 士子，任事之称。（见明·郝敬《毛诗原解·卷二十二》）

7. 士子，犹称兵丁云尔。（见清·罗典《凝园读诗管见·卷八》）

8. 士子，使臣自谓。（见清·胡文英《诗经逢原》）

9. 士子，小臣也。使士摄大夫，故曰士子朝夕。（见民国·王闿运《毛诗补笺·卷十三》）

10. 士子，士君子也，自称亦自在其内。（见日本·伊藤善韶《诗解》）

11. 士子连言，通称士大夫之在官者而言之也。（见日本·东条弘《诗经标识》）

关于"士子"的这么多解释，其实没有多大的差异，可以归纳为两种，一是诗人包括使臣的自称；二是为王服役的有一定身份的人。而自称的诗人与使臣也是在为王服役。

那么，"偕偕士子"整句的意思大致有二，一是身强力壮的为王服役的有一定身份的人；二是一同行走的为王服役的有一定身份的人。

进一步的理解需要和下句"朝夕从事"合起来看。

53

朝夕从事

中国

汉·郑玄《毛诗笺》(《毛诗正义·卷十三》)：朝夕從事，言不得休止。

唐·孔颖达《毛诗正义·卷十三》：今爲王事之予以朝継夕，從於王役之事常不得休止。

宋·王质《诗总闻·卷十三》：《聞音》曰："事，上止切。"

宋·吕祖谦《吕氏家塾读诗记·卷二十二》：鄭氏曰："朝夕從事，言不得休息。"

明·丰坊《鲁诗世学·卷二十一》：朂（毛本作朝）夕從事。

明·李资乾《诗经传注·卷二十六》：朝夕者，早暮之稱。從事者，從于戎役之事，即從王事也。

明·姚舜牧《重订诗经疑问·卷六》：詩本大夫所作，乃不刺王而曰大夫，自稱爲從事，是臣下之禮也。

明·邹之麟《诗经翼注讲意·卷二》："朝夕從事"括盡"盡瘁不已"等意。

明·张次仲《待轩诗记·卷五》：朝夕從事，言不得休息。

明·黄道周《诗经琅玕·卷六》：朝夕，見不得休息意。行役之事，便伏下"盡瘁""劬勞"意。

明·冯元飏、冯元飚《手授诗经·卷五》：朝夕，見不得休息意。事，行役之事。

明·杨廷麟《诗经听月·卷八》：朝夕，見不得休息意。事，行役之事。

清·冉觐祖《诗经详说·卷五十三》：《鄭箋》："朝夕從事，言不得休止。"

清·王鸿绪等《钦定诗经传说汇纂·卷十四》：鄭氏康成曰："言不得休止。"

清·罗典《凝园读诗管见·卷八》："偕偕士子，朝夕從事"：士子，猶稱兵丁云爾。偕，俱也。大夫偕士子而朝從事，亦偕士子而夕從事，故偕偕字重。曰從事則知領士子者有主帥，而大夫屬在偏裨之列也。

清·徐华岳《诗故考异·卷二十》：《箋》）言："朝夕從事，言不得休止。"

清·陈奂《诗毛氏传疏·卷二十》：王事揆下句爲訓。從事，從王事也。三章云"嘉我未老，鮮我方將。膂力方剛，經營四方。"即其義。

清·吕调阳《诗序议·卷三下》：《魏風》曰："夙夜必偕，士子從者也，朝夕從事，不得養父母也。"

清·王先谦《诗三家义集疏·卷十八》：《箋》言："朝夕從事，言不得休止。"

清·陈百先《诗经备旨·卷五》：朝夕從事，行役之事。

民国·王闿运《毛诗补笺·卷十三》：《箋》云："朝夕從事，言不得休止。"

《補曰》：朝夕，諸侯王事之詞，從事，會盟征伐之事。

日本

日本·赤松弘《诗经述·九述》：朝夕從事不得休止。

日本·皆川愿《诗经绎解·卷十一》：十六等爵之一，有上士、中士、下士。子者，男子之通稱。嚴粲云："偕偕，同也。士子，己之侶也。"

日本·冢田虎《冢注毛诗·卷十三》：朝夕從事，言不得休息也。

日本·仁井田好古《毛诗补传·卷二》：十士子，有王事者也。

日本·龟井昱《毛诗考》：上句孕三章，下句孕四章以下。

日本·安井衡《毛诗辑疏·卷十上》：《箋》："朝夕從事，言不得休止。"衡謂：《傳》訓"士"為"事"，故云有王事者也。

日本·安藤龙《诗经辨话器解》：朝夕從（王）事。《箋》云："朝夕從事，言不得休止。"

朝鲜（案：朝鲜学者此句无解）

李润民按："朝夕从事"句义简单，为此句做注释的人比较少，也基本上没有什么争议。"朝夕"，就是"以朝继夕"（孔颖达语）"早暮之称"（李资乾语）的意思。"从事"的含义稍微复杂一点，一是"从于王役之事"（孔颖达语），王役之事可以包括明·李资乾所谓的"戍役之事"，以及民国·王闿运主张的"会盟征伐之事"；二是自称（明·姚舜牧语）或是一种职务（参看清·罗典《诗经琅玕·卷六》）。

"朝夕从事"整句的意思就是：（我）从早到晚忙于王役之事，不得休息。如果联系上句"偕偕士子"——身强力壮的为王服役的有一定身份的人，

55

就为下章的"大夫不均,我从事独贤""旅力方刚,经营四方"等句义做了铺垫。

王事靡盬

中国

汉·郑玄《毛诗笺》(《毛诗正义·卷十三》):靡,無也。盬,不堅固也。王事無不堅固,故我當盡力。

唐·陆德明《毛诗音义》(《毛诗正义·卷十三》):盬,音古。

宋·李樗《毛诗详解》(《毛诗李黄集解·卷二十五》):士子朝夕從事無有休息,王事則無不堅固矣。然而憂我父母不得養之也,正如所謂"劉氏安晁氏危矣"之意同。

宋·范处义《诗补传·卷二十》:王事靡盬(古),憂我父母。王事固不可廢敗,奈何役我獨多,使不得養其父母哉?

宋·吕祖谦《吕氏家塾读诗记·卷二十二》:朱氏曰:"王事靡盬,憂我父母。言以王事而貽親憂也。"

宋·段昌武《毛诗集解》:王事靡盬(音古),憂我父母。王事靡盬,憂我父母,言以王事而貽親憂也。

宋·杨简《慈湖诗传·卷十四》:靡、盬,解見《四牡》。

宋·谢枋得《诗传注疏》:言王事不可以不堅固也。子以王事謂憂父母,以子之勤勞爲憂。(《詩經疏義》)

明·丰坊《鲁诗世学·卷二十一》:蓋以王事不可以不勤,我當盡力于外,然久而不得歸,其如父母思我而憂何哉?此正可以見其忠孝之心者矣。

明·李资乾《诗经传注·卷二十六》:靡者,披靡。盬者,池鹽之苦而易敗,不似海鹽之鹹而且堅也。不堅則守之難,易敗則壞之易,謂當益堅其朝夕之勤,不可思歸而敗迺王事也。

明·顾梦麟《诗经说约·卷十六》:麟按:《集傳》:母,叶蒲彼反,《古義》紙韻。

明·黄道周《诗经琅玕·卷六》:此句推所以從事之故,與他處不同。

明·何楷《诗经世本古义·卷十八之下》:王事靡盬,解見《鴇羽》篇。

明·黄文焕《诗经嫏嬛·卷五》:自言陟北山而采以食者皆強壯之人,而朝夕從事者也，蓋以王事不可以不勤，是以貽我父母之憂耳。

又：父母之憂乃念子勤勞之意，蓋子以王事為憂，父母以子為憂，相因而致者也。

清·冉觐祖《诗经详说·卷五十三》：《鄭箋》："靡，無也。盬，不堅固也。"

《詩說》："既言王事則非一人獨任，明矣，乃王事靡盬，獨以憂我父母何耶？一我字，辭旨躍然。"

《衍義》："'王事'句，推所以從事之故也，王事，泛言，不指征伐說，與他處'靡盬'不同。"

清·刘始兴《诗益·卷五》：王事靡盬，憂我父母。叶滿彼反。

清·罗典《凝园读诗管见·卷八》："王事靡盬，憂我父母"。王事，戎事也。國之大事在祀與戎，是以祭稱，有事。戎亦特以事稱。盬為■之鹵水，其苦能殺人。靡，無也，以為今者我之為王事役，亦謂有事而已。靡有盬也，乃還念偕偕士子，朝夕從事，固甚覺其苦之難喫，直如■之有鹵水，然則豈不靡■而有盬哉？其尤可痛念者，王事之苦，無盬之名有盬之實。我既身受之，而其以憂貽我父母者，則又使之心受之，度將兩不救也。夫我則已矣，我父母則何辜乎？《北山》之杞言采者，亦空言耳。其能得此長生之物，歸養父母以療憂，而令不害於靡盬之盬哉！

清·牟庭《诗切·卷三》：余按：靡盬當讀若僈楛，不精緻也。詳《鴇羽》篇及《四牡》篇。《鄭箋》云："靡，無也。盬，不堅固也。"王事無不堅固，非矣。

清·徐华岳《诗故考异·卷二十》：《箋》言："靡，無。盬，不堅固也。"

清·陈奂《诗毛氏传疏·卷二十》：《箋》云："靡，無也。盬，不堅固也。王事無不堅固，故我當盡力勤勞於役久不得歸，父母思己而憂。"

清·王先谦《诗三家义集疏·卷十八》：《箋》言："靡，無也。盬，不堅固也。王事無不堅固，故我當盡力勤勞於役，久不得歸父母思己而憂。"

《易林·夬之解》："登高望家，役事未休。王事靡盬，不得逍遙。"鄭之困同此。

王事靡盬，義當盡力，特①久役不歸，使我父母憂思耳。

民国·王闿运《毛诗补笺·卷十三》：《箋》云："靡，無也。盬，不

---

① 此处原件模糊不清，像是"特"字。

57

坚固。"

民国·马其昶《诗毛氏学·卷二十》：郑曰："靡，无也。盬，不坚固。"

附现代人

附1

高亨《诗经今注》：盬，休止。

附2

《晋骆先生辑着诗经小雅·卷七》：盖以王事不可以不堅固，是以朝夕靡暇，竟廢饗飱之養而貽父母之憂焉耳。感念之閒其何能以為情耶？

一說憂我父母乃父母念子勤勞之意，蓋子以王事為憂，父母以子勤勞為憂也，更詳之。

日本

日本·三宅重固《诗经笔记》：按：王事靡盬，見《四牡》篇。

日本·皆川愿《诗经绎解·卷十一》：王事靡盬，解見《鴇羽篇》。

按：此"偕偕士子"及"王事靡盬"者，並皆即《祈父之什·雨無正》，"維曰於仕"之應也。次章"大夫不均"者，"正大夫離居""三事大夫，莫肯夙夜"之應。而編詩者所以是義必出之於《小閔之什》之後者，蓋彼先急辨《十月之交》"天命不徹"之義，而其義及至《四月》篇纔得完備，於是始更得理，夫於仕等之餘緒者也，學者不可不知也。

日本·冢田虎《冢注毛诗·卷十三》：靡，無也。盬，不堅固也。

日本·亀井昱《毛诗考》：《杕杜》本言期逝而憂父母，此亦因役久不歸，曰朝夕從王事，以靡盬之故，久而不歸，使我父母憂傷。

日本·安井衡《毛诗辑疏·卷十上》：《箋》："靡，無也。盬，不堅固也。"

日本·安藤龙《诗经辨话器解》：王（命）事靡盬，故我盡勞不得歸。盬，苦而易敗，故以不堅固訓之。《箋》云："靡，無也。盬，不堅固也。"

朝鲜（案：此句朝鲜学者无解）

李润民按："王事靡盬"一句，由"王事"和"靡盬"两个词组成，其中关于"王事"的解释很少，也没有明显分歧。清·冉觐祖说："王事，泛言，不指征伐说。"（《诗经详说·卷五十三》）清·罗典说："王事，戎事也。"（《凝园读诗管见·卷八》）而对"靡盬"的解释很有些分歧，大致有以下几种：

1. 靡，无也。盬，不坚固也。（见汉·郑玄《毛诗笺》）

2. 靡者，披靡。盬者，池盐之苦而易败，不似海盐之醎而且坚也。（见明·李资乾《诗经传注·卷二十六》）

3. 盬为■之卤水，其苦能杀人。靡，无也。（见清·罗典《凝园读诗管见·卷八》）

4. 靡盬当读若僈楛，不精致也。（见清·牟庭《诗切·卷三》）

5. 盬（gǔ 古），休止。（见高亨《诗经今注》）

由于对"靡盬"的解释存在明显不同的看法，那么整句的含义自然也就是见仁见智了：

1. 汉·郑玄的解释是："王事无不坚固，故我当尽力"（见《毛诗笺》）。有很多人赞同郑玄的这个解释，不断的有人援引。

2. 宋·段昌武说"王事靡盬"是"言以王事而贻亲忧也。"（见《毛诗集解》）

3. 明·李资乾的解释是："不坚则守之难，易败则坏之易，谓当益坚其朝夕之勤，不可思归而败迺王事也。"（见《诗经传注·卷二十六》）

4. 明·丰坊说的是："盖以王事不可以不勤，我当尽力于外，然久而不得归，其如父母思我而忧何哉？此正可以见其忠孝之心者矣。"（见《鲁诗世学·卷二十一》）

5. 清·罗典一番论证之后说："王事之苦，无盬之名有盬之实。"（见《凝园读诗管见·卷八》）

6. 清·姜炳璋说："王事靡盬，君臣之义固无可诿，而忧我父母人子之心其何以安？"（见《诗序补义·卷十八》）

7. 日本·安藤龙说："王（命）事靡盬，故我尽劳不得归。"（见《诗经辨话器解》）

8. 晋骆说："盖以王事不可以不坚固，是以朝夕靡暇，竟废饔飧之养而贻父母之忧焉耳。感念之间其何能以为情耶？"（见《晋骆先生辑着诗经小雅·卷七》）

以上几种对"王事靡盬"的解释，有的包含了"忧我父母"的内容。总之，"王事靡盬"就是说王事是很重要，或者很苦。承接下一句"忧我父母"，就可以有两种意思，一是因此不可掉以轻心，我应当竭尽全力去干好，父母忧我，但我不敢以家事辞王事，这是人臣之大义；一是王事固不可不勤，但因此使我久不得归，使得父母在担忧我，父母何辜，我情何以堪。

59

忧我父母

中国

汉·郑玄《毛诗笺》（《毛诗正义·卷十三》）：勤勞於役，久不得歸，父母思己而憂。

宋·李樗《毛诗详解》（《毛诗李黄集解·卷二十六》）：王事則無不堅固矣，然而憂我父母不得養之也，正如所謂"劉氏安晁氏危矣"之意同。

宋·朱熹《诗经集传·卷十三》：蓋以王事不可以不勤，是以貽我父母之憂耳。

宋·吕祖谦《吕氏家塾读诗记·卷二十二》：朱氏曰："王事靡盬，憂我父母"，言以王事而貽親憂也。

宋·杨简《慈湖诗传·卷十四》：不獲侍養，故憂父母。

宋·谢枋得《诗传注疏》：王事靡盬，憂我父母，言王事不可以不堅固也。子以王事爲憂，父母以子之勤勞爲憂。（《詩經疏義》）

明·李资乾《诗经传注·卷二十六》：然我雖國爾忘家，不敢以憂父母之念，奪憂王事之念，但憂我者父母也。"憂我"一句讀，"父母"一句讀，猶云憂我者父母，非我憂父母也。所以朱子亦曰"貽我父母之憂"。

明·张次仲《待轩诗记·卷五》：憂我父母，言以王事而貽父母之憂也。

明·黄道周《诗经琅玕·卷六》：指父母言，父母之憂乃念子勤勞，非以缺養也。

明·冯元飏、冯元飙《手授诗经·卷五》：憂，指父母念子言。

明·何楷《诗经世本古义·卷十八下》：憂我父母，貽父母以憂也。

明·黄文焕《诗经嫏嬛·卷五》：蓋以王事不可以不堅固，是以志切勤王竟致定省之疎，至於以貽我父母之憂耳。

明·杨廷麟《诗经听月·卷八》：憂指父母言。父母之憂乃念子勤勞之意。

清·冉觐祖《诗经详说·卷五十三》：《鄭箋》："王事無不堅固，故吾當盡力勤勞於役，久不得歸父母思己而憂。"

清·张敘《詩貫·卷八》：母，音米。

清·罗典《凝园读诗管见·卷八》："王事靡盬，憂我父母"：王事，戎事也。國之大事在祀與戎，是以祭稱，有事。戎亦特以事稱，鹽為■之鹵水，其苦能殺人。靡，無也，以為今者我之為王事役，亦謂有事而已。靡有鹽也，乃還念偕偕士子，朝夕從事，固甚覺其苦之難喫，直如■之有鹵水，然則豈不靡■而有鹽哉？其尤可痛念者，王事之苦，無鹽之名有鹽之實。我既身受之，而其以憂貽我父母者，則又使之心受之，度將兩不救也。夫我則已矣，我父母則何辜乎？《北山》之杞言采者，亦空言耳。其能得此長生之物，歸養父母以療憂，而令不害於靡鹽之鹽哉！

清·胡文英《诗经逢原》：憂我父母，謂父母記念之也。

清·徐华岳《诗故考异·卷二十》：《箋》）言："王事不堅固，我當盡力勤勞於役，久不得歸父母思已而憂。"

清·陈奂《诗毛氏传疏·卷二十》：《箋》云："靡，無也。鹽，不堅固也。王事無不堅固，故我當盡力勤勞於役久不得歸，父母思已而憂。"

清·邓翔《诗经绎参·卷之三》：身以王事為憂，父母以子勤勞為憂，相因而致。

清·王先谦《诗三家义集疏·卷十八》：王事靡鹽，義當盡力，特①久役不歸，使我父母憂思耳。

清·陈百先《诗经备旨·卷五》：憂指父母念子言。

民国·王闿运《毛诗补笺·卷十三》：《箋》云："故我當盡力勤勞於役，久不得歸父母思已而憂。"《補》曰：父母，王及二伯也，使小臣出不足撫諸侯，憂列國之輕朝廷。

民国·马其昶《诗毛氏学·卷二十》：鄭曰："故我當盡力勤勞於役，久不得歸，父母思已而憂。"

附现代人

陈子展·《诗经直解·卷二十》：我者，士自我也。明為武士。

日本

日本·皆川愿《诗经绎解·卷十一》：貽父母以憂也。

日本·冢田虎《冢注毛诗·卷十三》：王事無不堅固，故我勤勞於役久不得歸乃使父母憂耳。

日本·龟井昱《毛诗考》：《杕杜》本言期逝而憂父母，此亦因役久不

---

① 此处原件模糊不清，像是"特"字。

归,曰朝夕從王事,以靡盬之故,久而不归,使我父母憂傷。我雖偕偕,父母■乎哉？下章之詠歎,都自是句滾滾流出,是孝子之志也,《序》所示之要也。君輕輕看過,是句則通篇只厭勞羨逸之詩耳。

日本·安井衡《毛诗辑疏·卷十上》：《笺》："王事無不堅固,故我當盡力,勤勞於役久不得歸,父母思己而憂。"

日本·安藤龙《诗经辨话器解》：《笺》云："王（命）事無不堅固,故我當盡力勤勞,於役久不得歸,父母思己而憂。"

朝鲜（案：朝鲜学者此句无解）

李润民按："忧我父母"一句，字面意思明了，不需要训诂。

对这句话的理解关键在于是我忧父母，还是父母忧我？如果顺着上边的句子"偕偕士子，朝夕从事。王事靡盬"——强壮的士子，或者是一群士子，为了王事从早到晚在辛勤忙碌，王事无不坚固，故我当尽力，就是说王事很重要，或者很苦，不得掉以轻心。这样的意思接下来，"忧我父母"，似乎是我在忧父母，比较顺当。但郑玄、朱熹等人认为是：因为我勤劳于王事，长久不得回家，使得父母思念我而忧。这是说父母在忧我，把"忧我父母"说成一个使动句，即我勤劳于王事，久不得归，使得父母忧我。而这种观点得到绝大多数人的认可，明·杨廷麟说得明确："忧指父母言。父母之忧乃念子勤劳之意。"（《诗经听月·卷八》）明·李资乾还特别强调："'忧我'一句读，'父母'一句读，犹云忧我者父母，非我忧父母也。"（《诗经传注·卷二十六》）

只有少数人的解释是"我忧父母"。宋·杨简说："不获侍养，故忧父母。"（《慈湖诗传》卷十四）宋·李樗说："王事则无不坚固矣，然而忧我父母不得养之也，正如所谓'刘氏安晁氏危矣'之意同。"（《毛诗详解》）

这两种解释有什么区别吗？如果是"我忧父母"，那就是我在朝夕从王事的同时担忧自己的父母"缺养"，这自然会有怨气的，与君臣大义有碍，尽忠尽的就不够纯粹了。显然是"父母忧我"的解释更符合儒家的所谓君臣大义，《礼记》曰："涖官不敬，非孝也。"做臣子的尽忠，就是孝。如宋·李樗所说：人臣"盖既已事君，则不得顾其父母；既以为国，则不知顾其家。"所以我不能忧父母，要全心全意勤劳于王事。而这使父母忧我的解释免不了有一点曲解的味道。

首章总说

中国

唐·孔颖达《毛诗正义·卷十三》：《正義》曰：言有人登彼北山之上者，云我采其杞木之葉也。此杞葉非可食之物，而登山以采之非宜矣。以興大夫循彼長遠之路者，云我從其勞苦之役也。此勞役非賢者之職，而循路以從之非其事矣，所以行役不得其事者，時王之意，以已為偕偕然而強壯。今為王事之予以朝繼夕，從於王役之事常不得休止。王家之事，無不堅固，使己勞以堅固之。今使憂及於我，父母由久不得歸，故父母思已而憂也。

宋·苏辙《诗集传·卷十二》：此説與《杕杜》同。

宋·李樗《毛诗详解》（《毛诗李黄集解·卷二十六》）：杞，枸杞也。《季氏昭十二年》："有圃生之。"晚杜元凱注曰："世所謂枸者正與此杞同。"鄭氏曰："喻已行役不得其事"，此説是也。此詩所言"陟彼北山，言采其杞"，因見杞菜之生，感時物之變，傷行役之久，非有其實也。王氏曰"陟彼北山，適險而之幽也"，亦非也，此但言往北山采杞，不以幽險為説。偕偕，強壯也。《說文》曰："強也"，因舉此詩言其強壯。士子朝夕從事無有休息，王事則無不堅固矣，然而憂我父母不得養之也，正如所謂劉氏安晁氏"危矣"之意同。

宋·范处义《诗补传·卷二十》：詩人言南北，雖或指所見大槩，南言其明，北言其不明。《蓼莪》言"南山烈烈"，猶望其明也；"陟彼北山"，則不復望其明矣。杞，枸檵也。以其甘而可食，故人多采之。喻王如北山，而役我多於衆人也，然我亦偕士子同從王事耳。王事固不可廢敗，奈何役我獨多，使不得養其父母哉？

宋·朱熹《诗经集传·卷十三》：大夫行役而作此詩。自言陟北山而采杞以食者，皆強壯之人而朝夕從事者也。蓋以王事不可以不勤，是以貽我父母之憂耳。

宋·吕祖谦《吕氏家塾读诗记·卷二十二》：朱氏曰："王事靡盬，憂我父母"，言以王事而貽親憂也。

宋·段昌武《毛诗集解》：朱曰："大夫行役，陟彼北山采杞而食也。"毛曰："士子有王事者也。"鄭曰："朝夕從事，言不得休息。"朱曰："王事靡盬，憂我父母，言以王事而貽親憂也。"

宋·辅广《诗童子问·卷五》：此詩行役之大夫所作，以言上之役使不均也。然首章則自言其年壯力強，故朝夕從事於此。又言其所以如此者，蓋以王事不可不勤，然以是故而不免遺父母之憂耳，未及乎上之不均也。士子雖作詩者自言，然行役者非一人，蓋兼舉之矣。

宋·林岊《毛诗讲义·卷六》；大夫行役，陟彼北山。采杞而食，登高望遠，感物傷時也。偕偕士子，俱從王事。朝夕之間，欲其無不堅固。故勞而不得休息，久而不歸，憂勞我父母之懷也。

宋·严粲《诗缉·卷二十二》：役行而陟北山，杞生可采矣。以王事不可不堅固而貽親之憂，謂父母憂已行役之勞，感時物之變而思念父母也。

宋·谢枋得《诗传注疏》：王事靡盬，憂我父母，言王事不可以不堅固也。子以王事謂憂，父母以子之勤勞為憂。（《詩經疏義》）

元·胡一桂《诗集传附录纂疏·卷十三》：大夫行役而作此詩。自言陟北山而采杞以食者，皆強壯之人而朝夕從事者也。蓋以王事不可以不勤，是以貽我父母之憂耳。

元·刘瑾《诗传通释·卷十三》：大夫行役而作此詩。自言陟北山而采杞以食者，皆強壯之人而朝夕從事者也。蓋以王事不可以不勤，是以貽我父母之憂耳。鄭氏曰："王事無不堅固，故我當盡力，勤勞於役。久不得歸，父母思已而憂。"

愚按：此章可見詩人忠孝之心也。

元·朱公迁《诗经疏义》（《诗经疏义会通·卷十三》：勞苦而思其親。

元·王逢《诗经疏义辑录》（《诗经疏义会通·卷十三》）：謝氏曰："言王事不可以不堅固也。子以王事為憂，父母以子之勤勞為憂。"

元·刘玉汝《诗缵绪·卷十一》：首章言我勤勞於王事，至下章方言不均而已獨勞。

明·梁寅《诗演义·卷十三》：朝夕從事亦已勞矣，然王事不堅固有不得已者，但欲歸不得，憂父母之缺養爾。夫忠孝非一道，既從王事者，忠也，而孝亦在，是矣。若食君之祿，不能供職，雖云能孝而忠之未盡，即孝之未盡。《記》曰："涖官不敬，非孝也。"是則臣之盡忠，即所以為孝矣。

明·胡广《诗传大全·卷十三》：自言陟北山而采杞以食者，皆強壯之人而朝夕從事者也。蓋以王事不可以不勤，是以貽我父母之憂耳。

鄭氏曰："王事不可以不堅固，故我當盡力勤勞於役，久不得歸，父母思己而憂。"

安成劉氏曰："此章可見詩人忠孝之心也。"

明·季本《诗说解颐·卷二十》：文士非所以任膂力經營之事者，故以士子為言，此言役使非宜，而不得免也。士子本但可以養父母者，而力小任重，此父母所以憂歟。

明·黄佐《诗经通解·卷十四》：此章且勿露出"不均"字，四句分。劉氏曰："可見詩人忠孝之心也。"

鄭氏曰："王事不可以不堅固，故我大盡力勤勞於役，久不得歸父母思己而憂也。"

明·邹泉《新刻七进士诗经折衷讲意·卷二》：一章上四句敘其行役之不息，下推其以王事而貽憂於親也。此章只先言行役，且勿露"不均、獨賢"之意，子以王事而勤勞，父母思子勤勞而憂，相因而致者也。

明·丰坊《鲁诗世学·卷二十一》：正說：言登彼北山，采芑以食且以飼馬，其人則皆強壯而晨夕從事者也。蓋以王事不可以不勤，我當盡力于外，然久而不得歸，其如父母思我而憂何哉？此正可以見其忠孝之心者矣。

明·李资乾《诗经传注·卷二十六》：按：《史記》幽王之時，諸侯皆畔。王室始騷，戎狄叛之。狄者，比狄也，如獫狁之屬。王遣將士備邊久而不召，多有潰散自逸者。我不敢效我友自逸，故引北山以起興。北山即戍役之山，父母兄登高以望之，與《魏風》"陟彼岵屺岡"相似。

明·许天赠《诗经正义·卷十五》：詩人敘己行役之不息，而因推其貽親之憂也。

四句分，"陟彼"二句輕看，朝夕從事言不得休息也。

末二句推言以"王事靡盬"之故，不得顧私恩，至於貽父母之憂也。獨賢不均意，且不可露出。

大夫行役而作此詩，意謂人臣固以盡職為良，而役使尤以均平為貴，何今日之不然，而使我貽憂於父母乎？是故"陟彼北山"之上，"言采其杞"以供日食之資。為此事者非他人也，乃偕偕然強壯之士子，朝焉從事，無一息之或停；夕焉從事，無一時之少間，可謂勞矣。所以然者，蓋以服王之事不可以勤，幹國之■，不容以不固。是以事專報主，敢顧私恩之囂志？切奉公遂缺餐食之養，至於貽父母之憂耳，不然何為而勞於外哉？

明·顾起元《诗经金丹·卷五》：《北山》首章。四句分。上敘其行役之不息，下惟其以王事而貽憂於親也。登山采杞自是羈旅情況。"偕偕"已含方剛意，"朝夕從事"已含獨賢意，但是發端語未可盡露。"王事"句推所以從事之故也。父母之憂，乃念子勤勞之意，蓋子以王事為憂，父母以子為憂，相因而致者也。

参考："偕偕士子"，只诗人自道，勿泥《注》。皆①字而谓己与共事之人也。

明·江环《诗经阐蒙衍义集注》（《诗经铎振·卷五》）：首章：大夫行役而作此詩，蓋謂人臣固貴於盡瘁，而役使尤貴於均平，何今日之不然耶？陟彼北山之上而言采其杞以食者，乃偕偕然強壯之士子而朝食以從王之事者也。所以然者，蓋以王事不可以不堅固，是以志切勤王，竟致定省之疎，至於貽我父母之憂耳。

主意：四句分。上敘其行役之不息，下推其以王事而貽憂於親也。父母之憂，乃念子勤勞之意，蓋子以王事為憂，父母以子勤勞為憂，相因而致者也

明·郝敬《毛诗原解·卷二十二》：陟彼北山，采杞而食，勞苦飢餓甚矣。念我偕偕然旅行之士子，朝夕從事不得休息，以王事不可不堅固久於外，而憂思父母也。

明·徐光启《毛诗六帖讲意·卷二》：首三章

不得養，便是憂我父母。

曰：此詩本為役使不均，獨勞於王事而作，乃曰：天子嘉我之未老，善我之方壯，嘉我旅力方剛，而可以經營四方，故獨見任使。反以王為知己，忠厚之至也。此詩與《巷伯》《大東》，俱可以為立言者之法。

《箋》曰："登山而采杞，非可食之物，喻己行役不得其事。"

明·沈守正《诗经说通·卷八》：首章敘行役之情事，曰"偕偕士子"非一人之詞。《傳》說恐礙獨賢意，必以為一人亦固矣。

明·陆燧《诗笙·卷二》：首二句是賦，只覽物興思意。"偕偕"句只詩人自道，勿泥作共事者。"朝夕"句尚勿露獨賢意。末句還作思念上，不必兼缺養意。

明·陆化熙《诗通·卷二》：言"偕偕、強壯"便伏下未老方將意，言"朝夕從事"便伏下盡瘁劬勞意，王事靡鹽與他處不同。

明·徐奋鹏《诗经尊朱删补》（《诗经铎振·卷五》）：大夫行役而作此

---

① 此"皆"字，疑为错刻，据文意当是"偕"字。

詩。言陟北山而采杞以食者，皆強壯之人而朝夕從王之事者也，時蓋以王事不可不堅固而久役於外，至貽父母之憂也。

明·顾梦麟《诗经说约·卷十六》：自言陟北山而采杞以食者，皆強壯之人而朝夕從事者也。蓋以王事不可以不勤，是以貽我父母之憂耳。

明·张次仲《待轩诗记·卷五》：大夫行徒登山而作此詩。

又：朝夕從事，言不得休息。憂我父母，言以王事而貽父母之憂也。

明·黄道周《诗经琅玕·卷六》：四句分，上敘其行役之不均，下推其以王事而貽憂於親也。

又：大夫行役而作，曰：役使貴於均平，何今日不然耶？陟彼北山之上，而言采其杞以念君，乃偕偕強壯之士子而朝夕以從事者也。男子生而志四字。然此"偕偕"■節"朝夕從事"亦移孝之忠應爾，然從者何事？王事也不可以不堅固，則難以一人任明矣，何獨我父母憂子之獨勞乎？

明·钱天锡《诗牗·卷九》：首言"偕偕士子"括盡"未老方將"等意，"朝夕從事"括盡"盡瘁""輾掌"等意，"憂我父母"只是念於勤勞非以缺養也。

明·冯元飏、冯元飙《手授诗经·卷五》：大夫行役而作此詩。蓋謂人臣固貴於盡戒，而役使尤貴於均平，何今日之不然耶？陟彼北山之上，而言采其杞以食者，乃偕偕然強壯之士子，而■食以從王之事者也。所以然者，蓋以王事不可以不堅固，是以志切勤王，竟致定省之疎，至於貽我父母之憂矣。

又：王守溪曰："四句分。上敘其行役之不息，下推其以王事而貽憂於親也。父母之憂，乃念子劬勞之意。"

明·何楷《诗经世本古义·卷十八之下》：詩人奉王命行役于外，言陟彼北山，采杞而食，勞苦饑餓甚矣；念我偕偕然與衆士子旅行，以朝夕從王之事，無有休時，亦以王事不可以不堅固，故我當盡力勤勞於役，乃至久不得歸，使父母思我而憂也。

明·黄文焕《诗经娖嬛·卷五》：首章：大夫行役而作此詩也。曰役使貴於均平，何今日之不然耶？陟彼北山之上，而言采其杞而食者，乃偕偕然強壯之士子，而朝夕以從王之事者也。所以然者，蓋以王事不可以不堅固，是以志切勤王竟致定省之疎，至於以貽我父母之憂耳。

登山采杞自是羈旅情況，"偕偕"已含方剛意，"朝夕從事"已含獨賢意，但是發端語，未可盡露。王事句，推所以從事之故也。父母之憂，乃念子勤勞之意，蓋子以王事為憂，父母以子為憂，相因而致者也。

明·唐汝谔《毛诗蒙引·卷十二》：首章。登山采杞，只是羈旅在外而覽

《诗经·小雅·北山》研究 >>>

物興思，其朝夕從事中尚勿露獨賢意，無論己之思親不置與親之念我不忘，只不得養，便是憂我父母處。

楊沖所曰："'偕偕士子'，只詩人自道，勿泥《注》。皆字而謂己與共事之人也。"

明·杨廷麟《诗经听月·卷八》：首章分。上言行役之咎，下嘆其行役不均而極言之。通章須以"朝夕從事"句為主，以後五章皆根此句發，以見役使不均處。語須婉至，勿涉怨懟。

大夫行役而作此詩也。曰役使貴於均平，何今日之不然耶？陟彼北山之上而言采其杞以食者，乃偕偕強壯之士子，而朝夕以從王之事者也。所以肰者，蓋以王事不可以不堅固，是以志切勤王，竟致定省之疎，至於貽我父母之憂耳。

周惠雲曰："登山采杞自是羈旅情況，'偕偕'已含方剛意，'朝夕從事'已含獨賢意。但是発端語未可尽露。'王事'句推所以從事之故也。子以王事為憂，父母以子為憂，相因而致者也。"

夫我固貽憂於父母，而命我者豈盡出於公哉？彼普天下皆一統之山河也，寧有尺土而非王土乎？率王之濱皆一王之臣子也，寧有一民而非王臣乎？既居王土而為王臣，則當為於我者，亦當為於人也，何大夫之不均，乃獨以我為賢，而使之"朝夕從事"如此耶？

又：四句分。上敘其行役之不息，下推其以王事而貽憂於親也。

明·万时华《诗经偶笺·卷八》：登山采杞，只是羈役在外攬物興思。偕偕，《注》雖云強壯，本指同行者，即《皇華①》詵詵②同義。有云恐礙獨賢意，王室百官布列，豈有一人獨役之理？只是勞者對佚者言，便是獨勞耳。憂我父母，此章較輕，以念子言，非以其缺養也。

明·陈组绶《诗经副墨》：首二句要知其賦，只覽物與思意。言偕偕強壯，便伏下未老方將意；言朝夕從事，便伏下盡瘁劬勞意。王事靡盬，與他處不同，憂我父母，只是念子劬勞，非以缺養也。

明·胡绍曾《诗经胡传·卷七》：首章只取《杕杜》之三章，增入二句，然"登山"非望親，"采杞"非紀候，故《箋》云"采非可食之物"，見行役不得其事，曰"士子"則力小任重，故父母憂之。

清·钱澄之《田间诗学·卷八》：言與衆士子旅行，以朝夕從王之事，使

---

① 此处应是《小雅·皇皇者华》的略称。
② 此处疑为"駪駪"的错刻。

父母思我而憂。

清·张沐《诗经疏略·卷八》：大夫託采杞，登北山以望父母。謂我強壯之士，朝夕從事於役。王事不可以不堅固，則不得歸養父母以貽我父母之憂耳。

清·冉觐祖《诗经详说·卷五十三》：大夫行役而作此詩。自言陟北山而采杞以食，皆強壯之人而朝夕從事者也，蓋以王事不可以不勤，是以貽父母之憂耳。

安成劉氏曰："此章可見詩人忠孝之心也。"

又：《詩說》："既言王事則非一人獨任明矣，乃王事靡盬，獨以憂我，父母何耶？一我字，辭旨躍然。"

《衍義》："四句分。上敘其行役之不息，下推其以王事而貽憂於親也。父母之憂乃念子勤勞之意，蓋子以王事為憂，父母以子勤勞為憂，相因而致者也。登山采杞自是羈旅情況，言偕偕強壯便伏下未老方剛意，言朝夕從事便伏下盡瘁劬勞意。但是發端語未可遽露，偕偕士子只是詩人自己，勿泥《傳》。'皆'字而以為與己共事之人，如此恐與下'獨賢'有礙。'王事'句推所以從事之故也，王事，泛言，不指征伐說，與他處'靡盬'不同。"

《指南》："憂我父母，還兼思念缺養二意。■云：謂父母之憂只是念子勤勞之意，恐詩意未必止此。"

又：講："國之服役惟臣，臣以盡職為義，陟彼北山之上，言采其杞而食，凡此皆偕偕然之士子，而朝夕以從其所事者也，所以然者，蓋以王事不可以不堅固，服勤於外，不及奉養於內，是以貽憂於我父母耳。"

清·李光地《诗所·卷四》：前三章不敢爲慰君之辭，若君之知己而任之者厚也。

清·王鸿绪等《钦定诗经传说汇纂·卷十四》：《集傳》："大夫行役而作此詩，自言陟北山而采杞以食者，皆強壯之人而朝夕從事者也。蓋以王事不可以不勤，是以貽我父母之憂耳。"

又：集説：輔氏廣曰："此詩行役之大夫所作，以言上之役使不均也。然首章則自言其年壯力強，故朝夕從事於此。又言其所以如此者，蓋以王事不可不勤，故不免遺父母之憂耳，未及乎上之不均也。士子雖作詩者自言，然行役者非一人，蓋兼舉之矣。"劉氏瑾曰："此章可見詩人忠孝之心也。"

清·王心敬《丰川诗说·卷十五》：陟彼北山，采杞而食，勞苦飢餓甚矣。念我偕偕然旅行之士子，朝夕從事不得休息，以王事不可不堅固於外，而憂思父母也。

清·李塨《诗经传注·卷五》：登山采杞以食者，此偕偕之人，朝夕無暇，爲父母憂也。

清·姜文灿《诗经正解·卷十七》：大夫行役而作此詩。自言陟北山而采杞以食者，皆強壯之人而朝夕從事者也。蓋以王事不可以不勤，是以貽我父母之憂耳。

合条：大夫行役而作此詩。若謂人臣固貴于盡職，而役使尤貴乎均平，何今日之不然耶？陟彼北山之上而言采其杞以食者，乃偕偕然強壯之士子，而朝夕從王之事者也。所以然者，蓋以王事不可不堅固，是以久役於外，不惟我之思親不置，且親之念我不忘，而憂我父母耳。急君而遺親，盡忠而忘孝，我其如父母何哉？

析讲：此章上四句敘其行役之不息，下推其以王事而貽憂於親也。登山采杞自是羈旅情況，言偕偕強壯，便伏下未老方剛意；言朝夕從事，便伏下盡瘁劬勞意，但是發端語未可遽露。偕偕士子，只是詩人自己，勿泥《傳》。皆字而以為與己共事之人，如此恐與下"獨賢"有礙。"王事"句推所以從事之故也。王事乏言，不指征伐說，與他處"靡盬"不同。憂我父母，只是念子劬勞非以缺養也，蓋子以王事為憂，父母以子劬勞為憂，固相因而致者。

清·黄梦白、陈曾《诗经广大全·卷十三》：言陟彼北山采杞而食者，乃強壯之士子，無時休息，蓋以王事不可不堅固，故勤勞於外久不得歸，使父母思我而憂也。

清·张叙《诗贯·卷八》：此先序其行役之勞也。勤王事而憂父母，不忘忠孝立身之本也。歎其不均而歸之大夫者不敢斥王也，又原不均之故，其以我之從事有"獨賢"乎？下乃寫其獨賢之意，嘉未老鮮方將，丈夫志在四方，少壯原當努力也。若甘於獨任其勞者，然則其平日竭力報國之心，見於引分自安之內矣，謂之"獨賢"不亦宜乎？

李润民按：张叙对《北山》六章，分成两段，前三章一个合为一段评说，后三章合为一段评说。

清·汪绂《诗经诠义·卷七》：首章自言從事之勞，而以王事貽父母憂，所以發不均之歎也。"偕偕"即第三章"未老方將"意，"朝夕從事"即所謂"經營四方"也，"憂我父母"兼有念子之勞，不能賴子之養二意。

清·刘始兴《诗益·卷五》：周大夫行役而作此詩。陟山采杞，蓋言其道途所歷之事，亦賦中有興義。偕偕，強壯貌，士子，大夫自謂。首章先自言其行役之勞也。

清·顾镇《虞东学诗·卷八》：一章但言王事不可以不堅固，而朝夕從事以貽父母憂，不言勞而勞可知矣。

清·傅恒等《御纂诗义折中·卷十四》：陟山采杞，望父母也。"偕偕、從事"不得養父母也。以"王事靡盬"之故，不得養其父母，而且使父母思己，故曰"憂我父母"也。

清·罗典《凝园读诗管见·卷八》：（集說）謝氏枋得曰："子以王事為憂，父母以子之勤勞為憂。"

（管見）北山，謂朔方之山，偪狹境，亦交涉戎境，其大夫蓋因從事於此而身陟之也。杞，枸檵之一，字名攺《本草集》說："枸檵作叢生，莖幹高三五尺，獨蘭州■州九原以西枸檵並具大樹。沈存中《筆談》亦言陝西極邊生枸檵，高丈餘，大可作柱。然則杞之■自北山，其材固特異矣。"言采其杞"對下"憂我父母"說，乃"言采其杞"之根耳。枸檵根名地骨，一名地仙，一名却老，一名仙人杖。有根之異者，則仙家所謂千歲枸檵，其形如犬者也，食之可長生。彼大夫之陟彼北山，瞥見杞者有大可作柱之異材，當必有其形如犬之異根，以為若采而得之，是足藉以永父母之年，而使不害於憂也。故雖不必果采，而心口相商，則有言云然矣。

"偕偕士子，朝夕從事"：士子，猶稱兵丁云爾；偕，俱也。大夫偕士子而朝從事，亦偕士子而夕從事，故偕偕字重。曰從事則知領士子者有主帥，而大夫屬在偏裨之列也。

"王事靡盬，憂我父母"：王事，戎事也。國之大事在祀與戎，是以祭稱有事，戎亦特以事稱。盬為■之鹵水，其苦能殺人。靡，無也，以為今者我之為王事役，亦謂有事而已。靡有盬也，乃還念偕偕士子，朝夕從事，固甚覺其苦之難喫，直如■之有鹵水，然則豈不靡盬而有盬哉？其尤可痛念者，王事之苦，無盬之名有盬之實。我既身受之，而其以憂貽我父母者，則又使之心受之，度將兩不救也。夫我則已矣，我父母則何辜乎？《北山》之杞言采者，亦空言耳①。其能得此長生之物，歸養父母以療憂，而令不害於靡盬之盬哉！

清·姜炳璋《诗序补义·卷十八》：一章言"王事靡盬"，君臣之義固無可諉，而憂我父母，人子之心，其何以安？李氏樆云："王事則無不堅固矣，然而憂我不得養父母也。"

清·牟庭《诗切·卷三》：登彼北山背陰後，采其枸杞補衰老。比如世亂從王事，為欲養親得祿米。偕偕強壯幹事子，朝夕從事不休止。王事僈楛微

---

① 李润民按：据上下文义，此句应该是：亦非空言耳。疑原件漏刻一"非"字。

分明，使我父母憂子行。

清·刘沅《诗经恒解·卷四》：比而賦也。北山寒峻，杞非可食之物，喻陟險行役所任非要事。偕偕，强壯貌。士子，詩人自謂。言陟彼北山而所事者采杞耳。偕偕之士子朝夕從事本非要事，執政者以王命役之，然王事何窮，我亦何敢辭？但父母無所養堪憂耳。此章意已盡。

清·徐华岳《诗故考异·卷二十》：《箋》言："我登山而采杞非可食之物，喻己行役不得其事。朝夕從事，言不得休止。王事不堅固，我當盡力勤勞於役，久不得歸父母思己而憂。"

清·陈乔枞《齐诗遗说考·卷二》：《北山》

陟彼北山，言采其杞。偕偕士子，朝夕從事。王事靡盬，憂我父母。

补：《易林·夬之解》："登高望家，役事未休。王事靡盬，不得逍遥。（鼎之困同）"

普天之下，莫非王土。率土之賓，莫非王臣。

清·李允升《诗义旁通·卷七》：鄭《箋》："我也，登山而采杞非可食之物，喻己行役不得其事。"

清·夏炘《诗章句考》：言己獨勤勞。

清·方宗诚《说诗章义》：首章則曰"王事靡盬"，見大義所在不敢避也。

清·邓翔《诗经绎参·卷之三》：《集傳》："大夫行役而作，陟山采杞望父母也。偕偕，强壯貌。士子，詩人自謂。"身以王事為憂，父母以子勤勞為憂，相因而致。

孟武伯父母之憂，憂其疾也；《北山》父母之憂，憂其勞也。惟孝子能心父母之憂耳。二句先見《杕杜》篇，彼出於室家之口，此出自孝子之口，詞同而意畧別。

清·梁中孚《诗经精义集钞·卷三》：【眉批】鄧氏元錫曰："《北山》刺不均也。《四牡》《皇華》之意索然盡矣。上平其政載恤其私，士盡瘁而忘其勞，《雅》之盛也；及其變也，上不平其政不恤其私，故士盡瘁而衰其病也。"

清·王先谦《诗三家义集疏·卷十八》：《易林·夬之解》："登高望家，役事未休。王事靡盬，不得逍遥。"鄭之困同此。《齊詩義》："登高望家，《說詩》：'首二句也，采杞適然之事耳。'"偕偕，《傳》訓强壯貌，强當為彊，《說文》："彊，弓有力也。偕，彊也。"引《詩》"偕偕士子"，士讀為事。士子，從事王朝之子也。王事靡盬，義當盡力，特①久役不歸，使我父母憂思耳。

清·陈百先《诗经备旨·卷五》：賦也。大夫行役而作此詩。

又：講：行役之大夫其作詩也。曰人臣固貴於盡職，而役使尤貴於均平，何今日之不然耶？陟彼北山之上，而言采其杞以食者，乃偕偕強壯之士子而朝夕以從王之事者也。所以然者，蓋以王事不可以不堅固，是以志切從王，竟致定省之疏，至於貽我父母之憂耳。

民国·王闓运《毛诗补笺·卷十三》：《補》曰："父母，王及二伯也，使小臣出不足撫諸侯，憂列國之輕朝廷。"

民国·马其昶《诗毛氏学·卷二十》：朱曰："自言陟北山而采杞以食者，皆強壯之人而朝夕從事者也。"

民国·焦琳《诗蠲·卷七》：北山采杞，未詳，疑杞非美菜果，又不易采，故以陟北山喻其勞，以采其杞喻無功績與？士子既勉勉然朝夕從事，而王事終無有堅固之一日，已是意亂心焦，驚心蒿目。又思及父母不得養，倍益憂悲，此其心亂如麻，自覺不堪任事可知，以起下文意也。然其所以如此者，是何故耶？故曰以風王也。

《蠲》曰：士子強力勤事，王事便當堅固，而仍不堅固者，是必王政有非理無可成者也，此以知其風王也。而舊解"盬"字為"不堅固"，而以"靡"字為"不可"，故失其旨，見《鴇羽》篇《杕杜》篇。

《蠲》曰：《孟子》云："勞於王事而不得養父母。""不得養"正解"憂"字，則是憂父母之無人養耳。而說者以為貽父母憂，總由"靡盬"字所解不確，則"憂父母"句幾不能連續，故不從《孟子》，而易為"子憂王事，父母憂子"之說，以連續之。而此章皆平鋪直敘語矣。

附现代人

附1：

陈子展·《诗经直解·卷二十》：一章：言於役勤勞，不得養父母。我者，士自我也。明為武士。

附2：

《晋骆先生辑着诗经小雅·卷七》：首章分，首言其行役而貽憂於親，下因嘆其役之不均而極言之也。

---

① 此处原件模糊不清，像是"特"字。

"陟彼北山"章。大夫行役而作此詩，蓋曰為人臣子而服役，誰云非分哉？要必朝廷之上有公道，斯人所以感激而忘勞耳，乃今日覺異是矣。陟彼北山之上，言采其杞以食者，乃偕偕強壯之士子而朝夕從事之事者也。蓋以王事不可以不堅固，是以朝夕靡暇，竟廢饗殰之養，而貽父母之憂焉耳。感念之間其何能以為情耶？

時說：四句分或云五句分，不知詩詞本自一気說下，何故苦苦分截？一說"憂我父母"乃父母念子勤勞之意，蓋子以王事為憂，父母以子勤勞為憂，相因而致者也，更詳之。

日本

日本·中村之欽《筆記詩集傳·卷十》：陟彼北山首章《娜嬛》云："登山采杞自是羈旅情況，偕偕已含方剛意，朝夕從事已含獨賢意，但是譏端語未可盡露。王事句推所以從事之故也，父母之憂乃念子勤勞之意。"

一說《古義》①云："篇中自敘偕偕士子而怨大夫不均，則作此詩者其為士而非大夫明甚。"又云："士子，己之侶也。"

日本·三宅重固《詩經筆記》：以王事不可不堅固，故勤勞於外，久不得皈，使父母思我而憂也。

日本·岡白駒《毛詩補義·卷八》：案：此首章上下四語與《杕杜》三章相襲，然彼出於上人之閔慰，此出於勞臣之怨嗟，則興意亦不同矣。夫杞非常菜也，陟彼北山，我采其杞，喻王之役使士子朝夕從事，非其常職也。王事無不堅固，久不得歸，使我父母憂也。

日本·赤松弘《詩經述》九述：幽王之時，役使不均，大夫勞於從事而不得養其父母，作此以刺焉。言登彼北山言采杞菜，觀時物之變而興感也。我是彊壯之人，而朝夕從事不得休止。王家之事無不堅固，使己久不得歸而父母思己而憂也。

日本·皆川愿《詩經繹解·卷十一》：此章言雖陟彼北山，而亦言以采其杞爾。蓋夫憚事者，或乃以為若如以"偕偕士子"為其仕，則吾當得"朝夕從事"矣；惡仕者，乃又以為我若從王事，則王事乃靡鹽矣，無乃以"憂我父母"乎？此二者所言皆似是而非者，故以北山采杞為喻矣。

日本·伊藤善韶《詩解》：言在所徃地登北方之山采杞，実強壯之人士，

---

① 指明·何楷《詩經世本古義》，下同。

勞身於小事，無朝夕之別從王事。王事密緻，無有閒暇，不遑養親以為憂也。

日本·冢田虎《冢注毛诗·卷十三》：鄭云："登北山而采杞非可食之物，喻己行役不得其事。"今云此，按：非喻也。朱云："陟北山而采杞以食者，皆強壯之人。"■■今云：詩中杞，■名，與異物不一也。今所謂杞與前篇同，盡可食也。

蓋行役之士欲采枸檵，而登北山望其故鄉以賦其情爾。朝夕從事，言不得休息也。王事無不堅固，故我勤勞於役，久不得歸乃使父母憂耳。

本·仁井田好古《毛诗补传·卷二十》：補：何楷曰："奉王命行役於外，言陟彼北山，采杞而食，勞苦飢餓甚矣。"鄭玄曰："朝夕從事，言不得休止也。"朱熹曰："言以王事而貽親憂也。"

日本·龟井昱《毛诗考》：首章言久役而憂父母。

取《正雅·杕杜》四句，中間插二句以成章。

日本·山本章夫《诗经新注》：周士行役而作此詩。北山謂所戍地之北山。杞，枸杞，其葉可食。軍須告匱，或自采之于山，采薪之類也。偕偕士子，朝夕從事。與他士子偕從事於王事也。王事固不可粗略，父母之心，恐我子有過失得罪，人情所同，然是所以使父母憂慮也。

朝鲜

朝鲜·朴世堂《诗经思辨录》：鄭云："言我也，登山而采杞非可食之物，喻己行役不得其事；朝夕從事，言不得休止勤勞於役，久不得歸父母思己而憂。"

朝鲜·朴文镐《诗集传详说·卷十一》：大夫行役作此詩。自言陟北山而采杞以食者，皆強壯之人而朝夕從事者也。蓋以王事不可以不勤（鄭氏曰"不堅固"），是以貽我父母之憂耳。（補貽字。鄭氏曰："思己而憂。"安成劉氏曰："此章可見詩人忠孝之心。"）

李润民按：首章的字面内容是说，服役的士子登上北山，采集杞木之叶。这服役的士子，身体强壮，从早到晚为王事操劳。王事固然是得到了巩固，但服役之人在忧虑父母。

对这一章总说最简单的概括是元·朱公迁说的："劳苦而思其亲"（《诗经疏义会通·卷十三》）。

诸家对首章总说的阐释分析形形色色，归纳起来看，其中有三几个明显的分歧：

一是士子登山采杞，是实有其事，即"采芑以食且以饲马"；还是"览物兴思"，只是一种比兴而已？其中认为登山采杞是比兴的人稍多一些。

二是王事繁重，父母见我久不得归，"故父母思己而忧也"；还是"王事固不可废败，奈何役我独多，使不得养其父母哉"，所以我在"忧父母之缺养尔"。简单说，就是：父母在忧我，还是我在忧父母。这其中认为是"贻我父母之忧"——我服役久不得归，害的父母为我忧虑的人为多数。

三是这一章表达的是"士子朝夕从事无有休息"，所以行役者发"劳臣之怨嗟"；还是"臣之尽忠，即所以为孝矣""此章可见诗人忠孝之心也"。这其中明确点出是发抱怨之情的人是乎很少，但从很多人的阐释中使用了以下这样的词句："从于王役之事常不得休止""忧我父母不得养之""劳苦饥甚""役使贵于均平，何今日不然耶？……何独我父母忧子之独劳乎""思及父母不得养，倍益忧悲，此其心乱如麻"等等，其中无疑蕴含了怨愤之情。说是表达忠孝之心的人不过五六个，显然是认为是发怨愤之情的人占多数。

在我们看来，第一个分歧的两种意见都可以说得通，无论哪种说法都不影响对下边诗句的理解；第二个分歧就不一样了，还是"我因为想到王事靡盬，而忧虑父母"的说法更自然通畅，而我"以王事不可以不勤，是以贻我父母之忧耳"的说法有点"隔"，对此，民国·焦琳在他的《诗蠲·卷七》中有精辟的分析论证，可以参看；第三个分歧的"此章可见诗人忠孝之心也"的说法，缺少文本依据，是后世儒家从诗教立场出发强加上去的，是一种有意无意的歪曲，还是以怨愤说为上。

最后提及一点，民国·王闿运的观点很特别，他说："父母，王及二伯也，使小臣出不足抚诸侯，忧列国之轻朝廷。"（民国·王闿运《毛诗补笺·卷十三》）。与所有人说法截然不同，可备一说。

二章句解

溥天之下

中国

《毛诗故训传》（《毛诗正义·卷十三》）：溥，大。

汉·郑玄《毛诗笺》（《毛诗正义·卷十三》）：此言王之土地廣矣，王之臣又衆矣，何求而不得，何使而不行。

唐·陆德明《毛诗音义》（《毛诗正义·卷十三》）：溥，音普。

唐·孔颖达《毛诗正义·卷十三》：溥，大。《釋詁》文《釋水》云："濆，水涯。"孫炎曰："涯，水邊。"《說文》云："浦，水濱。"《廣雅》云："浦，涯。"然則濆、濱、涯、浦皆水畔之地。同物而異名也。

宋·李樗《毛诗详解》（《毛诗李黄集解·卷二十六》）：大也，言天下之大，無非王土。

宋·范处义《诗补传·卷二十》：溥與普，同大而且周也

宋·王质《诗总闻·卷十三》：《聞音》曰：下，後五切。今東人猶有此音。

宋·朱熹《诗经集传·卷十三》：溥，音普。溥，大。

宋·吕祖谦《吕氏家塾读诗记·卷二十二》：毛氏曰："溥，大。率，循。濱，厓也。"

宋·段昌武《毛诗集解》：溥（音普）天之下，莫非王土。毛曰："溥，大。"孔曰："九州，海環之濱，是四畔近水之處。"（孔曰："作者言王道之衰傷境界之削，則云：蹙國百里。蹙，蹙靡所騁，恨其有人衆而不使，即以廣大言之，所怨情異，故設辭不同。"）

宋·杨简《慈湖诗传·卷十四》：《孟子》《荀子》《左氏》皆作"普天

77

之下"。

宋·严粲《诗缉·卷二十二》：溥天之下，溥，音普。《傳》曰：溥，大也。

元·胡一桂《诗集传附录纂疏·卷十三》：溥，大。

元·刘瑾《诗传通释·卷十三》：溥，大。

明·梁寅《诗演义·卷十三》：溥，廣大也。

明·胡广《诗传大全·卷十三》：溥，大。

明·季本《诗说解颐·卷二十》：溥，徧。

明·黄佐《诗经通解·卷十四》：溥，音普。溥，《孟子》《荀子》《左傳》俱作普。

明·丰坊《鲁诗世学·卷二十一》：普（毛本作溥）天之下，正說：普，廣。

明·李资乾《诗经传注·卷二十六》：溥者，水之溥。故曰：溥字左傍氵右傍尃。猶云北方之天也。

明·顾梦麟《诗经说约·卷十六》：溥，大。麟按：《集傳》："下，後五反。與土，叶賢下珍反。下，土韻。"

明·张次仲《待轩诗记·卷五》：溥，大也。

明·黄道周《诗经琅玕·卷六》：溥是大。

明·何楷《诗经世本古义·卷十八下》：溥天之下，《左傳》《孟子》《荀子》《韓子》《豐本》俱作"普"。溥，《爾雅》《説文》皆云"大也"。

明·黄文焕《诗经嫏嬛·卷五》：溥，大。

又：彼普天之下皆一統之山河也，寧有尺土而非王土乎？

清·冉觐祖《诗经详说·卷五十三》：溥，大。

《毛傳》："溥，大。"

《孔疏》："溥，大。"

清·王鸿绪等《钦定诗经传说汇纂·卷十四》：《集傳》："溥，大。"

清·李塨《诗经传注·卷五》：中國曰四海之内。

清·姜文灿《诗经正解·卷十七》：溥，大。

清·黄梦白、陈曾《诗经广大全·卷十三》：溥，大。

清·刘始兴《诗益·卷五》：溥，大。

清·傅恒等《御纂诗义折中·卷十四》：溥，遍也。

清·罗典《凝园读诗管见·卷八》：管見：溥，分之徧也。

清·胡文英《诗经逢原》：溥，遍也，滿也。

清·段玉裁《毛诗故训传定本》：溥，大。

清·牟庭《诗切·卷三》：溥，《孟子》作普。

《毛傳》曰："溥，大也。"《孟子》作"普"，趙注曰："普，徧也。"余按：溥、普，音同，假借字。

清·李富孫《詩經異文釋·十》：溥天之下。《春秋·昭七年》《左氏傳》《孟子》《戰國·西周策》《呂覽》《孝行》《荀子·君子》《韓非子·忠孝》《賈子·匈奴》《韓詩外傳》■《史記》《漢書·司馬相如傳》《王莽傳》《吳志·孫權傳注》《白虎通·封公侯》《喪服》《文選·東都賦》《明堂詩》注皆引作"普天"（《韓奕》："溥彼韓城"。《潛夫論·志氏姓》引作"普"）。《御覽·六百四十三》引《會稽典錄》同。案：《釋詁》《毛傳》《說文》並訓"溥"為"大"，趙岐訓"普"為"徧"，《說文》云："普，日無色也。"徐鍇曰："日無光則■近。"皆同，故從並。今隸作普。《道德經》："其德乃溥"，河上公、王弼本並作"普"。溥、普音同，義亦相近。（《漢·魏相傳》、宋■《王莽傳》注並云"溥與普同"。）段氏曰："普，今借為溥，大字。"

清·阮元《三家诗补遗》：《白虎通·封公侯篇》《韓詩外傳》同。"普"，毛作"溥"。案：普是本字。《孟子·萬章》《左昭七年傳》《韓非子·忠孝》《史記》《漢書·司馬相如傳》《荀子·君子》《呂覽·慎人》《戰國策·東周》《新書·匈奴》引並同。

清·刘沅《诗经恒解·卷四》：溥天之下（音戶）。溥，遍。

清·徐华岳《诗故考异·卷二十》："溥"，《左傳》《孟子》作"普"。

《傳》："溥，大。"

清·陈乔枞《鲁诗遗说考·卷四》：《北山》

普天之下，莫非王土。率土之濱，莫非王臣。

《新書·匈奴篇》：《詩》曰："'普天之下，莫非王土。率土之濱，莫非王臣。'王者，天子也。舟車之所至，人迹之所及，雖蠻夷戎狄，孰非天子之所哉？"

《白虎通·封公侯篇》："'普天之下，莫非王土。率土之濱，莫非王臣。'海內之衆已盡得使之。"（又《喪服篇》引"普天之下"四句文同。）

喬樅謹案：《荀子·君子篇》及《史記》司馬相如《難蜀父老》引《詩》皆與《新書》同，惟《白虎通》"濱"字作"賓"，小異。又《漢書·王莽傳》引《詩》字亦作"賓"。《文選·四十四》載司馬相如文，李善注云："'率土之濱'本或作'賓'，今《毛詩》作'濱'。"

補：趙岐《孟子章句·九》："《詩·小雅·北山》之篇：普，徧也。率，循。徧天下循土之濱，無有非王者之臣。"

清·陈乔枞《韩诗遗说考·卷二》：普天之下，莫非王土。

《韓詩外傳》："《詩》曰：普天之下，莫非王土。"

喬樅謹案：普，《毛詩》作"溥"。《傳》云："溥，大也。"《三家詩》並作"普"字。《荀子》及《賈子新書》《白虎通》引《詩》同可証也。趙岐《孟子章句》訓"普"爲"徧"，用《魯詩》之訓，《韓詩》義當亦同。

清·陈乔枞《齐诗遗说考·卷二》：补：班固《明堂詩》："普天率土，各以其職。"

橋從謹案：普，《毛詩》作溥。三家今文皆作普。賓，《毛詩》作濱。攷《漢書·王莽傳》中引此詩四句，字作賓。又《白虎通·封公侯篇》及《喪服篇》兩引此詩亦作賓，蓋齊、魯文並不從水旁也。

清·陈奂《诗毛氏传疏·卷二十》：溥，大。《爾雅·釋詁》文，《公劉》同。"溥天之下"，《昭七年·左傳》《東周策》《孟子·萬章》《荀子·君子》《韓子·説林上·忠孝》《呂覽·愼人》《新書·匈奴》《白虎通義·封公侯》《喪服》《史記》《漢書·司馬相如傳》《韓詩外傳》皆作普，聲通。

清·陈乔枞《诗经四家异文考·卷三》：普天之下。《韓詩外傳》："《詩》曰：普天之下，莫非王土。"《新書·匈奴篇》："《詩》曰：'普天之下，莫非王土。'王者，天子也。"

案：《左傳·昭七年》《孟子·萬章上》《荀子·君子篇》《韓非子·志孝篇》《呂覽·愼人篇》《史記》《漢書·司馬相如傳》引《詩》並作"普"字，毛詩"普"作"溥"。

清·邓翔《诗经绎参·卷之三》：溥，大也。

清·龙起涛《毛诗补正·卷十七》：毛："溥，大。"

清·梁中孚《诗经精义集钞·卷三》：溥，遍也。

清·王先谦《诗三家义集疏·卷十八》：溥天之下。

注：三家"溥"作"普"。

《傳》："溥。大。"

《三家》"溥"作"普"者，《韓詩外傳·一》引《詩》"普天之下，莫非王土"。《後漢·桓帝紀》："梁太后詔'普天率土，遐邇洽同。'"是《韓》作"普"。班固《明堂詩》："普天率土，各以其職"，是《齊》作"普"。《荀子·君子篇》《新書·匈奴》篇、《史記》、司馬相如《難蜀父老》《文選》《白虎通·封公侯篇·喪服篇》皆引《詩》"普天之下，莫非王土。率土之濱，莫非王臣"。是《魯》作普。惟《白虎通》及《漢書·王莽傳》引《詩》"濱"作"賓"，蓋是《魯詩》亦作。本趙岐《孟子章句九》注云："普，徧。率，循也。"徧天下循土之濱。莫有非王土者之臣。

清·陈玉树《毛诗异文笺·卷七》：溥天之下，敷天之下。

《禮記·祭義》："溥之而橫乎四海。"《釋文》："溥本又作敷。"是溥與敷古字通敷。《說文》作敷，從攴，尃聲。溥，從水，尃聲。聲同故字通。《北山》"溥天之下"，《傳》："溥，大也。"案：大當訓。遍召■溥斯害矣。《箋》："溥猶遍也。"《禮記·郊特牲》"大報天而主日也。"注"大，猶遍也"。"溥天之下"即"敷天之下"。《周頌·般》："敷天之下。"《箋》云："徧天之下。"溥又通作普，《孟子》引《詩》"普天之下"，注："普，遍也。"

清·陈百先《诗经备旨·卷五》：溥，普，大。（《釋古》文）

民国·王闿运《毛诗补笺·卷十三》：溥，《禮記》《孟子》《書》引作"普"。溥，大。

《箋》云："此言王之土地廣矣，王之臣又眾矣，何求而不得，何使而不行？"

民国·马其昶《诗毛氏学·卷二十》：溥，大。

民国·张慎仪《诗经异文补释·卷十》：溥天之下，《左昭七年傳》《國策·東周策》《孟子·萬章》《荀子·君子》《韓非子·忠孝》《吕氏春秋·慎人》《新書·匈奴》《史記》《漢書·司馬相如傳》《漢書·王莽傳》《白虎通·封公侯》《喪服》《三國志·吳志·孫權傳》注、《韓詩外傳》各引《詩》"普天之下"，《文選》、班孟堅《東都賦》《明堂詩》注，《太平禦覽》六百四十引，《會稽典錄》各引《詩》同。按：朱駿聲云："《說文》'溥，大也，從水尃聲。'本義為水之大，轉注為凡大之稱。"《經》《傳》多以"普"為之。普，曰無色也。今隸作普，《說文》亦讀若普。

民国·丁惟汾《诗毛氏传解诂》：溥天之下，《傳》云："溥，大也。"按：溥爲溥遍，大爲廣大。

民国·李九华《毛诗评注·卷二十》：註：溥，大。（《毛傳》）

民国·林义光《诗经通解·卷二十》：溥（普）天之下。

異文。溥，《昭七年·左傳》《東周策》《孟子·萬章篇》《荀子·君子篇》《韓非子·說林上篇·忠孝篇》《吕氏春秋·慎人篇》《新書·匈奴篇》《白虎通義·封公侯篇·喪服篇》《史記》《漢書·司馬相如傳》《韓詩外傳》皆引作"普"。

民国·焦琳《诗蠲·卷七》：溥同普，偏也。

民国·吴闿生《诗义会通·卷二》：溥，據《漢書》《韓詩》皆作"普"。

《史記》《漢書》《韓詩外傳》皆作"普"。

附现代人：

附1

高亨《诗经今注》：溥，通普，即普遍。

陈子展《诗经直解·卷二十》：溥天之下（三家，溥作普），普天之下。

高本汉《诗经注释》：溥天之下

A《毛詩》如此。"溥"音＊p´ag/p´uo/ p´uo 這句是：在廣大的天之下。

B 韓、魯、齊三家作"普天之下"。"普"音＊p´o/p´uo/ p´o，義同。

附2

《晋骆先生辑着诗经小雅·卷七》：彼普天下皆一統之山河也，寧有尺地而非王土乎？率土之濱皆一王之臣子也，寧有一民而非王臣乎？

日本

日本·中村之钦《笔记诗集传·卷十》：《古義》云："溥，《左傳》《孟子》《荀子》《韓子》俱作普。"

日本·赤松弘《诗经述·九述》：溥，大。

日本·皆川愿《诗经绎解·卷十一》：溥，《爾雅》《說文》皆云"大也"。

日本·伊藤善韶《诗解》：溥，徧。

日本·冢田虎《冢注毛诗·卷十三》：溥，大也。

日本·猪饲彦博《诗经集说标记》：《補傳》：溥，與普同，大而且周也。

日本·大田元贞《诗经纂疏》：《孟子》："咸丘蒙曰：'《詩》之"普天之下，莫非王臣。率土之濱，莫非王臣。"而舜既為天子矣，敢問瞽瞍之非臣如何？'曰：是詩也，非是之謂也，勞於王事而不得養父母也。曰：此莫非王臣，我獨賢勞也，故說詩者不以文害辭，不以辭害志，以意逆志是為得之。如以辭而已矣，《雲漢》之詩曰：'周餘黎民，靡有孑遺。'信是也，是周無遺民也。"

鄒子曰："中國名赤縣，赤縣內自有九州。禹之序九州是也，其有瀛海環之。"

日本·仁井田好古《毛诗补传·卷二十》：溥，大。

日本·龟井昱《毛诗考》：溥，《左傳》引作"普"，言偏覆在上也。

日本·东条弘《诗经标识》：按："溥天之下"云云者，言同是王臣，則同當從王事，不可有勞逸之殊。《孟子》所謂"此莫非王事"，是也。

日本·安井衡《毛诗辑疏·卷十上》：溥，大。

日本·安藤龙《诗经辨话器解》：溥（普）天之下，《傳》："溥，大。"

日本·山本章夫《诗经新注》：溥，普。

朝鲜

朝鲜·申绰《诗次故》：《孟子》"溥作普'。赵岐曰："普，徧也。"

朝鲜·申绰《诗经异文》：溥天，《昭二年左傳》《孟子》《韓非子》《吕氏春秋》《漢書·相如傳》《後漢書·班固詩》皆引此，溥作"普"。《左傳》、《釋文》"普"或作普。

朝鲜·沈大允《诗经集传辨正》：溥，普通，廣也。

朝鲜·朴文镐《诗集传详说·卷十一》：溥，大。

朝鲜·无名氏《诗义》：溥天之下，溥，失據。《漢書》《韓詩》皆作"普"。

朝鲜·无名氏《诗传讲义·卷七》：謹按：《平淮西碑》云："全付所覆，四海九州。罔有内外，悉主悉臣。"蓋東至於新瑟，南至於墨瓦，西之綠島，北之白臘，孰非版籍之境，編戶之氓乎？此詩之意則以爲久役於外，雨雪楊柳之懷，水草跂涉之苦，可勝言哉。四海雖廣我獨蹙蹙，靡聘兆民雖衆而吾獨盺盺，作苦甚怨之辭也。

李润民按："溥天之下"一句，句义简单，基本没有歧义，只有"溥"字需要注释。对"溥"字有几种解释：

1. 溥，大。（见《毛诗故训传》）

2. 溥，广大也。（见明·梁寅《诗演义·卷十三》）

3. 溥，徧。（见明·季本《诗说解颐·卷二十》）

4. 溥者，水之専故曰：溥字左傍氵右傍専。犹云北方之天也。（见明·李资乾《诗经传注·卷二十六》）

5. 溥，遍也，满也。（见清·胡文英《诗经逢原》）

这几种解释，基本是大同小异，只有李资乾的说法特殊些，但影响不大，可以忽略不计。

"溥天之下"整句的意思，用高本汉《诗经注释》中的话就是："在广大的天之下。""溥天之下"的言外之意就是"此言王之土地广矣，王之臣又衆矣，何求而不得，何使而不行"（见汉·郑玄《毛诗笺》）。以及"言天下之大，无非王土"（见宋·李樗《毛诗详解》）。

另有朝鲜·无名氏《诗传讲义》援引了《平淮西碑》中的几句话，然后评论一番，不失为"溥天之下"的一个好注释。

"溥天之下"，很多文献中作"普天之下"，清·李富孙的《诗经异文释》对此作了较、详细的梳理辨析。

莫非王土

中国

汉·郑玄《毛诗笺》（《毛诗正义·卷十三》）：此言王之土地廣矣，王之臣又衆矣，何求而不得，何使而不行。

明·梁寅《诗演义·卷十三》：極天下之廣，皆王之土也。

明·李资乾《诗经传注·卷二十六》：王土載王臣，王臣履王土。

明·黄道周《诗经琅玕·卷六》：莫非王土者，内畿甸外，諸侯職方屬於大司馬者，皆昭代之土宇也。

明·黄文焕《诗经嫏嬛》：又：莫非王土者，内畿甸外侯封，戝方屬於大司馬者皆昭代之土宇也。莫非王臣者，内公卿外牧伯，版籍屬於大司徒者，皆今日之黎獻也。王臣兼在位與不在位說，此四句重臣也。

明·杨廷麟《诗经听月·卷八》：莫非王土者，内幾甸外諸侯，戝方屬於大司馬者，皆昭代之土宇也。

清·罗典《凝园读诗管见·卷八》：王者規方千里以為甸服，其餘以分公侯伯子男，此其溥於天之下者，莫非王土也。

清·陈乔枞《鲁诗遗说考·卷四》：《北山》

普天之下，莫非王土。率土之濱，莫非王臣。

《新書·匈奴篇》：《詩》曰："'普天之下，莫非王土。率土之濱，莫非王臣。'王者，天子也。舟車之所至，人迹之所及，雖蠻夷戎狄，孰非天子之所哉？"

《白虎通·封公侯篇》："'普天之下，莫非王土。率土之濱，莫非王臣。'海内之衆已盡得使之。"（又《喪服篇》引"普天之下"四句文同。）

喬樅謹案：《荀子·君子篇》及《史記》司馬相如《難蜀父老》引《詩》皆與《新書》同，惟《白虎通》"濱"字作"賓"，小異。又《漢書·王莽傳》引《詩》字亦作"賓"。《文選·四十四》載司馬相如文,李善注云:"'率土之濱'本或作'賓',今《毛詩》作'濱'"。

補:趙岐《孟子章句·九》:"《詩·小雅·北山》之篇:普,徧也。率,循。徧天下循土之濱,無有非王者之臣。"

清·王先謙《诗三家义集疏·卷十八》:《三家》"溥"作"普"者,《韓詩外傳·一》引《詩》"普天之下,莫非王土"。《後漢·桓帝紀》:"梁太后詔'普天率土,遐邇洽同。'"是《韓》作"普"。班固《明堂詩》:"普天率土,各以其職",是《齊》作"普"。《荀子·君子篇》《新書·匈奴》篇、《史記》、司馬相如《難蜀父老》、《文選》、《白虎通·封公侯篇·喪服篇》皆引《詩》"普天之下,莫非王土。率土之濱,莫非王臣"。是《魯》作普。惟《白虎通》及《漢書·王莽傳》引《詩》"濱"作"賓",蓋是《魯詩》亦作。本趙岐《孟子章句九》注云:"普,徧。率,循也。"徧天下循土之濱。莫有非王土者之臣。

民國·王闓运《毛诗补笺·卷十三》:《箋》云:"此言王之土地廣矣,王之臣又眾矣,何求而不得,何使而不行?"

民國·张慎仪《诗经异文补释·卷十》:莫非王土,《史記·司馬相如傳》引詩"莫匪王土"。

附現代人

附1

陈子展·《诗经直解·卷二十》:莫非王土。(一)魚部。沒有不是王的國土。

附2

《晋骆先生辑着诗经小雅·卷七》:"莫非王土"者,内畿甸外侯封,戎方屬於大司馬者,皆昭代之土宇也。

日本

日本·冢田虎《冢注毛诗·卷十三》:天下之地皆悉王之土。

日本·大田元貞《诗经纂疏》:《孟子》:"咸丘蒙曰:'《詩》之'普天之下,莫非王土。率土之濱,莫非王臣。'而舜既為天子矣,敢問瞽瞍之非臣如何?'曰:是詩也,非是之謂也,勞於王事而不得養父母也。曰:此莫非王臣,我獨賢勞也,故說詩者不以文害辭,不以辭害志,以意逆志是為得之。如以辭而已矣,《雲漢》之詩曰:'周餘黎民,靡有孑遺。'信是也,是周無遺民也。"

邹子曰："中國名赤縣，赤縣內自有九州。禹之序九州是也，其有瀛海環之。"

日本·安井衡《毛诗辑疏·卷十上》：《箋》："此言王之土地廣大矣，王之臣又衆矣，何求而不得，何使而不行？"

日本·安藤龙《诗经辨话器解》：《箋》云："此言王之土地廣矣，王之臣又衆矣，何求而不得何使而不行？"

朝鲜（李润民，按：朝鲜学者此句无解）

李润民按：对"莫非王土"句子作注释的人很少，字义无需训诂。句义明白，没有歧义，两个否定词连用，为的是进一步的肯定。用明·梁寅的话就是"皆王之土也"（《诗演义·卷十三》），日本·冢田虎说是："天下之地皆悉王之土。"（《冢注毛诗·卷十三》）用今天的话说就是：没有不是王的土地。

率土之濱

中国

《毛诗故训传》（《毛诗正义·卷十三》）：率，循。濱，涯也。

汉·郑玄《毛诗笺》（《毛诗正义·卷十三》）：此言王之土地廣矣，王之臣又衆矣，何求而不得，何使而不行。

唐·陆德明《毛诗音义》（《毛诗正义·卷十三》）：濱，音賓。涯，魚佳反字，又作崖。

唐·孔颖达《毛诗正义·卷十三》：《釋詁》文《釋水》云："澨，水涯。"孫炎曰："涯，水邊。"《說文》云："浦，水濱。"《廣雅》云："浦，涯。"然則澨、濱、涯、浦皆水畔之地。同物而異名也。

宋·李樗《毛诗详解》（《毛诗李黄集解·卷二十六》）：循率土之濱，誰非王臣。　孔氏曰："作詩者言王道之衰傷，境界之削則云'蹙國百里'。蹙，蹙靡所騁。恨其有人衆而不使，即以廣大言之。所怨情異，故設辭不同。"此説甚善，蓋《節南山·瞻卬》與此詩皆是幽王之詩。一則言其地之廣，一則言其地之削，當以意而逆志也。亦如言文王之地，言其廣則曰三分天下有其二以服事商，言其地狹則曰由百里起。蓋方言其興王業不在地之廣而在其德，則曰百里起；言其形勢之強而不失其人臣之節，則曰三分天下有其二以服事商，其言各有當也。

宋·范处义《诗补传·卷二十》：率，循也。濱，厓也。

宋·王质《诗总闻·卷十三》：《聞音》曰："下，後五切。"

宋·朱熹《诗经集传·卷十三》：率，循。濱，涯也。

宋·吕祖谦《吕氏家塾读诗记·卷二十二》：毛氏曰："溥，大。率，循。濱，厓也。"

孔氏曰："九州，海環之濱，是四畔近水之處。"

又》：董氏曰："古無'濱'字，《説文》作'瀕'，徐鉉謂俗作'濱'，非也。"

宋·段昌武《毛诗集解》：率土之濱（音賓），莫非王臣。毛："率，循。濱，厓也。"孔曰：九州，海環之濱，是四畔近水之處。朱曰：言土之廣臣之衆而王不均平，使我從事獨勞也。不斥王而曰，大夫詩人之忠厚如此。（孔曰："作者言王道之衰傷境界之削，則云：'蹙國百里。'"蹙，蹙靡所騁，恨其有人衆而不使，即以廣大言之，所怨情異，故設辭不同。）

宋·杨简《慈湖诗传·卷十四》：呂曰："古無濱字。"《説文》作"瀕"。徐鉉謂俗作"濱"非也。

宋·魏了翁《毛诗要义·卷十三下》：率土之濱，言九州外皆水。

《傳》："溥，大也。濱，涯也。"《正義》曰："溥，大。《釋詁》文《釋水》云：'滸，水涯。'孫炎曰：'涯，水邊。'《説文》云：'浦，水濱也。'《廣雅》云：'浦，涯。'然則滸、濱、浦，皆水畔之地，同物而異名也。詩意言民之所居，民居不盡近水而以濱為言者。古先聖人謂中國為九州者，以水中可居曰洲。言民居之外皆有水也。鄒子曰：'中國名赤縣。赤國內自有九州，禹之序九州是也。其外有瀛海環之，是地之四畔皆至水也。'濱是四畔近水之處，言'率土之濱'，舉其四方所至之內其廣也。"

宋·严粲《诗缉·卷二十二》：濱，音賓。《傳》曰："率，循也。濱，涯也。"鄒子曰："九州環海之濱，是四畔近海之處。"

元·胡一桂《诗集传附录纂疏·卷十三》：率，循。濱，涯也。

《纂疏》：孔氏曰："九州海環之，濱是四畔近水之處。"

元·刘瑾《诗传通释·卷十三》：率，循。濱，涯也。

元·王逢《诗经疏义辑录》（《诗经疏义会通·卷十三》）：《疏》："九

州，海環之濱，是四畔近水之處。"

明·梁寅《诗演义·卷十三》：率，循也。

明·胡广《诗传大全·卷十三》：率，循。濱，涯也。

明·季本《诗说解颐·卷二十》：濱，涯也。

明·黃佐《诗经通解·卷十四》：濱，音賓。濱，《漢書》作賓

明·丰坊《鲁诗世学·卷二十一》：率土之瀕（毛本作濱），**正說**：率，循。瀕，涯也。

明·李资乾《诗经传注·卷二十六》：濱者，水之賓，故濱字左傍氵右傍賓。猶云北方之邊也。

明·郝敬《毛诗原解·卷二十二》：率，循也。濱，涯也，盡四海邊岸也。

明·徐奋鹏《诗经尊朱删补》（《诗经铎振·卷五》）：率是循，濱是涯。

明·顾梦麟《诗经说约·卷十六》：率，循。濱，涯也。

明·张次仲《待轩诗记·卷五》：率，循。濱，厓也。九州海環之濱，是四畔近水之處。

明·黃道周《诗经琅玕·卷六》：率，是循。濱，是涯。

明·冯元颺、冯元飙《手授诗经·卷五》：率，是循。濱，是涯。

明·何楷《诗经世本古义·卷十八下》：率，通作衛字，从行。故《毛傳》以為循也。濱，《說文》本作"瀕"，水厓也。孔穎達云："滸、濱、涯、浦、皆水畔之地，同物而異名也。民居不盡近水而以濱為言者。古先聖人謂中國為九州，以水中可居曰州。言民居之外皆有水也。"鄒子曰："中國名赤縣。赤縣內自有九州，瀛海環之，是地之四畔皆至水也。"嚴云："溥，大，天下皆王土也。循土地之岸。濱，除海水在外居其中者，皆王臣也。"

明·黃文焕《诗经嫏嬛·卷五》：率，循。濱，涯也。

又：率土之濱皆一王之臣子也，寧有一民而非王臣乎？

明·杨廷麟《诗经听月·卷八》：率是循，濱是涯。

清·冉觐祖《诗经详说·卷五十三》：率，循。濱，涯也。

《毛傳》："率，循。濱，涯也。"

《孔疏》："《釋水》云：'滸，水涯。'孫炎曰：'涯，水邊。'《說文》云：'浦，水濱。'《廣雅》云：'浦，涯。'然則滸、濱、涯、浦，皆水畔之地，同物而異名也。

清·王鸿绪等《钦定诗经传说汇纂·卷十四》：《集傳》："率，循。濱，涯也。"孔氏穎達曰："詩意言民之所居，民居不盡近水而以濱為言者。濱是

四畔近水之處，言率土之濱，舉其四方所至之內，見其廣也。"

清·李塨《诗经传注·卷五》：中國曰四海之內，言循土而至於海濱皆王臣也。

清·黄梦白、陈曾《诗经广大全·卷十三》：率，循。濱，涯也。

清·刘始兴《诗益·卷五》：率，循。濱，涯也。

清·傅恒等《御纂诗义折中·卷十四》：率，循。濱，涯也。

清·罗典《凝园读诗管见·卷八》：《集传》："率，循。濱，涯也。"

管見：濱之為涯，主海言。凡中國之土通稱海內，則其幅員之環合，不必皆盡於海而可以濱，明所極也。

清·任兆麟《毛诗通说·卷二十》：《孟子·鹹北蒙》曰：詩云"溥天之下，莫非王土。率王之濱，莫非王臣。"而舜既為天子矣，敢問瞽聘之非臣，如何曰是詩也？非是之謂也，勞於王事而不得養父母也。曰此莫非王事我獨賢勞也，故說詩者不以文害辭，不以辭害志。以意逆志，是為得之如以辭而已矣。云漢之詩曰："周於黎民，靡有孑遺。信斯言也，是周無遺民也。"

《戰國策》："溫人之周，周不納客，即對曰：'主人也。'問其巷而不知也，吏因囚之。君使人問之曰：'子非周人，而自謂非客，何也？'對曰：'臣少而頌《詩》，《詩》曰：普天之下，莫非王土。率王之濱，莫非王臣。今周君天下，則吾天子之臣，而又為客哉？①'君使吏出之。"

清·胡文英《诗经逢原》：率，盡也。濱，猶邊也。

清·段玉裁《诗经小学》：率，循。濱，厓也。

清·段玉裁《毛诗故训传定本》：率，循。濱，厓也。

清·牟庭《诗切·卷三》：《毛傳》曰："率，循也。濱，涯也。"

清·李富孙《诗经异文释·十》：率王之濱。《漢·王莽傳》《白虎通·封公侯》《喪服》並引作"賓"。案：《說文》云："頻，水厓。"人所賓附，則瀕有賓義，濱，俗字。《文通·羽獵賦》注云："濱與賓同音。"《難蜀父老》注："濱本或作賓。"徐鍇曰："率土之頻，或借賓字，或作瀕，同，作濱乃誤。"盧氏曰："梁·釋僧祐《宏明集》載何尚之《答宋文帝贊揚佛事》所引，亦作賓。賓，字義長。"段氏曰："《詩》作賓，《老子》賓與臣同義。"

清·阮元《三家诗补遗》：《白虎通·封公侯篇》"賓"，毛作"濱"。案：《文選》司馬相如《難蜀父老》引李注云："本或作賓"。今本《白虎通》仍同毛作"濱"。德輝案："上及此條，《詩攷》入異字異義。"

---

① 查《战国策》此处缺："故曰主人"一句。

清·阮元《毛诗注疏校勘记·十三之一》：其有瀛海環之。（閩本、明監本、毛本同案。其下浦鏜云"脫"外字是也。）

清·刘沅《诗经恒解·卷四》：率，循。濱，涯也。

清·徐华岳《诗故考异·卷二十》：《傳》："率，循。濱，涯也。"《正義》："九洲外有瀛海環之，四畔皆至水也。濱是四畔近水之處。"

清·陈乔枞《鲁诗遗说考·卷四》：《北山》：

普天之下，莫非王土。率土之濱，莫非王臣。

《新書·匈奴篇》："《詩》曰：'普天之下，莫非王土。率土之濱，莫非王臣。'王者，天子也。舟車之所至，人迹之所及，雖蠻夷戎狄，孰非天子之所哉？"

《白虎通·封公侯篇》："'普天之下，莫非王土。率土之濱，莫非王臣。'海内之衆已盡得使之。"（又《喪服篇》引"普天之下"四句文同。）

喬樅謹案：《荀子·君子篇》及《史記》司馬相如《難蜀父老》引《詩》皆與《新書》同，惟《白虎通》"濱"字作"賓"，小異。又《漢書·王莽傳》引《詩》字亦作"賓"。《文選·四十四》載司馬相如文，李善注云："'率土之濱'本或作'賓'，今《毛詩》作'濱'。"

補：趙岐《孟子章句·九》："《詩·小雅·北山》之篇：普，徧也。率，循。徧天下循土之濱，無有非王者之臣。"

《齐诗遗说考·卷二》：補：班固《明堂詩》："普天率土，各以其職。"

橋從謹案：普，《毛詩》作溥。三家今文皆作普。賓，《毛詩》作濱。玫《漢書·王莽傳》中引此詩四句，字作賓。又《白虎通·封公侯篇》及《喪服篇》兩引此詩亦作賓，蓋齊、魯文並不從水旁也。

《韩诗遗说考·卷二》：率土之濱。

補：《後漢書·桓帝紀》："梁太后詔曰：普天率土，遐邇洽同。"

清·胡承珙《毛诗后笺·卷二十》：率土之濱。《傳》："率，循。濱，涯也。"《正義》曰："詩意言民之所居，民居不盡近水而以濱為言者。古先聖人謂中國為九州者以水中可居曰洲，言民居之外皆有水也。鄒子曰：'中國名赤縣。赤縣內自有九州，禹之序九州所也，其外（各本脫"外"字，後校勘記補）有瀛海環之，是地之四畔皆至水也。'濱是四畔近水之處。言率土之濱舉其四方所至之內，見其廣也。"或據《漢書·王莽傳》《白虎通義·喪服》引《詩》"濱"字作"賓"，遂疑《三家》有作"賓"者，為率土賓服之義，似與"莫非王臣"意更協。

承珙案："濱""賓"乃古字通用，此"濱"字除《白虎通義》《王莽傳》作"賓"外，《文選·難蜀父老》注云"濱"字或作賓，其他如《孟子·萬章》《左氏·昭七年傳》《國策·東周策》《史記》《漢書·司馬相如傳》《荀子·君子》《韓子·忠孝》《呂覽·慎人篇》《賈子·匈奴》諸篇字皆作"濱"，可知當為水涯，必無賓服之義。《書·皋陶謨》云："光天之下至於海隅，蒼生萬邦黎獻共為帝臣。"與此詩正同，不必作賓服，始與王臣義合也。

清·冯登府《三家诗遗说》：率土之濱。《文選》司馬相如《難蜀父老》文法，《漢書·王莽傳》"濱"作"賓"，至下云"莫非王臣"，作"賓"爲正。

清·马瑞辰《毛诗传笺通释·卷二十一》：率土之濱。《傳》："率，循也。濱，涯也。"（瑞辰）按：《說文》無濱字，"賓"與"頻"古聲近，通用。《說文》："頻，水厓。人所賓附也，顰蹙不前而止。"《毛傳》訓"濱"為"涯"，正以"濱"即"頻"之叚借也。司馬相如《難蜀父老》文引《詩》作"率土之賓"。《老子》云賓與臣同義，故《詩》曰"率土之賓，莫非王臣"，則詩古本有"濱"作"賓"者，遂作賓服解矣。《大戴記·誥志篇》："地賓畢極"，猶《詩》云"率土之賓"也。

清·李允升《诗义旁通·卷七》：《孔疏》："民居不盡近水而以濱為言者，古先聖人謂中國爲九洲者。以水中可居曰洲，言民臣居之外皆有水也。"

清·陈奂《诗毛氏传疏·卷二十》：率，循。《釋詁》文：率，古遹字，古文作率。漢人作遹，今率行而遹廢矣。緜訪落同①。濱，古當作瀕。《漢書·王莽傳》《白虎通義·封公侯》《喪服》兩篇引《詩》作"賓"，爲假借字。《說文》無涯字，《采蘋》，《傳》作"厓"。

清·陈乔枞《诗经四家异文考·卷三》：率土之賓——《漢書·王莽篇》："《詩》曰：率土之賓，莫為王臣。"

《白虎通·封公侯篇》："普天之下，莫非王土。率土之賓，莫為王臣。"案：又見《喪服篇》，又《文選》司馬相如《難蜀父老》引《詩》"率土之瀕"。李善注云："本或作賓。"

率土之頻——《說文繫傳》"頻"下鍇曰："《詩》曰：'率土之頻'，或借'賓'字，或作瀕，同作濱。"

清·邓翔《诗经绎参·卷之三》：率，循也。濱，涯也。

清·龙起涛《毛诗补正·卷十七》：《毛》："率，循。濱，涯也。"

清·梁中孚《诗经精义集钞·卷三》：率，循也。濱，涯也。

清·王先谦《诗三家义集疏·卷十八》：《傳》："率，循。濱，涯也。"

---

① 緜訪落同，費解，待考

《荀子·君子篇》《新書·匈奴》篇、《史記》、司馬相如《難蜀父老》、《文選》、《白虎通·封公侯篇·喪服篇》皆引《詩》"普天之下，莫非王土。率土之濱，莫非王臣"。是《魯》作普。惟《白虎通》及《漢書·王莽傳》引《詩》"濱"作"賓"，蓋是《魯詩》亦作。本趙岐《孟子章句九》注云："普，徧。率，循也。"徧天下循土之濱，莫有非王土者之臣。

清·陈百先《诗经备旨·卷五》：率，循。濱，涯也。

《周禮·職方氏》①："主四方疆域，人民■四畔近水之處。"

率土之濱，舉四方所至之內，見其廣也。

民国·王闿运《毛诗补笺·卷十三》：濱，《白虎通》引作"賓"。溥，大。率，循。濱，涯也。《箋》云："此言王之土地廣矣，王之臣又眾矣，何求而不得，何使而不行？"

民国·马其昶《诗毛氏学·卷二十》：率，循。（《釋古》文）濱，涯也。䋤同厓。

濱，古作瀕。涯，作厓。

孔曰"古先聖人謂中國爲九州者，以水中可居曰州，濱是四畔近水之處。

民国·张慎仪《诗经异文补释·卷十》：率土之濱——《漢書·王莽傳》、《白虎通·封公侯》《喪服》各引《詩》"率土之賓"。梁·釋僧祐《宏明集》載何尚之《答宋文帝贊揚佛事》引《詩》同，《說文》，《繫傳》引《詩》"率土之頻"。

民国·丁惟汾《诗毛氏传解诂》：率土之濱——《傳》云："率，循。濱，涯也。"按：率循雙聲。涯，初文作厓。古音讀坡。濱、泮雙聲。濱涯即泮坡。《衛風·氓篇》："隰則有泮。"《傳》云："泮，坡也。"《箋》云："泮，讀爲畔。畔，厓也。"

民国·李九华《毛诗评注·卷二十》：註：率，循。濱，涯也。（《毛傳》）

民国·林义光《诗经通解·卷二十》：率，《爾雅》云："自也。"王念孫云："自土之濱者舉外以包内，非專指地之四邊言之。"《毛詩》訓率爲循，於詩議未協。《正義》曰："言率土之濱，舉其四方所至之內，見其廣也。"於義爲長。

異文：濱，《漢書·王莽傳》引作"賓"。

民国·焦琳《诗蠲·卷七》：濱，厓也。猶邊也。其内可知也。

---

① 此处引文有误。

民国·吴闿生《诗义会通·卷二》：濱，《漢書》《白虎通》引作"賓"。

附现代人

高亨《诗经今注》：率，循也，即沿著。濱，邊界。

高本汉《诗经注释》：率土之濱

A《毛傳》："率，循也；濱，涯也。"所以這句是：沿土地的崖岸（沒有一個不是王的臣僕），就是說：在有人居住的地方，直到盡頭。《說文繫傳》引作"率土之濱"，義同。

B《齊詩》（班固的詩和《漢書·王莽傳》引）、《魯詩》（《白虎通·封公侯篇》引）都作"率土之濱"。"賓"並不是"濱"的省體。有這裏，"賓"和下句"莫非王臣"的臣相應。"賓"也有"賓服，臣民。"的意思，如《禮記·樂記篇》："諸侯賓服。"《國語·楚語》："其不賓也久矣。"（韋昭據《爾雅》云："賓，服也。"）這一來，"率"字也不能講作"循"了，因為全句如果是：沿土地的賓服的人，那實在不好講。"率"應該是"全部"的意思，如《禮記·祭養篇》："古之獻繭者，其率用此歟。"如此，這句詩是：所有土地上的子民（藩屬），沒有一個不是王的臣僕。參看《老子》第三十二篇："樸雖小，天下莫能臣也，侯王若能守之，萬物將自賓。"這裏"臣"和"賓"意義相類，而且前後相應，和本篇一樣。

"賓"和"臣"的相類，（由《老子》得到強力的支持）可以確立 B 的說。另一方面，如 A 說的"土之濱"確也不是自然的組織。我們有"海濱"。（見於《尚書》《朱傳》《孟子》）"澗濱"（《召南》《采蘋》篇），"水濱"（《朱傳》），"渭濱"（《朱傳》），"泗濱"（《尚書》）——"濱"都是從水的觀點所見的邊緣。

日本

日本·三宅重固《诗经笔记》：嚴粲云："循土地之岸。濱除海水在外，居其中者皆王臣也。"

日本·赤松弘《诗经述·九述》：率，循。濱，涯也。

日本·皆川愿《诗经绎解·卷十一》：率，通作"衛"字，從行。《毛傳》以為"循也"。濱，《說文》本作"瀕"，水厓也。

日本·伊藤善韶《诗解》：率，循。濱，涯也。

日本·冢田虎《冢注毛诗·卷十三》：率，循。濱，涯也。

日本·大田元贞《诗经纂疏》：《孟子》："咸丘蒙曰：'《詩》之'普天

之下，莫非王臣。率土之濱，莫非王臣。'而舜既為天子矣，敢問瞽瞍之非臣如何？'曰：是詩也，非是之謂也，勞於王事而不得養父母也。曰：此莫非王臣，我獨賢勞也，故說詩者不以文害辭，不以辭害志，以意逆志是為得之。如以辭而已矣，《雲漢》之詩曰：'周餘黎民，靡有孑遺。'信是也，是周無遺民也。"

鄒子曰："中國名赤縣，赤縣內自有九州。禹之序九州是也，其有瀛海環之。"

日本·仁井田好古《毛诗补传·卷二十》：率，循。濱，涯也。

孔云："滸、濱、涯、浦皆水畔之地，同物而異名也，民之所居。民居不盡近水而以濱為言者，古先聖人謂中國為九州者，以水中可居曰洲。言民居之外皆有水也。鄒子曰：'中國名赤縣。赤縣內自有九州，瀛海環之，是地之四畔皆至水也。'"

日本·龟井昱《毛诗考》：率，循也。"率彼曠野、率西水滸"之率，言人所率行之地也。濱，言海裔也，人跡所窮。

日本·安井衡《毛诗辑疏·卷十上》：率，循。濱，涯也。《箋》："此言王之土地廣大矣，王之臣又衆矣，何求而不得，何使而不行？"《正義》："鄒子曰：中國名赤縣，赤縣內自有九州，禹之序九州是也。其外有瀛海環之，是地之四畔皆至水也。濱是四畔近水之處。言率土之濱，舉其四方所至之內，見其廣也。"衡謂：率，《傳》訓循，如循環之循，謂循土接水之地，《正義》是也。

日本·安藤龙《诗经辨话器解》：率（循）土之濱，《傳》："率，循。濱，涯也。"

日本·山本章夫《诗经新注》：率，循。

朝鲜

朝鲜·李滉《诗释义》：率，濱。

朝鲜·申绰《诗次故》：《昭七年·左傳》："封略之內，何非君土；食土之毛，誰非君臣。故普天之下，至莫非王臣。"杜預曰："濱，涯也。"《韓非子》："溫人至周，周人不納。曰：'客耶？'對曰：'主人也。'問其巷人，不知也。吏囚之君，使人問曰：'子非周人而自稱非客，何也[①]？'對曰：'《詩》云：普天之下，至莫非王臣。豈有為人之臣，而又為之客哉？故曰主人。'君

[①] "何"字后应有"也"字，原件无，酌补。

使出之。"《吕氏春秋》："舜者耕漁，以其徒屬掘地財取水利，編蒲葦結罘網，手足胼胝，然後免於凍餒之患。其遇時登為天子，賢士歸之，萬民譽之，丈夫女子振振殷殷，無不戴說。舜自為詩曰：'普天之下，莫非王土。率王之濱，莫非王臣。'所以見盡吾之也。"

朝鲜·申绰《诗经异文》：之濱，《文選·應若甫詩》，李善注引此，濱作"賓"。《班固詩》注李善又作"濱"。一賓一濱，不宜異同。賓似"濱"誤。然《釋文》又"溥，音普"，"濱，音賓"。溥既為普，則濱亦可以為賓矣。

朝鲜·沈大允《诗经集传辨正》：率，盡也。

朝鲜·朴文镐《诗集传详说·卷十一》：率，循。濱，涯也。

朝鲜·无名氏《诗义》：率土之濱——《漢書·白虎通》引作"賓"。

朝鲜·无名氏《诗传讲义》：謹按：《平淮西碑》云：全付所覆，四海九州。罔有内外，悉主悉臣。蓋東至於新瑟，南至於墨瓦，西之綠島，北之白臘，孰非版籍之境，編戶之氓乎？此詩之意則以為久役於外，雨雪楊柳之懷，水草跋涉之苦，可勝言哉。四海雖廣我獨蹙蹙，靡騁兆民雖衆而吾獨盼盼，作苦甚怨之辭也。

李润民按：对"率土之濱"一句的"率"与"濱"两字，有很多人作了注释，主要有以下几种解释：

1. 率，循。濱，涯也。（见《毛诗故训传》）
2. 浒、濱、涯、浦皆水畔之地。同物而异名也。（见唐·孔颖达《毛诗正义·卷十三》）
3. 濱者，水之宾，故濱字左傍氵右傍宾。犹云北方之边也。（见明·李资乾《诗经传注·卷二十六》）
4. 率，尽也。濱，犹边也。（见清·胡文英《诗经逢原》）
5. 率，循也。彼旷野"率西水浒"之率，言人所率行之地也。濱，言海裔也，人迹所穷。（见日本·龟井昱《毛诗考》）
6. 率，尽也。（见朝鲜·沈大允《诗经集传辨正》）
7. 率，循也，即沿着。濱，边界。（见高亨《诗经今注》）
8. "率"应该是"全部"的意思。（见高本汉《诗经注释》）

这些解释，只有李资乾的说法特殊些，其他人歧义不大，无非是沿着、全部、边涯、水边、海裔的意思。

全句的意思可以是：沿着水边的全部。进一步的理解，需要和下一句

"莫非王臣"联系起来看。

滨字有异文，清·胡承珙等人作了详细的梳理。

莫非王臣

中国

汉·郑玄《毛诗笺》（《毛诗正义·卷十三》）：此言王之土地廣矣，王之臣又衆矣，何求而不得，何使而不行。

明·梁寅《诗演义·卷十三》：循四海之濱，皆王之臣也。

明·李资乾《诗经传注·卷二十六》：王土載王臣，王臣履王土。遞相往來，臣子之常分，乃大夫不均乎？大夫者王臣也，我亦王臣也。

明·黄道周《诗经琅玕·卷六》：莫非王臣者，内公卿外牧伯，版籍屬於大司徒者，皆今日之黎獻也。王臣兼在位與不在位說。

明·何楷《诗经世本古义·卷十八下》：鄒子曰："中國名赤縣。赤縣内自有九州，瀛海環之，是地之四畔皆至水也。"嚴云："溥，大，天下皆王土也。循土地之岸。濱，除海水在外居其中者，皆王臣也。"

明·杨廷麟《诗经听月·卷八》：莫非王臣者，内公卿外牧伯，版籍屬於大司徒者，皆有今日之黎獻也。王臣，兼在位與不在位說。

清·李塨《诗经传注·卷五》：中國曰四海之内，言循土而至於海濱皆王臣也。

清·黄梦白、陈曾《诗经广大全·卷十三》：嚴燦云："循土地之岸，濱除海水在外，居其中者皆王臣也。"

清·罗典《凝园读诗管见·卷八》：管見：率謂人之沿邊而居耳，所居雖荒徼，而皆隸版圖，則其率乎土之濱者莫非王臣也。

清·陈乔枞《鲁诗遗说考·卷四》：《北山》

普天之下，莫非王土。率土之濱，莫非王臣。

《新書·匈奴篇》："《詩》曰：'普天之下，莫非王土。率土之濱，莫非王臣。'王者，天子也。舟車之所至，人迹之所及，雖蠻夷戎狄，孰非天子之所哉？"

《白虎通·封公侯篇》："'普天之下，莫非王土。率土之濱，莫非王臣。'海内之衆已盡得使之。"（又《喪服篇》引"普天之下"四句文同。）

乔樅謹案：《荀子·君子篇》及《史記》司馬相如《難蜀父老》引《詩》皆與《新書》同，惟《白虎通》"濱"字作"賓"，小異。又《漢書·王莽傳》引《詩》字亦作"賓"。《文選·四十四》載司馬相如文，李善注云："'率土之濱'本或作'賓'，今《毛詩》作'濱'。"

補：趙岐《孟子章句·九》："《詩·小雅·北山》之篇：普，徧也。率，循。徧天下循土之濱，無有非王者之臣。"

清·王先謙《诗三家义集疏·卷十八》：徧天下循土之濱，莫有非王土者之臣。

清·陳百先《诗经备旨·卷五》：莫非王臣者，内公卿外牧伯版籍屬於大司徒者，皆今日之黎獻。王土，王臣重。王臣，兼在位與不在位說。

民國·王闓運《毛诗补笺·卷十三》：《箋》云："此言王之土地廣矣，王之臣又眾矣，何求而不得，何使而不行？"

日本

日本·三宅重固《诗经笔记》：嚴粲云："循土地之岸。濱除海水在外，居其中者皆王臣也。"

日本·冢田虎《冢注毛诗·卷十三》：而土上之人亦悉王之臣也，然則何求而不得？何使而不行？

本·大田元貞《诗经纂疏》：《孟子》："咸丘蒙曰：'《詩》之"普天之下，莫非王土。率土之濱，莫非王臣。"而舜既為天子矣，敢問瞽瞍之非臣如何？'曰：是詩也，非是之謂也，勞於王事而不得養父母也。曰：此莫非王臣，我獨賢勞也，故說詩者不以文害辭，不以辭害志，以意逆志是為得之。如以辭而已矣，《雲漢》之詩曰：'周餘黎民，靡有孑遺。'信是也，是周無遺民也。"

鄒子曰："中國名赤縣，赤縣內自有九州。禹之序九州是也，其有瀛海環之。"

日本·安井衡《毛诗辑疏·卷十》：《箋》："此言王之土地廣大矣，王之臣又眾矣，何求而不得，何使而不行？"

日本·安藤龍《诗经辨话器解》：《箋》云："此言王之土地廣矣，王之臣又眾矣，何求而不得何使而不行？"（王使大夫。）

朝鮮

朝鮮·申綽《诗次故》：《昭七年·左傳》："封略之內，何非君土；食土之毛,誰非君臣。故普天之下,至莫非王臣。"杜預曰:"濱,涯也。"《韓非子》:"溫人至周,周人不納。曰:'客耶?'對曰:'主人也。'問其巷人,不知也。吏囚之君,使人問曰:'子非周人而自稱非客,何也①?'對曰:'《詩》云:普天之下,至莫非王臣。豈有為人之臣,而又為之客哉?故曰主人。'君使出之。"《呂氏春秋》:"舜者耕漁,以其徒屬掘地財取水利,編蒲葦結罘網,手足胼胝,然後免於凍餒之患。其遇時登為天子,賢士歸之,萬民譽之,丈夫女子振振殷殷,無不戴說。舜自為詩曰:'普天之下,莫非王土。率王之濱,莫非王臣。'所以見盡吾之也。"

李润民按:"莫非王臣"句的字面意思明了,没有需要注释的字眼。"莫非",否定之否定,绝对的肯定,意思是:(四海之内的土地上)都是天子的臣民。对这一句的阐释没有任何人有歧见,但是我们对这句话还应该作进一步的叩问,要明白它的言外之意,它和前三句"溥天之下,莫非王土。率土之滨"合在一起是一个句群,有人考证它了,是大舜当年初登天子的自为诗,是当时的名言。诗人在这里引用这四句名言,主要是为了给下边的"大夫不均,我从事独贤"句做铺垫。弦外之音就是:既然"循四海之滨,皆王之臣"(明·梁寅《诗演义》语),"王之土地广矣,王之臣又衆矣"(汉·郑玄《毛诗笺》语),那么广地土地,那么多的王臣,为什么"大夫不均",非要我"独贤",特别地辛劳呢?抱怨之意,隐然其中。

大夫不均

中国

汉·郑玄《毛诗笺》(《毛诗正义·卷十三》):王不均大夫之使。

宋·李樗《毛诗详解》(《毛诗李黄集解·卷二十六》):今大夫不均,以勞苦之事獨以我從事而推以為賢,所謂賢者又如下文"嘉我未老,鮮我方將"之意同。

宋·朱熹《诗经集传·卷十三》:言土之廣臣之衆,而王不均平,使我從事獨勞也。

---

① "何"字后应有"也"字,原件无,酌补。

宋·谢枋得《诗传注疏》：大夫不均，我從事獨賢。自古君子小人立已不同，其事君亦異。君子常任其勞，小人常處其逸。君子常任其憂，小人常享其樂。雖曰役使不均，我獨賢勞，然君子本心亦不願逸樂也。（《通釋》）

明·李资乾《诗经传注·卷二十六》：不均者，勞逸不勻之貌，故均字左傍土右傍勻。

明·徐光启《毛诗六帖讲意·卷二》：《箋》曰："王不均大夫之使。"按：大夫不均，止當云大夫不均勞而已。

明·顾梦麟《诗经说约·卷十六》：《通解》："大夫字，賢字且依本文說。"

明·黄道周《诗经琅玕·卷六》：大夫，旨執政上說。均，是平。不均，亦只言不均勞而已，勿涉太深。

明·何楷《诗经世本古义·卷十八下》：豐熙云："大夫指官長之預國政者。"均，《说文》云："平，徧也。"

明·杨廷麟《诗经听月·卷八》：大夫自執政上說。均是平，執政不均則王之不均可知，但詩人不斥王而曰大夫耳。

清·王鸿绪等《钦定诗经传说汇纂·卷十四》：《集傳》："言土之廣臣之衆，而王不均平，使我從事獨勞也。"

清·李塨《诗经传注·卷五》：大夫，執政者也。

清·黄梦白、陈曾《诗经广大全·卷十三》：大夫，指執政者。

清·胡文英《诗经逢原》：大夫，指執政之人。不均，因其賢而長使之也。

清·刘沅《诗经恒解·卷四》：大夫，執政者。王朝之卿亦可稱大夫。此大夫蓋執政者，而詩人亦必誼居貴戚，故明知不均而不可不從。夫子錄之以戒乎後世。

清·陈奂《诗毛氏传疏·卷二十》：大夫，在上位者■，大夫不直，■幽王也。《節南山》，《傳》："均，平也。"不均，《序》所謂役使不均也。

清·吕调阳《诗序议·卷三下》：大夫，執政之大夫也。朱子曰："不斥王而曰大夫，不言獨勞而曰獨賢，詩人之忠厚如此。"

清·陈百先《诗经备旨·卷五》：大夫，自執政者言。執政不均，則王之不均可知。

民国·焦琳《诗蠲·卷七》：大夫，執政大臣，然其意實指王也。

附现代人

附1

高亨《诗经今注》：大夫不均，指掌權的大夫分派士階層的工作往往勞逸不均。

陈子展《诗经直解·卷二十》：大夫不均，大夫勞逸苦樂不均。

附2

《晋骆先生辑着诗经小雅·卷七》：大夫，自執政者言。

日本

日本·三宅重固《诗经笔记》：大夫，指執政者。

日本·太宰纯《朱氏诗传膏肓》：《注》曰："不斥王而曰大夫，不言獨勞而曰獨賢，詩人之忠厚如此。"

純曰：晦菴所云乃立言之法，固當如是。常常言語猶然，況於詩乎？如直斥王且曰獨勞，則鄙陋甚矣。

何詩之成，晦菴以爲忠厚之言，亦其惑也。

日本·皆川愿《诗经绎解·卷十一》：均，《說文》云："平，偏也。"言大夫於王臣其等更高於士子者，各亦有情，而其從事或不均也。

日本·冢田虎《冢注毛诗·卷十三》：大夫，謂其長官大夫而意斥王也。

日本·仁井田好古《毛诗补传·卷二十》：豐熙曰："大夫，指官長之預國政者。"

日本·龟井昱《毛诗考》：卿士役人不均，以我為從事賢扵人而駆使之也。未老方將方剛，即朝廷所賢也。《孟子》曰"此莫非王事，我獨賢勞也"，言賢之勞之。

日本·东条弘《诗经标识》：按：大夫不均。鄭云"不均大夫之使"。按：第四章以下"或燕燕居息"等語是所謂不均，言大夫所事不均勞逸也。王安石云"取數多謂之賢"，《禮記》曰"某賢於某若干"與此同。

日本·安井衡《毛诗辑疏·卷十上》：《箋》："王不均大夫之使，而專以我有賢才之故，獨使我從事於役。自苦之辭。"

日本·安藤龙《诗经辨话器解》：《箋》云："王不均大夫之使，而專以我有賢才之故，使我從事於役。自苦之辭。"

日本·山本章夫《诗经新注》：大夫，指執政柄之人也。

朝鲜

朝鲜·朴世堂《诗经思辨录》："大夫不均"之義，今舊說不同，亦皆通。

朝鲜·沈大允《诗经集传辨正》：大夫不均，不欲斥王也。

朝鲜·尹廷琦《诗经讲义续集》：大夫，指在國秉權之輔臣，主內外臣僚之黜陟者也。《節南山》刺師尹之不均平，此詩之"大夫不均"蓋一意也。

李润民按："大夫不均"一句比较费解，仅从字面上看，似乎可以有两种解释，一是大夫受到的待遇、担负的劳役不均；二是大夫执政，分配下属的工作分得不均平。事实上中外历代学人就是基于这两种都可通的解释，产生了不同的说法。很多人对"均"和"大夫"作了注释，看法基本一致：均，是平；大夫，指执政之人。人们虽然对这两个词的看法没有歧见，但对整句的理解却有明显争议，大致可以归纳为以下三种意见：

一是认为是王的施政不公平，才造成了大夫的劳逸不匀，使得我独劳。这就是郑玄说的"王不均大夫之使"（《毛诗笺》）。这是直接刺王的。

二是认为表明上指执政的大夫做事不公"不均劳"，而实际上是刺王的。持这种看法的人很多，朱熹说"而王不均平，使我从事独劳也。不斥王而曰大夫，不言独劳而曰独贤，诗人之忠厚如此"（《诗经集传·卷十三》）。明·杨廷麟说："大夫自执政上说。均是平，执政不均则王之不均可知，但诗人不斥王而曰大夫耳。"（《诗经听月·卷八》）日本·冢田虎说："大夫，谓其长官大夫而意斥王也。"（《冢注毛诗·卷十三》）民国·焦琳说："大夫，执政大臣。然其意实指王也。"（《诗蠲·卷七》），

三是认为是指执政的大夫不公平"不均劳"。宋·李樗说"今大夫不均，以劳苦之事独以我从事而推以为贤。"（《毛诗详解》）明·徐光启说："大夫不均，止当云大夫不均劳而已。"（《毛诗六帖讲意·卷二》）今人高亨也说："大夫不均，指掌权的大夫分派士阶层的工作往往劳逸不均。"（《诗经今注》）

总体上看，认同郑玄观点的人很多，也就是认为是刺王的人占大多数，而认为是刺执政大夫的人比较少。

我从事独贤

中国

《毛诗故训传》（《毛诗正义·卷十三》）：賢，勞也。

汉·郑玄《毛诗笺》（《毛诗正义·卷十三》）：而專以我有賢才之故，獨使我從事於役。自苦之辭。

唐·孔颖达《毛诗正义·卷十三》：《傳》："賢，勞。"

以此大夫怨已勞於事，故以賢為勞。《箋》以賢字自道，故易《傳》言"王專以我有賢才之故乎，何故獨使我也？"王肅難云："王以已有賢才之故，而自苦自怨，非大臣之節。斯不然矣。此大夫怨王偏役於已，非王實知其賢也。王若實知其賢，則當任以尊官，不應勞以苦役。此'從事獨賢'，猶下云'嘉我未老，鮮我方將'，恨而問王之辭，非王實知其賢也。"

宋·苏辙《诗集传·卷十二》：賢，過人也。

宋·吕祖谦《吕氏家塾读诗记·卷二十二》：王氏曰："取數多謂之賢。《禮記》曰：'某賢於某'若干，與此同義。"《孔叢子》曰："我從事獨賢，勞事獨多也"，出《小爾雅·廣訓篇》。

宋·杨简《慈湖诗传·卷十四》：補音：賢，下珍切。

劉向校《列子錄》云："字多錯誤，以賢為形。"荀卿《成相篇》："曷為賢明，君臣上能尊主下愛民。"又曰："堯，讓賢，以為民，氾愛兼德施均。"①《賦篇》："或厚或薄，帝不齊均。桀紂以亂，湯武以賢。"《三略·軍讖》："羣吏朋黨，各進所親。招舉奸枉，抑挫仁賢。"《史記·敍傳》："莊王之賢乃復國。"陳又曰："子產之仁，紹世稱賢。"《漢書·公孫敍傳》："既登爵位，祿賜頤賢，布衾蔬食，用儉飾身。何王？"《敍傳》："哀平之卹，丁傅莽賢，武嘉戚之，乃喪厥身。"

宋·魏了翁《毛诗要义·卷十三下》：《傳》以"賢"訓"勞"，《箋》以我賢乎，獨使我。

《傳》："賢，勞。"《正義》曰："以此大夫怨已勞於事，故以賢為勞。"《箋》以賢者自道，故易《傳》言王專以我有賢才之故乎？何故獨使我也？"

---

① 这句话，似乎有误，查原文是：泛利兼爱德施均。

王肅難云：'王以己有賢才之故，而自苦自怨，非大臣之節，斯不然矣。此大夫怨王偏役於已，非王實知其賢也。王若實知其賢，則當任以尊官，不應勞以苦役。此"從事獨賢"，猶下云"嘉我未老，鮮我方將"，恨而問王之辭，非王實知其賢也。'"

宋·谢枋得《诗传注疏》：大夫不均，我從事獨賢。自古君子小人立已不同，其事君亦異。君子常任其勞，小人常處其逸。君子常任其憂，小人常享其樂。雖曰役使不均，我獨賢勞，然君子本心亦不願逸樂也。（《通釋》）

元·胡一桂《诗集传附录纂疏·卷十三》：王氏曰："取數多謂之賢。《禮記》曰：'某賢於某若干。'與此同義。"東來呂氏曰："《孔叢子》曰'我從事獨賢，勞事獨多也'。"

元·梁益《诗传旁通·卷九》：獨賢，呂成公曰：《孔叢子》云"我從事獨賢，勞事獨多也。"

元·王逢《诗经疏义辑录》（《诗经疏义会通·卷十三》）：雙峰饒氏曰："無才者多逸，有才者多勞，以其能任事故也。言凡為王臣者，皆當任王事，何獨使我為賢而勞之乎？"

明·季本《诗说解颐·卷二十》：賢，猶勞也，恊韻，故言賢耳。

明·李资乾《诗经传注·卷二十六》：從事者，從王事者人也。獨賢者，賢方見用，不賢不得以與選也。不曰獨勞，而曰獨賢，謂君選我而見用，不敢謂君獨勞我也。觀《孟子》曰："莫非王事，我獨賢勞"，則詩人原有勞之意，特渾含而不露耳。

明·郝敬《毛诗原解·卷二十二》：獨賢，即下章嘉我未老三句之意。賢，猶多也。

明·姚舜牧《重订诗经疑问·卷六》：云獨賢者，非自稱其賢也，維賢任事，謂君或以我為獨賢也。

明·顾梦麟《诗经说约·卷十六》：《通解》："大夫字、賢字，且依本文說。"

明·张次仲《待轩诗记·卷五》：取數多謂之賢。《禮·投壺篇》曰："某賢於某若干純"，是也。

明·黄道周《诗经琅玕·卷六》：獨賢，言獨以己為賢，故獨役之而使之從事也。"大夫"字、"賢"字還他本文。

明·冯元颺、冯元飙《手授诗经·卷五》：獨賢，言獨以己為賢，故獨役之而使之從事也。

明·何楷《诗经世本古义·卷十八下》：王安石云："取數多謂之賢。"

《禮記》曰："某賢於某若干"，與此同義。《小爾雅》云："我從事獨賢，勞事獨多也。"謝枋得云："自古君子常任其勞，小人常處其逸。君子常任其憂，小人常享其樂。雖曰役使不均我獨賢勞，然君子本心亦不願逸樂也。"朱子云："不斥王而曰大夫，詩人之忠厚如此。"愚按：此亦指其實言之，玩後章"燕燕居息"等語，則大夫不止一人，凡正大夫及三事所屬之大夫，皆有故統以大夫言。上章雖言"偕偕士子，朝夕從事"，玩此則士子之中，已又獨當其勞也。又《左・襄十三年》："晉侯，使士匄將中軍，辭曰：'伯遊長。'……君子曰：'讓，禮之主也。範宣子讓，其下皆讓。……晉國以平，數世賴之刑善也。夫一人刑善，百姓休和，可不務乎？周之興也，其詩曰："儀刑文王，萬邦作孚。"言刑善也。及其衰也，其詩曰："大夫不均，我從事獨賢。"言不讓也。世之治也，君子尚能而讓其下，小人農力以事其上，是以上下有禮，而讒慝黜遠，繇不爭也。謂之懿德。及其亂也，君子稱其功以加小人，小人伐其技以馮君子，是以上下無禮，亂虐並生，繇爭善也。謂之昏德。國家之敝，恒必繇之。'"此以獨賢，為不讓其■又異。

明・楊廷麟《詩經聽月・卷八》：獨賢，言獨以己為賢，故獨役之而使之從事也。

明・朱朝瑛《讀詩略記・卷四》：王介甫曰："取數多者謂之賢。"《禮・投壺篇》曰："某賢於某若干純"，是也。

清・錢澄之《田間詩學・卷八》：王氏云："取數多謂之賢。《禮記》曰：'某賢於某若干'，與此同義。"

清・秦松齡《毛詩日箋・卷四》：黃氏曰："賢，多也。"王雪山曰："言其勞獨過於人也。"

清・王鴻緒等《欽定詩經傳說匯纂・卷十四》：《集傳》："言土之廣臣之衆，而王不均平，使我從事獨勞也。"毛氏萇曰："賢，勞也。"呂氏祖謙曰："《孔叢子》曰：'我從事獨賢勞事獨多也'。"

清・李塨《詩經傳注・卷五》：獨賢，獨以為賢而役之也。

清・姜兆錫《詩傳述蘊》：按："獨賢"二字大■大體有多少慍怒意，並省多少趨避意。下文"嘉我""鮮我"，即其所以"獨賢"之意也。

清・黃夢白、陳曾《詩經廣大全・卷十三》：獨賢，即下章"嘉我"三句之意。

清・戴震《毛鄭詩考正》：《北山》二章，"大夫不均，我從事獨賢"。《傳》："賢，勞也。"震按：賢之本義多也，從貝臤聲。此與《禮・投壺》"射，某賢於某若干純"之賢皆用本義。《孟子》說此詩曰"此莫非王事，我獨賢勞也"。謂從事獨多，人逸己勞，如詩之後三章所云是也。增成勞字，明作詩之志。以勞不得養父母而爲此言，非以"勞"釋"賢"。《箋》就賢才說，尤失之。凡字有本義屬乎偏旁，其因而推廣之義，皆六書之假借。賢，本物數相校而多之名，因謂多才爲賢。又專謂多善行爲賢，由是習而忘乎作字之初矣。

清·汪梧凤《诗学女为》：戴氏震曰："賢，多也。猶'某賢於某若干純'之賢。"《孟子》："我獨賢勞"，即所謂勞時獨多也。

清·段玉裁《毛诗故训传定本》：賢，勞也。《說文》："賢，多財也。引伸之凡多皆曰賢。"

清·汪龙《毛诗异义·卷二》：我從事獨賢——《傳》云："賢，勞也。"《箋》謂"王專以我有賢才之故，獨使我從事於役"。案：《孟子》曰："此莫非王事，我獨賢勞也。"趙注云："何爲獨使我以賢才而勞苦。"《傳》辛[①]勞義，本《孟子》，即《箋》云"從事於役"，非正釋。賢字其語質，《箋》從而申明之。《小爾雅》曰："我從事獨賢，勞事獨多也。"亦是通解句，義與《傳》同。《疏》謂《傳》以賢爲勞，而以《箋》爲易《傳》，疑誤。

清·牟庭《诗切·卷三》：《毛傳》曰："賢，勞也。"《鄭箋》曰："王不均，大夫之使而專以我有賢才之故，獨使我從事於役"，非也。《傳》以"賢"訓"勞"，亦非也。戴氏《詩考正》曰："賢如'某賢於某若干純'之賢。物數相校而多曰賢，獨賢言獨多也。"

清·徐华岳《诗故考异·卷二十》：《傳》："賢，勞也。"案：《孔叢子》："我從事獨賢勞，事獨多也。"《孟子》："我獨賢勞也。"

清·李黼平《毛诗紬义·卷十四》：我從事獨賢——《傳》："賢，勞也。"《箋》云："王不均大夫之使而專以王有賢才之故，獨使我從事於役，自苦之詞。"王肅難鄭，孔申之具在《正義》。按：《孟子》論此詩云"此莫非王事，我獨賢勞也"。孟子既以"勞"釋"賢"，《傳》依而用之，賢之得爲勞者。《說文》云："臤，堅也，從又，臣聲"，凡臤之屬，皆從臤讀若鏗鏘之鏗，古文以爲賢字。《春秋·公羊·成四年》："《經》云：鄭伯臤，卒。"《釋文》云："臤，本或作堅。"《疏》云："左氏作堅，穀梁作賢字，然則臤、堅、賢三字通，而《東觀漢記》云：'陰城公主名賢得。'《續漢書·天文志》作堅，得。是賢即堅字。"上經言"王事靡盬"，謂王事無不堅固，使己盡力以堅固之。此章言不均大夫之使，而我從王事獨盡力以堅固之，故得爲勞也。

[①] 此"辛"字，原件模糊不清。

清·陈乔枞《齐诗遗说考·卷二》：大夫不均，我從事獨賢。

补：《鹽鐵論·地廣篇》："《詩》云'莫非王事，而我獨勞'，刺不均也。"

橋從謹案：此所引詩蓋齊詩，故傳之文也，以"賢"為勞，與《孟子》書及毛公義合。鄭君詩箋，趙邠卿孟子注，並以"賢"為賢才，從《魯詩》之訓也。

清·胡承珙《毛诗后笺·卷二十》：我從事獨賢。《傳》："賢，勞也。"《箋》云："王不均大夫之使，而專以我有賢才之故，獨使我從事於役。自苦之辭。"王氏《廣雅疏證》曰："《孟子·萬章》篇引此詩而釋之曰：'此莫非王事我獨賢勞也。'賢亦勞也，賢勞猶言劬勞，故《毛傳》云：'賢，勞也。'"《鹽鐵論·地廣篇》亦云："《詩》云'莫非王事而我獨勞'刺不均也。"《鄭箋》、趙《注》並以"賢"為賢才，失其義矣。段懋堂曰："賢，多財也。引申之凡多皆曰賢，人稱賢能，因習其引申之義而廢其本義矣。《小雅》：'大夫不均，我從事獨賢。'《傳》曰：'賢，勞也'，謂事多而勞也。"

承珙案：《朱傳》云："王不均平，使我從事獨勞也。"此從《毛傳》以賢為勞。其下又曰"不言獨勞而曰獨賢，詩人之忠厚如此"。此則又從《鄭箋》以賢才，然毛、鄭異義不容並為一解也。

清·徐璈《诗经广诂》：大夫不均，我從事獨賢。

《左傳》曰："《詩》云云，言不讓也"《襄公三十年》。《孔叢子》曰："我從事獨賢，勞事獨多也。"（《小爾雅》）。杜預曰："王役使不均，故從事者怨恨，稱已之勞以為獨賢，無讓心。"（《左傳》注。）

清·马瑞辰《毛诗传笺通释·卷二十一》：我從事獨賢——《傳》："賢，勞也。"《箋》："王不均大夫之使，而專以我有賢才之故，獨使我從事於役。自苦之辭。"（瑞辰）按：《廣雅》《釋詁》："賢，勞也。"王觀察《書證》曰："《詩》：'我從事獨賢。'《孟子》引而釋之曰：'此莫非王事，我獨賢勞也。'賢亦勞也，賢勞猶言劬勞，故《毛傳》曰：'賢，勞也。'《鹽鐵·地廣篇》亦曰：'《詩》云莫非王事而我獨勞，刺不均也。'《鄭箋》趙注並以賢為賢才，失其義矣。"今按：《序》曰"役使不均，已勞於從事"，即本詩"大夫不均，我從事獨賢"為說，正以賢為勞也。賢之本義為多，《小爾雅》："賢，多也。"《說文》："賢，多才也。"（才段作財）《禮·投壺》："某賢於某若干純。"《鄉·射禮》："取賢獲曰：右賢于左、左賢于右。"並以賢為多，事多者必勞。故賢為多，即為勞。《周官·司勳》："事功曰勞，戰功曰多。"多與勞對，文則異散文則通。戴氏震訓賢為多，而謂《孟子》非以賢為勞，

106

不知多與勞義正相成。

清·陈奂《诗毛氏传疏·卷二十》：我，有王事者，自我也。《傳》詁"賢"爲勞者，《廣雅》："賢，勞也。"王念孫《疏證》云："《孟子·萬章篇》引《詩》而釋之曰：'此莫非王事，我獨賢勞也。'賢亦勞也，賢勞猶言劬勞。故《毛傳》曰：'賢，勞也。'《鹽鐵論·地廣篇》亦曰：《詩》云：莫非王事，而我獨賢勞。刺不均也。《鄭箋》、趙《注》並以賢爲賢才，失其義矣。"案：王說是也。我從事獨賢，《序》云"已勞於從事"，是賢勞同也。《襄十三年·左傳》引《詩》而釋之云"言不讓也"，亦謂大夫不知讓，不讓與不均同意。此詩專刺幽王役使不均，從事獨勞是即不均也。

清·顾广誉《学诗详说·卷二十》：《傳》："賢，勞也。"《箋》："王專以我有賢才之故。"《疏》引王肅之難而未及其自為說。《小爾雅·廣訓篇》云："我從事獨賢，勞事獨多也。"其義優於《箋》《傳》，非以勞正釋賢，乃用《孟子》之文，謂其所賢者勞耳。呂氏引王氏說"取數多謂之賢"。《禮記》曰"某賢於某若干"，與此同義云云，允矣。

清·龙起涛《毛诗补正·卷十七》：《毛》："賢，勞也。"

清·吕调阳《诗序议·卷三下》：朱子曰："不斥王而曰大夫，不言獨勞而曰獨賢，詩人之忠厚如此。"

清·王先谦《诗三家义集疏·卷十八》：今王不均，大夫之使乃使從王事獨勞乎？故《孟子》引《詩》云："此莫非王事，我獨賢勞也。"訓賢為勞，正《傳》所本。《鹽鐵論·地廣篇》："《詩》云'莫非王事而我獨勞'，刺不均也。"是《齊》義相同。《箋》云"專以我有賢才之故"云云，人無自命為賢才者，若王以為獨賢，則已受知，大用矣，而猶不以于行靡事不為乎？

清·陈百先《诗经备旨·卷五》：言獨以己為賢，故獨役之，而使之從事也。

民国·王闿运《毛诗补笺·卷十三》：賢，勞也。

《箋》云："王不均大夫之使，而專以我有賢才之故，獨使我從事於役，自苦之詞。"

《補》曰：賢讀為堅，言諸侯果不可令，何為我從事能靡鹽乎？故知由大夫之不均平，非天下叛亂。

民国·马其昶《诗毛氏学·卷二十》：賢，勞也。（《廣雅》同。）

王念孫曰："《孟子》引詩而釋之曰：'此莫非王事，我獨賢也。'賢亦勞也，賢勞猶言劬勞。"

陳曰："《鹽鐵論》引詩曰'刺不均也'。《襄十三年傳》引詩曰'刺不讓也'，亦謂大夫不知讓，與不均同義，從事獨勞是即不均也。"

民國·丁惟汾《诗毛氏传解诂》：我從事獨賢，《傳》云："賢，勞也。"按：賢，初文作"臤"。《說文》："臤，堅也。"古文以為賢字。獨賢，謂從事堅緊不懈，故《傳》訓為勞。

民國·吴闓生《诗义会通·卷二》：賢，勞也。

附现代人

附1

高亨《诗经今注》：賢，多也。

陈子展《诗经直解·卷二十》：我從事獨賢（眞部），我做的事偏多得很。

㈡《毛傳》："賢，勞也。"按：賢之本義為貝多，為多。引申之義為勞。《鄭箋》："賢，才。"失之。

附2

《晋骆先生辑着诗经小雅·卷七》：不曰王而曰大夫，不曰獨勞而曰獨賢，此正詩之忠厚處。葉桂山卻以勞字講賢字，未妥。

日本

日本·皆川愿《诗经绎解·卷十一》：賢，勝也。

日本·冢田虎《冢注毛诗·卷十三》：賢，勝也。大夫之役使士民，偏而不均平，我之從事獨勝於人，言勞事獨多也。

日本·大田元贞《诗经纂疏》：大夫不均，我從事獨賢。《日抄》："賢，猶多也。"雪山曰："言其勞獨過於人也。"

《孔叢子》云："我從事獨賢，勞事獨多也。"

王荊公曰："取數多，謂之賢。"

《禮記》曰"某賢於某若干"，與此同義。此說猶言"從事獨多，嘉我未老，鮮我方將"。《皇矣》："度其鮮原。"《箋》："鮮，善也。"《車轄》："鮮我覯爾，我心寫兮。"《箋》："鮮，善也。"

日本·仁井田好古《毛诗补传·卷二十》：賢，勞也。

好古按："《毛傳》：'賢，勞者。'謂以我為賢勞之也，非訓賢為勞也。故《孟子》曰：'是詩也，勞於王事而不得養父母也。'曰：'此莫非王事我獨賢勞也'。"是也。

日本·龟井昱《毛诗考》：卿士役人不均，以我為從事賢於人而馭使之也。未老方將方剛,即朝廷所賢也。《孟子》曰"此莫非王事,我獨賢勞也",言賢之勞之。

日本·东条弘《诗经标识》:按:大夫不均。鄭云"不均大夫之使"。按:第四章以下"或燕燕居息"等語是所謂不均,言大夫所事不均勞逸也。王安石云"取數多謂之賢",《禮記》曰"某賢於某若干"與此同。

日本·安井衡《毛诗辑疏·卷十上》:賢,勞也。《箋》:"王不均大夫之使,而專以我有賢才之故,獨使我從事於役。自苦之辭。"

戴震云:"賢之本義多也,從貝臤聲,此與《禮·投壺射》'某賢於某若干純'之賢,皆用本義。《孟子》說此詩曰:'此莫非王事,我獨賢勞也。'謂從事獨多,人逸己勞,如詩之後三章所云是也。增成勞字,明作詩之志,以勞不得養父母而為此言,非以'勞'釋'賢'也。"王念孫云:"《孟子·萬章篇》引此詩而釋之,曰'此莫非王事,我獨賢勞也',賢亦勞也。賢勞,《訓詁》猶言劬勞,故《毛傳》云賢勞也。"衡謂徧考經《傳》未見訓賢為勞者,今詳考《孟子》,賢字仍訓多"勞"字,指從事而言。詩云"我從事獨賢",《孟子》約其文而釋之,故云"我獨賢勞也"。《傳》:"賢,勞也。"用《孟子》成文,亦以勞釋從事賢勞,猶言多從事耳。戴云:"非以勞釋賢,其言洵是。"

日本·安藤龙《诗经辨话器解》:我從(王)事獨(勞)賢。《傳》:"賢,勞也。"《箋》云:"王不均大夫之使,而專以我有賢才之故,使我從事於役。自苦之辭。"

朝鲜

朝鲜·朴世堂《诗经思辨录》:毛云:"賢,勞也。"餘見今傳。

朝鲜·李瀷《诗经疾书》:從事獨賢,反語,謂惟我獨賢而然乎?

朝鲜·正祖《经史讲义·(诗)卷九十一》:獨賢,獨勞也。

朝鲜·申绰《诗次故》:《小爾雅》:"我從事獨賢,勞事獨多也。"《鹽鐵論》:"《詩》曰:莫非王事,而我獨勞。刺不均也。"《孟子注》:"趙岐曰:徧天下循土之濱,無有非王者之臣,何為獨使我以賢才,而勞苦不得養父母乎?"《左傳注》:"杜預曰:《詩》刺幽王役使不均,故從事者怨恨,稱己之勞,以為獨賢,無讓心。"彼疏:孔穎達曰:"自云己賢是不讓也。"綽按:《小爾雅》以賢為多,趙岐以賢為賢才,杜預以獨賢為不讓。數說不同矣。

朝鲜·申绰《诗经异文》:我從事,《鹽鐵論》:"《詩》曰:'莫非王事而我獨勞',刺不均也。蓋錯引經文取義而已,故不同。"

朝鲜·崔璧《诗传讲义录·卷四》：禦製條問曰：獨賢，獨勞也。上章曰"偕偕士子"，下章曰"膂力方強既"，是強壯之人則足任事務之繁，何憚於勞苦而必怨之歟，且夫君子之心不願佚樂，而詩人之言如此者何歟？

（臣）璧對曰：勞於王事者臣子之職，而況膂力剛壯足任事務，則使人豈敢有憚殃之怨哉？然而勞逸不均，未見共供之事，使役無常，不聞同寅之義，實君子任其憂，小人享其樂，則獨賢之怨安得不發於從事勞苦之時乎？詩可以怨，攷為此類，而宜爲在上者之所鑑也。

朝鲜·金学淳《讲筵文义》（诗传）》：禦製條問曰：獨賢，獨勞也。上章曰"偕偕士子"，下章曰"膂力方剛"，既是強壯之人，則足任事務之繁，何憚於勞苦而必怨之歟？且夫君子之心不願佚樂，而詩人之言如此者，何歟？

（臣）對曰：為此詩者槩多忠厚之辭，則其不以勞佚為恤可知，況是強壯膂力之時，則區區征役又何憚乎？蓋小人而處於逸樂，君子而任其勞瘁，足見時君任使之失宜，則獨賢之嘆雖似私怨，而其為國深憂，可見言外之旨矣。

李润民按："我从事独贤"一句，是全诗的一个关键性核心句子，其"贤"字是其核心词，很多人对贤字进行了注释，有非常细致的梳理辨析，力求达诂，对训诂感兴趣的读者值得领教。

这里简单归结一下诸家对贤字的解释，大致有：

1. 贤，劳也。（见《毛诗故训传》）

2. 汉·郑玄认为贤是贤才的意思，他说："而专以我有贤才之故，独使我从事于役自苦之辞。"（见《毛诗笺》）

3. 贤，过人也。（见宋·苏辙《诗集传·卷十二》）

4. 取数多谓之贤。（见宋·吕祖谦《吕氏家塾读诗记·卷二十二》）

5. 贤，胜也。（见日本·皆川愿《诗经绎解·卷十一》）

这五种关于贤的解释，其中"劳"的说法和后四种说法似乎相差甚大，但落实到整句中，几种说法可以殊途同归，都是抱怨独使我为劳。区别在于：

1. 以贤为劳，是"我"直接抱怨"何故独使"我劳于王事，使我不得养父母。表达的怨愤之情比较明显和强烈。

2. 以贤为贤才，则不是我自称为贤，而是君"或以我为独贤也"，使我劳于王事多多，有抱怨，但委婉多了。这样说，用明·李资乾的话说就是"诗人原有劳之意，特浑含而不露耳"，朱熹说这是表现了诗人的忠厚。而"过人"与"贤才"的意思其实很接近。

3. 以贤为取数多和以贤为胜，都是说我劳事独多也，自然有抱怨。表达的愤怨感情的程度是介于以贤为劳和以贤为贤才之间。

总之，"我从事独贤"和"大夫不均"合起来就是在抱怨君王或执政大夫施政不公，致使我独劳于王事。是刺王、刺不均的，即使是把贤字说成是贤才，也同样传达了愤怨的感情，所以有人说这句话是"反语"（参看朝鲜·李瀷《诗经疾书》）。而清·方苞说的更是入木三分："唐、宋柄臣排异己者，多称其能，出之于外。观末章'惨惨畏咎'，则非眞以爲贤而相倚任，明矣"（见《朱子诗义补正·卷五》）。

还有人据《左传》引《诗》"大夫不均，我从事独贤"，是"言不让也"。清·陈奂说"亦谓大夫不知让。不让与不均同意"。（《诗毛氏传疏·卷二十》）也就是刺不让的。其实，《左传》中的引《诗》，是断章取义式的为当下政治服务的，不足为据，后来的学者拿来作为一说，不免失之偏颇。

另有一个问题需要注意，即王是不是真的以我为贤，有两种观点：唐·孔颖达认为王并不"实知其贤"如果真知其贤，就会任命以尊官的；明·李资乾认为王是真知其贤的，所谓"贤方见用，不贤不得以与选也。"（《诗经传注·卷二十六》）

二章总说

中国

汉·郑玄《毛诗笺》（《毛诗正义·卷十三》）：此言王之土地廣矣，王之臣又衆矣，何求而不得，何使而不行。

又：王不均大夫之使，而專以我有賢才之故，獨使我從事於役。自苦之辭。

唐·孔颖达《毛诗正义·卷十三》：詩意言民之所居，民居不盡近水，而以濱為言者，古先聖人謂中國為九州者，以水中可居曰洲，言民居之外皆有水也。鄒子曰："中國名赤縣，赤縣內自有九州，禹之序九州是也。其外有瀛海環之。"是地之四畔皆至水也。濱是四畔近水之處，言"率土之濱"，舉其四方所至之內，見其廣也。作者言王道之衰，傷境界之削，則云"蹙國百里"，"蹙蹙靡所騁"，恨其有人衆而不使，即以廣大言之，所怨情異，故設辭不同。王不均大夫之使，不過朝廷，而普及天下者，明其衆也。

又曰：以此大夫怨己勞於事，故以賢為勞。《箋》以賢字自道，故易《傳》，言王專以我有賢才之故乎？何故獨使我也。王肅難云："王以已有賢才之故，而自苦自怨，非大臣之節。斯不然矣。此大夫怨王偏役於已，非王實知其賢也。王若實知其賢，則當任以尊官，不應勞以苦役。此'從事獨賢'猶下云'嘉我未老，鮮我方將'，恨而問王之辭，非王實知其賢也。"

宋·李樗《毛诗详解》（《毛诗李黄集解·卷二十六》）：言天下之大無非王土，循率土之濱誰非王臣，何獨任我也？今大夫不均以勞苦之事，獨以我從事而推以為賢，所謂賢者又如下文"嘉我未老，鮮我方將"之意同。孔氏曰："作詩者言王道之衰傷，境界之削則云'蹙國百里'。蹙，蹙靡所騁。恨其有人衆而不使，即以廣大言之。所怨情異，故設辭不同。"此說甚善，蓋《節南山·瞻卬》與此詩皆是幽王之詩，一則言其地之廣，一則言其地之削，當以意而逆志也。亦如言文王之地，言其廣則曰三分天下有其二以服事商，言其地狹則曰由百里起。蓋方言其興王業不在地之廣而在其德，則曰百里起，言其形勢之強而不失其人臣之節，則曰三分天下有其二以服事商，其言各有當也。

宋·范处义《诗补传·卷二十》：孔叢子曰："我從事獨賢，勞事獨多也，言溥天率土均為王臣而使我獨勞也。上章既以北山微諷王之不明，故此章不欲斥王而曰大夫不均也。"

宋·朱熹《诗经集传·卷十三》：言土之廣，臣之衆而王不均平，使我從事獨勞也。不斥王而曰大夫，不言獨勞而曰獨賢，詩人之忠厚如此。

宋·吕祖谦《吕氏家塾读诗记·卷二十二》：朱氏曰："言土之廣臣之衆，而王不均平，使我從事獨勞也。不斥王而曰大夫，詩人之忠厚如此。"孔氏曰："作者言王道之衰傷境界之削，則云'蹙國百里'。蹙，蹙靡所騁，恨其有人衆而不使，即以廣大言之。所怨情異，故設辭不同。"

宋·段昌武《毛诗集解》：孔叢子曰："從事獨賢，勞獨事多也。"朱曰："言土之廣臣之衆而王不均平，使我從事獨勞也。不斥王而曰，大夫詩人之忠厚如此。"孔曰："作者言王道之衰傷境界之削，則云：'蹙國百里'。蹙，蹙靡所騁，恨其有人衆而不使，即以廣大言之，所怨情異，故設辭不同。"

宋·杨简《慈湖诗传·卷十四》：次章怨大夫之不均，以大夫秉政役使士子不均也。

宋·辅广《诗童子问·卷五》：二章，此章則承上章而言，我雖不敢不勤於王事，然士子之廣臣之衆，而使我獨勞何哉。雖署及夫上之不均與己之獨勞，然不斥王而但言大夫，不曰獨勞而乃曰獨賢，則其言猶忠厚而未敢怨也。

宋·林岊《毛诗讲义·卷六》：大天之下，莫非王土。率土之濱，莫非王臣。大夫之役使不均，使我從事獨賢勞也。

宋·魏了翁《毛诗要义·卷十三》：《正義》曰："以此大夫怨己勞於事，故以賢為勞。《箋》以賢者自道，故《易》《傳》言：'王專以我有賢才之故乎？何故獨使我也？'王肅難云：'王以己有賢才之故而自苦自怨，非大臣之節，斯不然矣。此大夫怨王偏役於巳，非王實知其賢也。王若實知其賢則當任以專官不應勞以苦役，此從事獨賢猶下云：嘉我未老，鮮我方將，恨而問王之辭，非王實知其賢也。'"

宋·严粲《诗缉·卷二十二》：溥大天下，皆王土也。循土地之岸，濱除海水在外，居其中者皆王臣也，而於大夫不均平使，我從事獨賢勞也。

宋·谢枋得《诗传注疏》：《通釋》：大夫不均，我從事獨賢。自古君子小人立已不同，其事君亦異。君子常任其勞，小人常處其逸。君子常任其憂，小人常享其樂。雖曰役使不均我獨賢勞，然君子本心亦不願逸樂也。

113

元·胡一桂《诗集传附录纂疏·卷十三》：言土之廣臣之衆，而王不均平，使我從事獨勞也。不斥王而曰大夫，不言獨勞而曰獨賢，詩人之忠厚如此。

又：疊山謝氏曰："自古君子小人立己不同，其事君亦異。君子常任其勞，小人常處其逸。君子常其憂，小人常享其樂。雖曰'役使不均，我獨賢勞。'然君子本心亦不願逸樂也。"

元·刘瑾《诗传通释·卷十三》：言土之廣臣之衆，而王不均平，使我從事獨勞也。（饒氏曰："無才者多逸，有才者多勞，以其能任事故也。言凡為王臣者，皆當任王事，何獨使我為賢而勞之乎？"謝疊山曰："自古君子常任其勞，小人常處其逸。君子常任其憂，小人常享其樂。雖曰'役使不均，我獨賢勞'，然君子本心亦不願逸樂也。"）不斥王而曰大夫，不言獨勞而曰獨賢，詩人之忠厚如此。

元·朱公迁《诗经疏义》（《诗经疏义会通·卷十三》）：勞苦而怨其上；

元·刘玉汝《诗缵绪·卷十一》：二章乃詩本意。

明·梁寅《诗演义·卷十三》：大臣之秉朝政者心不均平，何獨以我為賢而獨從事乎？王政不平，權臣擅命；奸諛得志，享有利祿；正直見疎，獨當勤苦，大率多如是。

明·胡广《诗传大全·卷十三》：言土之廣臣之衆，而王不均平使我從事獨勞也。不斥王而曰大夫，不言獨勞而曰獨賢，詩人之忠厚如此。

雙峯饒氏曰："無才者多逸，有才者多勞，以其能任事故也。言凡為王臣者，皆當任王事，何獨使我為賢而勞之乎？"

疊山謝氏曰："自古君子常任其勞，小人常處其逸；君子常任其憂，小人常享其樂。雖曰役使不均，我獨賢勞，然君子本心，亦不願逸樂也。"

明·季本《诗说解颐·卷二十》：此言役使不均而已獨任其勞也。不均，言大夫者見王委政非人而不能察也。

明·黄佐《诗经通解·卷十四》：此章大意云：王之所以使我者，固以我居王之土為王之臣也，然土之廣臣之衆，則凡同居王土者皆王臣，同為王臣者宜同服王事也，今我從事獨賢，何不均之甚哉？土廣、臣衆、不平、大夫字、賢字，且依本文發揮。《註》內詩人忠厚之意於繳語用之。（《左傳·昭七年》："楚申無宇曰：'天子經畧，諸侯正封，古之制也。封畧之內，何非君土。食土之毛，誰非君臣。故《詩》曰：'普天之下，莫非王土；率土之濱，莫非王臣。'天有十日，人有十等。下所以事上，上所以共神也。故王臣公，公臣大夫，大夫臣士，士臣皁，皁臣輿，輿臣隸，隸臣僚，僚臣僕，僕臣臺。

馬有圉，牛有牧，以待百事。今有司曰：'女胡執人於王宮？'將焉執之？周文王之法曰有亡，荒閱，所以得天下也。吾先君文王，作《僕區》之法，曰盜所隱器，與盜同罪。所以封汝也，若從有司，是無所執逃臣也。逃而舍之，是無陪臺也，王事無乃闕乎？武王數紂之罪，以告諸侯曰：紂為天下逋逃主，萃淵藪，故夫致死焉。君王始求諸侯而則紂，無乃不可乎？若以二文之法取之，盜有所在矣。'王曰：'取而臣以往，盜有寵，未可得也。'遂赦之。"）

朱公遷曰："大夫指執政者言，又是一說。"饒氏曰："無才者多逸，有才者多勞，以其能任事故也。"言凡為王臣者，皆當任王事，獨使我為賢而勞之乎？《左傳·襄十三年》："晉侯治使其什吏，率其卒乘官屬，以從於下軍，禮也。晉國之民，是以大和，諸侯遂睦。君子曰：'讓，禮之主也。范宣子讓，其下皆讓，欒黶為汰，弗敢違也。晉國以平，數世賴之。刑善也夫！一人刑善，百姓休和，可不務乎？周之興也，其《詩》曰："儀刑文王，萬邦作孚。"言刑善也。及其衰也，其《詩》曰："大夫不均，我從事獨賢。"言不讓也。'"然則，不均由儀刑之偏，而致不和，可見。

明·邹泉《新刻七进士诗经折衷讲意·卷二》：二章上四句見天下之人皆可役，下言己之獨見役也。王臣兼在位與不在位說，王土王臣須說歸重王臣一邊，如云居王土者均為王臣，為王臣者宜均服王事也，方得本章之旨。《經》文：大夫指執政者而言，"大夫"字，"賢"字，只就本文說，朱《傳》"王"字，"勞"字，意于言外見之。

明·丰坊《鲁诗世学·卷二十一》：言土之廣臣之眾，凡為王臣者皆當從于王事，而大夫之不均如此，豈以我為獨賢能乎？此大夫指官長之預國政者。朱子曰："不斥王而曰大夫，不曰獨勞而曰獨賢，詩人之忠厚也。"

考补：一說，不，豈不也，大夫為政豈眞不均也哉？特謂我獨賢而見任耳，尤見溫柔敦厚之意。

明·李资乾《诗经传注·卷二十六》：承上"陟彼北山"。大夫戍役，皆在北方之地。北者，水也。故曰："溥天之下，率土之濱。"蓋指周都以北之臣子。

又：或曰："溥，大也。"愚考《子思》云："溥，博，淵泉則溥，專屬水。"詩敍北山，則所云皆北方水位，未有以東南西混言之者，則詩不言普而曰溥，意深矣哉。或問《孟子》引以釋舜之不臣堯，又曰"普天之下何也"，愚曰：舜之時邊境無事，天下安然，故言普者，普照也。況南河之南，舜都莆阪，皆在南不在北乎？所以用詩之意，合詩之句，協詩之韻，而易詩之字。溥普同音，溥傍氵以應"陟彼北山"。普字中從火下從日，以應舜南面而

115

立耳。

明·许天赠《诗经正义·卷十五》："溥天之下"一章詩人敘王臣之多，而嘆己之獨勞於所事也。

此章首四句雖對講，卻重在"莫非王臣"上。"大夫不均"，言不肯均任王事也，"我從事獨賢"，言獨以我為賢，而使之勞於王事也。

夫我之行役，固貽憂於親矣，而王事之責我，亦豈盡出於公哉？今夫溥天之下，地若此其廣也，孰非王之土乎？率土之濱，人若此其眾也，孰非王之臣乎？夫居王之土者均為王臣，為王臣者宜均服王事也。奈之何為大夫者徇一己之私，而莫肯持天下之平，任一偏之見，而莫肯均天下之役。王事之重無有任之者，乃獨以我為賢，使之勞於所事，而不得養其父母焉。予固人臣也，不免於專任其勞。彼亦人臣也，乃得以安享其逸，是豈公天下之道哉？

明·顾起元《诗经金丹·卷五》："溥天"二章。上四句言王者一統之廣，下嘆己之獨見役也。莫非王土者，內畿甸外，侯封戎方，屬於大司馬者皆昭代之土宇也。莫非王臣者，內公卿外牧伯，版籍屬於大司馬者皆今日之黎獻也。王臣兼在位與不在位說，此四句重臣邊，大夫自執政說，見土之廣臣之眾。豈乏多賢足供王事，大夫不均而使我賢勞也，"莫非"字、"獨"字相叫應。

明·江环《诗经阐蒙衍义集注》（《诗经铎振·卷五》）："溥天"章：夫我之貽憂於父母也，固以王事之故，而彼命我者亦豈盡出于公哉？彼普天之下，皆一統之山河也，寧有尺土而非王土乎？率王之濱，皆一王之臣子也，寧有一民而非王臣乎？既有居王土而為王臣，則當為于我者，亦當為于人，可以使我，亦可以使人也，何大夫之不均，乃獨以我為賢，而使之"朝夕從事"如此耶？

主意》：上四句言王者一統之廣，下嘆己之獨見役也。此章微露言不均意。然莫非王土者，內畿甸外侯封，戎方屬於大司馬者，皆昭代之土宇也。莫非王臣者，內公卿外牧伯，版籍屬於大司徒者，皆今日之黎獻也。王臣兼在位與不在位說，王土王臣須說歸①重主臣一邊。大夫自執政上說，執政不均，則王之不均可知，但詩人不斥王而曰大夫耳。大夫、獨、賢字只■本文說，《註》王字、勞字於言外見之。

明·郝敬《毛诗原解·卷二十二》：溥天之下，無處非王之土，循地之厓，無人非王之臣。彼當事大夫，為政不平，使我從事獨賢勞也。

---

① 原件模糊不清，象是"归"字。

116

明·徐光启《毛诗六帖讲意·卷二》：首三章不得養，便是憂我父母。

曰：此詩本為役使不均，獨勞於王事而作，乃曰：天子嘉我之未老，善我之方壯，嘉我旅力方剛，而可以經營四方，故獨見任使。反以王為知己，忠厚之至也。此詩與《巷伯》《大東》，俱可以為立言者之法。

《箋》曰："王不均，大夫之使。"按：大夫不均，止當云大夫不均勞而已。

明·姚舜牧《重订诗经疑问·卷六》：詩本大夫所作，乃不刺王而曰大夫，自稱為從事，是臣下之禮也。

云獨賢者非自稱其賢也，維賢任事謂君或以我為獨賢也。

明·沈守正《诗经说通·卷八》：二章正言不均而又不直言，設為疑惑之詞，而隨下轉語，若曰"普天下非王土乎？率土非王臣乎？何大夫之不均也？亦以我之獨賢耳？"

明·陆燧《诗笺·卷二》：上四句詞平而意串，言天下皆王土，居王土便皆為王臣，須走重在臣一邊看。註"王"字、"勞"字勿露。

明·陆化熙《诗通·卷二》：溥天四句詞平而意串，走重在王臣一邊，大夫不均亦只言不均勞而已。

明·徐奋鹏《诗经尊朱删补》（《诗经铎振·卷五》）：徧天下皆王土，而彼居王土皆王臣，則固均可以任王事者乃大夫，不均平獨使我為賢，而役之以從事也。不斥王而曰大夫，不言獨勞而曰獨賢，亦忠厚之意也。

明·顾梦麟《诗经说约·卷十六》：言土之廣臣之衆，而王不均平，使我從事獨勞也。不斥王而曰大夫，不言獨勞而曰獨賢，詩人之忠厚如此。

《疏義》："大夫行役而怨大夫不均，蓋天子之大夫非一人也。此則指夫執政者而言。"

明·张次仲《待轩诗记·卷五》：此言王之土地廣矣，王之臣民衆矣，何使不得，何求不遂？而大夫不均平，使我從事獨多也。

明·黄道周《诗经琅玕·卷六》：《註》云："不斥王而曰大夫，不言獨勞而曰獨賢，詩人之忠厚也。"此意於言外見之。

又：上四句言王者一統之廣，下嘆己之獨見役也。

又：夫我固貽憂於父母，而命我者豈不盡出於公哉？彼普天下皆一統之山河也，寧有尺土而非王土乎？率土之濱皆一王之臣子也，寧有一民而非王臣乎？既居王土而為王臣，則當均為王事，而無才者多逸，有才者多勞，何大夫不均至是也？自"大夫不均"而不賢，如我己"朝夕從事"矣，顧天下事非不賢者任也，然則我其賢乎？天下之事更非一賢者任也，然則我其獨賢乎？

明·钱天锡《诗牗·卷九》："溥天"四句正可想出不均的意。

明·冯元飏、冯元飙《手授诗经·卷五》：夫我之貽憂於父母也，固以王事之故而彼命我者，亦豈盡出於公哉？彼普天之下皆一統之山河也，寧有尺土而非王土乎？率土之濱，皆一王之臣子也，寧有一民而非王臣乎？既居王土而為王臣，則當屬於我者，亦當為于人，可以使我，亦可以使人也，何大夫之不均，乃獨以我為賢，而使之"朝夕從事"如此耶？

又：王守溪曰："四句言王者一統之廣，下嘆己之獨見役也。此章微露有不均意。莫非王土者，内幾甸外，侯封戜方，屬於大司馬者，皆昭代之土宇也。莫非王臣者，内公卿外，牧伯版籍，屬於大司徒者，皆今日之黎獻也。王臣，兼在位與不在位俱說。王土王臣，須歸重王臣一邊。大夫，自執政上說，執政不均，則王之不均可知，但詩人不斥王而曰大夫耳。"

明·何楷《诗经世本古义·卷十八之下》：愚按：四句申說，意重王臣，以起下不均之意。《左昭·七年》："楚申無宇曰：'天子經略，諸侯正封，古之制也。封略之内，何非君土？食土之毛，誰非君臣？故《詩》曰："普天之下，莫非王土。率土之濱，莫非王臣。"天有十日，人有十等。下所以事上，上所以供神也。故王臣公，公臣大夫，大夫臣士，士臣皁，皁臣輿，輿臣隸，隸臣僚，僚臣僕，僕臣臺。馬有圉，牛有牧，以待百事。'"又《呂氏春秋》謂舜自為詩曰"普天之下，莫非王土。率土之濱，莫非王臣"。此疑與鹹丘蒙同一說而托之於舜耳。

明·黄文焕《诗经嫏嬛·卷五》：二章：夫我固貽憂於父母，而命我者豈盡出於公哉？彼普天之下，皆一統之山河也，寧有尺土而非王土乎？率土之濱，皆一王之臣子也，寧有一民而非王臣乎？既居王土而為王臣，則當為于我者，亦當為子人也，何大夫之不均，乃獨以我為賢，而使之朝夕從事如此耶？

此章微露有不均意。莫非王土者，内畿甸外侯封戜方，屬於大司馬者皆昭代之土宇也。莫非王臣者，内公卿外牧伯，版籍屬於大司徒者皆今日之黎獻也。王臣兼在位與不在位說，此四句重臣。大夫自執政說，是土廣臣衆，豈乏多賢足供王事，大夫不均而使我賢勞也？"莫非"字、"獨"字相叫應。

明·唐汝谔《毛诗蒙引·卷十二》：二、三章。鄒嶧山曰："無才者多逸，有才者多勞，以其能任事故也，豈率土之臣盡不堪任使者哉？何謂我獨賢而使從事也？"

"未老"即是方壯，而壯則有膂力以經營，此即所謂賢也。獨其未老方將者，獨予一人乎哉？言外有無限感慨。

姚承庵曰："傍傍，即旁午之意。"

謝氏曰："經，經畫。營，營造。如人作室曰經之營之，言區畫造作四方之事也。"

謝疊山曰："此詩本為役使不均，獨勞於王事而作，乃曰天子嘉我之未老、善我之方壯、喜我膂力方剛，而可以經營四方，故獨見任使。反以王為知己，忠厚之至也。"

明·杨廷麟《诗经听月·卷八》："臣"、"溥天"四句，詞平而意串，側重在王臣一邊，"大夫不均"亦只言不均勞勞而已，勿說太深。

凌駿甫曰："'大夫'字、'賢'字，還他本文，《註》意言外見之。'莫非'字、'独'字，正相叫應，通章微露有不均意。"

又：上四句言王者一統之廣，下嘆己之獨見役也。

明·万时华《诗经偶笺·卷八》：二、三章正言役使不均，如云普天非王土乎，率土非王臣乎？大夫如此不均，獨以我為賢使之從事。王事如此傍傍也，四牡如此彭彭也，只緣謂我年華未邁，筋力未衰，故使之經營四方耳。未老方將，當是獨賢。轉語時說以為正獨賢處，尚微滯，《注》中猶字亦自話。傍傍即旁午意，未老即是方壯，而壯則有膂力以經營。此詩本為不均而作乃，云天子嘉我之未老，少我之方壯，嘉我膂力方剛，故獨見任使。若反以為王之知己，忠厚之至也。然強壯者，又豈止一人耶？

明·陈组绶《诗经副墨》："溥天"四句，詞平而意串，側重在王臣一邊。作者言王道之衰，傷世境之削，則云蹙國百里。蹙，蹙靡所騁。此恨其人眾而不使，即以廣大言之。所怨情異，故設詞不同。大夫不均，亦只言不均勞而已，莫說太深。

明·胡绍曾《诗经胡传·卷七》：二、三章"獨賢"之云，《朱註》發其意已，然自古君子常任其勞，小人常處其逸，非勞亦不得為君子也，故作詩者以勞為賢。而《孟子》發其意云"獨賢勞也"，彼好逸者究亦為小人之歸爾，至"嘉我"等句反若以王為知己。

明·范王孙《诗志·卷十四》：妙在從大處立論。末二句一篇本意，獨賢字渾妙。朱子以為此詩人忠厚處。

清·钱澄之《田间诗学·卷八》：玩後章"燕燕居息"等語則大夫不止一人，凡正大夫及王事所屬之大夫皆在，故統以大夫言。上章雖言"偕偕士子"，玩此，則士子之中已又獨當其勞也。

清·张沐《诗经疏略·卷八》：言土之廣臣之衆，而執政大夫役使不均，偏役於我，我從事獨勞。賢猶勞也。

清·冉觐祖《诗经详说·卷五十三》：《鄭箋》："此言王之土地廣矣，王之臣又衆矣，何求而不得，何使而不行？王不均大夫之使，而專以我有賢才之故，獨使我從事於役。自苦之辭。"

又：《孔疏》："溥，大。《釋詁》文。《釋水》云：'滸，水涯。'孫炎曰：'涯，水邊。'《說文》云：'浦，水濱。'《廣雅》云：'浦，涯。'然則滸、濱、涯、浦，皆水畔之地，同物而異名也。詩意言民之所居，民居不盡近水而以濱為言者。古先聖人謂中國為九州者，以水中可居曰洲，言民居之外皆有水也。鄒子曰：'中國名赤縣。赤縣內自有九州。禹之外序九州是也。外有瀛海環之，是地之四畔皆至水也。'濱是四畔近水之處。言率土之濱，舉其四方，所至之內，見其廣也。作者言王道之衰傷，境界之削，則云：蹙國百里。蹙，蹙靡所騁。恨其有人衆而不使，即以廣大言之。所怨情異，故設辭不同。王不均，大夫之使不過朝廷，而普及天下者，明其衆也。"以此大夫怨已勞於事，故以賢為勞。《箋》以賢字自道，故易傳。言王專以我有賢才之故乎？何故獨使我也？王肅難云："王以已有賢才之故，而自苦自怨，非大臣之節。斯不然矣。此大夫怨王偏役於己，非王實知其賢也。王若實知其賢，則當任以尊官，不應勞以苦役。此'從事獨賢'，猶下云'嘉我未老，鮮我方將'，恨而問王之辭，非王實知其賢也。"

言土之廣臣之衆，而王不均平，使我從事獨勞也。不斥王而曰大夫，不言獨勞而曰獨賢，詩人之忠厚如此。

雙峯饒曰："無才者多逸，有才者多勞，以其能任事故也。言凡為王臣者皆當任王事，何獨使我為賢而勞之乎？"

疊山謝氏曰："自古君子常任其勞，小人常處其逸；君子常任其憂，小人常享其樂。雖曰役使不均獨賢勞，然君子本心亦不願逸樂也。"

《疏義》："大夫行役而怨大夫不均，蓋天子之大夫不一人也。此則指執政者而言。"

《說約》："按：《集傳》下與土叶，賢與濱臣均叶，《古義》：下土鷹韻，濱臣均賢眞韻。"

《副墨》："溥天四句辭平而意串，是重在王臣一邊。"

《詩說》："大夫字、賢字，只依本文說，勿露。王字、勞字、獨賢獨字，正與'莫非'相照。"

《衍義》："上四句言王者所統之廣，下歎己之獨見役也。此章微露有不均意。莫非王土者，內畿甸外侯封，職方屬於大司馬者，皆昭代之土宇也。莫非王臣者，內公卿外牧伯，版籍屬於大司徒者，皆今日之黎獻也。王臣兼在位與不在位說，王土王臣，須說歸重王臣一邊。大夫自執政者言，執政不均則王之不均可知，但詩人不斥而曰大夫耳。溥天，極天所覆言。率土，極地之載言。"

按：大夫指執政說。時講皆然，予意只是眾大夫中不得均，於《朱傳》亦不悖。獨賢非實語，猶言偏我能是。怨辭。

講："夫我之從役固臣之職，然臣非我而已。溥天之下莫非王土也，率土之濱而居者，莫非王之臣也，同為王臣則同從王事，大夫不均平，乃使我朝夕從事，而獨以為賢也耶？"

清·李光地《诗所·卷四》：前三章不敢爲慰君之辭，若君之知己而任之者厚也。

清·王鴻緒等《钦定诗经传说汇纂·卷十四》：《集傳》："不斥王而曰大夫，不言獨勞而曰獨賢，詩人之忠厚如此。"

集說：孔氏穎達曰："作者言其有人眾而不使，即以廣大言之。王不均，大夫之使，不過朝廷，而普及天下者，明其眾也。""以此大夫怨已勞於事，故以賢為勞。從事獨賢，猶下云'嘉我未老，鮮我方將'，問辭也。"

謝氏枋得曰："自古君子小人立已不同，其事君亦異。君子常任其勞，小人常處其逸；君子常任其憂，小人常享其樂。雖曰役使不均我獨賢勞，然君子本心亦不願逸樂也。"

清·姚際恒《诗经通论·卷十一》：（二章）獨賢，王介甫曰：取數多謂之賢。《禮記》曰："某賢於某若干純。"

清·王心敬《丰川诗说·卷十五》：溥天之下無處非王之土，率王之濱無人非王之臣。彼當事大夫為政不均，我從事獨賢勞也。

清·姜文燦《诗经正解·卷十七》：言土之廣臣之眾，而王不均平使，我從事獨勞也。不斥王而曰大夫，不言獨勞而曰獨賢，詩人之忠厚如此。

合糸：夫我之貽憂于父母也，固以王事之故，而彼命我者，亦豈盡出於公哉？彼普天下皆一統之山河也，寧有尺地而非王土乎？率土之濱皆一王之臣子也，寧有一民而非王臣乎？既居王土而為王臣，則當為于我者亦當為于人，可以使我者，亦可以使人也，何大夫之不均，乃以我為賢而使之朝夕從事如此耶？

析講：此章上四句言王者所統之廣，下嘆己之獨見役也。此章微露有不均意。溥大句以極天所覆言，率土句以極地所載言。莫非王土者，內畿甸外

121

侯封，職方屬於大司馬者，皆昭代之土宇也。莫非王臣者，內公卿外牧伯，版籍屬於大司徒者，皆今日之黎獻也。王臣兼在位與不在位說，王土王臣，須歸重王臣一邊。大夫行役而怨大夫不均，蓋天子之大夫不一人也。此則指夫執政而言，執政不均則王之不均可知矣。但詩人不斥王而曰大夫耳，獨以為賢，故獨役之大夫字，只就本文說。《註》"王"字、"勞"字于言外見之。

清·黄梦白、陈曾《诗经广大全·卷十三》：言天下皆王土，率土皆王臣，無不宜從事者，乃大夫不均平，獨以我為賢而使從事也。

清·张叙《诗贯·卷八》：此先序其行役之勞也。勤王事而憂父母，不忘忠孝立身之本也。歎其不均而歸之大夫者不敢斥王也，又原不均之故，其以我之從事有"獨賢"乎？下乃寫其獨賢之意，嘉未老鮮方將，丈夫志在四方，少壯原當努力也。若甘於獨任其勞者，然則其平日竭力報國之心，見於引分自安之内矣，謂之"獨賢"不亦宜乎？①

清·汪绂《诗经诠义·卷七》：此章乃作詩本意。言"溥天之下，莫非王土"，則"率土之濱，莫非王臣"矣，何大夫之不均，而豈"我從事獨賢"乎？不斥言在朝之臣亦當從事，故廣而言之曰：天下皆王臣也。大夫謂執政者，言大夫實言王也。此語有含蓄，較《祈父》尤為婉摯，君子之言也。下章申獨賢意，末三章則歷道其不均之實也。

清·顾栋高《毛诗订诂·卷十八·附录二卷》：李迂仲曰："北山之大夫不當怨而怨，夫子不刪之者蓋所以刺幽王也。孔子云：'公則悅。'人主苟有均平之心則雖征役之重不以為怨。"

清·牛运震《诗志·卷四》：作知遇感奮語，極興頭正極悲怨，似《碩人》俣俣之旨。

清·刘始兴《诗益·卷五》：不斥王之賦役不均而曰大夫，不言己獨勞而曰獨賢，詩人忠厚之志也。末二句起下四章意。

清·顾镇《虞东学诗·卷八》：二章言地廣人衆而我獨從事，反若以我為獨賢而任之者不均甚矣。不斥王而斥大夫，謹厚之至也。（《集傳》）

清·傅恒等《御纂诗义折中·卷十四》：言父母已所獨也，王事人所同也。天下莫非王土，率土莫非王臣，皆宜從事而我獨任勞，是大夫之賦政有不均也。

清·罗典《凝园读诗管见·卷八》：管見："溥天之下，莫非王土。率王

---

① 李润民，按：张叙对《北山》六章，分成两段，前三章一个合为一段评说，后三章合为一段评说。

之濱，莫非王臣。"須對下章"經營四方"句說，蓋言有王土王臣而因有王事耳。

又：於此而或■四方不靖，欲以侵犯陵暴■王土，而臣王臣，王安得無經營四方之事哉？經營四方之事為戎事，王不行，卿專事大夫則從事也。大夫之從事宜均，均者權衡其事之少多輕重，以量人授任，協力程功也。而幽王之於大夫則不均，故北山之役，其大夫自言，我之"偕偕士子，朝夕從事"，有比於鹽之獨苦者，而在王之初命之其詞，則有所不顧也，■曰我從事獨賢而已。嗟乎！王事非一手一足之■，故有卿之專事，不能無大夫之從事也，從事不均而獨，則雖死而無益於事，所謂獨賢者，其將何以報稱也哉！

清·任兆麟《毛诗通说·卷二十》：《孟子》鹹北蒙曰："詩云'溥天之下，莫非王土。率土之濱，莫非王臣。'而舜既為天子矣，敢問瞽瞍之非臣，如何曰是詩也？""非是之謂也，勞於王事而不得養父母也。曰：此莫非王事我獨賢勞也，故說詩者不以文害辭，不以辭害志。以意逆志，是為得之如以辭而已矣。《雲漢》之詩曰：'周於黎民，靡有孑遺。'信斯言也，是周無遺民也。"

《戰國策》："溫人之周，周不納客，即對曰主人也，問其巷而不知也。吏因囚之君使人問之曰：子周人而自謂，非客何也？對曰：臣少而語詩，詩曰：普天之下，莫非王土。率土之濱，莫非王臣。今周君天下則吾天子之臣而又為客哉。君使吏出之。

清·姜炳璋《诗序补义·卷十八》：二章言天下孰非臣，而父母惟有子，王無我無不可使之，臣親無我更無可依之子，何爲從事獨賢不容終養也，獨使我有父母之子，所以爲不均。

清·牟庭《诗切·卷三》：萬里茫茫徧天下，有地莫非天王土；循行九州下土濱，有人莫非天王臣。大夫主王事，賦役不平均。他人本從事，我獨多勞動。

清·刘沅《诗经恒解·卷四》：此乃承出大夫來，大夫，執政者。言土廣臣眾而執政不均，獨以我為賢而役之，明其實非王命也。

清·徐华岳《诗故考异·卷二十》：《箋》："此言王之土地廣矣，王之臣又眾矣，何求而不得，何使而不行？王不均大夫之使而專以我有賢才之故，獨使我從事於役。自苦之辭。"

清·徐璈《诗经广诂》：《左傳》："楚芋尹無宇曰：天子經略，諸侯正封，古之制也。封略之內何非君土，食土之毛誰非君臣，故《詩》曰'普天之下'云云。天有十日，人有十等，下所以事上，上所以勞神也。"《昭公七年》《漢書·王莽傳》："率土之賓"，《說文》："率土之■。"

《國策》："溫人之周，周不納客。對曰：'主人也。'問其巷而不知也。君使人問之，對曰：'臣少而誦《詩》云云。今周君天下則我天子之臣也，而又為客哉。'"（《周策》《禦覽》引《韓子》同。）

《吕氏春秋》曰："舜之畊漁，其賢不肖與為①天子同。其未遇時也，以其徒掘地取利；其遇時也，登爲天子，賢士歸之，萬民譽之。舜自爲詩曰：'普天之下，莫非王土。率土之濱，莫非王臣。'所以見盡有之也。盡有之，賢非加也；盡無之，賢非損也，時使然也。"（《慎人篇》，璈按：此以"普天之下"爲舜詩，與《墨子》載"不識不知"二句爲堯時詩同，豈古有是四語，《北山》詩人乃循用之耶？）

清·陈奂《诗毛氏传疏·卷二十》：首章言"王事靡盬，憂我父母"，又推獨勞者之情。孟子云："是詩也，勞於從事而不得養其父母也。"統釋首章與《序》言不得養父母，合下章及末三章言獨勞不均，皆從此章之義而申說之。

清·方宗诚《说诗章义》：二章則曰"我從事獨賢"。

清·邓翔《诗经绎参·卷之三》：不斥王而曰大夫，不言獨勞而曰獨賢，詩人之忠厚也。

權祿不均，則患寡患貧而爭奪起；役使不均，則此勞彼逸而怨謗生。二句一章之綱。

曰獨賢非眞以爲賢也，只嘉其未老方剛，姑以美言■譽之，如下章云云。

清·龙起涛《毛诗补正·卷十七》：《朱傳》："不斥王而曰大夫，不言獨勞而曰獨賢，詩人之忠厚如此。"

清·王先谦《诗三家义集疏·卷十八》：《箋》："此言王之土地廣矣，王之臣又眾矣，何求而不得，何使而不行？王不均，大夫之使而專以我有賢才之故，獨使我從事於役。自苦之詞。"《三家》"溥"作"普"者，《韓詩外傳·一》引《詩》"普天之下，莫非王土"。《後漢·桓帝紀》："梁太后詔'普天率土'遐邇洽同'。是《韓》作"普"。班固《明堂詩》："普天率土，各以其職"，是《齊》作"普"。《荀子·君子篇》《新書·匈奴》篇、《史記》、司馬相如《難蜀父老》、《文選》、《白虎通·封公侯篇·喪服篇》皆引《詩》"普天之下，莫非王土。率土之濱，莫非王臣"。是《魯》作"普"。惟《白虎通》及《漢書·王莽傳》引《詩》"濱"作"賓"，蓋是《魯詩》亦作。

---

① 原件此处无"为"字，查补。

本趙岐《孟子章句九》注云："普，徧。率，循也。"徧天下循土之濱，莫有非王土者之臣。今王不均，大夫之使乃使從王事獨勞乎？故《孟子》引《詩》云："此莫非王事，我獨賢勞也。"訓賢為勞，正《傳》所本。《鹽鐵論·地廣篇》："《詩》云'莫非王事而我獨勞'，刺不均也。"是《齊》義相同。《箋》云"專以我有賢才"之故云云，人無自命為賢才者，若王以為獨賢，則已受知，大用矣，而猶不以于行靡事不為乎？

清·陈百先《诗经备旨·卷五》：夫我固貽憂於父母，而命我者豈盡出於公哉？彼普天之下，皆一統之山河也，寧有尺土而非王土乎？率土之濱，皆一王之臣子也，寧有一民而非王臣乎？既居王土而為王臣，則可以使我者亦可以使人也，何大夫之不均，乃獨以我為賢而使之朝夕從事如此耶？

又：上四句，言王者所統之廣，下嘆己之獨見役也。此微露不均意。莫非王土者，內畿甸外侯封職方屬於大司馬，昔昭代之土宇，莫非王臣者；內公卿外牧伯版籍，屬於大司徒者，皆今日之黎獻。王土，王臣重。王臣，兼在位與不在位說。大夫，自執政者言。執政不均，則王之不均可知，但詩人不斥王而曰大夫耳。"獨"字與二"莫非"字應。

民國·王闓運《毛诗补笺·卷十三》：《補》曰："諸侯不朝事王而此臣能和之，故言事猶可爲也。"

《箋》云："王不均，大夫之使而專以我有賢才之故，獨使我從事於役，自苦之詞。"

《補》曰："賢讀爲堅，言諸侯果不可令，何為我從事能靡鹽乎？故知由大夫之不均平，非天下叛亂。"

民國·马其昶《诗毛氏学·卷二十》：陳曰："《鹽鐵論》引詩曰'刺不均也'。《襄十三年傳》引詩曰'刺不讓也'，亦謂大夫不知讓與不均同義，從事獨勞是即不均也。"

民國·李九华《毛诗评注·卷二十》：（評）妙在從大處立論，末二句一篇本意。"獨賢"字渾妙，朱子以為此詩人忠厚處。（《詩志》）

民國·焦琳《诗蠲·卷七》：天下皆王土，則凡所有事，天下人當理之；土濱皆王臣，則凡人皆當理天下事。而大夫任人，不均事皆歸之於我，豈我之從事獨賢於人耶？

王政不均固，王事所以靡鹽之故，然此所云不均則非也。此不均但就事偏任己而言也，偏任己者，怨不任人也。怨不任人者，非眞欲徧任溥天率土之衆也，蓋意中自有所謂出入風議者也。蓋天下之事，言之必易，行之實難，小人避難就易，故不恤人行之之難，但覺己言之之易。人已靡事不為，不勝鞅掌，而彼身不任事，不知甘苦者，方吹求風議，媒糵其間，使畏咎之不暇，而王乃但聽風議者之言，不恤為事者之苦，此王事靡盬之由耳。故此章之意，若曰：天下之事天下皆當為之，且天下明明有賢於我之人，盍亦任以我之任，以觀其爲事究何如耶？夫詩文之前後呼應，而意互相成如此，徒節節句句斷續以讀之，烏能知其意所在哉？

附现代人

附1

陈子展·《诗经直解·卷二十》：二章言同居王土，同屬王臣，大夫士不均，使我從事獨為賢勞。孫鑛云："獨賢二字甚奇陗。"按：《尚書·梓材》云："皇天既付中國民、越厥疆土、於先王肆。"按：此句末肆字當屬下句，舊讀屬上句，誤。《大盂鼎銘》云："粵我其遹相先王，受民、受疆土。"鹹與此詩二章首四句、語異而義同。即王者擁有統治人民與土地之權力，是天命的、神授的，其由來已久。蓋早在原始氏族社會末期父系制確立，出現英勇之酋長或元首，成為部落國家之共主，神幻化而為天子，此君權神授說之所由來也。

附2

《晋骆先生辑着诗经小雅·卷七》："溥天之下"章。

夫我之貽憂于父母也，固以王事之故，而彼命我者，亦豈盡出於公哉？彼普天下，皆一統之山河也，寧有尺地而非王土乎？率土之濱，皆一王之臣子也，寧有一民而非王臣乎？既居王土而為王臣，則當於我者亦當為於人，可以役我亦可以役人也，何大夫之不均，乃獨以我為賢，而使我從事如此耶？

"莫非王土"者，內畿甸外侯封，戰方屬於大司馬者，皆昭代之土宇也。"莫非王臣"者，內公卿外牧伯，版籍屬於大司徒者，皆今日之黎獻也。四語詞平而意串，重在王臣一邊，大夫自執政者言。不曰王而曰大夫，不曰獨勞而曰獨賢，此正詩之忠厚處。葉桂山卻以勞字講賢字，未妥。

日本

日本·中村之钦《笔记诗集传·卷十》：溥天之下二章

《古義》云："溥，《左傳》《孟子》《荀子》《韓子》俱作普。鄒子曰：'中國名赤縣，赤縣內自有九州，瀛海環之，是地之四畔皆至水也。'"

《娜嬛》云："此章微露有不均意，王臣兼在位與不在位說。此四句重臣邊，大夫自執政說。"《古義》云："上章雖言偕偕士子朝夕從事，玩此則士子之中已又獨當其勞也。"

日本·太宰純《朱氏诗传膏肓·卷下》：《北山》之次章，注曰："不斥王而曰大夫，不言獨勞而曰獨賢，詩人之忠厚如此。"

純曰：晦菴所云，乃立言之法，固當如是。常常言語猶然，況於詩乎？如直斥王且曰獨勞，則鄙陋甚矣。

何《詩》之成，晦菴以爲忠厚之言，亦其惑也。

日本·冈白驹《毛诗补义·卷八》：案：二章：《傳》云："賢，勞也。"愚案：此非訓"賢"爲勞也，釋"獨賢"之義也。言獨以我爲賢而勞之也。此蓋本於《孟子》。《孟子》解是詩云"此莫非王事，我獨賢勞也"。是加一"勞"字而成其義，言"溥天之下，莫非王土；率土之濱，莫非王臣"，人臣之義固不以家事辭王事也，惟其役使不均，我獨賢勞，不能無不平爾。

日本·赤松弘《诗经述·九述》：言王之土地廣矣，王之臣又眾矣，何求而不得，何使而不得，而王役使，大夫不均平，專使我從事，豈不以我特有賢才之故乎？不堪怨恨，反言以刺焉，憤激之意耳。

日本·皆川愿《诗经绎解·卷十一》：此章言"溥天之下，莫非王土"耳；"率王之濱，莫非王臣"耳，則凡其内所有民庶所務爲者，亦皆莫非爲王執事者，而其執王事之最大者爲大夫也。而今視諸大夫尚且或勤或逸不均，矧不爲大夫者乎？然則曰我欲從事獨賢者，豈不過乎？此蓋詩人儌夫凡庸柔懦不能成事功者之常情，以言之者也。

日本·伊藤善韶《诗解》：言蓋天之下無盡，非王之田土，蓋地之内無盡，非王之臣民，然君之任事，爲大夫者不平均，從其所好，我唯偏爲有賢才，而從事何哉？

日本·冢田虎《冢注毛诗·卷十三》：毛："賢，勞也。"今云：蓋是依《孟子》也。已然"賢"豈可訓爲"勞"乎？鄭云："王不均大夫之使，而專以我有賢才之故，獨使我從事於役。"此■豈可自以爲我有賢才乎？余云：不斥王而曰大夫，不言獨勞而曰獨賢，詩人之忍辱如此，是亦曰獨賢，則何以爲忠厚乎？■不審也。《左襄十五年》引此二句，言不讓也。《小爾雅·廣訓》釋此句曰"勞事獨多也必賢"。訓勝者，傳記多有之。

日本·大田元贞《诗经纂疏》：《孟子》："咸丘蒙曰：《詩》之'普天之下，莫非王臣。率土之濱，莫非王臣。'而舜既爲天子矣，敢問瞽瞍之非臣如何？""曰：是詩也，非是之謂也，勞於王事而不得養父母也。曰：此莫非王臣問獨賢勞也，故說詩者不以文害辭不以辭害志，以意逆志是爲得之。如以辭而已矣，《雲漢》之詩曰：'周餘黎民，靡有孑遺。'信是也，是周無遺民也。"

邹子曰："中國名赤縣，赤縣內自有九州。禹之序九州是也，其有瀛海環之。"

大夫不均，我從事獨賢。（曰）：賢，猶多也。雪山曰："言其勞獨過於人也。"

孔叢子云："我從事獨賢，勞事獨多也。"

王荊公曰："取數多謂之賢。"

《禮記》曰"某賢於某若干"與此同義。（此說猶言"從事獨多，嘉我未老，鮮我方將"。皇矣，度其鮮。《原箋》："鮮，善也。"《車舝》："鮮我覯爾，我心寫？置。"《箋》："鮮，善也。"）

日本·仁井田好古《毛诗补传·卷二十》：朱熹曰："言土之廣、臣之衆，而王不均平，使我從事獨勞也。不斥王而曰大夫，不言獨勞而曰獨賢，詩人之忠厚如此。"

日本·安藤龙《诗经辨话器解》：箋云："此言王之土地廣矣，王之臣又衆矣，何求而不得何使而不行？"箋云："王不均大夫之使而專以我有賢才之故使我從事於役，自苦之辭。"

日本·山本章夫《诗经新注》：言天之所普覆，皆爲周土地之所，可循往皆爲周臣之居。其宜役之人甚衆，而執政之大夫偏頗甚，使我獨從事，謂他無及汝者而永勞之。不曰獨勞而曰獨賢，詩可以怨者此之類也。

朝鲜

朝鲜·朴世堂《诗经思辨录》：鄭云："言王之土地廣矣，王之臣又衆矣，何求而不得何使而不行？王不均大夫之使而專以我有賢才之故，獨使我從事於役。自苦之辭。"

孔云："言率王之濱，舉其四方所至之內，見其廣也。"恨其有人衆而不使，即以廣大言之。

又云："毛以大夫怨己勞於事故以賢為勞。鄭以言王專以我有賢才之故乎，何故獨使我也？怨王偏役於己，非王實知其賢也。王若實知其賢也則當任以尊官，不應勞以苦役。猶下云'嘉我未老，鮮我方將'，恨而問王之辭。"

朝鲜·申绰《诗次故·卷十五》：《昭七年·左傳》："封略之內何非君土，食土之毛誰非君臣，故普天之下至莫非王臣。"《韓非子》："溫人至周，周人不納。曰：'客耶？'對曰：'主人也。'問其巷人，不知也。吏因之君，使人問曰：'子非周人而自稱非客，何？'對曰：'詩云：普天之下至莫非王臣，豈有為人之臣而又為之客哉？故曰主人。'君使出之。"《吕氏春秋》①：
"舜者耕漁，以其徒屬掘地財取水利，編蒲葦結罘網，手足胼胝然，後免於凍
餒之患。其遇時登為天子，賢士歸之，萬民譽之，丈夫女子振振殷殷無不戴
說。舜自為詩曰：'普天之下，莫非王土。率王之濱，莫非王臣。'所以見盡
吾之也。"

《小爾雅》："我從事獨賢，勞事獨多也。"《鹽鐵論》："《詩》曰'莫非
王事而我獨勞'，刺不均也"。《孟子注》趙岐曰："徧天下循土之濱，無有非
王者之臣，何為獨使我以賢才而勞苦，不得養父母乎？"《左傳注》杜預曰：
"《詩》刺幽王役使不均，故從事者怨恨稱己之勞，以為獨賢無讓心。"彼疏
孔穎達曰："自云己賢是不讓也。"韓按："《小爾雅》以賢為多，趙岐以賢為
賢才，杜預以獨賢為不讓。"數說不同矣。

朝鮮·趙得永《诗传讲义》：御製條問曰："獨賢，獨勞也。上章曰'偕
偕士子'，下章曰'膂力方强'，既是強壯之人則足任事務之繁，何憚於勞苦
而必怨之歟，且夫君子之心不願佚樂，而詩人之言如此者何歟？"

（臣）對曰："役使不均使，行役之大夫有怨國之心者君人者之過也。然
為人臣子致身奉公不顧險夷，曰東曰西惟令是從，此古君子為國効忠之道，
而此詩曰'莫非王土''莫非王臣''大夫不均，我從事獨賢'，又曰'或燕
燕居息，或盡瘁事國。或息偃在床，或不已於行'。下三章言之重辭之複，莫
非計勞逸怨君上之意，縱使其君虐使其臣，而為人臣者寧處其薄乎？臣於是
詩窃有感於時世之變也，《皇華》者遣使臣之詩也，其所以逆探其情而憗念于
原隰之勞者，恩之深仁之厚也，當特之臣必皆銜恩盡節湯火不避，安得有此
等詩語哉？以文武之後世而一轉而有此詩，寧不懼哉？朱子嘗稱詩人之忠厚，
而臣則猶惜其薄。"

御製條問曰："或不知叫，是言不聞行役者叫苦愁嘆之聲，而《集傳》泛
言不聞人聲何歟？"

臣對曰："以為不聞行役者之叫號之聲，似親切有味，《集傳》之泛言不
聞人聲者無乃齟齬乎？"

朝鮮·崔璧《诗传讲义录·卷四》：禦製條問曰："獨賢，獨勞也。上章
曰'偕偕士子'，下章曰'膂力方剛'，既是強壯之人則足任事務之繁，何憚
於勞苦而必怨之歟，且夫君子之心不願佚樂，而詩人之言如此者何歟？"

（臣）璧對曰："勞於王事者臣子之職，而況膂力剛壯足任事務，則詩人

---

① 申绰此处所引《吕氏春秋》文，有误。

豈敢有憚殃之怨哉？然而勞逸不均未見共供之事，使役無常不聞同寅之義，實君子任其憂，小人享其樂，則獨賢之怨，安得不發於從事勞苦之時乎？詩可以怨政為此類，而宜爲在上者之所鑑也。"

朝鲜·金学淳《讲筵文义》（诗传）：禦製條問曰："獨賢，獨勞也。上章曰'偕偕士子'，下章曰'膂力方剛'，既是強壯之人則足任事務之繁，何憚於勞苦而必怨之歟，且夫君子之心不願佚樂，而詩人之言如此者何歟？"

（臣）對曰："為此詩者槩多忠厚之辭，則其不以勞佚為恤可知，況是強壯膂力之時，則區區征役又何憚乎？蓋小人而處於逸樂君子而任其勞瘁，足見時君任使之失宜，則獨賢之嘆，雖似私怨，而其為國深憂，可見言外之旨矣。"

朝鲜·尹廷琦《诗经讲义续集·卷七》：此詩大旨《孟子》明言之，其答咸丘蒙之問，釋"普天之下，莫非王土。率王之濱，莫非王臣"之義曰："是詩也，謂勞於王事而不得養父母也。"然則"憂我父母"一句，即以從役在外不得奉養父母，而使父母不免凍餒之憂也。大夫，指在國秉權之輔臣，主內外臣僚之黜陟者也。《節南山》刺師尹之不均平，此詩之"大夫不均"蓋一意也。

朝鲜·朴文镐《枫山记闻录》（毛诗）：二章末言獨賢，

朝鲜·朴文镐《诗集传详说·卷十一》：言土之廣也，臣之衆也，而王（大夫）不均平，使我從事獨勞（賢）也。（雙峯饒氏曰："獨使我為賢而勞之。"疊山謝氏曰："雖曰不均獨賢，然君子本心亦不願逸樂也。"）不斥王而曰大夫（如前篇之責《圻父》），不言獨勞而曰獨賢，詩人之忠厚如此。（論也。勞有怨人意，賢有自任意。）

朝鲜·无名氏《诗传讲义》：謹按：《平淮西碑》云："全付所覆，四海九州。罔有內外，悉主悉臣。"蓋東至於新羅，南至於墨瓦，西之綠島，北之白臘，孰非版籍之境，編戶之氓乎？此詩之意則以爲久役於外，雨雪楊柳之懷，水草之苦，可勝言哉。四海雖廣我獨蹙蹙，麋聘兆民雖衆而吾獨盻盻，作苦甚怨之辭也。

李润民按：《北山》第二章是全诗的核心所在，正如清·陈奂所言"统释首章与《序》言不得养父母，合下章及末三章言独劳不均，皆从此章之义而申说之。"（《诗毛氏传疏·卷二十》）

第二章的主要表达的是"役使不均，则此劳彼逸而怨谤生"（见清·邓翔《诗经绎参·卷之三》）。使役不均，所以有怨，而对这个怨，有不同的理解，是大夫怨,还是怨大夫?孔颖达说:"此大夫怨王偏役于已",是大夫怨愤之词;而大部分人则认为诗中的"大夫"是执政者,他掌管朝政,办事不公,才致使"我"——服役的士子"劳事独多",因此是士子怨大夫。

它的前四句字面的意思讲的是普天之下都是王的土地,在这块土地上生活的都是王的臣民。后两句的字面意思有两种解释,一是"王不均大夫之使",也就是"王不均平",以我为贤,使"我独多劳动";二是执政大夫不均劳役之使,指派我服苦役。前四句话的言外之意是:既然有这么广袤的土地,众多的臣民,就都应该为王服役。那为什么"何独任我也"?(参看宋·李樗《毛诗详解》)

诸家对这一章的章义阐释有明显的分歧。

第一个分歧,有人说服役者的"役使不均"是"王不均平"造成的,汉·郑玄、宋·朱熹都是这个观点;有人说是"大夫秉政役使士子不均"(宋·杨简语),"今大夫不均以劳苦之事"(宋·李樗语),不均是由大夫执政不公造成的。

第二个分歧,有很多人认为诗"不斥王而曰大夫",指责的是大夫,这表现了诗人的忠厚;也有少数人认为诗就是刺王的,如明·梁寅说:"王政不平,权臣擅命;奸谀得志,享有利禄;正直见疎,独当勤苦,大率多如是。"(《诗演义·卷十三》)还有明·季本说:"不均,言大夫者,见王委政非人而不能察也。"(《诗说解颐·卷二十》)

第三个分歧是对"我从事独贤"的理解,即王是以我为贤,还是大夫以我为贤。进一步说,王以我为贤,是否真的以我为贤。有两种意见,一是有少数人认为是王以我为贤,所以让我独当劳务,如明·李资乾说:"独贤者,贤方见用,不贤不得以与选也。不曰独劳,而曰独贤,谓君选我而见用,不敢谓君独劳我也"(《诗经传注·卷二十六》);还有明·姚舜牧说:"云独贤者,非自称其贤也,维贤任事,谓君或以我为独贤也"(《重订诗经疑问·卷六》)。第二种意见,多数人认为王并不以我为贤,如果真的以我为贤的话,就会重用我,而不是让我服苦役,独贤是独劳的另一种说法,正如朱熹所言"不言独劳而曰独贤",结合下一章的"嘉我未老,鲜我方将"句子,这其实是"恨而问王之辞,非王实知其贤也"(参看唐·孔颖达《毛诗正义》),因为多数人认为诗人忠厚不斥王而是斥大夫,那自然就是大夫以我为贤了。

当很多人都认可,"不斥王而但言大夫,不曰独劳而乃曰独贤"[①],是表

---

① 参看宋·辅广《诗童子问·卷五》

现了诗人的忠厚，给予赞扬时，也有人不以忠厚说为然，日本·冢田虎说："余云：不斥王而曰大夫，不言独劳而曰独贤，诗人之忍辱如此，是亦曰独贤，则何以为忠厚乎？■不审也。"（《冢注毛诗·卷十三》）

　　最后需要指出的是，关于二章的章义，除了上边说的服役人抱怨使役不均的主流看法之外，也有极少数很另类的看法，如民国·王闿运说："诸侯不朝事王而此臣能和之，故言事犹可爲也。"云云（见《毛诗补笺·卷十三》）。不足为训。

三章句解

四牡彭彭

中国

《毛诗故训传》（《毛诗正义·卷十三》）：彭彭然不得息。

宋·范处义《诗补传·卷二十》：彭彭，張大貌。

宋·王质《诗总闻·卷十三》：《聞音》曰："彭，鋪郎切。"

宋·朱熹《诗经集传·卷十三》：彭彭然，不得息也。

宋·吕祖谦《吕氏家塾读诗记·卷二十二》：毛氏曰："彭彭然，不得息。傍傍然，不得已。"

宋·段昌武《毛诗集解》：毛曰："彭彭然不得息，傍傍然不得已。"李曰："四牡彭彭然不得休息，王事傍傍然不得已。蓋王之意善我之未老，善我之方壯，以我之力方且剛強可以經營四方而使之。"

宋·杨简《慈湖诗传·卷十四》：彭彭，盛貌。

宋·严粲《诗缉·卷二十二》：四牡彭彭，音棚。《傳》曰："彭彭然，不得息。"彭彭，考見《出車》。

元·胡一桂《诗集传附录纂疏·卷十三》：彭彭，不得息也。

元·刘瑾《诗传通释·卷十三》：彭彭然，不得息也。

明·梁寅《诗演义·卷十三》：四馬則彭彭然，不得息也。

明·胡广《诗传大全·卷十三》：彭彭然，不得息也。

明·季本《诗说解颐·卷二十》：彭彭，蘇氏以為壯盛貌，是也。蓋欲其行而不息，故選馬之壯盛者用之。

明·丰坊《鲁诗世学·卷二十一》：正說：毛氏曰："彭彭然不得息，傍傍然不得已。"

133

明·李资乾《诗经传注·卷二十六》："四牡"者，四马之车，诸侯之制。"彭彭"，众多貌。

明·郝敬《毛诗原解·卷二十二》：四牡彭彭（叶邦），王事傍傍。

明·顾梦麟《诗经说约·卷十六》：彭彭然，不得息也。

麟按：彭彭然不得息也，傍傍然不得已也。《集傳》二句亦本《毛傳》，然毛氏同■。四牡彭彭，王事傍傍。二句之下，故可云彭彭然不得息，傍傍然不得已。今為總注，而但增二"也"字，即繫賦也之下，兩"然"字處，既不可作點，以兩也字句，又近秃，與"殷殷①然痛也"句，亦同一未皇簡點之失。

《集傳》："彭，鋪郎反。傍，布光反。"彭，鋪郎，吾吳中方言亦然，《古義》："陽韻。"

明·张次仲《待轩诗记·卷五》：彭彭、傍傍，皆不得休息之詞。

明·黄道周《诗经琅玕·卷六》：彭彭，是不得息。

明·冯元飏、冯元飙《手授诗经·卷五》：彭彭，是不得息。

明·何楷《诗经世本古义·卷十八下》：彭彭，當依《說文》作"騯騯"，馬盛也。

明·黄文焕《诗经嬂嬛·卷五》：彭彭然，不得息也。

明·杨廷麟《诗经听月·卷八》：彭彭，是不得息。

清·钱澄之《田间诗学·卷八》：彭彭，《說文》作"騯騯，馬盛也。"

清·张沐《诗经疏略·八卷》：彭彭然，馬不得息也。

清·冉觐祖《诗经详说·卷五十三》：彭彭然，不得息也。

《毛傳》："彭彭然，不得息。"

清·王鸿绪等《钦定诗经传说汇纂·卷十四》：《集傳》："彭彭然，不得息也。"

清·李塨《诗经传注·卷五》：彭彭然，不得息。

清·姜文灿《诗经正解·卷十七》：彭彭然，不得息也。

清·黄梦白、陈曾《诗经广大全·卷十三》：《毛傳》云："彭彭然，不得息。"

清·汪绂《诗经诠义·卷七》："四牡"二句即"經營四方"事。

清·刘始兴《诗益·卷五》：彭彭然，不得息也。

清·顾镇《虞东学诗·卷八》："四牡彭彭，王事傍傍"，即"朝夕從

---

① 李润民案：此处"殷殷"，原件为殷殷

事"也。

清·傅恒等《御纂诗义折中·卷十四》：彭彭，行而不息也。

清·罗典《凝园读诗管见·卷八》：馬以牡為壯，故稱牡。又《周禮·校人》："凡頒良馬而養乘之。"乘以四計，故於良馬稱四牡。彭彭，盛大貌，須以馬與人之乘馬合言之，其意謂在朝之大夫，平時策肥於道，顧盼自雄，則見其四牡彭彭矣。

清·胡文英《诗经逢原》：彭彭，馬壯貌。

清·段玉裁《毛诗故训传定本》：彭彭然，不得息。

清·牟庭《诗切·卷三》：《毛傳》曰："彭彭然，不得息。傍傍然，不得已。"余桉：《傳》意以"彭""傍"聲同，為一語耳。《說文》引《詩》曰："四牡駍駍"，亦是。"彭""駍"音同，假借之証。然此經以"彭""傍"分句，音義不宜無別，今据駉《毛傳》曰："彭彭，有力有容也。"《廣雅》曰："旁旁，盛也。"《清人》篇，王肅注曰："旁旁，彊也。"此皆當作"彭彭"，音必切。今俗語堅壯之貌曰彭彭是也。《載驅》，《毛傳》曰："彭彭，多貌。"《烝民》，《鄭箋》曰："彭彭，行貌。"及此《傳》曰："彭彭然，不得息。傍傍然，不得已。"此皆假借用。彭其本字則是倗倗。《晏子春秋》曰："若何溽溽，去此而死乎？"今俗語"忽遽之貌"，曰"溽溽然"是也。此經"彭""倗"對文，宜各依字讀之。彭彭者，四牡壯貌也。傍傍者，王事忽遽之貌也。

清·李富孙《诗经异文释·十》：四牡彭彭。《說文·馬部》引作"騯騯"云："馬盛也。"又"駓"字引《詩》"四牡駓駓"。（段氏本改作"駓駓，牡馬"。）云"馬盛肥也。"徐音古熒切。案：《玉篇》云："騯騯，馬行貌，"今作彭，是即彭彭之異文。又"駉"，古熒切，肥壯盛貌，■字同。《魯頌》《釋文》云"駉，《說文》又作駓，是駓即駉駉，牡馬"。字特文，與《魯頌》異耳。《詩攷》以為《烝民》"四牡彭彭"字，非是。（徐鍇曰："駓，今詩作彭。"錢氏坫曰："駓駓，當即此'四牡彭彭'。騯騯，此當是駉■，彭彭字，並非。"）段氏曰："《詩》'出車彭彭、四牡彭彭'，皆謂馬，即《鄭風》'駉介旁旁'之異文。彭、旁皆叚借，其正字則《說文》之騯也，言馬而假鼓聲之彭者，其壯盛相似也。"又曰："彭彭非許所偁騯騯，當為《鄭風》'駉介旁旁'，駉介轉寫譌為四牡耳。"

清·徐华岳《诗故考异·卷二十》：彭，《說文》作騯倗。《傳》："彭彭然，不得息。"

清·马瑞辰《毛诗传笺通释·卷二十一》：四牡彭彭，王事傍傍。《傳》：

135

"彭彭然，不得息。傍傍然，不得已。"（瑞辰）按：彭旁雙聲，古通用。《說文》："騯，馬盛也"，引《詩》"四牡騯騯"即"四牡彭彭"之異文。《廣雅》："彭彭，旁旁，盛也。"《說文》傍字訓近，此詩"傍傍"即"旁旁"之叚借。

清·陈奂《诗毛氏传疏·卷二十》：《烝民》，《笺》："彭彭，行皃。佩，當作佫。"《說文》："佫，附行也。"彭彭、佫佫，聲義皆相近。《傳》於"彭彭"云"不得息"，於"佫佫"云"不得已"，互文見義也。

清·方玉润《诗经原始·卷十一》：彭彭，不得息貌。

清·邓翔《诗经绎参·卷之三》：彭彭，行不息也。

清·龙起涛《毛诗补正·卷十七》：《毛》："彭彭然，不得息。"

清·吕调阳《诗序议·三下》：彭彭，大也。

清·梁中孚《诗经精义集钞·卷三》：彭彭，得意也。

清·王先谦《诗三家义集疏·卷十八》：疏：《傳》："彭彭然，不得息。"

馬瑞辰云："彭、旁雙聲，古通用。《說文》：'騯，馬盛也'，引《詩》'四牡騯騯'，即'四牡彭彭'之異文。《廣雅》：'彭彭，旁旁，盛也。'《說文》傍字訓近，此詩'傍傍'即'旁旁'之叚借。"

清·陈百先《诗经备旨·卷五》：四牡彭彭，不得息也。

民国·王闿运《毛诗补笺·卷十三》：彭，《說文》引作"騯"。彭彭然，不得息。

民国·马其昶《诗毛氏学·卷二十》：彭彭然，不得息也。

民国·张慎仪《诗经异文补释·卷十》：四牡彭彭，《說文·馬部》引《詩》"四牡騯騯。"桉：《廣雅》："彭彭，匉匉，盛也。"彭，匉雙聲通用，匉即之騯省。《說文》："騯，馬盛也。"《玉篇》："騯，今作彭。"《烝民》《韓奕》並有"四牡彭彭"之文。

民国·丁惟汾《诗毛氏传解诂》：四牡彭彭，《傳》云："彭彭然，不得息也。"按：彭，古音讀為（佫），與茫疊韻。《方言》二茫，遽也。吳揚曰茫。彭彭即茫茫。茫俗作忙。

民国·李九华《毛诗评注·卷二十》：註：彭彭然，行貌，不得息也。

民国·林义光《诗经通解·卷二十》：彭彭，傍傍。毛云："彭彭然，不得息也。傍傍然，不得已。"

民国·焦琳《诗蠲·卷七》：四牡彭彭，強盛不息貌。

民国·吴闿生《诗义会通·卷二》：彭彭然，不得息也。

附现代人

附1

高亨《诗经今注》：牡，指公馬。彭彭，強壯有力貌。

陈子展《诗经直解·卷二十》：四牡彭彭，駟馬奔走慌慌。王事傍傍，王事緊急忙忙。

附2

《晋骆先生辑着诗经小雅·卷七》：彭，葉普郎反。傍，葉布光反。彭彭，不得息也。傍傍然，不得已也。

日本

日本·三宅重固《诗经笔记》：彭彭然，衆盛兒，見《小雅》。

日本·赤松弘《诗经述·九述》：彭彭然，不得息也。

日本·皆川愿《诗经绎解·卷十一》：何楷云："彭彭，當依《說文》作"骎骎"，馬盛也。"愚按：馬行急貌。

日本·伊藤善韶《诗解》：彭彭，不得息也。

日本·冢田虎《冢注毛诗·卷十三》：彭彭，傍傍，皆盛貌。

日本·猪饲彦博《诗经集说标记》：《說約》《娜嬛》"彭彭、傍傍"，下並有"然"字。《說約》："彭彭然不得息也，傍傍然不得已也。"《集傳》二句亦本《毛傳》，此與"殷殷然痛也"句亦同一，未皇簡點之失。

日本·仁井田好古《毛诗补传·卷二十》：彭彭然，不得休息也。

日本·龟井昱《毛诗考》：《傳》云："彭彭然，不得息。傍傍然，不得已。"蓋亦一義。

日本·东条弘《诗经标识》：按：毛云："彭彭然，不得息也"，是義訓，非正訓也。《烝民》篇"四牡彭彭"，鄭云"彭彭，行貌也"。乃是正訓。按：《詩》多用彭彭。《齊風》"行人彭彭"，《大雅》"四牡彭彭""駟騵彭彭""百兩彭彭"，及此"四牡彭彭"是也。

日本·安井衡《毛诗辑疏·卷十上》：彭彭然，不得息。

日本·安藤龙《诗经辨话器解》：四牡彭彭（然不得息），《傳》："彭彭然不得息。"

日本·山本章夫《诗经新注》：彭彭，盛貌。

朝鲜

朝鲜·申绰《诗次故》：《說文》兩引此而作"四牡騯騯"云："馬盛也。"一作"四牡駜駜"云："馬盛肥也。"

朝鲜·申绰《诗经异文》：彭彭（《說文》兩引此，一作"騯騯"，云"馬盛也。"一作"四牡駜駜"，云"馬盛肥也。"

朝鲜·成海应《诗类》：四牡彭彭，《說文》："彭彭作騯騯，馬盛也。"《毛傳》："彭彭然，不得息。"

朝鲜·朴文镐《枫山记闻录》（毛诗）》："彭彭然，不得息；偯偯然，不得已。"此省文訓詁之法，而本出於《毛傳》，蓋古註往往有此例（相弼）

朝鲜·朴文镐《诗集传详说·卷十一》：彭彭（諺音用叶。），不得息也。

李润民按："四牡彭彭"句，句义明了，虽然对"彭彭"的解释有不同的说法，但对整句的理解差异不大。关于"彭彭"和整句的解释，大致有以下几种说法：

1. 彭彭然不得息。（见《毛诗故训传》）
2. 彭彭，张大貌。（见宋·范处义《诗补传·卷二十》）
3. 彭彭，盛貌。（见宋·杨简《慈湖诗传·卷十四》）
4. 彭彭，苏氏以为壮盛貌，是也。盖欲其行而不息，故选马之壮盛者用之。（见明·季本《诗说解颐·卷二十》）
5. "四牡"者，四马之车，诸侯之制。"彭彭"，众多貌。（见明·李资乾《诗经传注·卷二十六》）
6. 彭彭，盛大貌，须以马与人之乘马合言之，其意谓在朝之大夫，平时策肥于道，顾盼自雄，则见其四牡彭彭矣。（见清·罗典《凝园读诗管见·卷八》）
7. 彭彭，"马行急貌。"（见日本·皆川愿《诗经绎解·卷十一》）
8. 牡，指公马。彭彭，强壮有力貌。（见高亨·《诗经今注》）
9. 四牡彭彭，驷马奔走慌慌。（见陈子展·《诗经直解·卷二十》）

总之，"彭彭"是一个形容词，其中"不得息、张大貌、盛貌、行急貌、强壮有力貌、众多貌、奔走慌慌"等种种说法，意思相差不大，是说行役之人驾车赶路的样子。四牡彭彭的整句意思可以这样说：四匹强壮的公马拉着诸侯之车，急急忙忙地奔走，不得休息。言外之意是行役之人，为国事经营四方，无暇休息。只有清·罗典对整句的解释另类一些，意在嘲讽朝中大夫得意忘形，可备一说。

王事傍傍

中国

《毛诗故训传》（《毛诗正义·卷十三》）：傍傍然不得已。

唐·陆德明《毛诗音义》（《毛诗正义·卷十三》）：傍，布彭反得。已，音以。

宋·范处义《诗补传·卷二十》：傍傍，旁出貌。四牡方張大，言其未息也；王事方旁出，言其不一也。

宋·朱熹《诗经集传·卷十三》：傍傍然，不得已也。

宋·吕祖谦《吕氏家塾读诗记·卷二十二》：毛氏曰："彭彭然，不得息。傍傍然，不得已。"

宋·杨简《慈湖诗传·卷十四》：傍傍，多貌。言不獨一事又旁出，故曰傍傍。

宋·严粲《诗缉·卷二十二》：王事傍傍，音绷。《傳》曰："傍傍然，不得已。"今曰：鄭《清人》"駟介旁旁"，字異，音義同。

元·胡一桂《诗集传附录纂疏·卷十三》：傍傍然，不得已也。

元·刘瑾《诗传通释》：傍傍然，不得已也。

明·梁寅《诗演义·卷十三》：王事则傍傍，然不能已也。

明·胡广《诗传大全·卷十三》：傍傍然，不得已也。

明·季本《诗说解颐·卷二十》：傍傍，傍出貌，言事之沓至也。

明·丰坊《鲁诗世学·卷二十一》：正說：毛氏曰："彭彭然不得息，傍傍然不得已。"

明·李资乾《诗经传注·卷二十六》：傍傍者，王事靡盬。旁依於人而後能立也，故旁字左傍人右傍旁，正與《鄭風》"清人在彭，駟介旁旁"協韻。

明·郝敬《毛诗原解·卷二十二》：彭彭，不息也。傍傍，不已也。

明·陆化熙《诗通·卷二》：傍字從旁，有旁午之意。

明·徐奋鹏《诗经尊朱删补》（《诗经铎振·卷五》）：傍傍然不得已也。

明·顾梦麟《诗经说约·卷十六》：傍傍然不得已也。

《诗经·小雅·北山》研究 >>>

麟按：彭彭然不得息也，傍傍然不得已也。《集傳》二句亦本《毛傳》，然毛氏同■。四牡彭彭，王事傍傍。二句之下，故可云彭彭然不得息，傍傍然不得已。今爲總注，而但增二"也"字，即繫賦也之下，兩"然"字處，既不可作點，以兩也字句，又近禿，與"殷殷①然痛也"句，亦同一未皇簡點之失。。《集傳》："彭，叶鋪郎反。傍，叶布光反。"彭，叶鋪郎，吾吳中方言亦然，《古義》："陽韻。"

　　明·邹之麟《诗经翼注讲意·卷二》："傍傍"，字從旁，有旁午意。

　　明·张次仲《待轩诗记·卷五》：彭彭、傍傍，皆不得休息之詞。

　　明·黄道周《诗经琅玕·卷六》：傍傍，是不得已。一說傍字從旁，有旁午意。

　　明·冯元飏、冯元飙《手授诗经·卷五》：傍傍，是不已。

　　明·何楷《诗经世本古义·卷十八下》：傍，通作旁，側出無方所之意。彭彭四牡，奉使時所乘，而又每有意外之王事紛至沓來，所以勞而不得息也。

　　明·黄文焕《诗经嫏嬛》：傍傍然，不得已也。

　　明·杨廷麟《诗经听月·卷八》：傍傍，是不得已。

　　清·钱澄之《田间诗学·卷八》："傍"通作"旁"，側出無方所之意。言既已奉使，而又每有意外之王事，別出多端，所以勞而不得息也。"

　　清·张沐《诗经疏略·八卷》：傍傍然，事不得已也。

　　清·冉觐祖《诗经详说·卷五十三》：傍傍然，不得已也。

　　《毛傳》："傍傍然，不得已。"

　　清·王鸿绪等《钦定诗经传说汇纂·卷十四》：《集傳》："傍傍然，不得已也。"

　　清·李塨《诗经传注·卷五》：傍傍然，不得已。

　　清·姜文灿《诗经正解·卷十七》：傍傍然，不得已也。

　　清·黄梦白、陈曾《诗经广大全·卷十三》：《毛傳》云："傍傍然，不得已。"

　　清·刘始兴《诗益·卷五》：傍傍然，不得已也。

　　清·顾镇《虞东学诗·卷八》："四牡彭彭，王事傍傍"，即"朝夕從事"也。

　　清·傅恒等《御纂诗义折中·卷十四》：傍傍，勞而不已。

　　清·罗典《凝园读诗管见·卷八》：及王事興而欲以大夫從事，則皆沮退

---

① 李润民案：此处"殷殷"，原件爲异体字：𣪊

不敢直前，殆如人處稠衆間，懼中立之大，顯而自匿於左右側也，以是而言王事傍傍耳。傍，與旁通。

清·胡文英《诗经逢原》：傍傍，急貌。

清·段玉裁《毛诗故训传定本》：傍傍然，不得已。

清·牟庭《诗切·卷三》：《毛傳》曰："彭彭然，不得息；傍傍然，不得已。"余桉：《傳》意以"彭""傍"聲同，為一語耳。《說文》引《詩》曰："四牡騯騯"，亦是。"彭""騯"音同，假借之証。然此經以"彭""傍"分句，音義不宜無別，今据《駉》，《毛傳》曰："彭彭，有力有容也。"《廣雅》曰："旁旁，盛也。"《清人》篇，王肅注曰："旁旁，彊也。"此皆當作"彭彭"，音必切。今俗語堅壯之貌曰彭彭是也。《載驅》，《毛傳》曰："彭彭，多貌。"《蒸民》，《鄭箋》曰："彭彭，行貌。"及此《傳》曰："彭彭然，不得息。傍傍然，不得已。"此皆假借用。彭其本字則是俓俓。《晏子春秋》曰："若何滂滂，去此而死乎？"今俗語"忽遽之貌"，曰"滂滂然"是也。此經"彭""俓"對文，宜各依字讀之。彭彭者，四牡壯貌也。傍傍者，王事忽遽之貌也。

清·刘沅《诗经恒解·卷四》：傍傍，勞不得已。

清·徐华岳《诗故考异·卷二十》：《傳》："俓俓然，不得已。"

清·胡承珙《毛诗后笺·卷二十》：王事俓俓，《傳》："俓俓然不得已。"

承珙案：《廣雅》："俓俓，盛也。"俓與匆通，事多而不得已，亦盛之義。古人言"匆皇""仿偟"皆促遽不能自已之意。《史記·禮書》："匆皇周浹。"《索隱》云："匆皇，猶徘徊也。"《莊子·天運》："有上傍徨。"《釋文》引司馬注作："匆皇，飊風也。"《吳語》："王親獨行，屏營仿偟於山林之中。"《玉篇》引注云："屏營，猶仿偟也。"《楚辭·九思》："遽偉違兮驅林澤，步屏營兮行邱阿"，注云："憂憤不知所為，徒經營奔走也。"蓋匆皇者疊韻，形容語單言之，則曰匆匆，曰皇皇，義皆相似耳。

清·马瑞辰《毛诗传笺通释·卷二十一》：四牡彭彭，王事傍傍。《傳》："彭彭然，不得息。傍傍然，不得已。"瑞辰按：彭旁雙聲，古通用。《說文》："騯，馬盛也"，引《詩》"四牡騯騯"即"四牡彭彭"之異文。《廣雅》："彭彭，旁旁，盛也。"《說文》傍字訓近，此詩"傍傍"即"旁旁"之叚借。

清·方玉润《诗经原始·卷十一》：傍傍，不得已貌。

清·邓翔《诗经绎参·卷之三》：傍傍，不已也。

清·龙起涛《毛诗补正·卷十七》：《毛》："傍傍然，不得已。"

141

清·吕调阳《诗序议·卷三下》：傍傍，繁劇也，如云軍書旁午。

清·梁中孚《诗经精义集钞·卷三》：傍傍然，不得已也。

清·王先谦《诗三家义集疏·卷十八》：疏：《傳》："傍傍然，不得已。" 馬瑞辰云："彭、旁雙聲，古通用。《說文》：'騯，馬盛也'，引《詩》'四牡騯騯'，即'四牡彭彭'之異文。《廣雅》：'彭彭，旁旁，盛也。'《說文》傍字訓近，此詩'傍傍'"即'旁旁'之叚借。"

清·陈百先《诗经备旨·卷五》：王事傍傍，不已也。

民国·王闿运《毛诗补笺·卷十三》：傍傍然，不得已。

民国·马其昶《诗毛氏学·卷二十》：傍傍然，不得已。（《烝民》，《箋》："行貌。"）胡①曰："傍與旁通。《廣雅》：'旁旁，盛也。'事多而不得已，亦盛之意。"

民国·丁惟汾《诗毛氏传解诂》：王事伤伤，《傳》云："伤伤然，不得已。"按：伤，皇疊韻。伤伤即皇皇，《孟子·滕文公篇》："則皇皇如也。"注：皇皇，如有求而不得，皇皇俗作"慌慌"。

民国·李九华《毛诗评注·卷二十》：註：傍傍然，事盛多，不得已也。

民国·林义光《诗经通解·卷二十》：彭彭，傍傍。毛云："彭彭然，不得息也。傍傍然，不得已。"

民国·焦琳《诗蠲·卷七》：王事傍傍，馳驅不已。按：猶言旁午，謂交橫耳。

民国·吴闿生《诗义会通·卷二》：傍傍然，不得已。

附现代人

高亨《诗经今注》：傍傍，紧急貌。

陈子展《诗经直解·卷二十》：王事傍傍，王事紧急忙忙。

日本

日本·三宅重固《诗经笔记》：傍傍然，《字汇》云：傍，不得已皃。

日本·赤松弘《诗经述·九述》：伤伤然，不得已也。

日本·皆川愿《诗经绎解·卷十一》：何楷云："傍通作旁，側出無方所之意。"愚按：紛至沓來之意。

日本·伊藤善韶《诗解》：傍傍，不得已也。

---

① 胡，指清·胡承珙。

日本·冢田虎《冢注毛诗·卷十三》：彭彭，傍傍，皆盛貌。

日本·猪饲彦博《诗经集说标记》：《說約》《娜嬛》"彭彭、傍傍"，下並有"然"字。《說約》："彭彭然不得息也，傍傍然不得已也。《集傳》二句亦本《毛傳》，此與'殷殷然痛也'句，亦同一未皇簡點之失。"

日本·仁井田好古《毛诗补传·卷二十》：傍傍然，終不得已也。

何玄子曰：傍，通作旁，側出無方所之意。奉使又每有意外之王事紛至沓來，所以勞而不得息也。

日本·龟井昱《毛诗考》：《傳》云："彭彭然，不得息。傍傍然，不得已。"蓋亦一義。

日本·安藤龙《诗经辨话器解》：王事傍傍（然不得已），《傳》："傍傍然不得已。"

日本·山本章夫《诗经新注》：傍傍，忙貌。

朝鲜

朝鲜·沈大允《诗经集传辨正》：傍傍，次次，引及之意也。

朝鲜·朴文镐《枫山记闻录》（毛诗）："彭彭然，不得息；傍傍然，不得已。"此省文訓詁之法，而本出於《毛傳》，蓋古註往往有此例（相弼）。

朝鲜·朴文镐《诗集传详说·卷十一》：騯同。傍傍然，不得已也。

李润民按："王事傍傍"，比起"四牡彭彭"的句义稍微复杂一些。

诸家对"傍傍"的训诂考证要比"彭彭"多。大部分人都认可《毛诗故训传》的注释："傍傍然，不得已。"意思是用"傍傍然"形容"王事靡盬"，行役之人劳累忙碌，身不由己。也有不同的说法，宋·范处义说："傍傍，旁出貌。四牡方张大，言其未息也；王事方旁出，言其不一也。"（《诗补传·卷二十》）附和范处义的人也不少，比如：宋·杨简说："傍傍，多貌。言不独一事又旁出，故曰傍傍。"（《慈湖诗传·卷十四》）还有明·季本说："傍傍，傍出貌，言事之沓至也。"（《诗说解颐·卷二十》）明·何楷说："傍，通作旁，侧出无方所之意。彭彭四牡，奉使时所乘，而又每有意外之王事纷至沓来，所以劳而不得息也。"（《诗经世本古义·卷十八下》）清·牟庭说："傍傍者，王事忽遽之貌也。"（《诗切·卷三》）日本·皆川愿认为傍傍是"纷至沓来之意。"（《诗经绎解·卷十一》）其实范处义等人的说法与《毛传》没有多大的差别，只不过是比"不得已"三个字说的更具体些、透彻些，意思是王事多多，繁杂不已，一事未了，突然又出一事，行役之人忙不胜忙。

还有一些说法就有点各色，明·陆化熙说："傍字从旁，有旁午之意。"（《诗通·卷二》）清·罗典说："及王事兴而欲以大夫从事，则皆沮退不敢直前，殆如人处稠衆间，惧中立之大，显而自匿于左右侧也，以是而言王事傍傍耳。傍，与旁通。"（《凝园读诗管见·卷八》）朝鲜·沈大允："傍傍，次次，引及之意也。"（《诗经集传辨正》）这些具有另类色彩的说法，也许让我们看着有些莫名其妙，但它们的出现自有它的原由，研读它们，或许能启迪我们的思路。

嘉我未老

中国

汉·郑玄《毛诗笺》（《毛诗正义·卷十三》）：嘉，鲜，皆善也。王善我年未老乎，善我方壮乎，何獨久使我也。

宋·苏辙《诗集传·卷十二》：嘉，鲜，皆善也。

宋·范处义《诗补传·卷二十》：嘉，善也，以我未耄老為善也。

宋·王质《诗总闻·卷十三》：嘉，鲜，皆美之辭。今人猶呼少壮為鲜健。

宋·朱熹《诗经集传·卷十三》：嘉，善。鲜，少也，以為少而難得也。將，壮也。

宋·吕祖谦《吕氏家塾读诗记·卷二十二》：鄭氏曰："嘉，鲜，皆善也。"

宋·段昌武《毛诗集解》：鄭曰："嘉，鲜，皆善也。"毛曰："將，壮也。"

李曰："四牡彭彭然不得休息，王事傍傍然不得已。蓋王之意善我之未老，善我之方壮，以我之力方且剛强可以經營四方而使之。"

宋·杨简《慈湖诗传·卷十四》：鲜，善也。將，壮，大也。嘉我未老善我方壮，旅力方剛，可以經營四方。

宋·林岊《毛诗讲义·卷六》：嘉，鲜，皆善也。

元·胡一桂《诗集传附录纂疏·卷十三》：嘉，善。

元·刘瑾《诗传通释·卷十三》：嘉，善。

144

明·胡广《诗传大全·卷十三》：嘉，善。

明·季本《诗说解颐·卷二十》：嘉，善。

明·黄佐《诗经通解·卷十四》：鮮，上聲。

明·丰坊《鲁诗世学·卷二十一》：嘉，善也。

明·李资乾《诗经传注·卷二十六》：此時老臣皆去位，獨屬王之子友，宣王之母弟初封於鄭，是為桓公。王命出師禦狄，故曰："嘉我未老。"嘉者，嘉勞嘉服俸也。未老者，桓公。當共和十四年，宣王四十六年，延至幽王五年之後，合六十五年，庸非老乎？桓公志在輔國，不以老自惰，故天子嘉用。

明·郝敬《毛诗原解·卷二十二》：嘉，猶善也。

明·姚舜牧《重订诗经疑问·卷六》："嘉我未老"云云，正謂我為獨賢處。

明·顾梦麟《诗经说约·卷十六》：嘉，善。

明·黄道周《诗经琅玕·卷六》：嘉，是善。

明·冯元飏、冯元飙《手授诗经·卷五》：嘉，是善。

明·何楷《诗经世本古义·卷十八下》：嘉，美也。

明·黄文焕《诗经嫏嬛·卷五》：嘉，善。鮮，少也，以為少而難得也。將，壯也。言王之所以使我者，善我之未老而方壯，旅力可以經營四方爾。猶上章之言獨賢也。

明·杨廷麟《诗经听月·卷八》：嘉，是善。

清·钱澄之《田间诗学·卷八》：未老以年言，方將以力言。

清·张沐《诗经疏略》八卷：嘉、鮮，皆善也。

清·冉觐祖《诗经详说·卷五十三》：嘉，善。

《鄭箋》："嘉，鮮，皆善也。王善我年未老乎？善我方壯乎？何獨久使我也？"

清·王鸿绪等《钦定诗经传说汇纂·卷十四》：《集傳》："嘉，善。"

清·姜文灿《诗经正解·卷十七》：嘉，善。

清·姜兆锡《诗传述蕴》："嘉我""鮮我"即其所以獨賢之意也。

清·黄梦白、陈曾《诗经广大全·卷十三》：《毛傳》云："嘉，善。"

清·刘始兴《诗益·卷五》：嘉，善。

清·顾镇《虞东学诗·卷八》："嘉我未老"以下所謂偕偕而獨賢也。

清·傅恒等《御纂诗义折中·卷十四》：嘉、鮮，皆善也。

清·罗典《凝园读诗管见·卷八》：《集傳》："嘉，善。"

清·胡文英《诗经逢原》：嘉，美也。

145

清·徐华岳《诗故考异·卷二十》：《箋》："嘉，鮮，皆善也。"

清·陈奂《诗毛氏传疏·卷二十》：未老方將，對文。故《傳》訓"將"爲"壯"。方將即方壯也。《射義》："幼壯孝悌"，壯或爲將。《爾雅》："奘，駔也。"奘與壯同。樊孫本作"將"，此皆"壯"，將聲通之，證。

清·方宗诚《说诗章义》："嘉我未老，鮮我方將"，若以上之人爲知我獨賢未老，而故使我獨任其勞，並非上之人有偏私也，何等忠厚。

清·方玉润《诗经原始·卷十一》：嘉，善也。

清·邓翔《诗经绎参·卷之三》：《箋》："嘉，善也。"

清·龙起涛《毛诗补正·卷十七》：《箋》"嘉，鮮，皆善也。"

清·吕调阳《诗序议·三下》：嘉、鮮，皆善也。

清·梁中孚《诗经精义集钞·卷三》：嘉，善也。

清·王先谦《诗三家义集疏·卷十八》：《箋》云："嘉，鮮，皆善也。"

民国·王闿运《毛诗补笺·卷十三》：《箋》云："嘉，鮮，皆善也。"《補》曰：我，我王臣也。未老者，未致仕之老臣。

民国·马其昶《诗毛氏学·卷二十》：嘉，鮮，皆善也。鄭曰："嘉、鮮皆善也。王善我年未老乎，善我方壯乎。"

民国·丁惟汾《诗毛氏传解诂》：鮮我方將，《傳》云："將，壯也。"按：將，壯疊韻。俗謂壯為有將氣。將讀去聲。

民国·李九华《毛诗评注·卷二十》：註：嘉、鮮，皆善也。

民国·林义光《诗经通解·卷二十》：《爾雅·釋詁》："鮮嘉並訓爲善，鮮與善亦同音通假。"

民国·吴闿生《诗义会通·卷二》：嘉、鮮，皆善也。

附现代人

高亨《诗经今注》：（十）嘉，誇獎。

陈子展《诗经直解·卷二十》：嘉我未老，幸喜我還不老。鮮我方將，難得我正強壯。

日本

日本·赤松弘《诗经述·九述》：嘉，鮮，皆善也。

日本·皆川愿《诗经绎解·卷十一》：嘉我未老，鮮我方將。嘉，美也。未老年也。鮮，少也。將，《毛傳》云訓壯，當通作壯。是二句又以見君之所獎嘉，則士無不喜進以用其力也。

日本·伊藤善韶《诗解》：嘉，善。

日本·冢田虎《冢注毛诗·卷十三》：嘉，鮮，皆善也。

日本·龟井昱《毛诗考》：鮮，善，《釋詁》文，朱子訓"少"。

日本·安井衡《毛诗辑疏·卷十上》：《箋：》"嘉、鮮，皆善也。王善我年未老乎，善我方壯乎，何獨久使我也。"

日本·安藤龙《诗经辨话器解》：（今王）嘉我未老，《箋》云："嘉，鮮，皆善也。王善我年未老乎？善我方壯乎？何獨久使我也。"

朝鲜

朝鲜·朴世堂《诗经思辨录》：鄭云："嘉，鮮，皆善也。王善我年未老乎，善我方壯乎，何獨久使我也，何乃勞苦使之經營四方？"愚謂"鮮"義，舊說恐得之，將之為言猶進也，謂其氣力方進也。毛、鄭皆以旅為眾，當從今傳。

朝鲜·朴文镐《诗集传详说·卷十一》：嘉，善。

李润民按："嘉我未老"一句，句义比较简单，基本没有歧义。很多人对"嘉"字做了解释，几乎都是："鲜、善"，即赞美夸奖的意思。全句就是：夸奖我年轻力壮。有人对这一句诗进行了深一层的探讨，明·李资乾把这一句和历史事件联系起来理解，认为诗中的主人公是宣王的母弟——恒公，当时奉王命出师御敌，实际已经老了，但"桓公志在辅国，不以老自惰"。所以天子嘉许。明·姚舜牧、明·黄文焕、清·姜兆锡等人把这一句和"谓我独贤"句联系起来理解，未免含有嘲讽抱怨的意味。同样也有人把这一句和"谓我独贤"句联系起来，却是另外一种看法，清·方宗诚说："嘉我未老，鮮我方將，若以上之人爲知我獨賢未老，而故使我獨任其勞，並非上之人有偏私也，何等忠厚。"（《说诗章义》）

对这一句的理解，最好和下一句的"鲜我方将"句义合起来看。

鲜我方将

中国

《毛诗故训传》（《毛诗正义·卷十三》）：將，壯也。

汉·郑玄《毛诗笺》（《毛诗正义·卷十三》）：嘉，鮮，皆善也。王善我年未老乎，善我方壯乎，何獨久使我也。

唐·陆德明《毛诗音义》（《毛诗正义·卷十三》）：鮮，息淺反。沈云："鄭：音，仙。"

宋·苏辙《诗集传·卷十二》：嘉，鮮，皆善也。將，壯也。

宋·李樗《毛诗详解》（《毛诗李黄集解·卷二十六》）：善我之未老，善我之方壯，以我之力方且剛強，可以經營四方，而使之至於此極也。將，壯也。

宋·范处义《诗补传·卷二十》：鮮，少也，以我方將大為少也。人臣方少壯有力，宜為國家之驅使，特以其不均，故可刺耳。

宋·王质《诗总闻·卷十三》：嘉，鮮，皆美之辭。今人猶呼少壯為鮮健。

宋·朱熹《诗经集传·卷十三》：嘉，善。鮮，少也，以為少而難得也。將，壯也。

宋·吕祖谦《吕氏家塾读诗记·卷二十二》：毛氏曰："將，壯也。"

宋·林岊《毛诗讲义·卷六》：嘉，鮮，皆善也。

宋·严粲《诗缉·卷二十二》：鮮，上聲。《箋》曰："鮮，善也。"《傳》曰："將，壯也。"

元·胡一桂《诗集传附录纂疏·卷十三》：鮮，少也。以為少而難得也。將，壯也。

元·刘瑾《诗传通释》：鮮，少，以為少而難得也。將，壯也。

明·梁寅《诗演义·卷十三》：鮮者，少有也。將者，能壯也。

明·胡广《诗传大全·卷十三》：鮮，少也，以為少而難得也。將，壯也。

明·季本《诗说解颐·卷二十》：鮮，少。將，進也。

明·丰坊《鲁诗世学·卷二十一》：將，壯也。

明·李资乾《诗经传注·卷二十六》："鮮我方將"者，周庭亦少我之輩，故方以為將。若西都憖遺一老俾守我王，又何必用我為將耶？此亦上文"我從事獨賢"之意。

明·郝敬《毛诗原解·卷二十二》：鮮，稀有也。方將，方大也。

明·姚舜牧《重订诗经疑问·卷六》：鮮，少也。將，奉也。鮮我方將，謂如我將奉得王事者絕少也，故獨任我耳。

明·徐奋鹏《诗经尊朱删补》（《诗经铎振·卷五》）：鮮，少也。以為少而難得也。將，壯也。

明·顾梦麟《诗经说约·卷十六》：鮮，少也，以爲少而難得也。將，壯也。

明·张次仲《待轩诗记·卷五》：鮮，少也。以我爲少而難得也。方將，方來未艾之義。未老以年言，方將以力言。

明·黄道周《诗经琅玕·卷六》：鮮，是少，以爲少而難得也。將，是壯。一說即將奉之，將謂必如我這等人，方將奉得王事，然卻絕少，故獨任之耳。若訓"方壯"則與上"未老"重複矣。此說較可。

明·冯元飏、冯元飙《手授诗经·卷五》：鮮，是。將，是壯。

明·何楷《诗经世本古义·卷十八下》：鮮，通作尟，少也。朱子云："以爲少而難得也。"

將，《毛傳》訓"壯"，當通作"牂"。未老，以年言。方將，以力言，下文言旅力方剛，正其實也。

明·黄文焕《诗经嫏嬛》：人既衰不可用，王則鮮我之方壯，而不多得。

明·杨廷麟《诗经听月·卷八》：鮮，是少。將，是壯。

清·朱鹤龄《诗经通义·卷八》：嘉，善也。《箋》："王獨嘉我未老乎？善我方壯乎？何獨久使我也？"

清·钱澄之《田间诗学·卷八》："鮮"通作尟，少也，以爲少而難得也。將，壯也，未老以年言，方將以力言。

愚按：將，任也，謂其肯任事也。

清·张沐《诗经疏略·八卷》：嘉、鮮，皆善也。將，強壯也。

清·冉觐祖《诗经详说·卷五十三》：鮮，少也，以爲少而難得也。將，壯也。

《毛傳》："將，壯也。"

《鄭箋》："嘉，鮮，皆善也。王善我年未老乎？善我方壯乎？何獨久使我也？"

按：毛"鮮"訓"善"，"旅"訓"眾"，皆未妥。

清·王鸿绪等《钦定诗经传说汇纂·卷十四》：《集傳》："鮮，少也，以爲少而難得也。將，壯也。"

清·李塨《诗经传注·卷五》：鮮，善也。將，壯也。

清·姜文灿《诗经正解·卷十七》：鮮，少也，以爲少而難得也。將，壯也。

清·陆奎勋《陆堂诗学》：鮮我方將，王氏云："今人猶呼少壯爲鮮健，蓋平聲也。"

149

清·黄梦白、陈曾《诗经广大全·卷十三》：《毛傳》云："鮮，少也，以為少而難得也。將，壯也。"
　　清·顾栋高《毛诗订诂·八卷》：《詩學》曰："鮮我方將，王氏云：'今人猶呼少壯爲鮮健，蓋平聲也。'"
　　清·刘始兴《诗益·卷五》：鮮，少也，言少而難得也。將，壯也。
　　清·顾镇《虞东学诗·卷八》：鮮，少也，以為少而難得也。(《集傳》)將，任也，謂其肯任事也。(《田間》)
　　清·傅恒等《御纂诗义折中·卷十四》：嘉、鮮，皆善也。將，壯也。
　　清·罗典《凝园读诗管见·卷八》：《集傳》："鮮，少也，以為少而難得也。"
　　集說：錢氏天錫曰："未老方將，正獨賢處也。"
　　清·胡文英《诗经逢原》：鮮，選擇也。將，行也。方將謂能行也。
　　清·段玉裁《毛诗故训传定本》：將，壯也。此謂叚借。
　　清·牟应震《诗问·卷四》：鮮，美也，猶云嘉也。將，將人也。末篇云"何日不行，何人不將"，此云"方將"，蓋筮仕未久，初置僚■，可偕以行役，故曰方將也。上文"偕偕士子"，帥所將者也。
　　清·牟庭《诗切·卷三》：《毛傳》曰："將，壯也。"
　　余桉：將，讀為臧。《廣雅》曰："將，美也。"
　　清·刘沅《诗经恒解·卷四》：鮮，少，以為少而難得。將，壯也。
　　清·徐华岳《诗故考异·卷二十》：《箋》："嘉、鮮，皆善也。"將，壯也。
　　清·李黼平《毛诗紬义·卷十四》："鮮我方將"，《傳》："將，壯也。"按：《釋詁》將、壯，俱訓大，故將可訓壯。《釋言》又曰：奘，駔也。《邢疏》曰："秦、晉謂大，曰奘。"《說文》曰："奘，駔，大也。"是奘亦訓大。《爾疋》，樊光、孫炎二本無"奘、駔"也，而有"將、且"，則將即奘字也。凡訓大訓壯之"將"，其"奘"之借乎？
　　清·马瑞辰《毛诗传笺通释·卷二十一》：鮮我方將。《傳》："將，壯也。"瑞辰按：將與壯雙聲。《爾雅·釋詁》"將""壯"二字並訓"大也"，故"壯"又通作"將"。《射義》："幼壯孝弟"。鄭注"壯"或為"將"。《爾雅·釋言》"奘，駔也"。孫、樊本並作"將，且也"，是其證也。《方言》："京，奘。將，大也。秦、晉之間凡人之大"，謂之"奘"，或謂之"壯"。《說文》"奘，駔，大也。"又曰："駔，壯馬也。"壯，大也。奘與壯音義同。《小爾雅·廣言》"丕，奘也"，"丕"為"大"，"奘"即"壯"，亦"大"

也。"將"即"奘"字之叚借，故《傳》訓"將"爲"壯"。

清·陈奂《诗毛氏传疏·卷二十》：未老方將，對文。故《傳》訓"將"爲"壯"。方將即方壯也。《射義》："幼壯孝悌"，壯或爲將。《爾雅》："奘，駔也。"奘與壯同。樊孫本作"將"，此皆壯、將，聲通之證。

方玉润《诗经原始·卷十一》：鮮我方將

A 《鄭箋》："鮮，善也。"例證見《注釋》一二二。《毛傳》訓"將"為"壯"，以音近為訓。其實"將"本來是"大"（看《注釋》一五），在這裏引申為"有力"。如此，這句是：他們以為我現在有力量是好的。

B 朱熹："鮮，少也，以為少而難得也"：他以我現在有力量是難得的。

和上一句"嘉我未老"對照，可知 A 比較好。"鮮"和"嘉"都是"善"。

清·邓翔《诗经绎参·卷之三》：《箋》："鮮，少也，謂不可多得也。將，壯也。"

清·龙起涛《毛诗补正·卷十七》：《毛》："將，壯也。"朱："鮮，少也。"

清·吕调阳《诗序议·卷三下》：嘉、鮮，皆善也。

清·梁中孚《诗经精义集钞·卷三》：鮮，少也。將，壯也。

清·王先谦《诗三家义集疏·卷十八》：《箋》云："嘉、鮮，皆善也。王善我年未老乎善我方壯乎？"

清·陈百先《诗经备旨·卷五》：鮮，少而難得也。將，壯也。

民国·王闿运《毛诗补笺·卷十三》：將，壯也。《箋》云："嘉、鮮，皆善也。"《補》曰：方將者，方進用之大夫。

民国·马其昶《诗毛氏学·卷二十》：嘉、鮮，皆善也。將，壯也。李黼平曰："《釋詁》將、壯皆訓大，故將亦可訓壯。"鄭曰："嘉、鮮皆善也。王善我年未老乎，善我方壯乎。"

民国·丁惟汾《诗毛氏传解诂》：鮮我方將，《傳》云："將，壯也。"按：將，壯疊韻。俗謂壯為有將氣。將讀去聲。

民国·李九华《毛诗评注·卷二十》：註：嘉、鮮，皆善也。將，壯也。

民国·林义光《诗经通解·卷二十》：鮮，善。將，壯。

鮮亦嘉也，《爾雅·釋詁》鮮、嘉並訓爲善，鮮與善亦同音，通假。將，毛云："壯也。"按：將、壯，皆從爿得聲，將即壯之假借。《禮記·射義》："幼壯孝弟。"鄭注："壯或為將"。

民国·焦琳《诗蠲·卷七》：將，壯也。進也。

"鮮"字與上章"獨"字，皆故意挑動不事之人，然非眞羨其"偃仰""棲遲"，意專在"畏咎""風議"也。詳下。

民國·吳闓生《詩義會通·卷二》：嘉、鮮，皆善也，將，壯也。

附現代人

于省吾·《澤螺居詩經新證》（中華書局）》：鮮我方將（《北山》）

《毛傳》："將，壯也。"

《鄭箋》："善我方壯乎？"

按：《禮記·射義》"幼壯孝弟"，注："壯，或為將。"《虢季盤》："肰武於戎工。"肰，即將，郭沫若讀肰為壯。

高亨《詩經今注》：鮮，善也。此指稱善。將，強壯。

日本

日本·赤松弘《詩經述·九述》：嘉，鮮，皆善也。將，壯也。

日本·皆川愿《詩經繹解·卷十一》：嘉我未老，鮮我方將——嘉，美也，未老年也。鮮，少也。將，《毛傳》云訓壯，當通作壯。

是二句又以見君之所獎嘉，則士無不喜進以用其力也。

日本·伊藤善韶《詩解》：鮮，少。將，壯也。

日本·冢田虎《冢注毛詩·卷十三》：將，壯也。王善我年未老，且善我方壯，以使我獨從事耳。

日本·仁井田好古《毛詩補傳·卷二十：卷二十》：將，壯也。

補：鄭玄曰："嘉，鮮，皆善也。"

日本·龟井昱《毛詩考》：■優，大夫有父母是壯夫也，《四月》思先人。

日本·安井衡《毛詩輯疏·卷十上》：將，壯也。《箋》："嘉、鮮，皆善也。王善我年未老乎，善我方壯乎，何獨久使我也。"段玉裁云："將，壯也"，謂假借。

日本·安藤龍《詩經辨話器解》：（今王）鮮我方將。《傳》："將，壯也。"《箋》云："嘉，鮮，皆善也。王善我年未老乎？善我方壯乎？何獨久使我也。"

日本·山本章夫《詩經新注》：鮮，少。將，壯。

朝鲜

朝鲜·朴世堂《诗经思辨录》：鄭云："嘉，鮮，皆善也。王善我年未老乎，善我方壯乎，何獨久使我也，何乃勞苦使之經營四方？"

愚謂"鮮"義，舊說恐得之，將之為言猶進也，謂其氣力方進也。毛、鄭皆以旅為衆，當從今傳。

朝鲜·李瀷《诗经疾书》："方將"，如後世歇後體，謂"方將有爲"。

朝鲜·沈大允《诗经集传辨正》：鮮，美也。方將，方行也。

朝鲜·朴文镐《诗集传详说·卷十一》：鮮，少也，以為少而難得也（猶貴之也）。將，壯也。

朝鲜·无名氏《读诗记疑》：鮮我方將。《傳》："鮮，少也"，稀少之意。

李润民按："鲜我方将"与"嘉我未老"语义相近。学者们对这一句的训诂主要是针对"鲜"和"将"展开的。对"鲜"的解释有"善""少""稀有也"，少就是"少而难得也"。对"将"的解释有"壮也""进也""大也""奉也""任也"。"鲜"和"将"的这些解释没有多大的分歧，不少可以互通。

对整句的阐释，主要有以下几种说法：

汉·郑玄说："王善我年未老乎，善我方壮乎，何独久使我也"（《毛诗笺》《毛诗正义·卷十三》）。为什么独独的让我长久的服劳役？比较委婉的表达了对王的怨刺。

宋·范处义说："人臣方少壮有力，宜为国家之驱使，特以其不均，故可刺耳"（《诗补传·卷二十》）。意思是做人臣的，年轻力壮之时，为国家出力是应当的，只是劳役不均平，所以该刺。

明·姚舜牧说："鲜我方将，谓如我将奉得王事者绝少也，故独任我耳"（《重订诗经疑问·卷六》）。像我这样能干事的人很少，所以让我独劳。似乎是一种平静的叙述。

很多人认为这一句要和"我从事独贤"句联系起来理解，二者之间存在着某种因果关系，因为你是"鲜"有的"方将"，所以就让你"从事独贤"。

另外有两个人对"方将"的解释很特殊，需要注意。一是明·李资乾，他说："'鲜我方将'者，周庭亦少我之辈，故方以为将。若西都憗遗一老俾守我王，又何必我为将耶？此亦上文'我从事独贤'之意。"（《诗经传注·卷二十六》）。李资乾说的"方以为将"，可能漏了一个"我"字，应该是"方以我为将"。但李资乾也把这一句和"我从事独贤"句联系起来。二是朝鲜·李瀷，他说："'方将'，如后世歇后体，谓'方将有爲'。"（《诗经疾书》）

旅力方刚

中国

《毛诗故训传》（《毛诗正义·卷十三》）：旅，衆也。

汉·郑玄《毛诗笺》（《毛诗正义·卷十三》）：王謂此事衆之氣力方盛乎？

唐·陆德明《毛诗音义》（《毛诗正义·卷十三》）：傍，布彭反得已，音以。鮮，息淺反。沈云："鄭音仙。"

宋·李樗《毛诗详解》（《毛诗李黄集解·卷二十六》）：四牡彭彭然不得休息，王事傍傍然不得已，蓋王之意善我之未老善我之方壯，以我之力方且剛強可以經營四方，而使之至於此極也。旅，毛氏曰："衆也。"鄭氏曰："王謂此事衆之氣力方盛乎？"此説不分明。按：此詩曰"旅力方剛"。《桑柔》之詩曰："靡有旅力。"《書·秦誓》曰："旅力既愆。"若《桑柔》之詩以謂衆之氣力也，如《秦誓》所謂旂旂良士，指此良士既雖無力亦不得以為衆也。"旅"亦訓"陳"，左氏"庭實旅百"，杜元凱注："以旅訓陳"，此旅力亦是陳力也。

宋·范处义《诗补传·卷二十》：旅，陳也，使我陳力以經營於四方也。人臣方少壯有力，宜為國家之驅使，特以其不均故可刺耳。左氏傳"庭實旅百"，杜預以旅訓陳是其證也。

宋·王质《诗总闻·卷十三》：以我少壯而使我陳力固當然，但不均為可恨耳。

宋·朱熹《诗经集传·卷十三》：旅，與膂同。

宋·吕祖谦《吕氏家塾读诗记·卷二十二》：朱氏曰："旅與膂同。"李氏曰："毛氏以旅為衆。案：《桑柔》曰'靡有旅力'。《秦誓》曰'旅力既愆'。若《桑柔》之詩以謂'衆力方盛'猶可也。如《秦誓》及此詩但指作詩者及良士耳，不得解為衆也。'旅'，亦訓'陳'，左氏'庭實旅百'，杜元凱注以'旅'訓'陳此旅力'，亦是陳力也。"

《後漢》："傅毅詩曰：哀我經營，旅力靡及。"注：旅，陳也。

宋·段昌武《毛诗集解》：朱曰："旅與膂同。"李曰："毛氏以旅為衆。"按：《桑柔》曰："靡有旅力。"《秦誓》曰："旅力既愆。"若《桑柔》之詩，以謂衆力方盛猶可也；如《秦誓》及此詩，但指作詩者及良士耳，不得解為衆也。"旅"亦訓"陳"。左氏"庭實旅百"。杜元凱以"旅"訓"陳"，此旅力亦是陳力也。《後漢·傅毅詩》曰："哀我經營，旅力靡及。"注："旅，陳也。"李曰："四牡彭彭然不得休息，王事傍傍然不得已。蓋王之意善我之未老，善我之方壯，以我之力方且剛強可以經營四方而使之。"

宋·杨简《慈湖诗传·卷十四》：於下朱曰："旅與膂同。"

宋·严粲《诗缉·卷二十二》：《傳》曰："旅，衆也。"《秦誓》："旅力既愆。"夏氏解云："衆力如目力、耳力、手力、足力也。"或說旅為陳，如陳力就列之陳然，陳力方剛則不詞矣。

元·胡一桂《诗集传附录纂疏·卷十三》：旅與膂同。

元·王逢《诗经疏义辑录》（《诗经疏义会通·卷十三》）：旅力方剛，言其健也。

謝氏曰："經，經畫。營，營造，如人作室，曰經之營之，言區畫造作四方之事也。"

明·梁寅《诗演义·卷十三》：旅與膂同，有力也。

明·胡广《诗传大全·卷十三》：旅與膂同。

明·季本《诗说解颐·卷二十》：旅與膂同。

明·豐坊《魯詩世學·卷二十一》：呂，脊也。

明·李资乾《诗经传注·卷二十六》：膂①者，行旅之通稱。凡老者，勗力衰弱，不能動履，必不能行旅，惟"膂力方剛"則勇敢可以有為，銳志可以帥氣，健足可以奔走，故曰"經營四方"。

明·郝敬《毛诗原解·卷二十二》：旅作膂，與呂同，脊骨也。

明·徐光启《毛诗六帖讲意·卷二》：《傳》曰："旅，衆也。"

明·姚舜牧《重订诗经疑问·卷六》："旅力方剛，經營四方"，正是方將事。

明·沈守正《诗经说通·卷八》：《附錄》：■毛云："旅，衆也。"《尚書》解云："旅力如耳力、目力、手力、足力也。"此言方剛，言耳目聰明、手足輕捷，尚可以經營四方也。

明·顾梦麟《诗经说约·卷十六》：旅與呂同。

---

① 、原文是"旅"字，據文意改為"膂"。

明·邹之麟《诗经翼注讲意·卷二》："方剛"即所謂賢也。

明·张次仲《待轩诗记·卷五》：旅，衆也。《書》："旅力既愆。"夏氏解云："衆力如目力、耳力、手足力也。"如此之人，王以為可經營四方故使之也。

明·黄道周《诗经琅玕·卷六》：旅，與膂同，剛，是徤。

明·钱天锡《诗牗·卷九》：毛氏曰："旅，衆也。"《尚書》解云："旅力如耳力、目力、手力、足力也。"此言方剛言耳目聰明手足輕捷尚可以經營四方也。

明·冯元飏、冯元飙《手授诗经·卷五》：旅與膂同。剛是徤。

明·何楷《诗经世本古义·卷十八下》：旅，毛云"衆"也。嚴云："《秦誓》'旅力既愆。'夏氏解謂'衆力如目力、耳力、手力、足力也。或説'旅'為'陳'，如'陳力就列'之陳，然'陳力方剛'則不辭矣。'"

明·黄文焕《诗经嫏嬛·卷五》：旅與膂同。言王之所以使我者，善我之未老而方壯，旅力可以經營四方爾。猶上章之言獨賢也。

明·杨廷麟《诗经听月·卷八》：旅與膂同，剛是徤。

明·范王孙《诗志·卷十四》：《傳》曰："旅，衆也。"《尚書》解云："旅力如耳力、目力、手力、足力也。"此言方剛，如耳目聰明、手足輕捷也。

清·朱鹤龄《诗经通义·卷八》：旅，力。解詳余《尚書·埤傳》。

清·钱澄之《田间诗学·卷八》：旅與膂同，毛云"衆也。《秦誓》："旅力既愆。"夏氏解謂"衆力，如言目力、耳力、手力、足力"。是也。

愚按：將，任也，謂其肯任事也。"旅力方剛"，始以力言。

清·张沐《诗经疏略·八卷》：旅，膂同。

清·陈启源《毛诗稽古编·卷七十三》：《北山詩》"旅力方剛"，毛、鄭"旅"訓"衆"。《書·秦誓》"旅力既愆"，《孔傳》亦訓"衆"。李氏疑此兩"旅力"，但指作詩者及良士，是一人之力，不得云衆力，故改訓為"陳"。引《左傳》："庭實旅百。"杜注及《後漢·傅毅》注為證，訓"旅力"為"陳力"，於義亦通。《嚴緝》云："《秦誓》，夏氏解云：'衆力如目力、耳力、手足力也。'或説'旅'為'陳'，然'陳力方剛'則不詞矣。"案：華谷斯言得之。《集傳》云："旅與膂同。"蔡沈《書傳》宗其説，殆非是。膂乃脊膟骨，人之背，脊膟非用力之處，以力屬膂取義，既《疏》又古膂作呂，象形。篆文始作膂，從月從旅。旅本五百人之名，从㫃，从从，从俱也，故為衆。膂旅通用，古未之有。惟黃公紹謂膂通膂。人之一身以脊膟骨為主，故曰膂力。此特因朱、蔡而附會，非典也。

清·冉觐祖《诗经详说·卷五十三》：旅與膂同。

按：毛"鮮"訓"善"，"旅"訓"眾"，皆未妥。"膂力"二字常用何不思及？

清·王鸿绪等《钦定诗经传说汇纂·卷十四》：《集傳》："旅與膂同。"許氏慎曰："膂，脊骨也。"呂氏祖謙曰："李氏曰'毛氏以旅為眾'。案：《桑柔》曰：'靡有旅力。'《秦誓》曰：'旅力既愆。'若《桑柔》之詩，謂眾力方盛，猶可也。如《秦誓》及此詩，但指作詩者及良士耳，不得解為眾也。"

清·李塨《诗经传注·卷五》：剛，方韻。旅同膂同。

清·姜文灿《诗经正解·卷十七》：旅與膂同。

清·黄梦白、陈曾《诗经广大全·卷十三》：旅與膂同。

清·刘始兴《诗益·卷五》：旅與膂同。

清·顾镇《虞东学诗·卷八》：旅與膂同（《集傳》）。

清·罗典《凝园读诗管见·卷八》：《集傳》："旅與膂同。"

集說：許氏慎曰："膂，脊骨也。"

呂氏祖謙曰："李氏曰'毛氏以旅為眾。'案：《桑柔》曰'靡有旅力'，《秦誓》曰'旅力既愆'，若《桑柔》之詩以謂'眾力方盛'猶可也。如《秦誓》及此詩但指作詩者及良士耳，不得解為眾也。"

管見："旅力方剛"承上"未老"說，按："未老"之詞必幽王因大夫已老而壯之故，然則所指為"旅力方剛"者亦少誣矣。

清·胡文英《诗经逢原》：膂，旅同，剛，強也。旅力方剛，謂中年也。

清·段玉裁《毛诗故训传定本》：旅，眾也。

清·牟庭《诗切·卷三》：《毛傳》曰："旅，眾也。"

余桉：《說文》曰："呂，脊骨也。"篆文作膂，此"旅"即"膂"字之省。《毛傳》非也。

清·李富孙《诗经异文释·十》：旅力方剛。《眾經音義》（十）引作"方強"。案：《周語》注云："剛，強也。"義亦同。

清·刘沅《诗经恒解·卷四》：旅與膂同，脊骨也。

清·徐华岳《诗故考异·卷二十》：《傳》："旅，眾也。"

又案：旅與膂同。《桑柔》曰"靡有旅力"，《秦誓》曰"旅力既愆"，與此一也。

清·李黼平《毛诗紬义·卷十四》：旅力方剛。《傳》："旅，眾也。"《箋》云："王謂此事眾之氣力方盛乎？何乃勞苦使之經營四方？"《正義》

157

《傳》《箋》無釋，玩《箋》"何乃勞苦"云云，似指行役之士子說，後人因謂一人不可以言衆力，改訓為"陳力"。按：《傳》"旅"不訓"陳"而訓"衆"，《傳》意此二句指在朝諸大夫，言王善我年未老，鮮有如我之方壯者乎？其實衆大夫氣力方剛，亦可使之經營四方也。

清·胡承珙《毛诗后笺·卷二十》：旅力方剛。《傳》："旅，衆也。"《稽古編》曰："《書·秦誓》：旅力既愆。"《孔傳》亦訓衆。李氏（迂仲）疑此，及《北山》兩旅力但指作詩者及良士，是一人之力不得云衆力，故改訓為陳。引《左傳》"庭實旅百"，杜注及《後漢書·傅毅傳》注為證，訓"旅力"為"陳力"，於義亦通。嚴緝云："《秦誓》，夏氏解云'衆力如目力、耳力、手力、足力也'。或說旅為陳，然陳力方剛則不詞矣。"案：華穀斯言得之，《集傳》曰："旅與膂同。"蔡沈《書傳》宗其說，殆非是。古"膂"本作"呂"，象形，篆文始作"膂"，從肉從旅。膂、旅通用，古未之有，惟黃公紹《韻會》云，然此特因朱、蔡而附會，非典也。《說文》："呂，脊骨也。象形膂，篆文呂，從肉旅聲。"段注云："《秦誓》'旅力既愆'，《小雅》'旅力方剛'。古注皆訓為衆力，不敢曰旅與膂同者，知《詩》《書》倘以心膂為義，則其字當從呂矣。偽君身襲，《國語》云："股肱心膂"，此未知古文無膂，秦文乃有膂也。

承珙案：《桑柔》"靡有旅力，以念穹蒼"。《箋》云："朝廷曾無有同力諫諍，念天所為下此災。"《正義》曰："旅訓衆，衆力非一人所能，故總之而言靡有，蓋此旅力謂衆人之力。"《周語》云："四軍之帥，旅力方剛。"義亦相同。若《秦誓》及《北山》則當如夏氏以為一人耳目手足之力。《箋》云："王謂此事衆之氣力方盛乎？何乃勞苦使之經營四方？"意似以為衆人之力，與上文"嘉我""鮮我"二"我"字不順，故《集傳》以膂易之。然《方言》《廣雅》雖云膂力也，乃是以力訓膂，非脊骨有力之謂。《方言》又云："膂，田力也。"郭注"田力謂耕墾也。"明與《詩》《書》之旅力異義，不得援以為證，故知陳氏、段氏之說是也。

清·徐璈《诗经广诂》：旅力方剛。——李賢曰："旅，陳也。"（《後漢書》註。孔廣森曰："旅力，猶《論語》陳力也。《大雅》'靡有旅力'，言無有肯陳力者也。"）

《一切經音義》："旅力方強。"（引《方言》郭注）

清·冯登府《三家诗遗说》：旅力方剛——《後漢書》李賢注："旅，陳也。"孔氏廣森曰："旅力，猶《論語》陳力。"《大雅》"靡有旅力"，言莫肯陳力。

清·马瑞辰《毛诗传笺通释·卷二十一》：旅力方剛——《傳》："旅，衆也。"瑞辰按：《方言》："膊，膂力也。"東齊曰膊，宋魯曰"膂"，戴氏震《疏證》曰："膂通作旅，《詩》'旅力方剛'是也。"《廣雅》："膂，力也。"王氏《疏證》曰："《大雅·桑柔》云'靡有旅力'，《秦誓》云'旅力既愆'，《周語》云'四軍之衆，旅力方剛'，義並與'膂'同，膂、力一聲之轉。今人猶呼力為膂力，古之遺語也。"今按：《方言》又曰："膂，儋也。"甄吳之外鄙謂之膂。郭註："儋者用膂力，因名。"云是田力謂之膂，擔者用力亦謂之膂。古者行人奔走多以負擔為喻，《左傳》"弛於負擔"是也。詩下言"經營四方"，則"旅力"正當從《方言》"儋也"之訓，《傳》訓為"衆"，失之。

清·陈奂《诗毛氏传疏·卷二十》：旅，衆。《釋詁》文《大明》同，《桑柔》"靡有旅力"與此"旅力"同。《秦誓》"番番良士，旅力既愆"。《周語》："四軍之帥，旅力方剛。"《孔傳》、韋《注》並云"旅，衆也"。《逸周書·大明武》篇："我師之窮，靡人不剛。"《鹽鐵論·繇役篇》："《詩》云：'獫狁孔熾，我是用戒。''武夫潢潢，經營四方矣。''守籥征伐，所由來久矣。'"並與此詩同。

清·陈乔枞《诗经四家异文考·卷三》：膂力方剛。蔡邕《皇鉞銘》："旅力方剛。"

旅力方強。《眾經音義三》《方言》，郭注："《詩》云：旅力方強"。

清·顾广誉《学诗详说·卷二十》：《傳》："旅，衆也。"李氏改訓為陳，嚴氏仍從《傳》義，謂"耳目聰明，手足輕捷"。引《秦誓》"旅力既愆"，夏氏解云"衆力如目力、耳力、手力、足力也，若云陳力，方剛則不辭矣"。良勝李說"然李氏謂王之意，善我之未老，善我之方壯，以我之力方且剛強，可以經營四方而使之"，則是嚴氏"謂幸我未老而方壯、衆力方剛，尚可以經營四方也，不然豈能當此勞苦乎？"於經之前後文不合。《集傳》"旅與膂同"，亦未確。

清·方玉润《诗经原始·卷十一》：旅，與膂同。

清·邓翔《诗经绎参·卷之三》：《箋》："旅，衆也。衆力如耳目手足之力。"《朱傳》云"與膂同，脊骨也。"

清·龙起涛《毛诗补正·卷十七》：《毛》："旅，衆也。"《朱》："旅與膂同。"

李氏曰："旅，陳也，即陳力就列之謂。一說衆力如目力、耳力、手力、足力也，俱通。"案：陳①氏云："古膂本作呂，象形篆文，始作膂。"膂旅通用，古未之有，惟黃公紹謂"膂通作旅"。人之一身以脊骨爲主，故曰膂力。以《秦誓》"旅力既愆"觀之，自是主一人之身而言。宣王時已有籒篆，是詩作於幽王時，以旅爲膂，承用無疑。

清·吕调阳《诗序议·三下》：旅膂同。

清·梁中孚《诗经精义集钞·卷三》：此獨賢之故也。

清·王先谦《诗三家义集疏·卷十八》：又云②：《方言》："踕，膂力也。"東齊曰踕，朱魯曰"膂"，戴氏震《疏證》曰："膂通作旅，《詩》'旅力方剛'是也。"《廣雅》："膂，力也。"王氏《疏證》曰："《大雅·桑柔》云'靡有旅力'，《秦誓》云'旅力既愆'，《周語》云'四軍之衆，旅力方剛'，義並與'膂'同，膂、力一聲之轉。今人猶呼力為膂力，古之遺語也。"今按：《方言》又曰："膂，儋也。"甄吳之外鄙謂之膂。郭註："儋者用膂力，因名。"云是田力謂之膂，儋者用力亦謂之膂。古者行人奔走多以負擔為喻，《左傳》"弛於負擔"是也。詩下言"經營四方"，則"旅力"正當從《方言》"儋也"之訓，《傳》訓為"衆"，失之。

清·陈百先《诗经备旨·卷五》：旅，膂。

又：膂，脊骨。

民国·王闿运《毛诗补笺·卷十三》：《補》曰：剛，強也，合羣力以謀四方則國勢強。

民国·马其昶《诗毛氏学·卷二十》：旅，衆也。（《釋詁》文）

李黼平曰："旅訓衆。言衆大夫氣力方剛，亦可使之經營四方也。"

民国·张慎仪《诗经异文补释·卷十》：旅力方剛，蔡邕《黃鉞銘》作"膂力方剛"。釋元應《一切經音義》引《方言》，郭注引《詩》"旅力方強"。桉：《說文》："呂，脊骨也。"膂，篆文呂，從肉旅聲。又強為剛之訓詁字。《廣雅》："剛，強也。"《說文》："剛，彊斷也。彊，弓有力也。"引申為凡有力之稱。強者，蚚也。今強彊不分矣。

民国·丁惟汾《诗毛氏传解诂》：旅力方剛，《傳》云："旅，衆也。"按：旅衆雙聲。旅力為衆力，即多力也。

民国·李九华《毛诗评注·卷二十》：註：旅，衆也。

民国·林义光《诗经通解·卷二十》：旅，讀為膂，《說文》："呂，脊骨

---

① 此陈指清·陈启源。
② 指马瑞辰云。

也。"篆文作膂。《方言》："膂，力也。宋鲁曰膂。"（六卷）

民國·焦琳《诗蠲·卷七》：旅同膂，脊骨也。

民國·吳闿生《诗义会通·卷二》：旅，膂也。

附现代人

高本汉《诗经注释》：旅力方剛

附1

A 毛傳："旅，眾也"；所以：我所有的力量現在都堅實。《尚書·秦誓篇》、偽《孔傳》和《國語·周語》韋注都把"旅力"講作"眾力"。

B 朱熹："旅"是"膂"的省體，所以我的脊骨和筋肉都很堅實。"膂力"見於方言（西漢口語）。

B 說分明是對的，清代有名的學者（戴震，王念孫，馬瑞辰等）都用這一說。

附2

《晋骆先生辑着诗经小雅·卷七》：■■■■■■不堪者，故嘉我之未老，鲜我之方將，旅力方剛正可以經營乎？四方之時用是以靡盬之事而責之我獨賢耳，此亦庶幾知遇哉，顧"未老方將"者寧獨予一人耶？

此詳"從事獨賢"之意，"四牡"二句即下"經營四方"也。"嘉我"以下詩詞本自一氣，未老即方壯而有旅力時也，時講多破碎不類詩人聲口，又詩中全無王字出，"加應為嘉我""鲜我"还只渾說，時講多露出王字，全無體体認。

日本

日本·中村之钦《笔记诗集传·卷十》：膂，脊骨也。

日本·赤松弘《诗经述·九述》：旅，當作膂字之誤也。

日本·皆川愿《诗经绎解·卷十一》：旅，當讀作膂，剛強也。

日本·伊藤善韶《诗解》：旅與膂同，脊骨也。

日本·冢田虎《冢注毛诗·卷十三》：旅，膂也。

日本·大田元贞《诗经纂疏》：《桑柔》："靡有旅力。"《秦誓》："旅力既愆。"

日本·龟井昱《毛诗考》：朝廷嘉之鲜之，故我當膂力方剛之時，勤勞四方之事朝夕不暇也。夫生王土同為王臣，以從王事，何獨役使我而憂我父母乎？

日本·安井衡《毛诗辑疏·卷十上》：旅，衆也。
日本·安藤龙《诗经辨话器解》：旅（衆）力方剛，《傳》："旅，衆也。"
日本·山本章夫《诗经新注》：旅，與膂同，臂上肉也。

朝鲜

朝鲜·朴文镐《诗集传详说·卷十一》：旅與膂同。

李润民按："旅力方刚"一句有较大的争议，争议的焦点主要是对"旅"字的解释不同，《毛诗故训传》对"旅"的解释是"衆也"，汉·郑玄进一步的阐释是："王谓此事衆之气力方盛乎？"（《毛诗笺》）宋·李樗认为毛、郑"此说不分明"，应该是"旅训陈，此旅力亦是陈力也"。宋·范处义也说："旅，陈也。"（《毛诗详解》）宋·朱熹又提出一种说法："旅，与膂同。"（《诗经集传·卷十三》）至此，关于"旅"的解释有三种不同说法，即"衆也""陈也""与膂同"。

后来的学者们围绕着这三种意见展开了争论，首先是有人作了补充性的解释。宋·严粲说："夏氏解云：衆力如目力、耳力、手力、足力也。"（《诗缉·卷二十二》）严粲这里把毛、郑的众人之力改成了一个人身上的"目力、耳力、手力、足力"的衆力。明·郝敬说："旅作膂，与吕同，脊骨也。"（《毛诗原解·卷二十二》）更多的人是对"旅"的三种解释进行了梳理辨析，找出训诂的根据，如"旅"之所以训爲"衆"，是因为"旅本五百人之名，从㫃（音偃），从从，从俱也，故为衆"。（见清·陈启源《毛诗稽古编·卷十四》）。这一方面辨析比较缜密的除了清·陈启源之外，还有清·罗典，清·胡承珙、清·顾广誉等人，由于涉及文字较多，这里不再赘述。总的看，三种说法都有根据和理由，都有支持的人。

接下来是对"方刚"的解释，作出解释的人不多，意见也比较一致。明·邹之麟说："方刚即所谓贤也。"（《诗经翼注讲意·卷二》）明·冯元飏、冯元飙说："刚是徤。"（《手授诗经·卷五》）清·胡文英说："刚，强也"。（《诗经逢原》）"贤"有"过人"意，那么这三种意见实际很相近了。

这样整句的意思用元·王逢的话说就是"旅力方刚，言其健也"（《诗经疏义辑录》），而宋·范处义说的是"人臣方少壮有力，宜为国家之驱使。"（《诗补传·卷二十》）其言外之意用正如日本·龟井昱所说："朝廷嘉之鲜之，故我当膂力方刚之时，勤劳四方之事朝夕不暇也。夫生王土同为王臣，以从王事，何独役使我而忧我父母乎？"（见《毛诗考》）

经营四方

中国

汉·郑玄《毛诗笺》(《毛诗正义·卷十三》)：何乃勞苦使之經營四方。

宋·谢枋得《诗传注疏》：經，經畫。營，營造。如人作室，曰經之營之，言區畫造作四方之事也。(《詩經疏義》)

元·王逢《诗经疏义辑录》(《诗经疏义会通·卷十三》)：謝氏曰："經，經畫。營，營造，如人作室，曰經之營之，言區畫造作四方之事也。"

明·李资乾《诗经传注·卷二十六》：經如布帛之經，自北之南也，故經字左右傍水（巛字小字皆水字文）。營如宅舍之營，自南還北也，故營字左右傍火。四方，東南西北之總稱，不止南北，又及東西矣。或問，何以知"嘉我未老"之為桓公也？愚曰：《十月》之詩，"擇三有事，亶侯多藏""擇有車馬，以居於向""民莫不逸""我友自逸矣"，驪山之敗，桓公死焉，經營四方者，非桓公而誰也？

明·姚舜牧《重订诗经疑问·卷六》："旅力方剛，經營四方"，正是方將事。

明·陆燧《诗筌·卷二》：經，經畫。營，營造。言區畫造作四方之事。

明·张次仲《待轩诗记·卷五》：經，經畫。營，營造。如人作室經之營之是也。

明·黄道周《诗经琅玕·卷六》：經營，只是區畫造作四方之事。

明·冯元飏、冯元飙《手授诗经·卷五》：即是行。

明·何楷《诗经世本古义·卷十八下》：經，經畫。營，營造，如人作室曰經之營之是也。

明·杨廷麟《诗经听月·卷八》：經營只作行役上說，言區畫造作四方之事。"經營"句■轉，"四牡"二句正是經營四方。

明·胡绍曾《诗经胡传·卷七》：經，經書。營，營造，作事如作室然。

清·张沐《诗经疏略·八卷》：經，經書。營，營造。

清·王鸿绪等《钦定诗经传说汇纂·卷十四》：謝氏枋得曰："經，經畫。營，營造。如人作室，曰經之營之，言區畫造作四方之事也。"

清·罗典《凝园读诗管见·卷八》：《管见》："經營四方"則又幽王謂大夫方將之意，直欲於邊陲所界之四方出其力以經之營之而使完固也。按：經，當為經脈之經，營，當為營氣之營。此藉以保其身者於四方，而言經營明保其固之無虞，亦如彼旅力方剛之身耳。然《北山》大夫雖不避事未嘗不量力，豈敢意為僥倖漫以經營四方為自效之地哉？

清·刘沅《诗经恒解·卷四》：經營四方，四方皆至也。

清·邓翔《诗经绎参·卷之三》：可以經營四方，即上章之獨賢也。

清·陈百先《诗经备旨·卷五》：經，經畫。營，營造，言區畫造作四方之事。

民国·王闿运《毛诗补笺·卷十三》：《箋》云："王謂此事眾之氣力方剛盛乎，何乃勞苦使之經營四方。"

民国·马其昶《诗毛氏学·卷二十》：李黼平曰："言衆大夫氣力方剛，亦可使之經營四方也。"

附现代人

陈子展·《诗经直解·卷二十》：經營四方，（陽部）。可以經營四方。缺一句。

日本

日本·皆川愿《诗经绎解·卷十一》：經，經畫。營，營造也。此見與前二章所言，其勤怠不同者也。又"經營四方"與《節南山》視四方慼慼應。

日本·冢田虎《冢注毛诗·卷十三》：以我年少壯而膂力方剛，故使我獨經營四方也。

日本·龟井昱《毛诗考》：朝廷嘉之鮮之，故我當膂力方剛之時，勤勞四方之事朝夕不暇也。夫生王土同爲王臣，以從王事，何獨役使我而憂我父母乎？

日本·安井衡《毛诗辑疏·卷十上》：《箋》："王謂此士衆之氣力方盛乎，何乃勞苦使之經營四方？"

嚴粲云："《秦誓》，夏氏解云'衆力如目力、耳力、手足力也。'"衡案：嚴說是也。《箋》"此士"本多作"此事"，今從古本。

日本·安藤龙《诗经辨话器解》：《箋》云："王謂此事衆之氣力方盛乎？何乃勞苦使之經營四方乎？"

朝鲜（李润民，按：朝鲜学者此句无解）

李润民按：诸家对"经营四方"的训诂主要是针对"经营"二字进行的，大致有以下几种不同说法：

1. 经，经划。营，营造。（见宋·谢枋得《诗传注疏》）

2. 经如布帛之经，自北之南也，故经字左右傍水（巛字小字皆水字文）。营如宅舍之营，自南还北也，故营字左右傍火。（见明·李资乾《诗经传注·卷二十六》）

3. 经，当为经脉之经，营，当为营气之营。（见清·罗典《凝园读诗管见·卷八》）

4. 《楚辞》注：王逸曰："南北为经，东西为营。"（见朝鲜·申绰《诗次故》）

这四种说法，可以归纳为两种意思，一是指筹划好，去行动，所谓"经之营之，言区画造作四方之事也"；二是指从南到北，或者是东南西北的空间。

"经营四方"的字面含义，结合前边的句子就是：（王夸奖我正是年轻力壮的时候，像我这样的强健之人，是少见的，所以我为王服劳役）东南西北的到处奔走筹划干事。言外之意是我为王服劳役，到处奔走，从早到晚的辛勤劳作不得休息。这正是对"大夫不均，我从事独贤"的写照，当然也就免不了要"忧我父母"了。

对"经营四方"的阐释，明·李资乾和清·罗典有些特殊，他二人都和历史上的具体人事联系起来阐释这句话。李资乾和周幽王时期的"骊山之败"联系起来，认为"经营四方"的人是郑桓公；罗典认为这一句是周幽王要大夫奔赴四周边防之地，竭尽全力巩固边防。二人之说也许都免不了有牵强之嫌，但也不失为一家之言。

总起来看，诸家对"经营四方"的理解，没有明显的分歧与争议。

三章总说

中国

唐·孔颖达《毛诗正义·卷十三》：三章勢接，湏通觧之，皆具說在注。

宋·李樗《毛诗详解》（《毛诗李黄集解·卷二十五》）：四牡彭彭然不得休息，王事傍傍然不得已，蓋王之意善我之未老善我之方壯，以我之力方且剛強可以經營四方而使之至於此極也。將，壯也。旅，毛氏曰"眾也"，鄭氏曰"王謂此事眾之氣力方盛乎"？此説不分明。按：此詩曰"旅力方剛"。《桑柔》之詩曰："靡有旅力。"《書·秦誓》曰："旅力既愆。"若《桑柔》之詩以謂眾之氣力也，如《秦誓》所謂"番番良士"，指此良士既雖無力亦不得以為眾也。旅亦訓陳左氏"庭實旅百"。杜元凱注："以旅訓陳，此旅力亦是陳力也。"自此以下皆是言役使不均。

宋·王质《诗总闻·卷十三》：以我少壯而使我陳力固當然，但不均為可恨耳。

宋·朱熹《诗经集传·卷十三》：言王之所以使我者，善我之未老而方壯，旅力可以經營四方爾，猶上章之言獨賢也。

宋·吕祖谦《吕氏家塾读诗记·卷二十二》：李氏曰："四牡彭彭然不得休息，王事傍傍然不得已，蓋王之意善我之未老，善我之方壯，以我之力方且剛強，可以經營四方而使之。"

宋·段昌武《毛诗集解》：李曰："四牡彭彭然不得休息，王事傍傍然不得已。蓋王之意善我之未老，善我之方壯，以我之力方且剛強可以經營四方而使之。"

宋·杨简《慈湖诗传·卷十四》：嘉我未老，善我方壯大，旅力方剛，可以經營四方。詩人之意，謂雖嘉，王使我而不均也，怨其心不愛我也。故具言不均之狀。

宋·辅广《詩童子問·卷五》：此章又承上句獨賢之意而言，上之所以使我者，得無善我之未老而方壯，其膂力足以經營四方乎？此意尤忠厚，而有盡力盡瘁之誠也。

宋·林岊《毛诗讲义·卷六》：蓋國家之意善我之未老而方壯，以我之力方且剛強，可以經營四方而使之。

宋·严粲《诗缉·卷二十二》：四牡彭彭然不得息，王事傍傍然不得已，其行役蓋甚勞矣。幸我未老而方壯，衆力方剛強，耳目聰明，手足輕捷，尚可以經營四方也，不然豈能當此勞苦乎？

宋·谢枋得《诗传注疏》：嘉我未老，（至）經營四方。此詩本爲役使不均、獨勞於王事而作，此章乃曰天子嘉我之未老善我之方壯，喜我之旅力方剛而可以經營四方，故獨見任使。反以王爲知己，忠厚之至也。（《通釋》）

經，經書。營，營造。如人作室，曰經之營之，言區畫造作四方之事也。（《詩經疏義》）

元·胡一桂《诗集传附录纂疏·卷十三》：言王之所以使我者，善我之未老而方壯，膂力可以經營四方耳，猶上章之言獨賢也。

《纂疏》：疊山謝氏曰："此詩本為役使不均，獨勞於王事而作，此章乃曰天子嘉我之未老、善我之方壯、喜我之旅力方剛，而可以經營四方，故獨見任使，反以王為知已，忠厚之至也。"

元·刘瑾《诗传通释·卷十三》：言王之所以使我者，善我之未老而方壯，膂力可以經營四方，猶上章之言獨賢也。謝疊山曰："此詩本為役使不均、獨勞於王事而作，此章乃曰：天子嘉我之未老，善我之方壯，喜我之旅力方剛，而可以經營四方，故獨見任使，反以王為知已，忠厚之至也。"

愚按：此章言所以從事獨賢之意。

元·朱公迁《诗经疏义》（《诗经疏义会通·卷十三》）：勞苦而怨其上。

元·刘玉汝《诗缵绪·卷十一》：前章先言不均後說獨賢，後章先申獨賢後申不均，交互承接之法也。此章承上申言獨賢，然只言所以賢我者，以未老而方壯耳，隱然自謙。不以才賢自處，又見當時非真無賢於我者，又見已勞而未嘗辭勞也。

明·梁寅《诗演义·卷十三》：嘉我之未老而少，有其力且方強壯，膂力之剛，足任經營。蓋權臣之意，忌賢者而擠之於外，往往褒之於君前，而實擯棄之也。

明·胡广《诗传大全·卷十三》：言王之所以使我者，善我之未老而方壯，旅力可以經營四方耳。猶上章之言獨賢也。

疊山謝氏曰："此詩本為役使不均、獨勞於王事而作，此章乃曰：天子嘉我之未老、善我之方壯、喜我之旅力方剛，可以經營四方，故獨見任使，反以王為知己,忠厚之至也。"

安成劉氏曰:"此章言所以'從事、獨賢'之意。"

明·季本《诗说解颐·卷二十》:以膂力方剛之人而使之經營四方,蓋難處之事也。惟老成更事者為能任之,非可以使士子也。士子獨任此勞,所以為不均也。此申上章獨賢之意。

明·黄佐《诗经通解·卷十四》:此亦上章獨賢之意。傍傍截上二句言王役之下,則原王所以役之也。謝氏曰:"經,經畫。營,營造。如人作室曰經之營之,言區劃造作之事也。"

明·邹泉《新刻七进士诗经折衷讲意·卷二:三章上三句敘己從事之勞,下原己從事之故。此章正發明上節所以從事獨賢之意。"未老"、"方將"、"方剛",即所謂賢也。"旅力"句承上帶下說,言年之未老而方壯,則旅力正剛而可以經營四方也。"經營"句打轉,"四牡"二句蓋以"四牡"二句正是經營四方。此章言外便見得,天下之未老而方將者,非一人也,而獨使我經營如此,其不均甚矣。

明·丰坊《鲁诗世学·卷二十一》:正說:此章申上文獨賢之義,言大夫之所以使我者,善我未老,以為壯而難得,呂力方剛,可以經營四方耳。疊山謝氏曰:"此詩本為役使不均,獨勞于王事而作也。此章乃曰天子嘉之而獨見任使,及以王為知己焉,忠厚之至也。"

明·李资乾《诗经传注·卷二十六》:承上"大夫不均,我從事獨賢",己勞大夫矣。由大夫而上則諸侯也,故曰"四牡彭彭"以起興。

按:"四牡"者,四馬之車,諸侯之制。"彭彭",眾多貌。傍傍者,王事靡盬。旁依於人而後能立也,故旁字左傍人,右傍旁,正與《鄭風》"清人在彭,駟介旁旁"協韻。此時老臣皆去位,獨厲王之子友,宣王之母弟初封於鄭,是為桓公。王命出師禦狄,故曰:"嘉我未老。"嘉者,嘉勞嘉服俸也。未老者,桓公,當共和十四年,宣王四十六年,延至幽王五年之後,合六十五年,庸非老乎?桓公志在輔國,不以老自惰,故天子嘉用。"鮮我方將"者,周庭亦少我之輩,故方以為將。若西都憗遺一老俾守我王,又何必用我為將耶?此亦上文"我從事獨賢"之意。膂①者,行旅之通稱。凡老者,勩力衰弱,不能動履,必不能行旅,惟"膂力方剛"則勇敢可以有為,銳志可以帥氣,健足可以奔走,故曰"經營四方"。經如布帛之經,自北之南也,故經字左右傍水(巛字小字皆水字文)。營如宅舍之營,自南遷北也,故營字左

---

① 原文是"旅"字,据文意改為"膂"。

右傍火。四方，東南西北之總稱，不止南北，又及東西矣。或問，何以知"嘉我未老"之為桓公也？愚曰《十月》之詩："擇三有事，亶侯多藏""擇有車馬，以居於向""民莫不逸""我友自逸矣"。驪山之敗，桓公死焉，經營四方者，非桓公而誰也？

明·許天贈《诗经正义·卷十五》："四牡彭彭"一章

詩人敘己從事之勞，而推其所以獨勞也。

此章是推己所以從事獨賢之意。二句分，"經營四方"打轉首二句，首二句正是經營四方。此詩本為役使不均、從事獨勞而作，此章乃曰天子嘉我之未老，鮮我之方將，膂力可以經營乎四方，反以王為知己，忠厚之至也。

然我之從事獨賢者何哉？我之所乘者四牡也，四牡則彭彭然不得息也。我之所服者王事也，王事則傍傍然不得已也。所以然者，蓋以天子嘉我之未老，而獨異於眾人，鮮我之方將，而不可以多得，血氣當正盛之時，膂力值方剛之候，於是投之以多事，則任重有餘力，而不患於力量之不堪；委之以驅馳，則負荷有餘能，而不病於付託之不效。求其可以經營四方者，莫過於我矣，此所以獨勞乎我也，固我之所以獨賢者歟？

明·顧起元《诗经金丹·卷五》："四牡"三章。二句分，上敘從事之勞，下言己從事之故，正發明上章所以"從事獨賢"之意。"未老、方將、方剛"，即所謂賢也。"經營"句打轉"四牡"二句，四方非一隅之任，而托力於一人，主行役說，言區畫造作四方之事也。而"我"字連上章我字，俱對"莫非王臣"說。上曰"獨賢"，此曰"嘉我""鮮我"若以王為知己，忠厚之至也。

明·江環《诗经闡蒙衍义集注》（《诗经铎振·卷五》）："四牡"章：以我之從事獨賢言之，駕彼四牡則彭彭然而不得息，服此王事則傍傍然而不得已。王之所以使我若此者，其故何哉？蓋以人之既老則不可用，王則嘉我之未老而異於眾焉；人之既衰則不可用，王則鮮我之方壯而不多得焉。夫以未老方壯則旅力方剛，可以駕四牡之彭彭，服王事之傍傍，而經營四方矣。我之"從事獨賢"者，豈非职此之故哉？

主意》：二句分，上敘從事之勞，下言己從事之故。此章正發明上章所以"從事獨賢"之意，"未老、方將、方剛"，即所謂賢也，"經營"句打轉，"四牡"二句正是"經營四方"。經營只作行教上說，言區畫造作四方之事，不可指征伐說。

明·郝敬《毛诗原解·卷二十二》：四牡彭彭，不休王事。傍傍不已，王嘉我之年未老，貴我之力方壯，脊膂力方剛，可以經營四方，是以我獨勞耳。

明·徐光启《毛诗六帖讲意·卷二》：首三章
不得養，便是憂我父母。

曰：此詩本為役使不均，獨勞於王事而作，乃曰：天子嘉我之未老，善我之方壯，嘉我旅力方剛，而可以經營四方，故獨見任使。反以王為知己，忠厚之至也。此詩與《巷伯》《大東》，俱可以為立言者之法。

明·沈守正《诗经说通·卷八》：三章正所謂獨賢也。曰"嘉我"、"鮮我"，若以之為知己者；曰"未老方將"，方剛正獨賢處也。

明·陆燧《诗筌·卷二》："傍傍"即旁午之意。"嘉我"四句一直說下，"未老"即是方壯，而壯則有膂力以經營，此即所謂賢也。經，經畫。營，營造。言區畫造作四方之事。

明·陆化熙《诗通·卷二》：傍字從旁，有旁午之意。未老方將、方剛，正所謂獨賢。經營四方打轉，四牡二句只作經畫四方之事說，不是征伐。

明·徐奋鹏《诗经尊朱删补》（《诗经铎振·卷五》）：駕四牡以服王事，于四方可謂勞矣。吾想王之所以使我者，善我之未老，鮮我之方壯，而旅力可以經營于四方耳。此正從上獨賢之意而言也。

明·顾梦麟《诗经说约·卷十六》：言王之所以使我者，善我之未老而方壯，旅力可以經營四方耳，猶上章之言獨賢也。

《大全》：疊山謝氏曰："此詩本為役使不均、獨勞於王事而作，此章乃曰天子嘉我之未老，善我之方壯，喜我之旅力方剛，而可以經營四方，故獨見任使，反以王為知己，忠厚之至也。

明·黄道周《诗经琅玕·卷六》：此正發明上章所以"從事獨賢"之意，"四牡"二句承上"從事"二字。"嘉我"三句正所以"獨賢"二字也，"經營"句打轉"四牡"二句。

又：推以我為獨賢，故駕彼四牡彭彭然而不得息，故此王事旁旁然而不得已。大夫之所以使我若此者，言嘉我之未老獨異於衆人，鮮我之方壯而不可多得，始旅力方剛，可以駕四牡之彭彭，服王事之傍傍而經營四方矣，然四方非一隅之任，而托力于一人乎？

明·钱天锡《诗牖·卷九》："未老方將"正"獨賢"處也，曰"嘉我""鮮我"若以之為知己者，然經營以區畫造作言，然言外要見"未老方將"非我一人之意。

明·冯元飏、冯元飆《手授诗经·卷五》：以我之從事獨賢言之，駕彼四牡則彭彭然而不得息耶，此王事則傍傍然而不得已。王之得以使我若此者，其故何哉？蓋以人之既老則不可用，王則嘉我之未老而異於衆焉。人之既衰则不可用,王则鲜我之方壮而不多得焉。夫以未老方壮则旅力方刚,可以驾四牡之彭彭,服王事之傍傍,而经营四方矣。我之从事独贤者,岂非取此之故哉?

又:王守溪曰:"三句分。上叙从事之劳,下言从事之故。此章正发明上章所以从事独贤之意,未老方将方刚,即所谓贤也。经营句打转,四牡二句,正是经营四方,经营只作行役上说,言区画造作四方之事。"

明·何楷《诗经世本古义·卷十八之下》:言我之从事,所以独贤于诸大夫者,以王美我之年尚未老,且气力方壮,亦少有如我者,如耳目聪明,手足轻捷之类,无在不见其刚强,故独使我区画造作四方之事也。谢云:"此诗本为役使不均、独劳于王事而作,反以王为知己忠厚之至也。"

明·黄文焕《诗经嫏嬛·卷五》:三章:以我从事独贤言之,驾彼四牡彭彭然不得息,服此王事则傍傍然不得已。王之所以使我若此者,其故何哉?盖以人既老不堪用,王则嘉①我之未老,独异于众。人既衰不可用,王则鲜我之方壮,而不多得,旅力方刚,可以驾四牡彭彭,服王事之傍傍,经营四方矣。我之从事独贤,非取此故哉?

此正发明上章所以从事独贤之意。未老方将方刚,即所谓贤也。"经营"句打转,"四牡"二句,四方非一隅之任而托力于一人,主行说言区画造作四方之事也。而"我"字连上章"我"字,俱对"莫非王臣"说。上曰"独贤",此曰"嘉我""鲜我",以王为知己,忠厚之至也。

明·唐汝谔《毛诗蒙引·卷十二》:二、三章。邹嶧山曰:"无才者多逸,有才者多劳,以其能任事故也,岂率土之臣尽不堪任使者哉?何谓我独贤而使从事也?"

"未老"即是方壮,而壮则有膂力以经营,此即所谓贤也。独其未老方将者,独予一人乎哉?言外有无限感慨。

姚承庵曰:"傍傍,即旁午之意。"

谢氏曰:"经,经画。营,营造。如人作室曰经之营之,言区画造作四方之事也。"

谢叠山曰:"此诗本为役使不均,独劳于王事而作,乃曰天子嘉我之未老、善我之方壮、喜我膂力方刚,而可以经营四方,故独见任使。反以王为知己,忠厚之至也。"

明·杨廷麟《诗经听月·卷八》:以我之从事独贤言之,驾彼四牡则彭彭

---

① 原文为"加",据文意酌改。

胀而不得息，服此王事則傍傍胀不得已。王之所以使我若此者，其故何哉？蓋以人既老不堪用，王則嘉我之未老，獨異於眾。人既衰不可用，王則鮮我之方壯而不多得，旅力方剛，可以駕四牡之彭彭、服王事之傍傍而經營四方矣。我之從事獨賢，非戰此故哉？

此正發明上章所以"從事獨賢"之意，"未老、方將、方剛"，即所謂賢也。"經營"句打轉，"四牡"二句，而"我"字連上章"我"字，俱對"莫非王①臣"說。

陳永叔曰："上曰'獨賢'，此曰'嘉我''鮮我'，若以王為知己，忠厚之至也。"

又：三句分。上敘從事之勞，下言已從事之故。

明·万时华《诗经偶笺·卷八》：二、三章正言役使不均，如云普天非王土乎，率土非王臣乎？大夫如此不均，獨以我爲賢使之從事。王事如此徬徨也，四牡如此彭彭也，只緣謂我年華未邁，筋力未衰，故使之經營四方耳。未老方將，當是獨賢。轉語時說以爲正獨賢處，尚微滯，《注》中"猶"字亦自話。傍傍即旁午意，未老即是方壯，而壯則有膂力以經營。此詩本爲不均而作乃，云天子嘉我之未老，少我之方壯，嘉我膂力方剛，故獨見任使。若反以爲王之知己，忠厚之至也。然強壯者，又豈止一人耶？

明·陈组绶《诗经副墨》："傍"字從旁，有旁午之意。"未老方將""方剛"，正所謂獨賢。曰"嘉我"、曰"鮮我"，若以之為知己者。然言外要見"未老方將"非我一人之意。"經營"四句打轉，"四牡"二句只作經畫四方之事說，不是征伐，莫誤認。

明·胡绍曾《诗经胡传·卷七》：二、三章"獨賢"之云，《朱註》發其意己，然自古君子常任其勞，小人常處其逸，非勞亦不得為君子也，故作詩者以勞為賢。而《孟子》發其意云"獨賢，勞也"，彼好逸者究亦為小人之歸爾，至"嘉我"等句反若以王為知己。

清·钱澄之《田间诗学·卷八》：謝氏云："此為役使不均，獨勞王事而作。若反以王為知己，忠厚之至也。"愚按：將，任也，謂其肯任事也。"旅力方剛"，始以力言。

清·张沐《诗经疏略·卷八》：言我馬之不得息，役之不得止，如此偏役者，王蓋善我之年未老，善我之貌壯大且力方剛強，故四方之役皆欲我經營之耳。

---

① 原文此处无"王"字，据文意酌改添。

清·冉觐祖《诗经详说·卷五十三》：言王之所以使我者，善我之未老而方壯，旅力可以經營四方爾，猶上章之言獨賢也。

疊山謝氏曰："此詩本為役使不均、獨勞於王事而作。此章乃曰：天子嘉我之未老、善我之方壯、喜我之旅力方剛，而可以經營四方，故獨見任使，反以王為知己，忠厚之至也。"

安成劉氏曰："此章言所以從事獨賢之意。"

《說約》："按：'彭彭然'二句亦本《毛傳》，然毛氏因隸'四牡彭彭，王事傍傍'之下，故云'彭彭然不得息，傍傍然不得已。'今為總注而但增二'也'字，即繫賦也，之下兩'然'字處，既不可作點以兩"也"字句，又近禿，與殷殷然痛也句，亦同一未遑簡節點之失。彭，叶普郎反。吾吳中方言亦然。《古義》陽韻。

《纂序》："按：上云不斥王而曰大夫，此章《注》王字亦宜渾。"

合訂：彭彭、傍傍，即朝夕從事之意，未老方將方剛，正所獨賢也。

存旨：兩"我"字，亦對"莫非王臣"說，醒出"獨"字意。

《衍義》："二句分，上敘從事之勞，下原已從事之故。此發明上章所以從事獨賢之意。未老方將方剛，即所謂賢也，'經營'句打轉，'四牡'二句正是經營四方。經營只就行役上說，言區畫造作四方之事，不可指征伐說。言外便見得天下之未老而方將者非一人也，而獨使我經營如此，其不均甚矣。"

《正解》："四牡二句不平，乃駕以奉行王事也。'傍'字從旁，有旁午之意。'旅力'句承'嘉我'二句，帶'經營'句。"

按：鮮，訓少，當承上嘉字二句一氣說。言嘉我未老，衆中少我方壯之人也。"嘉我"四句一串說，下當用虛口氣收，猶云以我獨賢豈謂是乎？

講："以我之從事、獨賢言之，駕彼四牡則彭彭然而不得息，服乎王事則傍傍然不得已，所以使我若此者何哉？蓋以人之無力衰邁則不可用，今則善夫我之年未老，少有我之人方壯，其旅力方甚剛強，可以歷受煩勞奔走，區畫而經營夫四方之事焉。此固大夫之意耳。"

清·秦松齡《毛诗日笺·卷四》：謝疊山曰："此詩本為役使不均、獨勞於王事而作，此章乃曰天子嘉我之未老、善我之方壯、喜我旅力方剛，而可以經營四方，故獨見任使，反以為知己，忠厚之至也。"

嚴氏曰："四牡彭彭然不得休息，王事傍傍然不得已，其役蓋甚勞矣。幸我未老而方壯，衆力方剛強，耳目聰明，手足輕捷，尚可以經營四方也，不然豈能當此勞苦乎？"亦通。

清·李光地《诗所·卷四》：前三章不敢爲憝君之辭，若君之知已而任之

173

者厚也。

清·王鸿绪等《钦定诗经传说汇纂·卷十四》：《集傳》："言王之所以使我者，善我之未老而方壯，旅力可以經營四方耳。猶上章之言獨賢也。"錢氏天錫曰："未老、方將，正獨賢處也。"

集说：輔氏廣曰："此章又承上句獨賢之意，而言王之所以使我者，得無善我之未老而方壯，其膂力足以經營四方乎？此意尤忠厚而有盡力盡瘁之誠也。"

清·王心敬《丰川诗说·卷十五》：四牡彭彭，不休王事，傍傍不已。王嘉我之年未老，貴我之力方壯，脊旅力方剛，可以經營四方，是以我獨賢勞耳。

清·李塨《诗经传注·卷五》：此章正言獨賢也。

清·姜文灿《诗经正解·卷十七》：言王之所以使我者，善我之未老而方壯，旅力可以經營四方耳。猶上章之言獨賢也。

合纂：以我之從事獨賢言之，駕彼四牡則彭彭然而不得息，服此王事則傍傍然而不得已。王之所以使我若此者，其故何哉？蓋以年之既老則不可用，王則嘉我之未老而異於衆也；人之既衰則不可用，王則鮮我之方壯而不多得焉。夫惟未老方壯則旅力方剛，可以駕四牡之彭彭，服王事之傍傍而經營四方矣，我之從事獨賢者，豈非職此之故哉？

析講：此章上二句仍敘從事之勞，下原已從事之故。此章正發明上章所以從事獨賢之意。"四牡"二句不平，乃駕以奉行王事也。傍字、從旁、有旁午之意。"旅力"句承"嘉我"二句，帶"經營"句，未老方將方剛，正所謂獨賢，曰嘉我、曰鮮我，言外要見未老方將非我一人之意。"經營四方"打轉，"四牡"二句只作經營四方之事說，不是征伐，莫悮認。

此詩本為役使不均獨勞於王事而言，而乃曰天子嘉我之未老，善我之方壯，所以王為知己，忠厚之意昭然。

清·黄梦白、陈曾《诗经广大全·卷十三》：此章正所謂獨賢也。言四牡彭彭不休王事，傍傍不已，王嘉我之年未老，貴我之力方壯，以為脊膂方剛，可經營四方之事也。

清·张叙《诗贯·卷八》：此先序其行役之勞也。勤王事而憂父母，不忘忠孝立身之本也。歎其不均而歸之大夫者不敢斥王也，又原不均之故，其以我之從事有"獨賢"乎？下乃寫其獨賢之意，嘉未老鮮方將，丈夫志在四方，少壯原當努力也。若甘於獨任其勞者，然則其平日竭力報國之心，見於引分自安之内矣，謂之"獨賢"不亦宜乎？【李潤民，按：張敘對《北山》六章，

分成兩段，前三章一個合為一段評說，後三章合為一段評說。】

清·汪绂《诗经诠义·卷七》：我之從事不得止息，在大夫則以為"嘉我""鮮我"而惟我可以"經營四方"也。推其獨賢之意，抑若厚辱知我而非出於私者，亦詩人之厚也，但詩人則甚不賴有此厚知耳。"鮮我"猶云難得如我之意，"四牡"二句即"經營四方"事。

清·顾栋高《毛诗订诂·卷十八·附录二卷》：謝疊山曰："此詩本爲役使不均、獨勞於王事而作，而第三章乃曰：天子嘉我之未老、善我之方壯、喜我之旅力方剛，而可以經營四方，故獨見任使，反以王為知己，忠厚之至也。"

清·牛运震《诗志·卷四》：作知遇感奮語，極興頭正極悲怨，似《碩人》俁俁之旨。

清·刘始兴《诗益·卷五》：所謂我從事獨賢者如此。

清·顾镇《虞东学诗·卷八》：三章承獨賢之意而言。

清·傅恒等《御纂诗义折中·卷十四》：言車馬馳驅而不已者，謂我未老而方壯，膂力正強可以經營四方也。此獨賢之故也。

清·罗典《凝园读诗管见·卷八》："嘉我未老，鮮我方將。旅力方剛，經營四方"，即申言王之所謂我從事獨賢者，以此將訓奉、訓助。方將，謂其正欲奉身以助王於事，不傍傍而挺挺也。故以為難得而鮮之。"旅力方剛"承上"未老"說。按："未老"之詞必幽王因大夫已老而壯之故，然則所指為"旅力方剛"者亦少誣矣。"經營四方"則又幽王謂大夫方將之意，直欲於邊陲所界之四方，出其力以經之營之而使完固也。按：經，當為經脈之經，營，當為營氣之營。此藉以保其身者於四方，而言經營，明保其固之無虞，亦如彼旅力方剛之身耳。然北山大夫雖不避事，未嘗不量力，豈敢意為僥倖，漫以經營四方為自效之地哉？

清·姜炳璋《诗序补义·卷十八》：三章"旅力方剛，經營四方"，是報國之日長而報親之日短。《陳情表》似以此詩為藍本，只就王使我之意於人子身上一照便有，垂白二親需人奉養意，一"未"字，兩"方"字，正見報效無窮，何苦奪我愛日①，致恨終天。

清·牟庭《诗切·卷三》：四牡有力壯彭彭，王事多遽行傍傍。謂我未老可嘉美，謂我方將鮮与比。力方剛比不癃罷，可以經營四方事。

清·刘沅《诗经恒解·卷四》：承上獨賢之意而言大夫豈真以我為賢哉？

---

① 此"日"字，疑有誤。

假王事役我，使不得休息，特以我年壯堪任勞苦耳。

  清·徐华岳《诗故考异·卷二十》：《箋》："嘉，鮮，皆善也。王善我年未老乎，善我方壯乎，何獨久使我也？"王謂：此事衆之氣力方盛乎，何乃勞苦使之經營四方？

  清·顾广誉《学诗详说·卷二十》：三章，疊山謝氏曰："此為役使不均獨勞王事而作。若反以王為知己，忠厚之至也。"案：如此立言，是其於大夫亦不責之甚深也。

  清·方宗诚《说诗章义》：三章則曰"嘉我未老，鮮我方將"，若以上之人爲知我獨賢未老，而故使我獨任其勞，並非上之人有偏私也，何等忠厚。

  清·陈百先《诗经备旨·卷五》：講：以我從事獨賢，言之駕彼四牡則彭彭然而不得息；服此王事則傍傍然而不得已。王之所以使我若此者其故何哉？蓋以年之既老則不堪用，王則嘉我之未老而異於衆焉。人之既衰則不可用，王則鮮我之方壯而不多得焉。夫未老方壯則旅力方剛，可以駕四牡之彭彭，服王事之傍傍，而經營四方矣，我之從事獨賢者，非此之故哉？

  又：上二句敘從事之勞，下原己從事之故，此正發明上章所以從事獨賢之意。未老方將方剛，即所謂賢也。"經營"就行役上說，應上"四牡"二句，二"我"字並上章"我"字俱對，"莫非王臣"言上曰"獨賢"，此曰"嘉我""鮮我"，若以王為知己忠厚之至也。

  民国·王闿运《毛诗补笺·卷十三》：《補》曰：我，我王臣也，未老者，未致仕之老臣，方將者，方進用之大夫，剛，強也。合羣力以謀四方則國勢強。

  民国·焦琳《诗蠲·卷七》：四壯之馳驅不得息，而王事方交，橫難可治，則正需才甚亟也。胡爲專任我而不任人耶？嘉我之未老，以爲世間少有似我之方將者，惟我一人旅力正剛，故使經營四方乎？然則彼出入風議之人，又何爲者？孔氏曰：問辭也。

  "鮮"字與上章"獨"字皆故意挑動不事之人，然非眞羨其"偃仰""棲遲"，意專在"畏咎""風議"也。詳下。

附现代人

附1

  陈子展·《诗经直解·卷二十》：三章：言使我從事獨賢之故，聊自寬解。

附2

《晋骆先生辑着诗经小雅·卷七》："四牡彭彭"章。

■■■■■■■■■■■■■■■■■■■■■■■■■■■■不堪者，故嘉我之未老，鮮我之方將，旅力方剛正可以經營乎？四方之時用，是以靡鹽之事而責之我獨賢耳，此亦庶幾知遇哉，顧"未老方將"者，寧獨予一人耶？

此詳"從事獨賢"之意，"四牡"二句即下"經營四方"也。"嘉我"以下，詩詞本自一氣，未老即方壯而有旅力時也，時講多破碎不類詩人聲口，又詩中全無王字出，"嘉我""鮮我"还只渾說，時講多露出王字，全無体認。

日本

日本·中村之钦《笔记诗集传·卷十》：四牡彭彭三章

《古義》云："未老以年言，方將以力言，下文言旅力方剛正其實也。"《嬭嬪》云："經營句打轉，四牡二句，四方非一隅之任而托力於一人，主行說，言區畫造作四方之事也。上曰'獨賢'，此曰'嘉我、鮮我'以王為知己，忠厚之至也。"

欽按：上章"賢"字《毛傳》訓"勞"，《鄭箋》則以賢才言。而王肅《易傳》從之，孔穎達則從毛，以此章"嘉我未老"二句當之。又王安石曰："取數多謂之賢"，《禮記》曰"其賢於某若干"，與此同義。《小爾雅》云"我從事獨賢，勞事獨多也"，皆依毛氏，今說者多從之。然《朱傳》上章"賢"字無解，則依字做"賢才"也。蓋上對"莫非王臣"說，故泛以才言，此說"經營四方"，故特言其力，分說自不妨，非唯忠厚，亦有卑謙意。

日本·冈白驹《毛诗补义·卷八》：案：三章》：嘉，鮮，皆善也。旅，訓衆，衆力如目力、耳力、手力、足力也。方剛如耳目聰明手足輕捷也。言四牡彭彭然不得息，王事傍傍然不得已。王其善我未老乎？善我方壯乎？謂我旅力方剛乎？何獨使我經營四方也。

日本·赤松弘《诗经述·九述》：四牡彭彭然不得休息，王事傍傍然不得已，蓋幽王善我之未老，善我之方壯，以我之膂力方剛，今可以經營四方，而使我之耳，意与王獨賢同。

日本·皆川愿《诗经绎解·卷十一》：此章言汝當須自念，四牡雖彭彭，王事雖旁旁，王嘉我年未老，又以為少有如我方壯者矣，而我膂力又方剛矣，當是際遇之時，盍思欲經營四方乎？

日本·伊藤善韶《诗解》：言我王之事不已，故車馬不得休息，善我齒未老，希我血氣方壯，又我爲膂力剛健，經紀營辨於四方之國事。以上三章爲前段。

日本·冢田虎《冢注毛诗·卷十三》：毛云："彭彭然，不得息。傍傍然，不得已，"余從之，云：例皆盛貌也。余云：鮮，少也，以爲少而難得也。今云不穰也，鄭云"善也"，可從也。毛云"旅，衆也"，鄭從之。余云：旅與膂同是也。《書》曰"旅力既愆"之類，亦當爲膂力也。

日本·猪饲彦博《诗经集说标记》：三章。《嬛嬛》：此正發明上章所以從事獨賢之意。

日本·仁井田好古《毛诗补传·卷二十》：補：鄭玄曰："嘉，鮮，皆善也。"朱熹曰："言王之所以使我者，善我之未老而方壯，旅力可以經營四方耳。猶上章之言獨賢也。"

翼：何玄子曰："偕，通作旁，側出無方所之意。奉使又每有意外之王事紛至沓來，所以勞而不得息也。未老，以年言；方將，以力言，下文言'旅力方剛'，正其實也。旅，毛云'衆也'，嚴云：《秦誓》'旅力既愆'。夏氏解謂衆力如目力、耳力、手力、足力也。"陳長發曰："《集傳》旅與膂同，蔡沈《書傳》宗其說。殆非是，膂力乃脊骨。人之背脊非用力之處，以力屬膂取義既疏，黃公紹謂人之一身以脊骨爲主，此特因朱蔡而附會，非典也。"謝曰："此詩本爲役使不均、獨勞於王事而作，反以王爲知己忠厚之至也。經，經畫。營，營造。如人作室曰經之營之，言區畫造作四方之事也。"

日本·龟井昱《毛诗考》：三章言已勞於從事。

日本·安藤龙《诗经辨话器解》：《箋》云："嘉，鮮，皆善也。王善我年未老乎善我方壯乎？何獨久使我也。"《箋》云："王謂此事衆之氣力方盛乎，何乃勞苦使之經營四方乎？"

日本·山本章夫《诗经新注》：言兵馬事急。大夫幸我未衰老，以我意氣方壯，膂力方剛，爲難多得，專任以事，不恤其勞也。

朝鲜

朝鲜·朴世堂《诗经思辨录》：毛訓具見今傳，獨於義異。

孔云："三章勢接，須通鮮之。或居家閒逸，不知上有徵發呼召。或出入放恣，議量時政，或無事不爲。"

朝鲜·沈大允《诗经集传辨正》：其意若曰：天下之少壯者，豈惟我耶？

朝鲜·朴文镐《诗集传详说·卷十一》：言王之所以使我者（先補此

句），善我之未老而方壯，旅力可以經營四方耳。（一作爾。以"嘉"字義貫至此而略。鮮字，《集傳》之精切如此，諺釋■詳）猶上章之言獨賢也。（論也。疊山謝氏曰："反以王為知己，忠厚之至也。"安成劉氏曰："此章言所以從事獨賢之意。"）

李润民按：《北山》第三章承接第二章的"不均""独贤"的话题，继续前行，正如宋·辅广所言："此章又承上句独贤之意而言，上之所以使我者，得无善我之未老而方壮，其膂力足以经营四方乎？"（《诗童子问·卷五》）。以及宋·杨简所言："诗人之意，谓虽嘉，王使我而不均也，怨其心不爱我也。故具言不均之状。"（《慈湖诗传·卷十四》）明·许天赠对这一章总说概括的最为简洁："诗人叙己从事之劳，而推其所以独劳也。"（见《诗经正义·卷十五》）

此章前二句是说"我"为王事忙的不可开交，这也可以看作是对上章"独贤"的注释，用元·刘玉汝的话说是"承上申言独贤"。前二句也是对下边"经营四方"句的写照。接下来的三句是王或大夫夸赞"我"年轻力壮——正是要"我"独劳的理由。最后一句回应前两句，"我"年轻力壮，可以"彭彭、傍傍"地奔走四方。

联系上一章的天下之大"莫非王臣"，这一章的言外之意就是："天下之未老而方将者，非一人也，而独使我经营如此，其不均甚矣。"（参看明·邹泉《新刻七进士诗经折衷讲意·卷二》）。

对这一章总说的看法分歧，基本是承接上章的有关分歧来的。第一个分歧是"嘉我、鲜我"的人是谁？有人说是王，有人说是大夫。宋·谢枋得说："此章乃曰：天子嘉我之未老，善我之方壮，喜我之旅力方刚，而可以经营四方"（《诗传注疏》），谢枋得说得很明确，是王"嘉我、鲜我"。而清·刘沅说这一章是"承上独贤之意，而言大夫岂真以我为贤哉？假王事役我，使不得休息，特以我年壮堪任劳苦耳"。（《诗经恒解·卷四》）。刘沅的意思是大夫"嘉我、鲜我"。

第二个分歧是此章是表现了诗人的忠厚之意，还是表现了诗人的愤怨之情？

宋·辅广说："上之所以使我者，得无善我之未老而方壮，其膂力足以经营四方乎？此意尤忠厚，而有尽力尽瘁之诚也。"（《诗童子问·卷五》）。明·许天赠说："此章乃曰天子嘉我之未老，鲜我之方将，膂力可以经营乎四方，反以王为知己，忠厚之至也。"（《诗经正义·卷十五》）。清·方宗诚说："三章

179

则曰'嘉我未老，鲜我方将'，若以上之人爲知我独贤未老，而故使我独任其劳，並非上之人有偏私也，何等忠厚。"（《说诗章义》）辅广、许天增、方宗诚等人的话说得很明确，此章表现了诗人的忠厚。

认为是表现愤怨之情的人，话说得虽然不是很明确，但其中意思还是可以体味出来的，比如以下几个人是这样说的：

宋·王质说："以我少壮而使我陈力固当然，但不均为可恨耳。"（《诗总闻·卷十三》）

明·万时华说："此诗本爲不均而作乃，云天子嘉我之未老，少我之方壮，嘉我膂力方刚，故独见任使。若反以爲王之知己，忠厚之至也。然强壮者，又岂止一人耶？"（《诗经偶笺·卷八》）

清·姜炳璋说："三章旅力方刚，经营四方，是报国之日长而报亲之日短。《陈情表》似以此诗为蓝本，只就王使我之意于人子身上一照便有，垂白二亲需人奉养意，一'未'字，两'方'字，正见报效无穷，何苦夺我爱日①，致恨终天。"（《诗序补义·卷十八》）

清·牛运震说："作知遇感奋语，极兴头正极悲怨，似《硕人》俣俣之旨。"（见《诗志·卷四》）

其中的"不均""可恨""致恨""岂止一人""极悲怨"等词语无疑传达出了愤怨的情绪。

总体上看，主张忠厚说的人要比愤怨说的人多一些，但忠厚说显然是后世儒家从诗教的立场出发而言，不免有曲解色彩。

同上一章一样，民国·王闿运的观点与他人大是不同，他说这一章表现的是"合羣力以谋四方则国势强"（《毛诗补笺·卷十三》），难言达诂，聊备一说。

---

① 此"日"字，疑有誤。

四章句解

或燕燕居息

中国

《毛诗故训传》（《毛诗正义·卷十三》）：燕燕，安息貌。

宋·李樗《毛诗详解》（《毛诗李黄集解·卷二十六》）：有燕燕然而居息者。

宋·朱熹《诗经集传·卷十三》：燕燕，安息貌。

宋·吕祖谦《吕氏家塾读诗记·卷二十二》：毛氏曰："燕燕，安息貌。"

宋·段昌武《毛诗集解》：毛曰："燕燕，安息貌。"盡瘁事國，盡力勞瘁，以從國事。

李曰：自此以下皆言役使不均。（劉曰：彼或不知叫號我則慘慘劬勞，彼或棲遲偃仰我則王事鞅掌彼，彼或湛樂飲酒我則慘慘畏咎，彼或出入風議我則靡事不為……以彼為賢也則國事待我而集，以我為賢耶則厚祿居彼為多。）《左氏傳》："晉伯瑕曰：《詩》曰：或燕燕居息，或憔悴事國。"

宋·辅广《诗童子问·卷五》：燕，安也。重言之，見安之甚也。

宋·林岊《毛诗讲义·卷六》：燕燕，安息。

宋·严粲《诗缉·卷二十二》：息，《傳》曰："燕燕，安息貌。"

元·胡一桂《诗集传附录纂疏·卷十三》：燕燕，安息貌。

明·梁寅《诗演义·卷十三》：燕燕息①，偃樂之甚也。

明·胡广《诗传大全·卷十三》：燕燕，安息貌。

明·季本《诗说解颐·卷二十》：燕燕，安息貌。

---

① 按文义，此句应该是：燕燕居息。

明·丰坊《鲁诗世学·卷二十一》：燕燕，安休貌。

明·李先芳《读诗私记·卷四》："或燕燕"以下非謂責人，蓋欲相勉以勤王事，猶所謂無然泄泄之意。

明·李资乾《诗经传注·卷二十六》：《爾雅》云："燕鳦，鳥也，巢於人室無鷹鸇之危。"所謂燕，安也。居者，居止之稱，居則不行不旅。息者，歇息之稱，息則不經不營。

明·顾起元《诗经金丹·五卷》：附觧：燕而又燕，安之甚也，棲遲息偃，偃仰坐臥自適也。

明·姚舜牧《重订诗经疑问·卷六》：燕燕居息，對盡瘁事國，言佚勞之不均也。

明·徐奋鹏《诗经尊朱删补》（《诗经铎振·卷五》）：燕燕居息，安閒無事也。

明·顾梦麟《诗经说约·卷十六》：燕燕，安息貌。

又曰：《古義》："息，國，職韻。"

明·张次仲《待轩诗记·卷五》：燕燕，安息貌。

明·黄道周《诗经琅玕·卷六》：燕，安息貌。重言之見安之甚。息，是寢。

明·冯元飏、冯元飙《手授诗经·卷五》：燕燕，安息貌。

明·何楷《诗经世本古义·卷十八下》：燕燕，當依《漢書》作"宴宴"，安也。輔廣云："重言之，見安之甚也。"愚按：六官之長，養尊處優，故特以燕燕言。居息，謂私居謂休息，言惟休息於私居而已，無所事事也。

明·黄文焕《诗经嫏嬛·卷五》：燕燕，安息貌。

明·杨廷麟《诗经听月·卷八》：燕燕，安息貌。安息則無固事之勞。

清·钱澄之《田间诗学·卷八》：居，謂私居。息，謂休息。言惟休息于私居，無所事事也。

清·张沐《诗经疏略·八卷》：燕燕，安也。息，止也。

清·陈启源《毛诗稽古编·卷七十三》：《北山》詩連用十二"或"字，各兩或意自相反。首二"或""燕"與"瘁"反也；次二"或""息"與"行"反也；又次二"或""逸"與"勞"反也；又次二"或"舒遲與促遽反也；又次二"或""湛樂"與"畏咎"反也；終二"或"閒暇與冗煩反也。

清·冉觐祖《诗经详说·卷五十三》：燕燕，安息貌。

《毛傳》："燕燕，安息貌。"

《衍義》："燕，安也，重言見安之甚。息而偃，如偃臥之偃。"

清·王鸿绪等《钦定诗经传说汇纂·卷十四》：《集傳》："燕燕，安息貌。"輔氏廣曰："燕，安也。重言之，見安之甚也。"

清·姜文灿《诗经正解·卷十七》：燕燕，安息貌。

清·黄梦白、陈曾《诗经广大全·卷十三》：燕燕，安息貌。

清·刘始兴《诗益·卷五》：燕燕，安息貌。

清·傅恒等《御纂诗义折中·卷十四》：燕燕，安閒貌。

清·罗典《凝园读诗管见·卷八》：管見：燕，鳥名，以其雙棲稱燕燕。

清·胡文英《诗经逢原》：燕燕，逸樂貌。居息，休息也。

清·段玉裁《毛诗故训传定本》：燕燕，安息貌。

清·牟庭《诗切·卷三》：《毛傳》曰："燕燕，安息貌。"

清·刘沅《诗经恒解·卷四》：燕燕，安閒貌。

清·徐华岳《诗故考异·卷二十》：燕燕，《漢書》作"宴宴"。《傳》："燕燕，安息貌。"

清·陈寿祺、陈乔枞《三家诗遗说考·鲁诗遗说考·卷四》：或宴宴居息，或盡領事國。

補：《漢書·五行志》："劉歆說《詩》曰：或宴宴居息，或盡瘁事國。"

喬樅謹案：劉歆述士文伯引《詩》語與今《左傳》異，知其從《魯詩》之文也。

清·徐璈《诗经广诂》：或燕燕居息，或盡瘁事國。

《左傳·晉伯瑕》曰："事序不類，官職不則。同始異終，胡可常也。《詩》曰：'或燕燕居息，或憔悴事國。'其異終也，如是。"（《昭公七年》）。《經義述聞》曰："鄭注《小司寇》亦作'或憔悴以事國'，蓋三家詩有作'憔悴'者，憔亦盡也。"

《漢書》：或宴宴居息，或盡瘁事國。《考文》：或燕燕以居息，或盡領以事國。（陳樹華曰："《石經》亦有兩'以'字。"）

清·陈奂《诗毛氏传疏·卷二十》：疏：燕，安也。重言曰燕燕。《爾雅》："燕燕，尼居息也，字又作宴宴。"《傳》云"安息，"義同。

清·陈乔枞《诗经四家异文考·卷三》：或宴宴居息，或盡領事國。

《漢書·五行志》："劉歆說：《詩》曰：或宴宴居息，或盡領事國。"

案：《白帖·七十八》引《詩》同，惟"領"字作"瘁"。

或憔悴以事國。《周禮·小司寇》注謂"憔悴以事國。"疏曰："《詩》云：或憔悴以事國"。

案：《左傳·昭七年》引《詩》曰："或憔悴事國。"王氏引之曰："《三

183

家詩》必有作憔悴者，憔亦盡也。"

或燕燕以居息，或盡瘁以事國。《詩經考文》古本作"或燕燕以居息，或盡瘁以事國。"

案：陳樹華云："《唐石經》有兩'以'字，乃後人妄加，然據《周禮》疏云云，則《詩》一本有'以'字也。"

清·方玉润《诗经原始·卷十一》：燕燕，安息貌。

清·邓翔《诗经绎参·卷之三》：燕，燕安也，安居而休息也。

清·龙起涛《毛诗补正·卷十七》：《毛》："燕燕，安居意。"

清·梁中孚《诗经精义集钞·卷三》：燕燕，安息貌。

清·王先谦《诗三家义集疏·卷十八》：注：《鲁》"燕燕"作"宴宴"，"瘁"作"顇"。

疏：《傳》："燕燕，安息貌。"

《魯》："燕燕"作"宴宴"，"瘁"作"顇"者，《漢書·五行志》劉歆說《詩》曰"或宴宴居息，或盡顇事國。"陳橋樅云："歆述士文伯引《詩》語與今《左傳》異，知其從《魯詩》之文也。"

清·陈百先《诗经备旨·卷五》：燕燕，安息貌。

又：重言"燕燕"，見安之甚。

民国·王闿运《毛诗补笺·卷十三》：燕燕，《爾雅》作宴宴。燕燕，安息兒。《補》曰：居息，以姑息爲政。

民国·马其昶《诗毛氏学·卷二十》：燕燕，安息貌。《釋》訓："燕燕，尼居息也"，字又作"宴"。

民国·张慎仪《诗经异文补释·卷十》：或燕燕居息，山井鼎《考文》古本作"或燕燕以居息"，《漢書·五行志》引劉歆《說詩》："或宴宴居息"，《白貼·七十八》引《詩》同。桉：連章十二"或"俱五字句，此句及下句不應有"以"字。

民国·丁惟汾《诗毛氏传解诂》：或燕燕居息，《傳》云："燕燕，安息也。"按：燕安同聲。

民国·李九华《毛诗评注·卷二十》：註：燕燕，安息貌。

民国·林义光《诗经通解·卷二十》：燕燕，安息貌。

燕，《漢書·五行志》引作"宴"。

民国·焦琳《诗蠲·卷七》：燕燕，安貌。

民国·吴闿生《诗义会通·卷二》：燕燕，安息貌。

附现代人

附 1

陈子展《诗经直解·卷二十》：或燕燕居息，（魯，燕燕作宴宴。）有的人安安然在家休息。或盡瘁事國（之部。魯，瘁作頜。），有的人要盡瘁從事報國。

附 2

《晋骆先生辑着诗经小雅·卷七》：夫均之為人子也，夫何或燕燕居息，曾何國事之勞？或盡瘁事國而燕息之不遑焉，或息偃在牀曾何道路之涉，或不已於行而安寢之不暇焉，以彼之燕居息偃視此之盡瘁不已，何勞逸之相懸耶？

日本

日本·中村之钦《笔记诗集传·卷十》：《古義》云："居息，言惟休息於私居而已，無所事事也。"

日本·赤松弘《诗经述·九述》：燕燕，安息貌。

日本·皆川愿《诗经绎解·卷十一》：燕，燕安也。居，謂私居。息，謂休息。

日本·伊藤善韶《诗解》：燕燕，安息也。

日本·冢田虎《冢注毛诗·卷十三》：燕燕，安息貌。

日本·仁井田好古《毛诗补传·卷二十》：燕燕，安息貌。

翼：燕，《漢書》作"宴"。

日本·龟井昱《毛诗考》：燕燕，樂也。

日本·安井衡《毛诗辑疏·卷十上》：燕燕，安息貌。

日本·安藤龙《诗经辨话器解》：今役使不均。《傳》："燕燕，安息貌。"

日本·山本章夫《诗经新注》：燕燕，安樂貌。

朝鲜

朝鲜·朴世堂《诗经思辨录》：毛云："燕燕，安息貌。"

朝鲜·申绰《诗次故》：《五行志》引此"燕"作"宴"，師古曰："宴宴，安息之貌。"《爾雅》："宴宴，尼居息也。"郭璞曰："盛飾宴安，近處優閒。"綽按：《孔融書》乃"或晏晏居息""莫肯我顧"，蓋引此為文而"宴"作"晏"也。

朝鲜·申绰《诗经异文》：燕燕（《五行志》引作"宴宴"），《爾雅》："宴宴，尼居息也。"绰按：《孔融書》曰"或晏晏居息，莫我肯顧"，蓋引此為文而"宴"作"晏"也。

朝鲜·沈大允《诗经集传辨正》：燕，安也。

朝鲜·朴文镐《诗集传详说·卷十一》：燕，安也。燕燕，安息貌（慶源輔氏曰："重言之，見安之甚也。燕燕而自居於休息。"）

李润民按："或燕燕居息"一句，句义简单。有人对其中的"燕燕"和"息"作了注释，关于"燕燕"说法有：

1. "燕燕，安息貌。"（见毛诗故训传）（《毛诗正义·卷十三》）
2. "燕，安也。重言之，見安之甚也。"（见宋·辅广《诗童子问·卷五》）
3. "燕燕，逸乐貌。"（见清·胡文英《诗经逢原》）
4. "燕，鸟名，以其双栖称燕燕。"（见清·罗典《凝园读诗管见·卷八》）

诗之所以用"燕"表示"安"，用明·李资乾引《尔雅》的话说就是："燕虭，鸟也，巢于人室无鹰鹯之危。"这样"燕"就有了安的含义了。

关于"息"的说法有：

1. "息，止也"。（见清·张沐《诗经疏略·八卷》）
2. "息者，歇息之称，息则不经不营。"（见明·李资乾《诗经传注·卷二十六》）
3. 居息，休息也。息偃在牀，逸之至。（见清·胡文英《诗经逢原》）

总之，关于"燕"和"息"这两个字的训诂，中外学者没有明显的分歧。

全句的的含义，用现代人陈子展的话说就是：有的人安安然在家休息。（见《诗经直解·卷二十》）这和下一句"或尽瘁事国"，形成鲜明对照，以显示大夫的使役不均。

另外，"或燕燕居息"，有异文"或宴宴居息"。

或尽瘁国事

中国

《毛诗故训传》（《毛诗正义·卷十三》）：盡力勞病，以從國事。

宋·李樗《毛诗详解》（《毛诗李黄集解·卷二十六》）：有盡力以事國者

宋·朱熹《诗经集传·卷十三》：瘁，病已止也。

宋·吕祖谦《吕氏家塾读诗记·卷二十二》：毛氏曰："盡瘁事國，盡力勞瘁，以從國事。"

宋·林岊《毛诗讲义·卷六》：盡力勞瘁，以從國事。

宋·严粲《诗缉·卷二十二》：盡瘁，解見《四月》。今曰：事國，從事於國也。

元·胡一桂《诗集传附录纂疏·卷十三》：瘁，病。

明·梁寅《诗演义·卷十三》：盡瘁、不已，苦之甚也。

明·胡广《诗传大全·卷十三》：瘁，病。

明·季本《诗说解颐·卷二十》：事國，從事於國也。

明·黄佐《诗经通解·卷十四》：盡瘁，作盡頦。《左傳》作憔悴。

明·丰坊《鲁诗世学·卷二十一》：或"憔（毛本作盡）悴（毛本作瘁）事國。"

正说》：憔悴，形勞而病困也。

明·李资乾《诗经传注·卷二十六》：盡者，至也，極也。瘁者，卒也，終也。事國者，有事於國也，正與居息相反。

明·姚舜牧《重订诗经疑问·卷六》：燕燕居息，對盡瘁事國，言佚勞之不均也。

明·徐奋鹏《诗经尊朱删补》（《诗经铎振·卷五》）：盡瘁事國，則為國受病矣。

明·顾梦麟《诗经说约·卷十六》：瘁，病也。

明·张次仲《待轩诗记·卷五》：盡瘁，盡力而勞病也。

明·黄道周《诗经琅玕·卷六》：燕燕者安居無事，而盡瘁者啓處不遑。此二句以安危分。

明·冯元飏、冯元飙《手授诗经·卷五》：瘁，是病。

明·何楷《诗经世本古义·卷十八下》：瘁，病也。盡瘁，猶言盡勞，與燕燕對看。事國，嚴云"從事於國也"，與居息對看。《左·昭八①年》："晉侯謂伯瑕曰：'吾所問日食，從矣，可常乎？對曰：不可。六物不同，民心不壹。事序不類，官職不則。同始異終，胡可常也？詩曰：'或燕燕居息，或盡瘁事國'，其異終也如是。"

明·杨廷麟《诗经听月·卷八》：瘁是病，與燕息反。

明·胡绍曾《诗经胡传·卷七》：瘁，本作頯。

清·钱澄之《田间诗学·卷八》：事國，則日從事於國也，與居息對看。

清·张沐《诗经疏略》八卷：瘁，病也。事國，從國事也。

清·陈启源《毛诗稽古编·卷七十三》：《北山》詩連用十二"或"字，各兩或意自相反。首二"或""燕"與"瘁"反也；次二"或""息"與"行"反也；又次二"或""逸"與"勞"反也；又次二"或"舒遲與促遽反也；又次二"或""湛樂"與"畏咎"反也；終二"或"閒暇與冗煩反也。

清·冉觐祖《诗经详说·卷五十三》：瘁，病。《毛傳》："盡力勞病，以從國事。"

清·王鸿绪等《钦定诗经传说汇纂·卷十四》：《集傳》："瘁，病。"嚴氏粲曰："盡瘁，見《四月》。事國，從事於國也。"

清·姜文灿《诗经正解·卷十七》：瘁，病。

清·刘始兴《诗益·卷五》：瘁，病。

清·傅恒等《御纂诗义折中·卷十四》：瘁，病也。

清·段玉裁《毛诗故训传定本》：盡瘁事國，盡力勞病以從國事也。

清·李富孙《诗经异文释·十》：以盡瘁事國。《左氏·昭七年傳》引作"憔悴"。《周禮·小司寇》注謂"憔悴以事國"。《疏》引《詩》同案，憔盡聲相近。《左傳》疏云："此作憔悴。"蓋師■不同。悴，瘁音義同，臧氏曰："據《漢志》所載，左氏作'盡瘁'。"知《左傳》古文本與毛同，杜本作憔，聲近之誤。

清·徐华岳《诗故考异·卷二十》：《漢書》盡瘁作"盡鹣"。《左傳》作"憔悴"。《傳》："盡力勞病，以從國事。"

清·徐璈《诗经广诂》：或燕燕居息，或盡瘁事國。

《左傳·晉伯瑕》曰："事序不類，官職不則。同始異終，胡可常也。"

---

① 查《左传》原文，此"八"字，应该是"七"字

《詩》曰：'或燕燕居息，或憔悴事國。'其異終也，如是。"（《昭公七年》。《經義述聞》曰："鄭注《小司寇》亦作'或憔悴以事國'，蓋三家詩有作'憔悴'者，憔亦盡也。"）

《漢書》：或宴宴居息，或盡瘁事國。《考文》：或燕燕以居息，或盡領以事國。（陳樹華曰："《石經》亦有兩'以'字。"）

清·冯登府《三家诗遗说》：或盡瘁事國，《左昭公七年傳》作"憔悴"，《五行志》作"盡領"，鄭氏《小司寇》注亦作"憔悴事國"，本之《韓詩》，"憔"亦"盡"義。

清·陈奂《诗毛氏传疏·卷二十》：或盡瘁事國，《昭七年·左傳》引《詩》"盡瘁"作"憔悴"。《漢書·五行志》所載《左傳》作"盡領"。鄭注《周禮·小司寇》云："謂憔悴以事國，其所據《詩》作憔悴，字異義同。"《傳》云"盡力勞病"以釋"盡瘁"二字，語雖分釋而義實平列也。云"以從國事"釋經"事國"二字，倒句以釋之。

清·陈乔枞《诗经四家异文考·卷三》：或宴宴居息，或盡領事國。《漢書·五行志》："劉歆說：《詩》曰：或宴宴居息，或盡領事國。"

案：《白帖·七十八》引《詩》同，惟"領"字作"瘁"。

或憔悴以事國。《周禮·小司寇》注謂"憔悴以事國"。疏曰："《詩》云：或憔悴以事國。"

案：《左傳·昭七年》引《詩》曰："或憔悴事國。"王氏引之曰："《三家詩》必有作憔悴者，憔亦盡也。"

或燕燕以居息，或盡瘁以事國。《詩經考文》古本作"或燕燕以居息，或盡瘁以事國"。

案：陳樹華云："《唐石經》有'兩以字，乃後人妄加'，然據《周禮》疏云云，則《詩》一本有'以'字也。"

清·邓翔《诗经绎参·卷之三》：事國，從事於國也。

清·龙起涛《毛诗补正·卷十七》：《毛》："盡瘁事國，盡力勞病以從國事。"

清·梁中孚《诗经精义集钞·卷三》：瘁，病也。事國，盡力勞以從國事。

清·王先谦《诗三家义集疏·卷十八》：注：《魯》"燕燕"作"宴宴"，"瘁"作"領"。

疏：《傳》："燕燕，安息貌。"

《魯》："燕燕"作"宴宴"，"瘁"作"領"者，《漢書·五行志》劉歆說《詩》曰"或宴宴居息，或盡領事國。"陳橋樅云："歆述士文伯引《詩》語與今《左傳》異，知其從《魯詩》之文也。"

清·陈百先《诗经备旨·卷五》：瘁，病。事國，從事於國。

民國·王闓运《毛诗补笺·卷十三》：或盡瘁事國，盡瘁，《左傳》引作"憔悴"。盡力勞病，以從國事。《補》曰：盡瘁者勞於簿書。

民國·马其昶《诗毛氏学·卷二十》：盡力勞病，以從國事。陳曰："《昭七年傳》引《詩》作"憔悴"，字異義同。《傳》云"盡力勞瘁"，語雖分釋，義實平列。

民國·张慎仪《诗经异文补释·卷十》：或盡瘁事國，《釋文》："瘁"，本又作"萃"。山井鼎《考文》古本作"或盡瘁以事國"。《左·昭七年傳》引詩"或憔悴事國"，《漢書·五行志》引劉歆《說詩》："或盡領事國"，《周禮·小司寇》注、疏各引《詩》"或憔悴以事國"。桉：王引之云：《三家詩》必有作"憔悴"者，憔亦盡也。又按：瘁、悴、領古通用。

民國·丁惟汾《诗毛氏传解诂》：或盡瘁事國，《傳》云："盡力勞病，以從國事。"按：勞病，訓瘁字。瘁為憔悴，勞苦之病也。

民國·李九华《毛诗评注·卷二十》：註：盡力勞病以從國事。（《毛傳》陳註）

民國·林义光《诗经通解·卷二十》：盡瘁，《昭七年左傳》引作"憔悴"，《漢書》引作"盡領"。

異文：盡瘁，《昭七年左傳》引作"憔悴"，《漢書》引作"盡領"。

民國·焦琳《诗蠲·卷七》：事國，事之也。

民國·吴闿生《诗义会通·卷二》：盡瘁，《左傳》引作"憔悴"。《漢書》作"盡領"。

日本

日本·中村之钦《笔记诗集传·卷十》：《古義》云："盡瘁，猶言盡勞，與燕燕對看。事國，嚴云'從事於國也'，與居息對看。"

日本·赤松弘《诗经述·九述》：瘁，病。

日本·皆川愿《诗经绎解·卷十一》：盡瘁，猶言盡勞事國，謂從事於國也。

日本·伊藤善韶《诗解》：瘁，病。

日本·冢田虎《冢注毛诗·卷十三》：盡瘁事國，身體盡瘁勞以從國事也。

日本·仁井田好古《毛诗补传·卷二十》：盡力勞病，以從國事。

翼：盡，《左傳》作"憔"。瘁，《左傳》作"悴"，《漢書》作"頞"。一本居息上、事國上，共有"以"字。

日本·龟井昱《毛诗考》：尽，當作焦字，形似，且涉《四月》而誤。《左傳》引是作"憔悴"，可從。憔悴，苦也。

日本·安井衡《毛诗辑疏·卷十上》：盡力勞病，以從國事。

日本·安藤龙《诗经辨话器解》：今役使不均。或盡（力）瘁（勞）事國。《傳》："盡力勞病，以從國事。"

日本·山本章夫《诗经新注》：盡瘁與《四月》章義同。

朝鲜

朝鲜·朴世堂《诗经思辨录》：毛云："盡力勞病，以從國事。"

朝鲜·申绰《诗次故》：《五行志》"《詩》曰'盡頞事國'。"注：如淳曰："頞，古悴字。"師古曰："盡悴，言盡力而悴病也。"《秋官·小司寇》："七曰議勤之辟。"注：鄭玄云："謂憔悴以事國。"《昭七年·左傳》："伯瑕曰：'事序不類，官職不則，同始異終，胡可常也？《詩》曰："或燕燕居息，或憔悴事國。"其異終也，如是。'"杜預曰："《詩·小雅》言不同。"

朝鲜·申绰《诗经异文》：或盡瘁事國。《昭七年·左傳》引"盡瘁"作"憔悴"，彼疏孔穎達曰"《詩》云'盡瘁'此作'憔悴'"，蓋師讀不同。《周禮·小司寇》注：鄭玄曰："議勤之辟，謂憔悴以事國。"彼疏賈公彥引作"或憔悴以事國"，多一"以"字。《五行志》引此"瘁"作"頞"，注如淳曰："頞，古悴字也。"

朝鲜·朴文镐《诗集传详说·卷十一》：瘁，病已止也。

李润民按："或尽瘁事国"一句，句义本身不算复杂，只是不同的异文有几种，比如：尽瘁，又作"憔悴"；又作"尽䭿"；又作"尽頞"。看起来似乎有点缭乱，不过，虽然异文有几种，但整句的含义基本一样，所以一般的读者，可以不理会那些异文。当然专业学者还是应该对几种异文注意一下。

对这一句的字义作注释的不多，对"尽"字作注释的只有明·李资乾，他说："尽者，至也，极也。"（见《诗经传注·卷二十六》）

对"瘁"字所作注释稍多些，主要有以下三种：

1. 瘁，病已止也。（见宋·朱熹《诗经集传·卷十三》）
2. 瘁者，卒也，终也。（见明·李资乾《诗经传注·卷二十六》）

191

3. 瘁，病。（见明·胡广《诗传大全·卷十三》）

而"尽瘁"合起来就是："尽力而劳病也。"（见明·张次仲《待轩诗记·卷五》）

对"事国"的解释也只有一种："从事于国也。"（见宋·严粲《诗缉·卷二十二》）

那么，"或尽瘁事国"整句的含义就是：有的人"尽力劳病，以从国事"（《毛诗故训传》〔《毛诗正义·卷十三》〕）。对此没有异议。这与上一句"或燕燕居息"形成对照，以表示诗人对"大夫不均"的批评。

或息偃在床

中国

宋·李樗《毛诗详解》（《毛诗李黄集解·卷二十六)》：有偃息而在牀者。

明·李先芳《读诗私记·卷四》："或燕燕"以下非謂貴人，蓋欲相勉以勤王事，猶所謂無然泄泄之意。

明·李资乾《诗经传注·卷二十六》：又曰"或息偃在牀，或不已於行"，居息猶云坐而假寐，息偃在牀，則偃臥就寝矣，又燕安之甚也。事國，猶云在國之事，不已於行，則登彼戰場矣，又勞之甚也。

明·姚舜牧《重订诗经疑问·卷六》：息偃在牀，對不已於行，言行止之不均也。

明·陆化熙《诗通·卷二》：息偃之"偃"作"臥"字看。

明·徐奋鹏《诗经尊朱删补》（《诗经铎振·卷五》）：息偃在牀，坐臥無煩也。

明·黄道周《诗经琅玕·卷六》：偃，是仰臥。

明·冯元飚、冯元飆《手授诗经·卷五》：偃，是仰臥。

明·何楷《诗经世本古义·卷十八下》：偃，《説文》云："僵也。"《吳越春秋》云："迎風則偃，背風則仆。"仆是前覆，偃是卻倒。

牀，《説文》云："安身之坐者。"劉熙云："牀，裝也，所以自裝。"載徐鉉云："《左傳》薳子馮詐病，掘地下冰而牀焉。"至於恭坐則席也，故從爿。爿象人斜身有所倚著。愚按：休息而偃臥於牀，如今仕者之引疾在告也。

明·杨廷麟《诗经听月·卷八》：偃是仰臥。息偃則無道路之涉。

清·钱澄之《田间诗学·卷八》：床，安身之坐。《左傳》："蓮子馮詐病，掘地下冰而床焉。"至於恭坐則席也，休息而偃臥於床，如今仕者之引疾在告也

清·陈启源《毛诗稽古编·卷七十三》：《北山》詩連用十二"或"字，各兩或意自相反。首二"或""燕"與"瘁"反也；次二"或""息"與"行"反也；又次二"或""逸"與"勞"反也；又次二"或"舒遲與促遽反也；又次二"或""湛樂"與"畏咎"反也；終二"或"閒暇與冗煩反也。

清·冉觐祖《诗经详说·卷五十三》：《副墨》："息偃，偃字作臥字看。偃仰，偃字作俯字看。"

清·邓翔《诗经绎参·卷之三》：或休息偃臥於床，或日馳驅於道路。

民国·焦琳《诗蠲·卷七》：棲息在牀，已極，又下"棲遲"字，則是出氣翻身，亦將以為勞力事，而惟恐其不從容也，形容小人驕矜入畫。

附现代人

附1

高亨《诗经今注》：偃，臥也。

陈子展《诗经直解·卷二十》：或息偃在牀，有的人沒事躺在床上。或不已於行。（陽部。）有的人不斷出差打仗。

附2

《晋骆先生辑着诗经小雅·卷七》：夫均之為人子也，夫何或燕燕居息，曾何國事之勞？或盡瘁事國而燕息之不遑焉，或息偃在牀曾何道路之涉，或不已於行而安寢之不暇焉，以彼之燕居息偃視此之盡瘁不已，何勞逸之相懸耶？

日本

日本·中村之钦《笔记诗集传·卷十》：《古義》云："牀，《說文》云：'安身之坐者'休息而偃臥於牀。如今仕者之引疾在告也。"

日本·皆川愿《诗经绎解·卷十一》：偃，《說文》云："僵也。"牀，安身之坐者，此謂暫退家居者。

日本·伊藤善韶《诗解》：已，止也。

日本·龟井昱《毛诗考》：止也，常在室堂。

日本·安藤龙《诗经辨话器解》：是皆王之所不知也。

日本·山本章夫《诗经新注》：息偃，休息偃卧也。

朝鲜

朝鲜·李瀷《诗经疾书》：《綱目》："漢順帝陽嘉二年郎顗上章'栖遲偃仰，寢疾自逸。'"以此推之"息偃在床"，疑是後世朝臣稱疾之意。

李润民按："或息偃在床"一句，句义明了，作注释的人比较少。有人对"偃"和"床"字作了简单的解释。对"偃"的解释有：

1. 息偃之"偃"作"卧"字看。（见明·陆化熙《诗通·卷二》）
2. 偃，是仰卧。（见明·黄道周《诗经琅玕·卷六》）
3. 偃，《说文》云："僵也。"《吴越春秋》云："迎风则偃，背风则仆。"仆是前覆，偃是却倒。（见明·何楷《诗经世本古义·卷十八下》）
4. 息，安。偃，伏也。（见清·张沐《诗经疏略》八卷）

对"牀"的解释只有："床，安身之坐。"（见清·钱澄之《田间诗学·卷八》）

"或息偃在床"的整句含义就是："坐卧无烦也"（明·徐奋鹏《诗经尊朱删补》）；"逸乐已极。……形容小人骄矜入畵"（民国·焦琳《诗蠲·卷七》）。用现代人陈子展的解释就是"有的人没事躺在床上"（《诗经直解·卷二十》）。这样就和下一句"或不已于行"形成对照，与"或燕燕居息，或尽瘁事国"句的含义一样，为了表达诗人对"大夫不均"的批评。

另外，对这一句的阐释还有一些不同的说法：

日本·皆川愿说："此谓暂退家居者。"（见《诗经绎解·卷十一》）

日本·安藤龙说："是皆王之所不知也。"（见《诗经辨话器解》）大概意思是说周王昏聩，不知臣下，以至不知贤臣闲居在家。

朝鲜·李瀷说："疑是后世朝臣称疾之意。"（见《诗经疾书》）

如果联系全诗看，这样的说法不够圆通，理解起来不免有些窒碍，还是主流说法为妥。

或不已於行

中国

汉·郑玄《毛诗笺》(《毛诗正义·卷十三》)：不已，猶不止也。

宋·李樗《毛诗详解》(《毛诗李黄集解·卷二十六》)：有不止於行驅馳於道路者。

宋·吕祖谦《吕氏家塾读诗记·卷二十二》：鄭氏曰："不已，猶不止也。"

李氏曰："有不止於行，而馳驅於道路者。"

宋·段昌武《毛诗集解》：鄭曰："不已，猶不止也。"李曰"：有不止於行而馳驅於道路者。"

元·胡一桂《诗集传附录纂疏·卷十三》：已，止也。

明·梁寅《诗演义·卷十三》：盡瘁、不已，苦之甚也。

明·胡广《诗传大全·卷十三》：已，止也。

明·季本《诗说解颐·卷二十》：不已於行，謂驅馳道路也。

明·李资乾《诗经传注·卷二十六》：又曰"或息偃在牀，或不已於行"，居息猶云坐而假寐，息偃在牀，則偃臥就寢矣，又燕安之甚也。事國，猶云在國之事，不已於行，則登彼戰場矣，又勞之甚也。

明·姚舜牧《重订诗经疑问·卷六》：息偃在牀，對不已於行，言行止之不均也。

明·徐奋鹏《诗经尊朱删补》(《诗经铎振·卷五》)：不已於行，則奔走靡寧矣。

明·顾梦麟《诗经说约·卷十六》：已，止也。

《集傳》："行，叶戶郎反。《古義》："息，國，職韻。牀，行陽韻。"

明·黄道周《诗经琅玕·卷六》：已是止。息偃者，無道路之涉，而不已者，無旦夕之暇。此二句與行止分。

明·冯元飏、冯元飙《手授诗经·卷五》：已是止。

明·何楷《诗经世本古义·卷十八下》：已，止也。不止於行，謂日馳驅於道路，若病則不能矣。

明·杨廷麟《诗经听月·卷八》：己是止，與安寢反。

清·钱澄之《田间诗学·卷八》：不已於行，謂奔走道路無止日也，與在床對。

清·张沐《诗经疏略·八卷》：行，行役也。

清·陈启源《毛诗稽古编·卷七十三》：《北山》詩連用十二"或"字，各兩或意自相反。首二"或""燕"與"瘁"反也；次二"或""息"與"行"反也；又次二"或""逸"與"勞"反也；又次二"或"舒遲與促遽反也；又次二"或""湛樂"與"畏咎"反也；終二"或"閒暇與冗煩反也。

清·冉觐祖《诗经详说·卷五十三》：《鄭箋》："不已，猶不止也。"

清·姜文灿《诗经正解·卷十七》：已，止也。

清·张叙《诗贯·卷八》：行，音杭。

清·刘始兴《诗益·卷五》：已，止也。

清·胡文英《诗经逢原》：不已於行，勞之至也。

清·徐华岳《诗故考异·卷二十》：《箋》："不已，猶不止也。"

清·陈奂《诗毛氏传疏·卷二十》：已，止也。行，道也。

清·邓翔《诗经绎参·卷之三》：或休息偃臥於床，或日馳驅於道路。

清·王先谦《诗三家义集疏·卷十八》：《箋》云："不已，猶不止也。"

清·陈百先《诗经备旨·卷五》：已，止。

民国·王闿运《毛诗补笺·卷十三》：《箋》云："不已，猶不止也。"

民国·马其昶《诗毛氏学·卷二十》：已，止。行，道也。

民国·李九华《毛诗评注·卷二十》：註：已，止也。行，道也。（《毛傳》陳註）

附现代人

陈子展·《诗经直解·卷二十》：或不已於行（陽部）。有的人不斷出差打仗。

日本

日本·赤松弘《诗经述·九述》：已，止也。

日本·皆川愿《诗经绎解·卷十一》：已，止也。行，謂日馳驅於道路也。

日本·冢田虎《冢注毛诗·卷十三》：已，止也。行，道不止也。

日本·仁井田好古《毛诗补传·卷二十》：鄭玄曰："不已，猶不止也。"

日本·龟井昱《毛诗考》：■也，常在道路，役使夙夜無已。

日本·安井衡《毛诗辑疏·卷十上》：《笺》："不已，犹不止也。"

日本·安藤龙《诗经辨话器解》：是皆王之所不知也。《笺》云："不已，犹不止也。"

日本·山本章夫《诗经新注》：行，行役也。

朝鲜

朝鲜·朴世堂《诗经思辨录》：郑云："不已，犹不止也。"

李润民按："或不已于行"一句，句义简单明了，为此句作解的人很少。

这个句子的关键词是"已"，显然"已是止"的意思，而"不已"，就是汉·郑玄说的："犹不止也。"

整句的意思就是有的人"驱驰道路"（明·季本《诗说解颐·卷二十》）；或者是"则登彼战场矣，又劳之甚也"（明·李资乾《诗经传注·卷二十六》）；或者是"常在道路，役使夙夜无已"（日本·龟井昱《毛诗考》）。而现代人：陈子展说的是"有的人不断出差打仗"（《诗经直解·卷二十》）。总之是为"王事靡盬""经营四方"，不停地奔走，无暇休息，与上一句"或息偃在牀"形成鲜明对照，表达了诗人对"大夫不均"的批评。

四章总说

中国

宋·李樗《毛诗详解》（《毛诗李黄集解》）卷二十五》：自此以下皆是言役使不均：有燕燕然而居息者，有尽力以事國者，有偃息而在牀者，有不止於行驅馳於道路者，有或不知上有徵發呼召者，有或惨惨然而劬勞者，有棲遲於家而偃仰者，有或以王事之勞鞅掌而失容者，或有惟湛逸樂而飲酒者，或惨惨而畏獲罪者，或有出入放恣議量時政者，有無事不為者……其不均如此之甚矣。夫坐而論道謂之三公，作而行事謂之士大夫。三公之與大夫則有勞逸之殊其勢然也，孰敢懷怨上之心哉？今也，同是大夫而不均如此，所以《北山》致大夫之怨也。

宋·范处义《诗补传·卷二十》：此三章皆歷陳不均之事。彼則燕安居處，此則疲於國事；彼則息偃牀第，此則行役不止；彼則深居簡出，叫號有所不知，此則惨惨憂戚，劬勞無所辭避；彼則棲遲於家，偃仰自如，此則王事所拘，鞅掌無措；彼則湛樂燕飲，此則惨戚畏罪；彼則出入風議，專事口吻，此則無所不為，越其官守。同為王臣而勞逸不均如此，以見明不能察。此其所以為《北山》歟？說者謂"鞅也，掌也"，皆所以拘物。謂"為王事所拘也"義亦通。

宋·朱熹《诗经集传·卷十三》：言役使之不均也。

宋·吕祖谦《吕氏家塾读诗记·卷二十二》：李氏曰："自此以下皆言役使不均。

"劉氏曰：'彼或不知叫號，我則惨惨劬勞；彼或棲遲偃仰，我則王事鞅掌；彼或湛樂飲酒，我則惨惨畏咎；彼或出入風議，我則靡事不為。以彼為賢耶，則國事待我而集。以我為賢邪，則厚祿居彼為多。'"

宋·段昌武《毛诗集解》：李曰："自此以下皆言役使不均。"劉曰："彼或不知叫號我則惨惨劬勞，彼或棲遲偃仰我則王事鞅掌彼或湛樂飲酒我則惨惨畏咎，彼或出入風議我則靡事不為……以彼為賢也則國事待我而集，以我為賢耶則厚祿居彼為多。"《左氏傳·晉伯瑕》曰："《詩》曰：'或燕燕居息，或憔悴事國。'"

宋·辅广《诗童子问·卷五》：此章而下，則方言其不均之實，然亦不過以其勞逸者對言之，使上之人自察耳。但言之重辭之複，則其望於上者亦切矣，詩可以怨謂此類也。

宋·林岊《毛诗讲义·卷六》："或燕燕居息"以下言不均也。燕燕，安息。盡力勞瘁，以從國事。

宋·严粲《诗缉·卷二十二》：自此以下皆言役使不均也。

元·胡一桂《诗集传附录纂疏·卷十三》：言役使之不均也。下章放此。

元·刘瑾《诗传通释·卷十三》：言役使之不均也，下章放此。輔氏曰："此章而下，則方言其不均之實，然亦不過以其勞逸者對言之，使上之人自察耳，但言之重辭之複則其望於上者亦切矣。'詩可以怨'謂此類也。"愚按：以下三章，凡十二句為偶，皆以他人之逸樂，對已之憂勞，所以形容不均之意。

元·朱公迁《诗经疏义》（**《诗经疏义会通·卷十三》**）：極言勞逸不均而深怨之也。

元·王逢《诗经疏义辑录》（**《诗经疏义会通·卷十三》**）：輔氏曰："此章而下，則方言其不均之實，然亦不過以其勞逸者對言之，使上之人自察耳。但言之重辭之複則其望於上者亦切矣，詩可以怨謂此類也。"

元·刘玉汝《诗缵绪·卷十一》：此下三章承上申言不均，既極盡不均之情態，以冀上之察，又皆以"或"言，見非獨為已而發，皆忠厚之意也。又一逸一勞，隱然相對而不必整然相反，古人言語渾厚如此，亦可以為法矣。十二"或"字，韓文公《南山》五言四十"或"字，本於此，文果無法乎？

明·梁寅《诗演义·卷十三》：此下三章極言不均之失。

明·胡广《诗传大全·卷十三》：言役使之不均也。下章放此。

慶源輔氏曰："此章而下則方言其不均之實，然亦不過以其勞逸者對言之，使上之人自察耳。但言之重辭之複，則其望於上者亦切矣。詩可以怨，謂此類也。"

安成劉氏曰："以下三章，凡十二句為偶，皆以他人之逸樂，對已之憂勞，所以形容不均之意。"

明·季本《诗说解颐·卷二十》：言役使不均之意，其間蓋有可使之人，而大夫不以為意也。

明·黄佐《诗经通解·卷十四》：此下三章，皆以一勞一逸對言，所以形容不均之意也。此勞彼逸，要各句相入講方有味。或燕燕居息，而無國事之勞形，或盡瘁事國，而無一時之逸豫；或息偃在牀，而無來往之跋涉，或馳驅道路，而無一時之寧處。此何勞而彼何逸哉？

明·邹泉《新刻七进士诗经折衷讲意·卷二》： "或燕燕居息"三章，此三①章只以人己之勞逸不同相形為言，而大夫之獨賢自見諸"或"字。以彼此對言，猶曰同一臣也，或如此或如彼耳，非有許多樣也。各勞逸處，須見相反意始得。如云"或燕燕居息"而無國事之勞；或則"盡瘁事國"而不遑燕息矣；"或息偃在牀"而無道路之涉；或則"不已於行"而不遑安寢矣。以彼之燕居息偃，視此之盡瘁不已，何勞逸之不均耶？或有深居安逸而不知叫號，或則任事於外，而慘慘劬勞無深居之安者矣；動靜自得而棲遲偃仰，或王事煩勞而鞅掌失容無自得之休者矣。以彼之深居偃仰，視此之劬勞鞅掌，何勞逸之不均耶？或湛樂飲酒，而伸笑語於樽俎之間，罪罟非所憂也；或則慘慘畏咎，而憂慮乎罪罟之，及則飲酒而不可得矣；或則出入風議，而從容於親信之餘事，為無所迫也；或則靡事不為，而勞勤於踈逖之地，則從容而不可得矣。以彼之湛樂風議，視此之畏咎任事，又何勞逸之不均耶？

明·丰坊《鲁诗世学·卷二十一》： 正說：安成劉氏曰："以下三章凡十二句為偶，皆以他人之逸樂對己之憂勞，所以形容不均之意。"

考補：慶源輔氏曰："此下方言其不均之實，然亦不過以其勞逸者對言之，使上之人自察耳，但言之重詞之複，則其望于上者亦切矣。詩可以怨，謂此類也。"

考補：言在朝之臣，彼或燕安之甚而休居之常，我則形容憔悴而盡力國事；彼或息偃在牀而無所事事，我則不已於行而休息無日；彼或深居宮中而不聞人聲，我則慘慘劬勞而備嘗險阻；彼或起居無時而卤遲偃卬，我則王事鞅掌而儀容不整；彼或湛樂飲酒身體自適，我則憂讒畏譏而自救不暇；彼或親信從容而出入風議，我則踈逖驅使而靡事不為。以彼為賢耶，則國事待我而集；以我為賢耶，則厚祿居彼為多。皆以申言大夫不均之寔也。雖詞繁而不殺，亦怨而不怒，每形忠厚之言，益其所以為溫柔敦厚之教也歟？

明·李资乾《诗经传注·卷二十六》： 承上"嘉我未老，鮮我方將"。勞者是，逸者若非矣。極其旅以求其志，行義以達其道。窮則獨善其身，達則兼濟天下，志各有在焉。故曰"或燕燕居息，或盡瘁事國"。

明·许天赠《诗经正义·卷十五》： "或燕燕居息"合下二章，詩人屢言

---

① 原文材料像"二"字，据文意改为"三"。

200

役使之不均，所以寓傷悼之意也。

此三章總是役使不均之意而疊言之。若約其意，則曰"或宴宴居息，或盡瘁事國"二句亦已盡矣。每二句俱以勞逸相對，"或"字蓋以彼此對言，蓋曰同一臣也，或如此或如彼耳，非有許多般樣也，但言之重詞之復，則其傷悼者益深，而仰望於王者益切矣。每二句亦須講得各異些，"出入風議"，言出入於朝廷之上而風議人之是非也。

夫以我從事之獨賢如此，則不均之嘆其能免乎？是故同一臣也，"或燕燕居息"，固安處之自如矣；而或者乃盡瘁事國，疲病於奉公之餘，其視居息者為何如？"或息偃在床"，固寢處之自適矣；而或者乃"不已於行"，奔走於道路之上，其視息偃者為何如？或"深居安逸"，而叫號之不聞；或慘慘劬勞，而憂傷之日甚，劬勞之與安逸大有間矣。或栖遲偃仰，而容止之安舒；或王事煩勞，而儀容之不整，鞅掌之與栖遲區以別矣。或湛樂飲酒，可謂樂矣；而或者乃慘慘畏咎，惟恐罪罟之或及也，慘慘之憂豈若飲酒之樂哉？或"出入風議"，可謂親信而從容矣；而或者乃"靡事不為"，無一事不集於其身也，幾務之勞豈若風議之逸哉？吁，是誠不均之甚者矣！是則作此詩者不均之嘆，雖形於嗟怨之間，而忠厚之意，每存於微詞之表，其諸當時之賢者歟？！

明·顧起元《詩經金丹·卷五》：末三章旨。此正所謂不均也。各章每二句要相反說，方見不均意。

第四章，一寧家一勤王也，一止居一征逐也。

又：一口言之而不為，一身為之而靡盡也。言逸者亦①皆屬人，言勞者亦皆屬我。看十二"或"字，皆以彼之逸形此之勞，其不均自見矣。

明·江環《詩經闡蒙衍義集注》（《詩經鐸振·卷五》）：夫我之獨賢，固不敢自愛其身矣，而其不均者，是亦安能已於言哉？彼居王土者，皆王臣也，夫何燕燕居息而無國事之勞？或盡瘁事國，而燕息之不遑焉；或有息偃在牀，而無道路之涉；或有不已於行，而安寢之不暇焉。以彼之燕居息偃，視此之盡瘁不已，何勞逸之相懸耶？

不特此也，或有深居安逸，而不知叫號；或有任事於外，而慘慘劬勞，無深居之安者矣。或動靜自得，而棲遲偃仰；或有王事煩勞，而鞅掌失容，無自得之休矣。以彼之深居偃仰，視此之劬勞鞅掌，何苦樂之相懸耶？

又不特此也。或有"湛樂飲酒"，而笑語於樽俎之間，罪罟非所憂也；或有"慘慘畏咎"，而慮乎罪罟之及歟，飲酒而不可得矣；或出入風議，而從容

---

① 此"亦"字，原件模糊不清，像是亦字。下句中的"亦"字，亦然。

於親信之餘，事為無所迫也；或則"靡事不為"而勞勤於疎逖之地歟，從容而不可得矣。以湛樂風議，而視夫畏咎盡瘁，是彼何樂而此何憂，彼何逸而此何勞耶？然則大夫之不均，不可得辭其責矣。

以下①各章每二句，要相反說，方見不均情狀。本講已明"盡瘁"等句，即"經營四方，朝夕從事"者，便是要見逸者豈不當任勞，勞者豈不當處逸，豈此為王臣而彼獨非乎？豈此為賢而彼獨不賢乎？勞者獨勞，逸者獨逸，此所以嘆也。

又：此三章皆是詳不均之實，然亦不過以人己之勞逸不同相形為言，而大夫之獨賢見諸"或"字，以彼此対言，猶是同一臣也，或如此或如彼耳。

明·郝敬《毛詩原解·卷二十二》：均為王臣，有燕燕然安居休息者，有盡瘁以從事邦國者；有休息偃臥在牀者，有奔走不已於行者。

明·徐光啟《毛詩六帖講意·卷二》：四、五、六章三章只以人己之勞逸不同相形為言，而大夫之不均自見。但言之重辭之複，則其仰望者亦切矣，詩可以怨，此類是也。

明·姚舜牧《重訂詩經疑問·卷六》：燕燕居息，對盡瘁事國，言佚勞之不均也。息偃在牀，對不已於行，言行止之不均也。不知叫號是付之罔聞者，慘慘劬勞是靡所控訴者。栖遲偃仰是惟意所適者，王事鞅掌是莫可解脫者。耽樂飲酒，何等逸豫，慘慘畏咎，猶恐其或及之。出入風議，何等從容。靡所不為，維日其猶不給。此各相為對言而總之，則所謂役使之不均也。

明·沈守正《詩經說通·卷八》：四、五、六章雖言勞逸之不同，亦只兩兩言之，使人之自察，有告勞之意無怨懟之詞，《北山》之所以為厚也。

明·陸燧《詩筌·卷二》：末二章應"不均"二字。"燕燕"二句以安危分，"息偃"二句以休止分，"不知叫號"二句以動靜分，"棲遲"二句以勤惰分，"湛樂"二句以憂樂分，"出入"二句以親疎分。每二句相形，須重下句，此詩怨而不怒，須要理會。

明·陸化熙《詩通·卷二》：此三章俱以一勞一逸，極相反者相形看，數"或"字未嘗粘著自己而已隱然在中，大夫之不均亦不言自見。

明·徐奮鵬《詩經尊朱刪補》（《詩經鐸振·卷五》）三章皆言勞逸之不均，正從上不均之意而言也。

明·顧夢麟《詩經說約·卷十六》：言役使之不均也。下章放此。《大全》慶源輔氏曰："此章而下，則方言其不均之實，然亦不過以其勞逸者對言

---

① 原件此處模糊不清，此據文意酌定。

之，使上之人自察耳。但言之重辭之複，則其望於上者亦切矣。詩可以怨，謂此類也。"

麟按：後三章，俱各二句，繁對發議為妙。

明·张次仲《待轩诗记·卷五》：此下皆言不均之義。

明·黄道周《诗经琅玕·卷六》：夫不均何如？彼居王土者皆王臣也，或燕燕居息而無國事之勞者有之，或盡瘁事國而燕息之不遑者幾人？或息偃在牀而無道路之涉者有之，或不得已于行而安寢之不暇者幾人？

明·钱天锡《诗牖·卷九》：後三章兩兩言之，正使人之自察，告勞意，非怨懟之詞。

明·冯元颺、冯元飆《手授诗经·卷五》：夫我之獨賢，固不敢自愛其身矣，而其不均者，是亦安能已於言哉！彼居王土者皆王臣也，夫何燕燕居息而無國事之勞？或有盡瘁事國而燕息之不遑焉，或有息偃在牀而無道路之涉；或有不已於行而安寢之不暇焉。以彼之燕居息偃，視此之盡瘁不已，何勞逸之相懸耶？

又：王守溪曰："各章每二句要相反說，方見不均情狀。本講已明盡瘁等句，即經營四方，朝夕從事者，便是要見逸者豈不當任勞？勞者豈不當處逸？豈此為王臣而彼獨非乎？豈此為賢而彼獨不賢乎？勞者獨勞，逸者獨逸，此所以嘆也。"

明·何楷《诗经世本古义·卷十八之下》：劉公瑾云："以下凡十二句為偶，皆以他人之逸樂對已之憂勞，所以形容不均之意。"愚按：單句六"或"字分，六項人看。首言"燕燕居息"，蓋指正大夫也。自"息偃在牀"，而後其情狀各不同，則三事大夫之輩耳。雙句分，六項總是自道，以與上文對舉相形，故皆用"或"字。

又：然何嘗以身親之乎？而我則百責交萃，至於無所不為？《雨無正》之詩曰："哀哉不能言，匪舌是出。維躬是瘁，哿矣能言。巧言如流，俾躬處休。"正此詩之謂也。以上兩兩相形其不均有如此者。劉氏云："彼或如彼，我則如此。以彼為賢，則國事待我而集。以我為賢耶，則厚祿居彼為多。"

明·黄文焕《诗经嫏嬛·卷五》：四章：夫不均亦何如哉？彼居王土者皆王臣，或有燕燕居息而無國事之勞，或有盡瘁事國而燕息之不遑焉；或有息偃在床而無道路之陟，或有不已於行而安寢之不暇。以彼之燕息、息偃，視此之盡瘁不已，何勞逸之相懸耶？

又：此正所謂不均也。各章每二句要相反說，方見不均意。第四章，一寧家一勤王也，一止居一徵逐也。第五章，一處憂而罔聞，一戡勞而見傷也，一優遊而自適，一事煩而失容也。第六章，一在樂無憂，一畏事不樂也，一口言之而不為，一身為之而靡鹽也。言逸者六皆屬人，言勞者六皆屬我。看十二"或"字，皆以彼之逸，形此之勞，其不均自見矣。

明·唐汝谔《毛诗蒙引·卷十二》：四章至末。輔潛庵曰："此不過以其勞逸者對言，使上之人自察耳。但言之重詞之複，則其望於上者亦切矣。"

"人臣職在奉公，即勞瘁何敢辭？即燕逸誰敢羨？但以彼之逸，形此之勞，則此獨奚堪彼獨何幸？就兩人並觀，大夫之不均自見矣。"

薛希之曰："燕燕者安居無事，而盡瘁者啟處不遑；息偃者無行役之艱，而不已者無日夕之暇。或深居而勞勩不聞，或劬勞而疲於奔命。棲遲偃仰者優遊自得，而王事鞅掌者無暇修容；湛樂飲酒者方怡情樽俎，而慘慘畏咎則惟憂罪罟之及矣，出入風議者方親信從容，而靡事不為則惟勞於疎逖之地矣，其不均蓋如此！"

孔氏曰："《傳》以鞅掌為煩勞之狀。"

胡雙湖曰："鞅掌皆所以均物，謂王事所拘也。"

姚承庵曰："鞅以控馬而執在手者，一釋手則馬奔而不可禦矣。總覽國事亦然，故曰鞅掌。"

明·杨廷麟《诗经听月·卷八》：夫不均亦何如哉？彼居王土者皆王臣也，或有"燕燕居息"而無國事之勞，或有"盡瘁事國"而燕息之不遑；或有息燕在床而無道路之涉，或有不得已於行而安寢之不暇焉。以彼之燕居息偃，視此之盡瘁不已，何勞之相懸耶！

又：各章每二句要相反說，方見不均意。第四章一寧家一勤王也，一止居一征逐也。第五章一處優而罔聞，一職勞而自作也，一優遊而自適，一事煩而顛躓也。第六章一在樂無憂，一畏事不樂也，一口言之而不為，一身為之而靡盡也。

明·万时华《诗经偶笺·卷八》：後三章各就上下句比勘出不均來。"燕燕"二句以安危分，"息偃"二句以行止分，"叫號"二句以動靜分，"棲遲"二句以勤惰分，"湛樂"二句以憂樂分，"出入"二句以親疏分。鞅掌，鞅以控馬而執在手者，一釋手則馬奔而不可御矣，故總攬國事曰鞅掌。看數"或"字，不啻粘着自己而已隱然在其中。

明·陈组绶《诗经副墨》：（四、五、六節）："燕燕"二句以安危分，"息偃"二句以行止分，"叫號"二句以動靜分，"棲遲"二句以勤惰分，"湛樂"二句以有憂樂分，"出入"二句以親疏分。每二句相形，須重下句。"燕燕"重言之，見安之甚。"息偃"之"偃"作臥字看，"偃仰"之"偃"作俯字看。偃仰從容，閒暇之意。鞅以控馬而執在手，一脱手則馬奔而不可御矣。總攬國事亦然，故曰鞅掌。風議是立身事外，談論人之是非，此指點勞逸，俱極其相反。看數"或"字，未嘗粘著自己而已隱然在其中，大夫之不均，亦不言自見。

明·胡紹曾《诗经胡传·卷七》：末三章只彼此互形，怨而不怒。

清·朱鹤龄《诗经通义·卷八》：讀後三章，當時以役使不均不得養父母者，非獨賦《北山》之一人也。連用十二"或"字，章法甚奇。

清·钱澄之《田间诗学·卷八》：劉公瑾云："以下凡十二句為偶，皆以他人之逸樂對己之憂勞，所以形容不均之意。"詩用十二"或"字為六偶句，對舉相形。上六句所稱分六種人，下六句所云則自道也。首言"燕燕居息"，指大夫也。自"息偃在牀"以下情狀各別，則三事大夫之屬耳。

清·张沐《诗经疏略·卷八》：四、五、六章言役使不均之實。

清·冉觐祖《诗经详说·卷五十三》：言役使之不均也，下章放此。

慶源輔氏曰："此章而下則方言其不均之實，然亦不過以其勞逸者對言之，使上之人自察耳，但言之重辭之複，則其望於上者亦切矣。詩可以怨謂此類也。"

又：安成劉氏曰："以下三章凡十二句為偶，皆以他人之逸樂對己之憂勞，所以形容不均之意。"

《說約》："按：後三章俱各二句緊對，發議為妙。《古義》：息、國，職韻；牀、行，陽韻。"

《正解》：此章以下皆歷敘其不均之情也，各章每二句要相反說，方見不均情狀。"燕燕"二句一寧家一勤王也，以安危分。"息偃"二句一止居一徵逐也，以行止分。

按："居息"二字平，或云居於休息。非語氣事國，當云有事於國。

講："我之獨賢如此，如大夫之不均，何哉？同王臣也，乃或燕燕然安居而休息，盡瘁而力為國事而燕安之不得焉，或息偃在牀以自逸，或已於行以自苦而安寢之不暇也。"

清·李光地《诗所·卷四》：後三章則露其意彼從容議者，即此之所以慘慘畏咎而懼憂我父母者與。

清·王鸿绪等《钦定诗经传说汇纂·卷十四》：《集傳》："言役使之不均也。下章放此。"

劉氏瑾曰："以下三章凡十二句為偶，皆以他人之逸樂對己之憂勞，所以形容不均之意。"

集说：刘氏彝曰："以彼為賢耶，則國事待我而集；以我為賢耶，則厚祿居彼為多。"

輔氏廣曰："此章而下則方言其不均之實，然亦不過以其勞逸者對言之，使上之人自察耳。但言之重辭之複，則其望於上者亦切矣，詩可以怨謂此類也。"

清·王心敬《丰川诗说·卷十五》：均為王臣，有燕燕然安居休息者，有盡瘁以從事邦國者；有休息偃臥在牀者，有奔走不已於行者。

清·李塨《诗经传注·卷五》：末三章實指不均也。

清·姜文燦《诗经正解·卷十七》：言役使之不均也，下章放此。

合綜：我之獨賢固不敢自憂其身矣，而其不均若是，亦安能已于言哉？彼居王土者皆王臣也，夫何燕燕居息而無國事之勞？或則盡瘁事國，而燕息之不遑焉；或有息偃在床，而無道路之涉；或不已于行，而安寢之不暇焉。以彼之燕居息偃，視此之盡瘁不已，何勞逸之相懸耶？

析講：此章以下皆歷敘其不均之情也，各章每二句要相反說，方見不均情狀，"燕燕"二句，一寧家一勤王也，以安危分；"息偃"二句，一止居一徵逐也，以行止分。燕，安也，重言之見安之甚。偃，息而偃也，如偃臥之偃。

清·黄梦白、陈曾《诗经广大全·卷十三》：此章以下皆不均之實，各二句為偶，下句即反上句。燕燕，安息貌。言均為王臣，有燕然私居休息者，有盡瘁從事邦國者，有偃臥在牀者，有奔走不已者。

清·张叙《诗贯·卷八》：此平列其不均之狀也，相反相對一線穿，一層又進一層，妙在只是兩平開說，總不着下斷語。蓋有各行其志，各成其是之意，雖不均而無怨焉，此其所以為賢也。

【李润民按：张叙对《北山》六章，分成两段，前三章一个合为一段评说，后三章合为一段评说。】

清·汪绂《诗经诠义·卷七》：歷數其不均至是，始有怨之之意而不忍明言，然言外可想也。夫王臣貴賤有分，勞逸有時，安必盡舉朝，股肱俱勞，道左無一逸者，而後為均。使人臣有役使而遂，謂他人皆可使，何得獨逸，則是自私其身，非人臣矣。乃詩人云然者，則以當時多所偏私，小人寵幸得志安居，而賢者則盡瘁不恤也。但此意不欲明言，此人不欲明指耳。玩許多"或"字，則任勞者亦不止一人，但其云獨賢者，則詩人自指耳。總之，逸者多而勞者鮮，王臣之中獨勞數人而不止是不均矣。此三章不過以勞逸對言，所以甚言其不均，故辭意重複煩而不殺，不必太求分別，然意亦迭深，至於

"靡事不為""慘慘畏咎"則太苦矣。

清·牛运震《诗志·卷四》：此下三章所謂"大夫不均"也。

清·刘始兴《诗益·卷五》：此下三章皆極言其大夫不均之意也。

清·顾镇《虞东学诗·卷八》：後三章皆言不均之實，四章五章猶言勞逸不同耳。

清·傅恒等《御纂诗义折中·卷十四》：或安居於家，或盡瘁於國，或高臥於牀，或奔走於道，則苦樂大相懸矣。此不均之實也。

清·罗典《凝园读诗管见·卷八》：集說：劉氏瑾曰："以下三章凡十二句為偶，皆以他人之逸樂對己之憂勞，所以形容不均之意。"

又：管見：人之居息有如此則有事於成大廈，營華屋也。盡瘁須暗貼馬言，與上燕燕反對，凡效勞稱馬，論勞稱汗馬，所謂盡瘁者殆無以加矣。王事亦國事也，以盡瘁事國之事則受命之日早亡其家，而可異於燕燕居息哉？居息之息，息於坐；息偃之息，息於臥也。牀，臥具。不已於行者，晝行而夜亦行，則以此■求一息偃所在，亦猝不可得，牀之有無又何論焉？

清·胡文英《诗经逢原》：此以下皆言行役之不均也。

清·姜炳璋《诗序补义·卷十八》：四章、五章、六章，"或"字謂王事多難。凡在有位，義不顧私，忠孝無可兩全，而今逸者如彼，勞者如此。王試察之：孰爲寬閒，孰爲勞瘁，孰閨房燕樂，且有妻子之歡，孰馳驅道路，莫慰門閭之望，則勞逸見苦樂分，必有以遂人子終養之志矣。

清·牟庭《诗切·卷三》：或有燕燕自安逸，閑居休息不出門；或有盡力極勞瘁，從事於國忘其身。或有息偃甘寢處，高枕不動在其牀；或有奔命遠行役，往來不已道路長。或有寢時屏人聲，窗外不聞有叫號；或有懆懆愁不安，神形不息曰劬勞。①

清·刘沅《诗经恒解·卷四》：此下就己推開，言不均之實，或安居於家，或盡瘁于國，或高臥於牀，或奔走于道，苦樂相懸矣。

清·顾广誉《学诗详说·卷二十》：《折中》曰："或安居於家，或盡瘁於國，或高臥於牀，或奔走於道，則苦樂大相懸矣，此不均之實也。"

又：《集傳》於四章言"役使之不均也。下章放此"。案：三章專就己身言之，以申從事獨賢之意，四章至六章則統人己相形言之，以申不均之意，而首章憂我父母，又其所以歎不均獨賢之故也。

---

① 李润民，按：牟庭把《北山》分为五章，前三章与《毛诗正义》同，后两章是把《毛诗正义》的三个章四句合并成两个章六句。

清·邓翔《诗经绎参·卷之三》：集解：言役使不均也，下二章同。

又：專寫事勞，不見獨賢之意。今三章十二"或"字，上下句兩兩對舉，獨字意乃透上六句"或"字不止六人，下六句"或"字只我獨賢者一人而已。此六"或"字句中情景皆移入憂字里，■父母所憂，正憂其"盡瘁""鞅掌""畏咎"等，恐傷生耳。

清·梁中孚《诗经精义集钞·卷三》：此不均之實也。

輔氏廣曰："自四章而下方言其不均之實，然不過以其勞逸者對言之，使上之人自察耳，但言之重辭之複則其望於上者亦切矣。"

姚氏舜牧曰："湛樂飲酒，何等逸豫。慘慘畏咎，猶恐其或及之。出入風議，何等從容靡事不為。惟曰其猶不給，所謂不均也。"

清·陈百先《诗经备旨·卷五》：講：夫大夫亦何如哉？彼居王土者皆王臣，夫何或有燕燕居息而無國事之勞，或有盡瘁事國而燕息之不遑焉？或有息偃在牀而無道路之涉，或有不已於行而安寢之不暇焉？以彼之燕居息偃視此之盡瘁不已，何勞逸之相懸耶？

【眉批】此下三章正所謂不均也，每二句須相反說，方見不均意。"盡瘁"等句即"經營四方，朝夕從事"。要見逸者，寧不當任勞，勞者豈不當處逸，豈此為王臣而我獨非者，豈此為賢而彼獨不賢乎？勞者獨勞，逸者獨逸，此所以歎也。

民国·王闿运《毛诗补笺·卷十三》：《補》曰：此下十二"或"字，刺三公三孤六卿心不同不合旅力，息偃不問政也。行者欲致諸侯，凶國之臣有此十二種也。

民国·李九华《毛诗评注·卷二十》：息國韻。牀行韻。（《傳註》）

（評）此下三章所謂大夫不均也，十二"或"字錯落盡致怨意隱然。（《詩志》）

民国·焦琳《诗蠲·卷七》：反反覆覆計較勞逸之不均，而於逸者則結以出入風議，則無事獨逸且不論，專以人短長，而肆其訛諆，為尤可惡也。於勞者既歸諸"慘慘畏咎"，則不但徒勞無功，且將獲罪，已極不堪，而終以"靡事不為"，則是已風議我罪怨，仍是每事必歸之我，尤不可解也，所以風上之意專在此。

不知叫號，言不但身之安閑耳，從不會聞叫號之聲，直不信世間更有勞苦人勞苦事也。

棲息在牀，已極，又下"棲遲"字，則是出氣翻身，亦將以為勞力事，而惟恐其不從容也，形容小人驕矜入畫。

風議上又加出入字，不但見其尋事訛諆，可見美惡由其心，是非任其口，怙寵而一無忌憚也。

靡事不為，無論如何危辱勞苦之事，一被投畀，無或敢辭。

《蠋》曰①：王於實力任事之臣，不恤去勞使之無度，而於讒忒之臣，則一於聽其風議，並不攷其實行如何，致勞力者慘慘畏咎焉。救過不暇，更何所施為？故作詩之意，雖不主羡人之逸，怨已獨勞，而王事之所以終無堅固之期者，由風議者撓之，實由王之視臣不均，使風議者得以撓之也。既確見王事靡盬，由王心不均之故，故舉不均之實象，傾箱倒篋亹亹快言之，所以此章一十二語，須一氣讀下，方見其衝喉滿口暢然傾吐之神，若逐句逐句，較其立意之同異，對偶之比合，則不精神矣。而舊分作三章，既分三章，又於其前章下註曰："下章放此"，誠不知其所以分章者為何事也。

所以著其不均如此者，欲王察識於此也。

析而觀之，則是言或安樂盡致，且專攻摘人罪過，或勞瘁不支，且常被人讒閒指彈，而仍不得謝其責任也。

民國・吳闓生《诗义会通・卷二》：闓生案：此詩《孟子》"勞於王事而不得養父母"一語盡之，《序》即本《孟子》為說。然詩惟首章有"憂我父母"一語，以下更不溯及，後三章歷數不均之狀戛然而止，更不多著一詞，皆文法高妙之處。舊評"不均"二句為一篇之綱，"四牡"以下承"獨賢"，"燕燕"以下承"不均"，是也。朱子曰"不斥王而曰大夫，詩人之忠厚如此"，亦是謝枋得謂"嘉我未老四句，反以王為知己"，則不然，此實怨悱而故反用。

附

《晋骆先生辑着诗经小雅・卷七》："或燕燕居息"三章。

夫均之為人子也，夫何或燕燕居息，曾何國事之勞？或盡瘁事國而燕息之不遑焉，或息偃在牀曾何道路之涉，或不已於行而安寢之不暇焉，以彼之燕居息偃視此之盡瘁不已，何勞逸之相懸耶？不特此也，或深居安逸而不知叫號，或任事於外外而慘慘劬勞，無深居之勞者矣，或動靜自得而棲遲偃仰，或王事煩勞而鞅掌失容，無自得之休者矣！以彼之深居偃仰，視此之劬勞鞅掌，又何勞逸之相殊耶？又不特此也。或湛樂飲酒而嘆語於樽俎之間，罪咎

---

① 李润民案：焦琳分章："旧分六章，今并作四章，前三章各六句，卒章十二句。"这里把后三章的内容放在一起评说。

《诗经·小雅·北山》研究 >>>

非所憂也；或慘慘畏咎而慮乎罪罟之及，欲飲酒而不可得矣；或出入風議而從容於親信之餘，事為無所迫也；或靡事不為而勞勤於疎逖之地，欲從容而不可得矣。以彼之湛樂風議而視此之畏咎盡瘁，又彼何逸而此何勞耶？豈此為王臣而彼獨非王臣乎？豈此為賢而彼獨不賢乎？勞者獨勞而逸者獨逸，抑何其不均至此耶？

此下十二句為偶，皆以他人之逸勞對己之憂勞，以形容不均之意。然不明說出人與己，只以"或"字疊說，此等處亦是渾厚的意思，俱要体點。

日本

日本·中村之欽《笔记诗集传·卷十》：《古義》云："居息，言惟休息於私居而已，無所事事也。盡瘁，猶言盡勞，與燕燕對看。事國，嚴云'從事於國也'，與居息對看。偃是卻倒。牀，《說文》云：'安身之坐者'休息而偃臥於牀。如今仕者之引疾在告也。"《説約》云："按：從三章俱各二句，緊對衆議為妙。"《娜嬛》云："看十二'或'，字皆以彼之逸形此之勞，其不均自見矣。"

輔氏曰："此章而下乃方言其不均之實，然亦不過以其勞逸者對言之，使上之任自察耳。但言之重辭之復，則其望於上者亦切矣。詩可以怨，謂此類也。"

日本·冈白驹《毛诗补义·卷八》：案：四章，或有燕燕私居安息者，或有盡力勞病從國事者，或有休息偃臥在牀者，或有日馳驅於道路者，皆以人之逸樂對己之勞苦，形容役使不均也。下章倣此。

日本·赤松弘《诗经述·九述》：言役使不均，勞佚大異也。下章放此。

日本·皆川愿《诗经绎解·卷十一》：此章已下並言大夫之不均也。言雖同其始，而其終各異，蓋或有可謂為燕燕居息者，或有可謂為盡瘁事國者，或有可謂為息偃在牀者，或有可謂為不已於行者也，乃皆其事相反不同者也。

日本·伊藤善韶《诗解》：是後段三章共言役使之不均也。一樂一憂，舉類而盡其意。

日本·冢田虎《冢注毛诗·卷十三》：皆言役使之不均也。下二章意同焉。

日本·仁井田好古《毛诗补传·卷二十》：李樗曰："自此以下皆言行役不均也。"

劉公瑾曰："以下三章，凡十二句為偶，皆以他人之逸樂對己之憂勞，所以形容不均之意。"

日本·龟井昱《毛诗考》：四章以下重言以反復前二章之意。

三章皆以苦樂閒忙反對。

日本·金子济民《诗传纂要·卷三》：輔曰氏："此章而下方言其不均之实，然亦不以勞逸對言。詩可以怨謂此類也。"顧氏曰："後三章俱各緊對，骙議爲妙。"

日本·安藤龙《诗经辨话器解》：【旁批】是皆王之所不知也。

日本·山本章夫《诗经新注》：以下三章六節互言閒劇，映出同爲士子，同章官祿，而致幸不幸有如此差異，所以不堪痛恨也。

朝鲜

朝鲜·朴世堂《诗经思辨录》：孔云："三章勢接，須通鮮之。或居家閒逸，不知上有徵發呼召。或出入放恣，議量時政，或無事不爲。"

朝鲜·李瀷《诗经疾书》：第四章首二句爲撚會，下十句相反，其五"或"字皆"燕燕居息"之事，五"或"字皆"盡瘁事國"之事，此皆不均之註腳。一段閑忙不均也，二段勞逸不均也，三段勤慢不均也，四段憂樂不均也，五段貴賤不均也。

朝鲜·朴文镐《枫山记闻录》（毛诗）：上句"或"字指在朝者，下句"或"字行者自謂也。他皆放此。（顯喆）

下句六"或"字，即上三章之三"我"字也，變"我"作"或"，不復辨人己而混稱之，此詩人之厚也（相弼）

朝鲜·朴文镐《诗集传详说·卷十一》：言役使之不均也。（前章不均二字，實此篇之綱領。）下章（二章）放此。

慶源輔氏曰："此以下，方言其不均之實，然亦不過以其勞逸者對言之，使上之人自察耳，但言之重辭之複，則其望於上者亦切矣。《詩》可以怨謂此類也。"安成劉氏曰："三章十二句，逸樂憂勞皆爲偶，所以形容不均之意。"

李润民按：很多人把《北山》后三章放在一块议论，因为这三章表达的思想感情是完全一致的，使用的写作手法也完全一样，所以我们这里也把后三章放在一块探讨。

《北山》后三章的基本内容讲得都是一个意思，用宋·李樗的话说就是"自此以下皆是言役使不均"，或者如宋·范处义所言："此三章皆历陈不均之事"，也就是对前三章说到的"朝夕从事""我从事独贤""经营四方"的具体写照。对此几乎没有异议，但是关于它的评价就有不同看法了，其分歧依然是延续前三章的话题。

有人依然用忠厚来评价这三章的意蕴，如：

1. 宋·辅广说："此章而下，则方言其不均之实，然亦不过以其劳逸者对言之，使上之人自察耳。但言之重辞之复，则其望于上者亦切矣，诗可以怨谓此类也。"（见《诗童子问·卷五》）

2. 元·刘玉汝说："此下三章承上申言不均，既极尽不均之情态，以冀上之察，又皆以'或'言，见非独为己而发，皆忠厚之意也。"（见《诗缵绪·卷十一》）

3. 明·丰坊说："皆以申言大夫不均之寃也。虽词繁而不杀，亦怨而不怒，每形忠厚之言，益其所以为温柔敦厚之教也欤？"（见《鲁诗世学·卷二十一》）

4. 明·沈守正说："四、五、六章虽言劳逸之不同，亦只两两言之，使人之自察，有告劳之意，无怨怼之词，《北山》之所以为厚也。"（见《诗经说通·卷八》）

5. 清·张叙说："蓋有各行其志，各成其是之意，虽不均而无怨焉，此其所以为贤也。"（见《诗贯·卷八》）

有人认为后三章表现的却是愤怨之情，如：

1. 宋·李樗说："今也，同是大夫而不均如此，所以《北山》致大夫之怨也。"（见《毛诗李黄集解·卷二十五》）

2. 宋·范处义说："同为王臣而劳逸不均如此，以见明不能察。此其所以为《北山》欤？"（见《诗补传·卷二十》）

3. 明·冯元飏、冯元飙说："以彼之燕居息偃，视此之尽瘁不已，何劳逸之相悬耶？"（见《手授诗经·卷五》）

4. 清·汪绂说："历数其不均至是，始有怨之之意而不忍明言，然言外可想也。"（见《诗经诠义·卷七》）

5. 民国·吴闿生："此实怨悱而故反言之，非真谓王知己也。"（见《诗义会通·卷二》）

6. 日本·山本章夫说："以下三章六节互言闲剧，映出同爲士子，同章官禄，而致幸不幸有如此差异，所以不堪痛恨也。"（见《诗经新注》）

同第三章情况相同，主张忠厚说的人要比主张愤怨说的人多一些。在我们看来还是愤怨说更接近诗意，而忠厚说不免有曲解之嫌。比如诗人把劳逸的情状"对言之""两两言之"，只做客观的描绘而不做主观的评论，这本一种文学常用的写作手法，意在要读者自己分析评价，主张愤怨说的人对此欣然领会，民国·吴闿生说：'后三章历数不均之状，戛然而止更不多着一词，皆文法高妙之处'（见《诗义会通·卷二》），而主张诗教的人偏要把这说成是诗人的忠厚。

　　同前三章一样，还是民国·王闿运的论述与别人看法大不同，他写道："此下十二'或'字，刺三公三孤六卿心不同不合旅力，息偃不问政也。行者欲致诸侯，囚国之臣有此十二种也。"（见《毛诗补笺·卷十三》）

五章句解

或不知叫号

中国

《毛诗故训传》（《毛诗正义·卷十三》）：叫，呼。號，召也。

唐·陆德明《毛诗音义》（《毛诗正义·卷十三》）：叫本又作嘂，古弔反。號，戶報反，協韻，戶刀反。

唐·孔颖达《毛诗正义·卷十三》："或不知叫號"者，居家閒逸，不知上有徵發呼召者。

宋·李樗《毛诗详解》（《毛诗李黄集解·卷二十六》）：有或不知上有徵裝呼召者。

宋·朱熹《诗经集传·卷十三》：不知叫號，深居安逸，不聞人聲也。

宋·吕祖谦《吕氏家塾读诗记·卷二十二》：東來曰："號，呼也。"或不知叫號，謂深居安逸，雖外之叫呼亦不知也。

宋·段昌武《毛诗集解》：或不知叫號（戶刀反），或慘慘（七感反）劬勞。

宋·杨简《慈湖诗传·卷十四》：《毛傳》曰："叫，呼。號，召也。"吕曰："深居安逸，雖外之叫呼亦不知也。"

宋·林岊《毛诗讲义·卷六》：不知外之叫號，深居安逸也。

宋·严粲《诗缉·卷二十二》：或不知叫號，音豪。《詩記》曰："號，呼也。或深居安逸，或外之叫呼，亦不知也。"

元·胡一桂《诗集传附录纂疏·卷十三》：不知叫號，深居安逸不聞人聲也。

明·胡广《诗传大全·卷十三》：不知叫號，深居安逸不聞人聲也。

214

明·季本《诗说解颐·卷二十》：不知叫號，謂深居安逸，而外人有叫呼亦不知也。

明·黄佐《诗经通解·卷十四》：號，音豪。瘁，七感切。

明·丰坊《鲁诗世学·卷二十一》：或不知叫号（毛本作號）。

正說東萊呂氏曰："号，呼也。"不知叫号，謂深居安逸，雖外之叫呼亦不知也。

明·姚舜牧《重订诗经疑问·卷六》：不知叫號，是付之罔聞者。

明·徐奋鹏《诗经尊朱删补》（《诗经铎振·卷五》）：不知叫號，深居安佚不聞人聲也。

明·顾梦麟《诗经说约·卷十六》：不知叫號，深居安逸不聞人聲也。

明·张次仲《待轩诗记·卷五》：叫號，小民呼籲之聲。

明·黄道周《诗经琅玕·卷六》：不知叫號，是深居安逸不聞人聲。

明·冯元飏、冯元飙《手授诗经·卷五》：是深居安逸不聞人聲。

明·何楷《诗经世本古义·卷十八下》：叫，徐鉉云："直聲呼也。"《釋文》作"嘂"，謂大呼也。《周禮》"雞人，掌夜，譁旦，嘂百官"，即此號，亦呼也。一云教令也。孔穎達云："或不知叫號者，居家用逸，不知上有徵發呼召也。"愚按：此有意違命，而佯為不知者。

明·黄文焕《诗经嫏嬛·卷五》：不知叫號，深居安逸不聞人聲也。

明·杨廷麟《诗经听月·卷八》：是深居安逸不聞人聲，深居自適，則何有乎勞瘁？

清·朱鹤龄《诗经通义·卷八》：號，平聲。《疏》云："徵發呼召。"

清·钱澄之《田间诗学·卷八》：叫，《釋文》作"嘂，大呼也"。孔云："居家用逸，不知上有徵發呼召也。"

清·张沐《诗经疏略·八卷》：叫，號，召之從役聲。不知，如不聞者。

清·陈启源《毛诗稽古编·卷七十三》：《北山》詩連用十二"或"字，各兩或意自相反。首二"或""燕"與"瘁"反也；次二"或""息"與"行"反也；又次二"或""逸"與"勞"反也；又次二"或"舒遲與促遽反也；又次二"或""湛樂"與"畏咎"反也；終二"或"閒暇與冗煩反也。

其"叫號"之義，毛訓"呼召"，孔申之為"徵發呼召"，故《釋文》號字讀去聲，協平聲。夫徵發呼召，正劬勞之事，不聞之所以為安逸也。今號字讀平聲，言深居安逸，不聞叫呼之聲，義亦可通。

清·冉觐祖《诗经详说·卷五十三》：不知叫號，深居安逸不聞人聲也。鞅掌，失容也，言事煩勞不暇為儀容也。

《毛傳》：" 叫，呼。號，召也。"
　　《孔疏》：" 或不知叫號者居家閑逸，不知上有徵發呼召者。"
　　清·王鸿绪等《钦定诗经传说汇纂·卷十四》：《集傳》：" 不知叫號，深居安逸，不聞人聲也。"
　　清·姜文灿《诗经正解·卷十七》：不知叫號，深居安逸不聞人聲。
　　清·牛运震《诗志·卷四》：或不知叫號，摹深居簡出之狀入，妙。
　　清·傅恒等《御纂诗义折中·卷十四》：叫，呼。號，召也。
　　清·罗典《凝园读诗管见·卷八》：管見：叫，大呼。號，痛哭。
　　清·胡文英《诗经逢原》：叫，《釋文》作嘂。叫，本字。
不知叫號，人之疾病不知也。慘慘劬勞，己之疾病難顧也。
　　清·段玉裁《毛诗故训传定本》：嘂，呼。號，召也。
　　清·牟庭《诗切·卷三》：叫，《釋文》又作嚻，古弔反蓋。嘂字訛为嚻之。
　　清·李富孙《诗经异文释·卷十》：《釋文》云：" 叫，本又作嘂；憯字亦作慘。"
　　清·刘沅《诗经恒解·卷四》：叫，呼。號，召也。
　　清·徐华岳《诗故考异·卷二十》：《釋文》："叫"本又作"嚻"。號，戶刀反。《傳》：" 叫，呼。號，召也。"《正義》："居家閒逸不知上有徵發呼召。"
　　清·陈寿祺、陈乔枞《三家诗遗说考·鲁诗遗说考·卷四》：或不知叫號，或慘慘劬勞。
　　补：《潛夫論·邊議篇》："《詩》痛'或不知叫號，或慘慘劬勞。'"
　　清·胡承珙《毛诗后笺·卷二十》：或不知叫號。《傳》："叫，呼。號，召也。"《稽古編》曰："叫，號之義。"毛訓：呼，召。孔申之為"徵發呼召"，故《釋文》號字讀去聲，協平聲。夫徵發呼召，正劬勞之事，不聞之所以為安逸也。今號字讀平聲，言深居安逸不聞叫呼之聲，義亦可通。
　　承珙案：《匡謬正俗》引徐仙民"號音，呼到反"，乃從毛義作音。顏師古謂"此三章上下句，句相韻，宜為號呶之號"，以徐音為非，由不悟古無四聲之別耳。
　　清·徐璈《诗经广诂》：或不知叫號。
　　《匡謬正俗》曰："'或燕'以下句句相韻，'叫唬'，猶言喧呼自恣耳。徐仙民：音唬，爲呼到反，非也。"
　　《釋文》：或不知嘂號。

清·李允升《诗义旁通·卷七》：《孔疏》："或不知叫號者，居家閒逸，不知上有徵發呼召者。"

清·陈奂《诗毛氏传疏·卷二十》：叫號，連緜字。《說文》口部，"訆，大嘑也。評：召也。"《碩鼠》，《傳》："號，呼也。"古嘑評呼通用，叫謂之嘑，嘑又謂之號，號謂之呼。評又謂之召，是叫、呼、號、召四字同義也。

清·陈乔枞《诗经四家异文考·卷三》：或不知嘂號。《毛詩釋文》："叫，本又作嘂。"

清·方玉润《诗经原始·卷十一》：不知叫號，深居安逸，不聞人聲。

清·邓翔《诗经绎参·卷之三》：不知叫號，深居安逸不聞人聲也。

清·龙起涛《毛诗补正·卷十七》：《毛》："叫，呼。號，召也。"疏："呼，召，謂徵發之事。號，去聲。"《朱傳》："不知者，深居安逸不聞人聲。號宜平聲。"

清·梁中孚《诗经精义集钞·卷三》：深居安逸不聞號召也。

清·王先谦《诗三家义集疏·卷十八》：疏：《傳》："叫，呼。號，召也。"

《孔疏》："不知叫號者，居家用逸，不知上有徵發呼召。"《潛夫論·邊議篇》"《詩》痛'或不知叫號，或慘慘劬勞'"。明《魯》《毛》文同。《後漢·郎顗傳》："拜章曰：'棲遲偃仰，寢疾自逸。'"用《齊》經文刪一"或"字。

清·陈百先《诗经备旨·卷五》：深居安逸不聞人聲。

民国·王闿运《毛诗补笺·卷十三》：叫，一作"嘂"。叫，呼。號，召也。

民国·马其昶《诗毛氏学·卷二十》：叫，呼。（《說文》："嘑也。"）號，召也。（陳曰："叫號，連緜字。"《說文》："嘑，號也。譚，召也。"《碩鼠》，《傳》："號，呼也。"是"叫、呼、號、召"四字同義。

孔曰："居家閒逸、不知上有徵發呼召者。"

民国·张慎仪《诗经异文补释·卷十》：或不知叫號，《釋文》：叫本又作"嘂"。按：《爾雅》："大塤謂之嘂。"孫注："聲大如叫呼也。叫，嘂之省。"

民国·丁惟汾《诗毛氏传解诂》：或不知叫號，《傳》云："叫，呼。號，召也。"按：叫，古音讀吼，與呼雙聲。號召疊韻，叫號為雙聲連緜字。

民国·李九华《毛诗评注·卷二十》：註：叫，呼。號，召也。（《毛傳》）

民国·林义光《诗经通解·卷二十》：不知，不聞也。叫號，毛云："叫，呼。號，召也。"

異文。叫，《釋文》本又作"嘂"。

民國·焦琳《诗蠲·卷七》：不知叫號，言不但身之安閑，耳從不曾①聞叫號之聲，直不信世間更有勞苦人勞苦事也。

民國·吳闓生《诗义会通·卷二》：叫，號。呼，召也。不知上有徵發呼召。

附現代人

附1

高亨《诗经今注》：號，放聲大哭。此句指有的人不知痛苦哭號是怎麼回事。

陈子展《诗经直解·卷二十》：或不知叫號，有的人不知道有號召。慘慘劬勞。有的人慘慘痛苦勤勞。

高本汉《诗经注释》：或不知叫號

A 毛傳："叫，呼；號，召也。"由"號"字的講法，可以看出毛氏以為全句的意思是：有些人（不知道）從沒有聽到喚和召（生活安閑）。這樣正好和下文"或慘慘劬勞"相對；並且也能推演上一章有些人安閑而別人勤勞的題旨。

B 朱熹：有些人不知道有喧嚷的聲音（深居安逸）。這樣講不如上一說恰合文義。

C Waley：有些人無知的叫吼，這就完全失去對比的意義了。

A 說確是最能適合上下文。

附2

《晋骆先生辑着诗经小雅·卷七》：不特此也，或深居安逸而不知叫號，或任事於外外而慘慘劬勞無深居之勞者矣，或動靜自得而栖遲偃仰，或王事煩勞而鞅掌失容無自得之休者矣！以彼之深居偃仰視此之劬勞鞅掌，又何勞逸之相殊耶？

日本

日本·三宅重固《诗经笔记》：不知叫號者，居家閒逸，不知上有徵發呼召。按：輔氏謂"深居而不接人声"。二說更詳之。

---

① 原件此处是"会"字，似不通，酌改。

日本·赤松弘《诗经述·九述》：不知叫號，深居安逸不聞人声，並曾不知它人有被徵發呼召者之意也。

日本·皆川愿《诗经绎解·卷十一》：叫，直聲，呼也。《釋文》作"嘂"，謂大呼也。號，呼也。不知叫號者，身居閒逸，不知世有叫天號地之苦也。

日本·伊藤善韶《诗解》：不知叫號，不知號哭之憂也。

日本·冢田虎《冢注毛诗·卷十三》：叫，號，悲悗之聲。不知叫號，謂常安逸而不遇勞苦之事也。

日本·大田元贞《诗经纂疏》：或不知叫號。新安朱氏云："不知叫號，深居安逸不聞人聲也。"

東萊呂氏曰："號，呼也。或不知叫號，謂深居安逸，雖民之叫呼亦不知也。"

太田氏云："不知叫號，謂深居安逸，不知民間劳劬之人。叫呼，號哭之態也。"

日本·仁井田好古《毛诗补传·卷二十》：叫，呼。號，召也。

補：孔穎達曰："不知叫號者，居家用逸，不知上有徵發呼召也。"

日本·龟井昱《毛诗考》：■也，常在道路。役役夙夜無已。也。《疏》演毛，云不知上有徵発呼召，或云不知自悲歎，所謂未嘗知哀也；或云不知人永號而歎樂也，似並通。朱注"深居安逸，不聞人声"。是不了了。

日本·东条弘《诗经标识》：按：叫號，哀苦之聲也。在官者不知叫號之狀也。朱子但為"不聞人聲"於叫號之義恐未盡。

日本·金子济民《诗传纂要》：按：叫號，亦以勞者言。

日本·安井衡《毛诗辑疏·卷十上》：叫，呼。號，召也。

日本·安藤龙《诗经辨话器解》：或（今王）不知叫號，《傳》："叫，呼。號，召也。"作叫，吅，誤也。

日本·山本章夫《诗经新注》：不知叫號，謂深居安逸不聞知他有困厄號叫之聲。

朝鲜

朝鲜·朴世堂《诗经思辨录》：毛云："叫，呼。號，召也。"

朝鲜·申绰《诗次故》：《潛夫論》詩痛"或不知叫號，或慘以劬勞"。

朝鲜·申绰《诗经异文》：叫號，《釋文》叫本又作"嘂"。古弔反。

朝鲜·沈大允《诗经集传辨正》：不知叫號，深居不聞人聲也。

朝鲜·尹廷琦《诗经讲义续集》：呌號，哭聲也。《易》之"同人"及"旅卦"之號咷，皆以卦有互巽之呌號（同人，二三四爻互巽；旅，二三四爻互巽。），而為哭聲也。燕息偃仰，飲酒湛樂，則勞瘁道路，呌咷號哭之聲必不得以聞之矣。

朝鲜·朴文镐《诗集传详说·卷十一》：不知呌號，深居安逸，不聞人聲也。慶源輔氏曰："栖遲於家而偃仰自適。"

李润民按："或不知叫号"一句的重点字是"叫号"。对这两个字的解释有多种说法：

1. "呌，呼。号，召也。"（见《毛诗故训传》）
2. "东莱曰：号，呼也。"（见宋·吕祖谦《吕氏家塾读诗记·卷二十二》）
3. "叫号，小民呼吁之声。"（见明·张次仲《待轩诗记·卷五》）
4. "叫，徐铉云：'直声呼也。'《释文》作'嘂'，谓大呼也。《周礼》'鸡人，掌夜，嘑旦，嘂百官'，即此号，亦呼也。"（见明·何楷《诗经世本古义·卷十八下》）
5. "叫，号，召之从役声。"（见清·张沐《诗经疏略·八卷》）
6. "管见：叫，大呼。号，痛哭。"（见清·罗典《凝园读诗管见·卷八》）
7. "叫呼，号哭之态也。"（见日本·大田元贞《诗经纂疏》）
8. "叫号，哀苦之声也。"（见日本·东条弘《诗经标识》）
9. "叫，号，悲惋之声。"（见日本·冢田虎《冢注毛诗·卷十三》）

这多种说法可以归纳成两类，一种是说"叫号"是大声的呼叫，或直声的吆喝；再一种说法是"叫号"为"呼吁之声""号哭之态"。如此看来，这个"叫号"之声的发出主体就有了不同：一是来自上边的"征发呼召"之声，或官吏吆喝服役之人加紧做工的呵斥之声；一是来自小民的哀告、叹息、痛哭、悲惋之声。

根据对"叫号"的不同解释，整句的含义就可以有不同的解释：有的人"居家闲逸"，不知道上边有"征发呼召"，明·何楷则把它解释为"此有意违命，而佯为不知者"（《诗经世本古义·卷十八下》），日本·赤松弘认为是有的人深居安逸，"不知它人有被征发呼召"的事情（《诗经述·九述》）；或者是有的人"深居安逸"（日本·东条弘说这样的人是"居官者"）听不到小民的叹息、哀告、痛哭之声。这些含义的解释虽然有明显的不同，甚至还出现了争议，但都是表达安逸在家逍遥自在的一些人的生活状态，都能和下一句"或栖迟偃仰"形成鲜明对照，都是"役使不均"的表现。

或惨惨劬劳

中国

唐·陆德明《毛诗音义》（《毛诗正义·卷十三》）： 惨，七感反，字又作懆。

宋·李樗《毛诗详解》（《毛诗李黄集解·卷二十六》）： 有或惨惨然而劬劳者。

明·梁寅《诗演义·卷十三》： 惨惨劬劳，忧苦也。

明·丰坊《鲁诗世学·卷二十一》： 惨惨，憔悴之貌。

明·姚舜牧《重订诗经疑问·卷六》： 惨惨劬劳是靡所控訴者。

明·徐奋鹏《诗经尊朱删补》（《诗经铎振·卷五》）： 惨惨劬劳，则忧劳丛集矣。

明·黄道周《诗经琅玕·卷六》： 惨惨，是戚戚一般。深居者劳勣不闻，而惨惨劬劳於奔命。此二句與動靜分。

明·冯元颺、冯元飙《手授诗经·卷五》： 惨惨，是戚戚一般。

明·何楷《诗经世本古义·卷十八下》： 惨惨，當依《释文》作"懆懆"，以別於後之"惨惨畏咎"。懆，《说文》云"愁，不安也"，與下"劬劳"連言，所謂劳人懆懆也。其劳頻數曰劬劳。

明·杨廷麟《诗经听月·卷八》： 惨惨是戚戚一般，與安居反。

清·钱澄之《田间诗学·卷八》： 惨惨，《释文》作"懆懆"，以別於下文之"惨惨畏咎"，與"劬劳"連言，所謂劳人懆懆也。

清·张沐《诗经疏略·八卷》： 惨惨，慍也。

清·陈启源《毛诗稽古编·卷七十三》： 《北山》诗連用十二"或"字，各兩或意自相反。首二"或""燕"與"瘁"反也；次二"或""息"與"行"反也；又次二"或""逸"與"劳"反也；又次二"或"舒遲與促遽反也；又次二"或""湛樂"與"畏咎"反也；终二"或"閒暇與冗煩反也。

清·傅恒等《御纂诗义折中·卷十四》： 惨惨，苦貌。

清·胡文英《诗经逢原》： 惨惨，《释文》作懆懆。懆懆劬劳，己之疾病難顧也。

清·戴震《毛郑诗考正》：四章"或惨惨劬勞"。震按：《釋文》云："字亦作懆。"今考此及下章"或惨惨畏咎"，並懆字轉寫譌耳。惨，毒也，不可用爲疊字，形容之辭。懆懆，愁不安也。

清·牟庭《诗切·卷三》：懆懆，舊誤作惨惨。據《釋文》一本改正。

余按：懆草音同。《巷伯》，《毛傳》曰："草草，勞心也。"《說文》曰："懆，愁不安也"，舊作惨惨，字形譌也。據《釋文》又作"懆懆"，今改正。

清·李富孙《诗经异文释·十》：《潛夫論·邊議》"惨惨①"，引作"惨以"，案：《說文》云："叫，嘑也。䚯一曰大呼也。"《周禮·難人》："夜嘑，且以䚯，百官叫"，䚯字同"惨"當作"懆"，"以"字或譌。《漢·匡衡傳》注："師古曰卬讀曰仰，古字通。"

清·阮元《三家诗补遗》：或惨以劬勞。《潛夫論·邊議篇》"惨以"，毛作"惨惨"。

清·刘沅《诗经恒解·卷四》：惨惨，苦貌。

清·冯登府《三家诗遗说》：或惨惨劬勞，《釋文》"作懆懆"。

清·陈奂《诗毛氏传疏·卷二十》：惨惨，《釋文》字亦作懆懆，是也。

清·陈乔枞《诗经四家异文考·卷三》：或懆懆劬勞。《毛詩釋文》："惨惨，又作懆"。

清·邓翔《诗经绎参·卷之三》：惨惨，憂貌。二句即"燕燕""盡瘁""畏咎"之分。

清·梁中孚《诗经精义集钞·卷三》：惨惨，苦貌。

清·王先谦《诗三家义集疏·卷十八》：《潛夫論·邊議篇》"《詩》痛'或不知叫號，或惨惨劬勞'"。明《魯》《毛》文同。《後漢·郎顗傳》："拜章曰：'棲遲偃仰，寢疾自逸。'"用《齊》經文刪一"或"字。

清·陈百先《诗经备旨·卷五》：惨，戚。

民国·王闿运《毛诗补笺·卷十三》：惨一作"懆"。

民国·马其昶《诗毛氏学·卷二十》：陳曰惨，《釋文》作"懆"，是也。

民国·张慎仪《诗经异文补释·卷十》：或惨惨劬勞，《釋文》惨字亦作"懆"，《潛夫論·邊議》引《詩》"或惨以劬勞"。按：《說文》："懆，愁不安也。惨，毒也。"二字雙聲，此詩之"惨惨"與下章之"或惨惨畏咎"，《正月》之"憂心惨惨"，《抑》之"我心惨惨"，皆即"懆"之假借。王引疑有

---

① 疑此处原文有误，待考。

捝误。

民国·林义光《诗经通解·卷二十》：惨，懆。
異文：惨，《釋文》亦作"懆"。
民国·焦琳《诗蠲·卷七》：惨惨，痛毒貌。
民国·吴闿生《诗义会通·卷二》：惨惨，《釋文》："亦作懆懆"。

附现代人

高亨《诗经今注》：劬劳，劳累。
陈子展《诗经直解·卷二十》：或惨惨劬劳，有的人惨惨痛苦勤劳。

日本

日本·皆川愿《诗经绎解·卷十一》：惨惨，愁不安也。其勞頻數曰劬勞。
日本·冢田虎《冢注毛诗·卷十三》：惨惨，憂傷貌。
日本·龟井昱《毛诗考》：苦也。惨惨，重出，此當作慅慅，惨、懆、慅相渾而誤已。釋訓慅慅"勞也"。惨惨，慍也，別■懆懆。

朝鲜

朝鲜·申绰《诗次故》：《潛夫論》："《詩》痛'或不知叫號，或慘以劬勞。'"《釋文》："惨字又作懆。"
朝鲜·申绰《诗经异文》：惨惨，《釋文》"惨"字又作"操"。《潛夫》論引作"慘以"。

李润民按：给"或惨惨劬劳"作解的人很少，"惨惨"是其关键字。对"惨惨"的解释有以下几种：
1. "惨惨，憔悴之貌。"（见明·丰坊《鲁诗世学·卷二十一》）
2. "惨惨，是戚戚一般。"（见明·黄道周《诗经琅玕·卷六》）
3. "惨惨，慍也。"（见清·张沐《诗经疏略·八卷》）
4. "惨惨，苦貌。"（见清·傅恒等《御纂诗义折中·卷十四》）
5. "惨惨，愁不安也。"（见日本·皆川愿《诗经绎解·卷十一》）
6. "惨惨，忧伤貌。"（见日本·冢田虎《冢注毛诗·卷十三》）
7. "苦也。"（见日本·龟井昱《毛诗考》）

这几种对"惨惨"的解释，大同小异，都是形容词，形容人的悲伤、痛

223

苦的负面情绪或面容。"惨惨"有异文，或作"懆懆"。对此，一般的读者可以忽略，而我们的专门学者注意辨析。

对"劬劳"一词，只有明·何楷与作了一个解释："其劳频数曰劬劳"（《诗经世本古义·卷十八下》），后有日本·皆川愿录用了这个解释。（参看皆川愿《诗经绎解·卷十一》）

总之，"或惨惨劬劳"整句含义明了，就是说：有的人戚戚愁苦忧伤地服役劳作不休。这与上一句"或不知叫号"形成鲜明对照，和"或燕燕居息，或尽瘁事国"等句子一样，表达了诗人对"大夫不均"的批评。

或栖迟偃仰

中国

唐·陆德明《毛诗音义》（《毛诗正义·卷十三》）：棲，音西。卬，音仰，本又作仰。

宋·李樗《毛诗详解》（《毛诗李黄集解·卷二十六》）：有棲遅於家而偃仰者。

宋·吕祖谦《吕氏家塾读诗记·卷二十二》：李氏曰："有棲遅於家而偃仰者。"《釋文》"偃仰"作"偃卬"。

宋·段昌武《毛诗集解》：或棲（音西）遅偃仰，或王事鞅（於兩反）掌。

李曰："有棲遅於家而偃仰者。"

宋·杨简《慈湖诗传·卷十四》：棲謂安止，遅謂遅久，言其安止無為者久也。偃臥則仰矣，與息偃同，重言者協韻故也。

宋·严粲《诗缉·卷二十二》：棲，音西。李氏曰："有棲遅於家而偃仰者。"

元·许谦《诗集传名物钞·卷六》：李氏有"棲遅於家而偃仰"者。棲遅，見《陳·衡門傳》。

明·梁寅《诗演义·卷十三》：棲遅偃仰，自適也。

明·季本《诗说解颐·卷二十》：棲遅偃仰，謂棲遅於家而偃仰者。

明·丰坊《鲁诗世学·卷二十一》：或鹵（毛本作栖）遅匽（毛本作偃）卬（毛本作仰）。

224

正說：卤遲，亦安逸。匽卬，即在牀也。

明·郝敬《毛诗原解·卷二十二》：偃，仰貌，迎風曰偃。

明·姚舜牧《重订诗经疑问·卷六》：栖遲偃仰是惟意所適者。

明·陆化熙《诗通·卷二》：偃仰之"偃"作"俯"字看。偃仰從容，閒暇之意也。

明·徐奋鹏《诗经尊朱删补》（《诗经铎振·卷五》）：栖遲偃仰，栖遲于家偃仰自適也。

明·黄道周《诗经琅玕·卷六》：棲遲，是優遊自適之意。此偃字當俯容看。

明·冯元飈、冯元飆《手授诗经·卷五》：棲遲，是優遊自適之意，此"偃"字當俯容看。

明·何楷《诗经世本古义·卷十八下》：棲遲，解見《衡門篇》。

仰，舉首也。李氏云："有棲遲於家而偃仰者。"愚按：此如今仕者之請急休沐，或偃或仰則象其夷，猶自得之容耳。

明·杨廷麟《诗经听月·卷八》：棲遲是優遊自適之意，此偃字當俯容看。偃仰自得，則何有乎失容？

清·朱鹤龄《诗经通义·卷八》：《吕記》："有栖遲于家而偃仰者。"

清·钱澄之《田间诗学·卷八》：棲遲于家，或偃或仰，象其夷猶自得。如今仕者之請急休沐，得適意也。

清·张沐《诗经疏略·八卷》：棲遲，徐緩自得也。偃仰，俯仰自如也。

清·陈启源《毛诗稽古编·卷七十三》：《北山》詩連用十二"或"字，各兩或意自相反。首二"或""燕"與"瘁"反也；次二"或""息"與"行"反也；又次二"或""逸"與"勞"反也；又次二"或"舒遲與促遽反也；又次二"或""湛樂"與"畏咎"反也；終二"或"閒暇與冗煩反也。

清·冉觐祖《诗经详说·卷五十三》：《副墨》："'息偃'偃字作臥字看；'偃仰'偃字作俯字看。"

清·黄梦白、陈曾《诗经广大全·卷十三》：《正義》云"棲遲偃仰，謂栖遲於家而偃仰得意也。"

清·牟庭《诗切·卷三》：仰，《釋文》作卬，云本人作仰。

《衡門》，《毛傳》曰："棲遲，遊息也。"

清·李富孙《诗经异文释·十》：《釋文》云："仰作卬，云本又作仰"《雲漢》："瞻仰昊天"，《帮經音辨》引作"卬"。

清·阮元《毛诗注疏校勘记》（十三之一）》：䩉，猶可也。相臺本、同閩本、明監本、毛本同小字本，無"也"字。案：無者脫也。

清·徐华岳《诗故考异·卷二十》：《釋文》："卬"本又做"仰"。

清·陈寿祺、陈乔枞《三家诗遗说考·齐诗遗说考·卷二》：或棲遲偃仰。

補：《後漢書》"郎顗拜章曰：棲遲偃仰，寢疾自逸。"

清·徐璈《诗经广诂》：或棲遲偃仰。

《釋文》：或棲遲偃卬。

清·马瑞辰《毛诗传笺通释·卷二十一》：或棲遲偃仰。瑞辰按：偃仰，猶息偃、湛樂之類，皆二字同義。偃亦仰也。《論語》"寢不尸"。包注："不偃臥，布展手足，似死人也。"《晉語》"籧篨不可使俛"。韋注："籧篨，人。《參同契》曰：男生而伏，女偃其軀，及其死也乃復效之。"偃對伏言，亦為仰。《說文》："偃，僵也。僵，偃也。"僵亦謂仰倒。如《莊子》："推而僵之"，《漢書》："觸實瑟僵"，皆是也。《廣雅·釋言》："偃，仰也。"錢澄之曰："或偃或仰"，蓋誤以"偃"為伏。《論語》注："偃，僕也。"《說文》："僕，頓也。"僕為前覆，仰覆之通稱，亦不專為伏也。

清·陈奂《诗毛氏传疏·卷二十》：《衡門》，《傳》云："棲遲，遊息也。"仰，《釋文》作卬。

清·陈乔枞《诗经四家异文考·卷三》：或棲遲偃卬。《毛詩釋文》："卬，音仰，又作仰。"

案：《正義》本作"偃仰"。

或栖遲偃仰。《唐石經》"棲遲"作"栖遲"。

清·邓翔《诗经绎参·卷之三》：棲遲，息也。偃臥仰視，從其自如。

清·陈百先《诗经备旨·卷五》：棲遲，優遊自適之意。偃仰，仰看作俯。

民国·王闿运《毛诗补笺·卷十三》：或棲遲偃卬，卬，一作"仰"。

民国·马其昶《诗毛氏学·卷二十》：《衡門》，《傳》："棲遲，遊息也。"

民国·张慎仪《诗经异文补释·卷十》：或棲遲偃仰，《釋文》：出作"卬"，云本又作"仰"，《唐石經》作"或栖遲偃仰"。

桉：《荀子·議兵》楊注："卬，古字。"

民国·焦琳《诗蠲·卷七》：棲，止，息也。遲，從容也。仰，仰，《釋文》作"卬"。

民国·吴闿生《诗义会通·卷二》：仰，仰，《釋文》作"卬"。

附现代人

附1

高亨《诗经今注》 棲遲，遊息。偃仰，即安居。

陈子展《诗经直解·卷二十》：或棲遲偃仰，有的人遊息悠閒、俯仰自在，或王事鞅掌。（陽部）有的人王事煩勞、倉皇失態。

陳奐云：“鞅掌疊韻。偃仰雙聲。”

按：或耳不聞徵發之聲，或面帶憂苦之狀。或退食從容而俯仰作態，或經理煩劇而倉卒失容，極言不均之致也，不止勞逸不均而已。

鞅，音怏。

附2

《晋骆先生辑着诗经小雅·卷七》：不特此也，或深居安逸而不知叫號，或任事於外外而慘慘劬勞，無深居之勞者矣，或動靜自得而棲遲偃仰，或王事煩勞而鞅掌失容，無自得之休者矣！以彼之深居偃仰，視此之劬勞鞅掌，又何勞逸之相殊耶？

日本

日本·三宅重固《诗经笔记》：栖遲，《韻会》云：ノ一八息也。

日本·皆川愿《诗经绎解·卷十一》：棲遲，解見《衡門篇》。偃仰，猶俯仰。《史記·魏其傳》：“不仰視天而俯畫地，乃言不復知有天地者”，而此偃仰意正與彼意相反，蓋遁逸在野而冷眼看當世上下之情然也。

日本·冢田虎《冢注毛诗·卷十三》：棲遲，遊息也。偃仰，猶言臥起也。

日本·大田元贞《诗经纂疏》：或棲遲偃仰，李云：“有棲遲於家而偃仰者。”衡門之下，可以棲遲。

日本·龟井昱《毛诗考》：■也。俯仰，殆不堪問之狀。

日本·安藤龙《诗经辨话器解》：或棲（息也）遲偃仰，是皆王之所不知也。

日本·山本章夫《诗经新注》：栖，幽栖。遲，遲緩。偃仰，謂起臥隨意

朝鲜

朝鲜·申绰《诗次故》：《文選·陸機詩》注李善引此詩。張銑曰：“棲遲，游息也。”

朝鲜·申绰《诗经异文》：偃仰，《释文》："仰作卬云，仰，本又作卬。"

李润民按："或栖迟偃仰"一句，不少人对其中的两个词——栖迟和偃仰作了解释，总起来看解释大体上有以下几种意见：

1. "栖谓安止，迟谓迟久"（见宋·杨简《慈湖诗传·卷十四》）

2. "栖迟偃仰，自适也。"（见明·梁寅《诗演义·卷十三》）

3. "栖迟偃仰是惟意所适者。"（见明·姚舜牧《重订诗经疑问·卷六》）

4. "偃仰之偃作俯字看。偃仰从容，闲暇之意也。"（见明·陆化熙《诗通·卷二》）

5. "栖迟，是优游自适之意。此偃字当俯容看。"（见明·黄道周《诗经琅玕·卷六》）

6. "栖迟，徐缓自得也。偃仰，俯仰自如也。"（见清·张沐《诗经疏略》八卷）

7. "偃仰，犹息偃、湛乐之类，皆二字同义。"（见清·马瑞辰《毛诗传笺通释·卷二十一》）

8. "栖迟，息也。偃卧仰视，从其自如。"（见清·邓翔《诗经绎参·卷之三》）

9. "栖迟，游息也。偃仰，犹言卧起也。"（见日本·冢田虎《冢注毛诗·卷十三》）

10. "栖，幽栖。迟，迟缓。偃仰，谓起卧随意。"（见日本·山本章夫《诗经新注》）

关于栖迟和偃仰的解释虽然有这样几种不同的说法，但究其实没有实质性区别，都是形容人的闲适优游自在、仰卧随意舒服惬意的生活情状的。对这一句的含义，基本上都是认为：有的人长久地在家舒适地优哉游哉地享受生活，和下一句"或王事鞅掌"形成鲜明对照。

只有日本·皆川愿的说法特殊些："盖遁逸在野而冷眼看当世上下之情然也"（《诗经绎解·卷十一》），而这说法恐怕有些牵强。

或王事鞅掌

中国

《毛诗故训传》（《毛诗正义·卷十三》）：鞅掌，失容也。

汉·郑玄《毛诗笺》（《毛诗正义·卷十三》）：靸，猶何也。掌，謂捧之也。負，何。捧，持。以趨走言促遽也。

唐·陆德明《毛诗音义》（《毛诗正义·卷十三》）：靸，於兩反。何，戶可反，又音何。捧，芳勇反。

唐·孔颖达《毛诗正义·卷十三》：《傳》以靸掌為煩勞之狀，故云失容。言事煩靸掌，然不暇為容儀也。今俗語以職煩為靸掌，其言出於此《傳》也。故鄭以靸掌為事煩之實，故言靸猶荷也。靸讀如馬靸之靸，以負荷物則須靸持之，故以靸表負荷也。以手而掌執物是捧持之負荷，捧持以趨走也。促遽亦是失容，但本意與《傳》異耳。

宋·苏辙《诗集传·卷十二》：靸掌，失容也。

宋·李樗《毛诗详解》（《毛诗李黄集解·卷二十六》）：有或以王事之勞，靸掌而失容者。

宋·朱熹《诗经集传·卷十三》：靸掌，失容也。言事煩勞不暇為儀容也。

宋·吕祖谦《吕氏家塾读诗记·卷二十二》：毛氏曰："靸掌，失容也。"

孔氏曰："靸掌，煩勞之狀。言事煩靸掌，不暇為容儀也。今俗語以職煩為靸掌，其言出於此。"

宋·段昌武《毛诗集解》：或棲（音西）遲偃仰，或王事靸（於兩反）掌。

毛曰："靸掌，失容也。"孔曰："靸掌，頻勞之狀。言事煩靸掌，不暇為容儀也。今俗語以職煩為靸掌，其言出於此。"《東萊》曰："號，呼也。或不知叫號，謂深居安逸雖外之叫呼亦不知也。"

宋·杨简《慈湖诗传·卷十四》：《左傳·僖二十八年》："晉車七百乘，韅靷靸鞅。"杜注云："在背曰韅，在胷曰靷，在腹曰靸，在後曰鞅。"此詩士子其職卑矣，其靸在掌方駕車馬，故任此勞，故世以煩勞為靸掌。

按：樓鑰曰："毛氏曰：'靸掌，失容也。'孔氏曰：'靸掌，煩勞之狀。'"只須用孔說，今說頗迂。韅靷靸鞅皆在馬之身，維轡則在馭者之手。靸既在馬腹，如今之肚帶不應在人之手掌也。

宋·林岊《毛诗讲义·卷六》：靸掌，煩勞之狀。

宋·魏了翁《毛诗要义·卷十三下》：《傳》："靸掌，失容。"《箋》："靸猶何，掌猶捧。"

或棲遲偃仰，或王事靸掌，靸掌，失容也。《箋》云："靸猶何也，掌謂猶捧之也。負何捧持以趨走，言促遽也。"《正義》曰："《傳》以靸掌為煩勞之狀，故云失容。言事煩鞅掌，然不暇為容儀也。今俗語以職煩為鞅掌，其言出於此《傳》也。故鄭以鞅掌為事煩之實，故云鞅猶荷也。鞅讀如馬鞅之鞅，以負荷物則須鞅持之。"

宋·严粲《诗缉·卷二十二》：鞅，央之上。

《傳》曰："鞅掌，失容也。"

《疏》曰："以鞅掌為煩勞之狀。鄭以鞅如馬鞅之鞅，掌以手執物。"

《補傳》曰："鞅掌皆所以拘物，謂王事所拘也。"

元·胡一桂《诗集传附录纂疏·卷十三》：鞅掌，失容也，言事煩勞不暇為儀容也。

元·梁益《诗传旁通·卷九》：鞅掌，孔穎達曰："《傳》以鞅掌為煩勞之狀，鄭以鞅如馬鞅之鞅，掌如以手執物。"許慎曰："馬之頸組曰鞅，亦謂之纓。"

范處義《詩補傳》曰："鞅掌皆所以拘物，謂王事所拘也。"

元·何英《诗经疏义增释》（《诗经疏义会通·卷十三》）：鞅掌，煩勞失容之狀。

明·梁寅《诗演义·卷十三》：王事鞅掌，失容也。

明·胡广《诗传大全·卷十三》：鞅掌，失容也，言事煩勞不暇為儀容也。

明·季本《诗说解颐·卷二十》：鞅，如馬鞅之鞅，掌謂以手執持拘束之意也。

明·黄佐《诗经通解·卷十四》：鞅，央之上。仰，《釋文》作卬。

明·丰坊《鲁诗世学·卷二十一》：正說：鞅掌，失容也，言事煩勞不暇為儀容也。鄭氏曰："鞅猶何也。掌，猶捧之也。負荷捧持以趨走，言促遽也。"

明·李资乾《诗经传注·卷二十六》：或問鞅掌何物也？愚曰：鞅者，頸鞤之名，以熟皮為之，繫於馬項，遊移於衡中。故鞅字左傍革者熟皮，右傍央者衡中也。掌者，手之五指，內屈摳掌心。所以持鞅而防馬逸車覆，其盡瘁劬勞不尤急乎！

明·顾起元《诗经金丹·五卷》：鞅掌■■，縶絆其手，掌不得轉動也。

又：鞅以控馬而執在手者，一釋手則馬奔而不可御矣。總攬國事亦肰，曰鞅掌。

明·郝敬《毛诗原解·卷二十二》：鞅掌，牽持意。鞅，馬鞅也。掌，握持也。

明·冯复京《六家诗名物疏·卷四十》：鞅，《疏》云："鞅讀如馬鞅之鞅。"《說文》："鞅，頸皮也。"《釋名》云："鞅，嬰也。喉下稱嬰，言纓絡之也。"《左傳》注云："在腹曰鞅。"

掌，《釋名》云："掌，言可以排掌也。"

明·冯时可《诗臆》：鞅掌，失容也。鄭云："鞅，猶何也。掌，謂捧之也。負荷捧持以趨走言促遽也。"鞅讀如馬鞅之鞅，以負荷物則須鞅持之也。婆娑盤辟舞也。

明·徐光启《毛诗六帖讲意·卷二》：五仰掌。《箋》曰："鞅，猶何也。掌，謂捧之也。負何捧持以趨走，言促遽也。"

明·姚舜牧《重订诗经疑问·卷六》：王事鞅掌是莫可解脫者。

又：鞅掌何以作失容解？按：《說文》："鞅，馬頸組也。"此必控馬而執在手者，一釋手則馬奔而車裂矣。總攬國事者亦然，故曰"王事鞅掌"耳，如解作失容，將謂王事失容乎？《駉鐵》篇云："六轡在手"，是鞅掌之一證。

明·陆化熙《诗通·卷二》：鞅以控馬而執在手，一脫手則馬奔而不可御矣。總攬國事亦然，故曰鞅掌。

明·徐奋鹏《诗经尊朱删补》（《诗经铎振·卷五》）：王事鞅掌，則以事絆縛其手，而不暇為儀容矣。

明·顾梦麟《诗经说约·卷十六》：鞅掌，失容也，言事煩勞不暇為儀容也。

《孔疏》："《傳》以鞅掌為煩勞之狀，故云失容，言事煩鞅掌然亦不暇為儀容也。"

《增釋》："鞅掌，煩勞失容之狀。"

明·张次仲《待轩诗记·卷五》：鞅，馬頸之組，控馬者執組在手，一失手則馬逸，身肩王事，如鞅在掌，無時可以暫釋。

明·黄道周《诗经琅玕·卷六》：鞅，以控馬而執在手，一釋手則馬奔而不可馭矣。總攬國事亦然，故曰"鞅掌"。偃仰自得者何有乎？失容而鞅掌者事務煩勞不暇為儀容。此一句以勤惰分。

明·钱天锡《诗牗·卷九》：姚承菴曰："鞅以控馬而執在手者，一釋手則馬奔而不可禦矣。總攬國事，久然，故曰鞅掌。"

明·冯元飏、冯元飙《手授诗经·卷五》：鞅掌，是失容①，是勞不暇為儀容也。

---

① 原文此处是"字"，据文意改为"容"。

明·何楷《诗经世本古义·卷十八下》：靰，《說文》云："頸組也。"孔云："馬靰之靰。"掌，《說文》云"手中也，控馬者執組在手，一釋手則馬逸矣。"身肩王事，如納靰於掌中，無時可以暫釋，則雖欲不夙夜，在公亦不可得寧，復有棲遲於家之日乎？

明·黄文焕《诗经嫏嬛》：靰掌，失容也，言事煩勞不暇為儀容也。

明·杨廷麟《诗经听月·卷八》：靰掌是失容，勞而不暇為儀容也，與遊適反。

明·朱朝瑛《读诗略记·卷四》：何玄子曰："靰，掌靰，如馬靰之靰。身肩王事如執靰之掌，不可暫釋也。"

明·胡绍曾《诗经胡传·卷七》：靰掌，《箋》云："靰猶何也，掌謂捧之也。負荷捧持以趨走"，是煩勞失容之狀。按：《說文》："靰，頸皮也。"《釋名》："靰，嬰也，喉下為嬰。"《左傳》注："在腹曰靰。"愚意靰本馬之纓也，謂纓絡之。今曰靰掌，是束手掣肘之象，或云六轡在手，惟慮奔軼，則靰非轡也。《南華經》："靰掌之為使。"郭象注："靰掌自得。"蓋以為不仁之疾，故自得也。

清·朱鹤龄《诗经通义·卷八》：毛云："靰掌，失容也。"何楷曰："靰，馬靰也。"掌，《說文》云："手中也"，控馬者執組在手，一釋手則馬逸矣，故以為身肩王事之喻。

清·钱澄之《田间诗学·卷八》：靰，馬靰也，控馬者執靰在手，一釋手則馬逸矣。身肩王事，如納靰掌中，無時可以暫釋也，與棲遲對。愚按：靰掌，即指勤於馳驅，掌不離靰，猶言身不離鞍馬耳。

清·张沐《诗经疏略·八卷》：靰掌，失容也，事煩勞則不暇為容。

清·陈启源《毛诗稽古编·卷七十三》：《北山》詩連用十二"或"字，各兩或意自相反。首二"或""燕"與"瘁"反也；次二"或""息"與"行"反也；又次二"或""逸"與"勞"反也；又次二"或"舒遲與促遽反也；又次二"或""湛樂"與"畏咎"反也；終二"或"閒暇與冗煩反也。

靰掌，毛云"失容"，鄭云"促遽"，語異而旨同也。其釋"靰"為負荷，"掌"為奉持，正促遽之實寔。促據必失容，鄭乃以申毛耳。孔云意異，殆未然。

清·冉觐祖《诗经详说·卷五十三》：靰掌，失容也，言事煩勞不暇為儀容也。

《毛傳》："靰掌，失容也。"

《鄭箋》："靰猶何也，掌謂捧之也，負何捧持以趨走，言促遽也。"

《孔疏》："《傳》以鞅掌為煩勞之狀，故云失容。言事煩鞅掌不暇為容儀也。今俗語以職煩為鞅掌，其言出於此《傳》也，故鄭以鞅掌為事煩之實。故言鞅猶荷也，鞅讀如馬鞅之鞅。以負荷物則須鞅持之，故以鞅表負荷也。以手而掌執物，是捧持之負荷捧持以趨走也。促遽亦是失容，但本義與《傳》異耳。"

清·王鴻緒等《欽定詩經傳說彙纂·卷十四》：《集傳》："鞅掌，失容也。言事煩勞不暇為儀容也。"

孔氏穎達曰："《傳》以鞅掌為煩勞之狀，故云失容。今俗語以職煩為鞅掌，其言出於此。"

清·李塨《詩經傳注·卷五》：鞅，荷也。掌，捧也。負荷捧持以趨走，言促遽也。

清·姜文燦《詩經正解·卷十七》：鞅掌，失容也。言事煩勞，不暇為儀容也。

清·姜兆錫《詩傳述蘊》：鞅，所以拘馬腹者。鞅掌，言手足如有拘僷然，故《註》曰"失容"也。《豳風》言"予手拮据"① 亦似之。

清·黃夢白、陳曾《詩經廣大全·卷十三》：《正義》云："鞅掌，煩勞失容之狀，言事煩鞅掌，然不暇為儀容也。"

清·牛運震《詩志·卷四》：鞅，《說文》以爲頸，靼也。沈青涯云："服勞之馬，頸有鞅，蹄有掌，不得休息，以喻士之從事於王事者，如馬之服鞅與掌也。"此解良是。

清·劉始興《詩益·卷五》：鞅掌，失容也，言事煩勞不暇為儀容也。

清·程晉芳《毛鄭異同考》：《傳》："鞅掌，失容也。"《箋》："鞅，猶何也。掌，謂捧之也。負何捧持以趨走，言促遽也。"《正義》："《傳》以鞅掌爲煩勞之狀，故云失容。言事煩鞅掌，然不暇爲容儀也。今俗語以職煩爲鞅掌，其言出于此《傳》也。故鄭以鞅掌爲事煩之寔，故言鞅猶荷也。鞅讀如馬鞅之鞅，以負荷物則須鞅持之，故以鞅表負荷也。以手而掌執物，是捧持之，負荷捧持以趨走也。促遽亦是失容，但本意與《傳》異耳。"案：此《孔疏》以鞅掌爲煩勞，得之。《傳》云"失容"，未知果是煩勞否？要當從仲叔說。

清·顧鎮《虞東學詩·卷八》：錢飲光曰："鞅掌，掌不離鞅，猶云身不離鞍馬耳。《毛傳》則謂之失容。"

---

① 見《豳風·鴟鴞》篇。

清·胡文英《诗经逢原》：靱掌，勞於王事不得自由也。

清·段玉裁《毛诗故训传定本》：靱掌，失容也。

清·汪龙《毛诗异义·卷二》：或王事靱掌，《傳》訓靱掌爲失容，《箋》云："靱猶何也，掌謂捧之也，負何捧持以趨走，言促遽也。"案：《說文》："靱，頸靼也。"故《箋》以"何[①]"義釋之，《傳》以失容言靱掌之狀。《箋》則實之以事，《疏》謂促遽，亦是失容是也。又云本意與《傳》異，龍所未詳。

清·牟庭《诗切·卷三》：《毛傳》曰："靱掌，失容也。"《孔疏》曰："言事煩靱掌，然不暇為容儀也。今俗語以職煩為靱掌，其言出於此《傳》也。"《莊子·庚桑楚篇》："靱掌之為使。"司馬彪注曰："靱掌，醜貌也。"余按：醜貌即失容，與《毛傳》合，是也。《鄭箋》云："靱掌猶荷也，掌謂捧持之也，負荷捧持以趨走，言促遽也。"《莊子》，郭注云："靱掌，自得也。"崔注云："靱掌，不仁意。"《在宥篇》："遊者，靱掌。"郭注亦曰："自得而正也。"皆非矣。

清·刘沅《诗经恒解·卷四》：靱掌，失容也。

清·徐华岳《诗故考异·卷二十》：《正義》："居家閒逸不知上有徵發呼召。靱掌，失容也。"《正義》："《傳》以靱掌爲煩勞之狀，不暇爲容儀也。"《箋》："靱猶何也，掌謂捧之也。負何捧持以趨走，言促促遽也。"《正義》："鄭唯靱掌爲異。"

清·胡承珙《毛诗后笺·卷二十》：或王事靱掌。《傳》："靱掌，失容也。"《箋》云："靱猶何也，掌謂捧之也。負何捧持以趨走，言促遽也。"《稽古編》曰："毛云'失容'，鄭云'促遽'，語異而旨同也。其釋靱為負何，掌為捧持，正促遽之實，促遽必失容，鄭乃以申毛耳。孔云意異殆未然。"

承珙案：靱掌，疊韻字，猶之憔悴（或盡瘁事國，《昭八年·左傳》引作"憔悴"）棲遲，憔悴為雙聲；棲遲為疊韻。此類形容之詞義多即寓於聲。毛以靱掌為失容，蓋其時相傳，故言有此訓義。至《鄭箋》詩時已不行用，此語不得不逐字生解，雖促遽失容，大旨相近，然馬靱手掌二物，絕不相蒙，且負何捧持，未見促遽之意，又必加以趨走二字，殊為迂曲。此詩十二"或"字各兩兩相反，棲遲偃仰為從容自如之貌，靱掌反之義自可見。《莊子·庚桑楚篇》："擁腫之與居，靱掌之為使。"《釋文》引崔云："擁腫無知貌，靱掌

[①] 此"何"，即"荷"字。

234

不仁意。向云擁腫輂掌樸㯬之謂，司馬彪云皆醜貌也。"案：不仁猶言手足不仁，不仁則手容不能恭，足容不能重，即是失容之意。向以樸屬擁腫㯬屬輂掌，㯬者拘㯬合之，司馬云醜貌，皆與失容義，近至。郭象注云："輂掌，自得也。"此則古訓詁多相反為義。輂掌，不自如之貌，故反之又為自得，然《莊子》與擁腫連稱，則郭義非是。

清·林伯桐《毛诗通考·卷二十》：《傳》曰："輂掌，失容也。"以輂掌連言。《箋》云："輂，猶何也。掌，謂捧之也。"分輂掌爲二，非毛意矣。

清·马瑞辰《毛诗传笺通释·卷二十一》：或王事輂掌。《傳》："輂掌，失容也。"《箋》："輂猶何也。掌謂捧之也。負何捧持以趨走，言促遽也。"瑞辰案："輂掌"二字疊韻，即秩穖之類。《說文》："秩禾，若秩穖也。"《集韻》曰："禾下葉多也"。禾之葉多曰秩穖，人之事多曰輂掌，其義一也。《傳》言失容者，亦狀事多之兒。《箋》分二字釋之，失其義矣。

胡承珙曰："《莊子·耕桑篇》：'擁腫之與居，輂掌之為使'。《釋文》引崔云：'輂掌不仁意。'案：不仁，猶言手足不仁。不仁則手容不能恭，足容不能重，即是失容之意。"

清·李允升《诗义旁通·卷七》：何元子云："輂，馬輂也。掌，手中也。控馬者執組在手，一釋手而馬逸矣，故以爲任事之喻。"

清·陈奂《诗毛氏传疏·卷二十》：輂掌，疊韻連緜字。輂掌，失容，猶言倉皇失據耳。《正義》云："《傳》以輂掌爲煩勞之狀，故云失容。言事煩輂掌，然不暇爲容儀也。今俗語以職煩爲輂掌，其言出於此《傳》也。"案：《莊子·庚桑楚篇》："輂掌之爲使。"郭象注云："輂掌，不自得。"宋陳景元校本有"不"字，今各本奪"不"，不可通矣。崔誤云"不仁意"。司馬彪云"醜貌"，並與失容義近。又《在宥篇》："遊者，輂掌以觀無妄。"輂掌，亦浮遊動容之意。

清·顾广誉《学诗详说·卷二十》：《傳》："輂掌，失容也。"《箋》："輂猶何也。掌謂捧之也。負何捧持以趨走言促遽也。"胡氏《後箋》謂："輂掌，疊韻字，形容之辭義多即寓於聲。"鄭說殊迂曲，"此詩十二'或'字各兩兩相反。棲遲偃仰為從容自如之貌。輂掌反之，義自可見。陳氏疏引《莊子·庚桑楚篇》'輂掌之為使。'"郭象注："輂掌，不自得。"（宋陳景元校本有"不"字。）司馬彪云："醜貌，並與失容義近。"

清·沈镐《毛诗传笺异义解·卷之九》：或王事輂掌

《傳》："輂掌，失容也。"《箋》："輂猶何也，掌謂捧之也，負何捧持以趨走言促促遽也。"《釋文》"何戶可反，又音何"。《正義》："《傳》以輂掌

235

爲煩勞之狀，故云失容，言事煩鞅掌然不暇爲容儀也，今俗語以職煩爲鞅掌。其言出於此《傳》也。鄭以鞅掌爲事煩之實，故言鞅猶何也。鞅讀如馬鞅之鞅，以負荷物則須鞅持之故，以鞅表負荷也。以手掌執事，是捧持之負荷，捧持以趨走也。促遽，亦是失容，但本意與《傳》異耳。"

鎬案：鞅掌是疊韻，如崔嵬、虺隤、差池、委蛇之類，以兩字成義。《箋》云"促遽"亦與《傳》"失容"意合，惟分釋鞅掌二字似太穿鑿。朱氏《集傳》曰"鞅掌，失容也"，李氏公凱曰"或有勞於王事而鞅掌失容者"，李氏樗曰"有或以王事之勞鞅掌而失容者"，均依《傳》，是也。

清·方玉潤《诗经原始·卷十一》：鞅掌，《集傳》"鞅掌，失容也。言事煩勞，不暇為儀容也。"孔氏穎達曰："《傳》以鞅掌為煩勞之狀，古云失容。今俗語以職煩為鞅掌，其言出於此。"

清·邓翔《诗经绎参·卷之三》：掌為煩勞之狀，不暇為儀容也。又，鞅猶荷也，如馬鞅之鞅。掌，捧之也，是亦煩勞之狀。二句即在床在行之分。

清·龙起涛《毛诗补正·卷十七》：《朱傳》："鞅掌，失容也。"《箋》："鞅猶何也，掌謂捧之也，負何捧持以趨走，言促促遽也。"孔氏曰："今俗語以煩勞爲鞅掌，其言蓋出於此。"《詩觸》："鞅以控馬而執在手，一放手則馬逸，故總攬眾事曰鞅掌。"

清·吕调阳《诗序议·卷三下》：鞅掌，煩勞也。

清·梁中孚《诗经精义集钞·卷三》：鞅掌，失容也。

清·王先谦《诗三家义集疏·卷十八》：疏：《傳》："鞅掌，失容也。"《箋》："鞅猶何也，掌謂捧之也。負何捧持以趨走，言促遽也。"

馬瑞辰云："鞅掌二字疊韻，即秧穰之類。"《说文》："秧，禾若秧穰也。"《集韻》："禾下葉多也"，禾之葉多曰秧穰，人之事多曰鞅掌，其義一也。《傳》言失容者亦狀事多之兒。胡承珙云："《莊子·庚桑楚篇》'擁腫之與居，鞅掌之為使'"。《釋文》引崔云"鞅掌，不仁意'。案：不仁猶言手足不仁，不仁則手容不能恭，足容不能重。即是失容之意。

清·陈百先《诗经备旨·卷五》：鞅掌，失容也。言事煩不暇為儀容也。

又：鞅掌為煩勞之狀，故云失容。

民国·王闿运《毛诗补笺·卷十三》：鞅掌，失容也。《箋》云："鞅，猶何也。掌，謂捧之也。負何捧持以趨走言促遽也。"

民国·马其昶《诗毛氏学·卷二十》：鞅掌，失容也。孔曰："言事煩鞅掌，然不暇爲容儀也。"

陳曰："鞅掌，疊韻連緜字。鞅掌，失容，猶云倉皇失據耳。"

236

民国·丁惟汾《诗毛氏传解诂》：或王事鞅掌，《傳》云："鞅掌，失容也。"按：鞅掌為疊韻連緜字，與倉皇為疊韻，為倉促慌忙，舉止失措之貌。故《傳》訓為失容。《莊子·庚桑楚》："鞅掌之為使"，司馬彪注"鞅掌，醜貌也。"舉措失容，故謂之醜貌。

民国·李九华《毛诗评注·卷二十》：註：鞅掌，失容也。（《毛傳》）

民国·林义光《诗经通解·卷二十》：鞅掌，疊韻字，毛云："失容也。"孔穎達云："言事煩鞅掌，然不暇爲容儀也。"按：《莊子·庚桑楚篇》云："擁腫之居與，鞅掌之爲使。"鞅掌與擁腫義近。司馬彪云："擁腫，醜貌。"

民国·焦琳《诗鬻·卷七》：鞅掌，煩勞之狀也，其意未詳。

民国·吴闓生《诗义会通·卷二》：鞅掌，失容也。

附现代人

高亨《诗经今注》：鞅掌，忙忙碌碌。

附錄：注：鞅掌：忙忙碌碌。《莊子·庚桑篇》"鞅掌之為使。"《在宥》："遊者鞅掌。"都是此意。此酌採馬敘倫先生《莊子議證》。

高本汉《诗经注释》：或王事鞅掌

A《毛傳》："鞅掌（*iang-tiang），失容也"；所以：有些人為王事倉皇失據（工作太多了）。"鞅掌"兩見於《莊子》（庚桑篇，在宥篇），意義都很隱晦，說者不一，引過來沒有什麼用處。"鞅"的本義是縛在馬身上的革帶，在這裏顯然是假借字，本字大概是"怏"iang/iang/yang，戰國策有"怏然不悅"。《史記·淮陰侯列傳》："居常鞅掌"，"鞅"也是"怏"的假借字。正如"鞅"字的偏旁不應該是"革"而應該是"心"，"掌"的偏旁也不應該是"手"而應該是"心"；"掌"是"惝"*tiang/tsiang/chang 的假借字。《莊子則陽篇》："君惝然若有亡。"總之，"掌"是"怏惝"的假借，"怏"和"惝"在古文籍中都有佐證。這樣講是和《毛傳》相合的。

B《鄭箋》："鞅猶何（荷）也；掌謂捧持之也；"所以：有些人把王事負持著。但是"鞅"這麼講是沒有佐證的。全句的語序和這個解說不合。

C 馬瑞辰——《說文》訓"秧"為"禾若秧穰"（*iang-niang）"秧穰"指"禾下葉多"，因此馬氏以為這裏的"鞅掌"也就是說文"秧穰"的意思：有些人覺得王事很多。"秧穰"不見於典籍，馬氏的解說更是無根的猜測。

A 說確有根據。

陈子展《诗经直解·卷二十》：有的人王事煩勞、倉皇失態。

日本

日本·三宅重固《诗经笔记》：靴掌，靴，馬ノムナカヒ馬具腹〝アルモ也手リ供メ高カラヌヲ云。

日本·赤松弘《诗经述·九述》：靴掌，失容也。言事煩勞不暇為儀容也。

日本·皆川愿《诗经绎解·卷十一》：靴，《說文》云："頸組也。"孔云："馬靴之靴。"掌，《說文》云："手中也。"控馬者執組在手，一釋手則馬逸矣。身肩王事，如納靴於掌中，無時可以暫釋，則雖欲不夙夜，在公亦不可得，寧復有棲遲于家之日乎？

日本·伊藤善韶《诗解》：靴掌，謂促遽失容也。

日本·冢田虎《冢注毛诗·卷十三》：靴掌，謂失容也。言事促遽而不暇修儀容。

日本·猪饲彦博《诗经集说标记》：《鄭箋》："靴，猶何也。掌，猶謂捧之也。負何捧持以趨走，言促遽也。"《補傳》："說者謂'靴也''掌也'，皆所以拘物，謂為王事所拘也。"

日本·大田元貞《诗经纂疏》：或王事靴掌，《莊子·在宥》："遊者靴掌，以歡無妄。"

《庚桑》："擁腫之與居，靴掌之為使。"孔之今俗以職煩為靴掌，其言出於此《傳》也。

日本·仁井田好古《毛诗补传·卷二十》：靴掌，失容也。補：鄭玄曰："靴，猶負何也。掌，謂捧之也。負何捧持以趨走，言促遽也。"

孔云："靴掌，煩勞之狀，言事煩靴掌，不暇為容儀也。今俗語以職煩為靴掌，其言出於此。"好古按：靴掌，毛、鄭一說，孔謂意異，殆不然。

日本·亀井昱《毛诗考》：■也。《疏》演毛，云"事煩靴掌，不暇爲容儀"。案：《莊子》"靴掌之為使"。註：委頓，失容也。此近得毛意。又"遊者靴掌，以觀無妄"，是飄飄忽忽之意，亦可以証"轉頓狼狽之忧"。

"王事之■■不為"重複者，主意所歸在王事而已，獨勤勞故也。

日本·安井衡《毛诗辑疏·卷十上》：靴掌，失容也。《箋》："靴，猶何也。掌，謂捧之也。負何捧持以趨走，言促遽也。"《正義》："靴讀如馬靴之靴，以負荷物則須靴持之故。"鄭以靴表負荷。陳啟源云："靴掌，毛云失容，鄭云促遽，語異而旨同也。其釋靴為負荷，掌為捧持，正促遽之實，促遽必失容。鄭乃申毛耳，孔云意異，殆未然。"

日本·安藤龙《诗经辨话器解》：是皆王之所不知也。《傳》："鞅掌，失容也。"《箋》云："鞅，何也。掌，謂捧之也。負何捧持以趨走言促遽也。"

日本·山本章夫《诗经新注》：鞅掌，謂煩劇手無止時。

朝鲜

朝鲜·朴世堂《诗经思辨录》：毛云："鞅掌，失容也。"鄭云："鞅，猶何也。掌謂捧之也。負何捧持以趨走，言促遽也。"

又云[①]："《傳》以鞅掌為煩勞之狀，故云失容，言事煩不暇為容儀也。今以職煩為鞅掌出於此也。鄭云：以鞅掌為事煩之實，故言鞅猶何也。鞅，讀如馬鞅之鞅，負荷則須鞅持之。以掌執物，是捧持之促遽，亦是失容。但本意與《傳》異耳。"

朝鲜·金种厚《诗传札录》：鞅掌，《箋》曰："鞅，猶何也。掌，謂捧之也。負何捧持以趨走，言促遽也。"按：今《傳》之釋以失容，本《毛傳》也。

朝鲜·申绰《诗次故》：《文選·嵇康書》注李善引此詩。劉良曰："鞅掌，衆多貌。"

朝鲜·沈大允《诗经集传辨正》：鞅掌，疊韻，如六轡之在手也。

朝鲜·尹廷琦《诗经讲义续集》：鞅，按：《字書》曰："馬駕具。"遂引詩"王事鞅掌"之句。而曰"鞅所以拘物"，言為王事所拘也。掌，主也，然則鞅掌者，為所拘係而主掌事務也。

朝鲜·朴文镐《枫山记闻录》（毛诗）：王事鞅掌，非王事之鞅掌也。乃以王事之故而容貌鞅掌也。諺釋未瑩（相範）。

朝鲜·朴文镐《诗集传详说·卷十一》：鞅掌，失容也，言事煩勞，不暇為儀容也。

李润民按：给"或王事鞅掌"一句作解的人很多，不少人引经据典，对其关键词"鞅掌"溯本求源。于是，见仁见智，分歧明显，归纳起来，主要有以下几种意见：

1."鞅掌，失容也。"（见《毛诗故训传》）

2."鞅，犹何也。掌，谓捧之也。负，何。捧，持。以趋走言促遽也。"（见汉·郑玄《毛诗笺》）

---

① 此处指孔颖达。

3. "鞅掌，失容也。言事烦劳不暇为仪容也。"（见宋·朱熹《诗经集传·卷十三》）

4. "此诗士子其职卑矣，其鞅在掌方驾车马，故任此劳，故世以烦劳为鞅掌。"（见宋·杨简《慈湖诗传·卷十四》）

5. "鞅，如马鞅之鞅，掌谓以手执持拘束之意也。"（见明·季本《诗说解颐·卷二十》）

6. "或问鞅掌何物也？愚曰：鞅者，颈靼之名，以熟皮为之，系于马项，游移于衡中。故鞅字左傍革者熟皮，右傍央者衡中也。掌者，手之五指，内屈抠掌心。所以持鞅而防马逸车覆，其尽瘁劬劳不尤急乎！"（见明·李资乾《诗经传注·卷二十六》）

7. "鞅掌■■，紮绊其手，掌不得转动也。又：鞅以控马而执在手者，一释手则马奔而不可御矣。总揽国事亦肤，曰鞅掌。"（见明·顾起元《诗经金丹·五卷》）

8. "鞅掌，牵持意。鞅，马鞅也。掌，握持也。"（见明·郝敬《毛诗原解·卷二十二》）

9. "鞅，马鞅也，控马者执鞅在手，一释手则马逸矣。身肩王事，如纳鞅掌中，无时可以暂释也，与栖迟对。愚按：鞅掌，即指勤于驰驱，掌不离鞅，犹言身不离鞍马耳。"（见清·钱澄之《田间诗学·卷八》）

10. "鞅掌，叠韵连緜字。鞅掌，失容，犹言仓皇失据耳。""鞅掌，亦浮游动容之意。"（见清·陈奂《诗毛氏传疏·卷二十》）

11. "鞅掌是叠韵，如崔嵬、虺隤、差池、委蛇之类，以两字成义。"（见清·沈镐《毛诗传笺异义解·卷之九》）

12. "鞅掌，谓烦剧手无止时。"（见日本·山本章夫《诗经新注》）

14. "《文选·嵇康书》注李善引此诗。刘良曰：'鞅掌，衆多貌。'"（见朝鲜·申绰《诗次故》）

以上这些说法有两个基本分歧，一是"鞅掌"究竟是"鞅"和"掌"两个单词，还是一个叠韵词？二是"鞅掌"是指双手荷持捧拿物体，还是与驾车驭马之事有关。不同说法，解者各有所据，一时难下断语。无论"鞅掌"一词的本源是什么，与驾车驭马有无关系，但落实到诗中，它们的含义区别不大，无非是："失容""促遽""烦劳""控马""牵持意""烦剧手无止时""衆多貌"等，意思相近，甚或可以互通。

整句的意思是：有的人为王室服役，差事烦剧，以至于紧张繁忙仓皇失据。正如现代人陈子展解释的："有的人王事烦劳、仓皇失态。"（见《诗经直解·卷二十》）与"或栖迟偃仰"句形成鲜明对照，同上边"或燕燕居息，或尽瘁事国"等句用意一样，是为了表示对"大夫不均"的批评。

五章总说

中国

唐·孔颖达《毛诗正义·卷十三》：三章勢接，湏通鮮之，皆具說在注。

宋·李樗《毛诗详解》（《毛诗李黄集解·卷二十五》：同四自此以下皆是言役使不均，有燕燕然而居息者，有盡力以事國者，有偃息而在牀者，有不止於行驅馳於道路者，有或不知上有徵發呼召者，有或慘慘然而劬勞者，有棲遲於家而偃仰者，有或以王事之勞鞅掌而失容者，或有惟湛逸樂而飲酒者，或慘慘而畏獲罪者，或有出入放恣議量時政者，有無事不為者……其不均如此之甚矣。夫坐而論道謂之三公，作而行事謂之士大夫。三公之與大夫則有勞逸之殊其勢然也，孰敢懷怨上之心哉？今也，同是大夫而不均如此，所以《北山》致大夫之怨也。

宋·范处义《诗补传·卷二十》：此三章皆歷陳不均之事。彼則燕安居處，此則疲於國事；彼則息偃牀第，此則行役不止；彼則深居簡出，叫號有所不知，此則慘慘憂戚，劬勞無所辭避；彼則棲遲於家，偃仰自如，此則王事所拘，鞅掌無措；彼則湛樂燕飲，此則慘戚畏罪；彼則出入風議，專事口吻，此則無所不為，越其官守。同為王臣而勞逸不均如此，以見明不能察。此其所以為《北山》歟？說者謂"鞅也，掌也"，皆所以拘物。謂"為王事所拘也"義亦通。

宋·朱熹《诗经集传·卷十三》：言役使之不均也。

宋·吕祖谦《吕氏家塾读诗记·卷二十二》：李氏曰："自此以下皆言役使不均。劉氏曰：'彼或不知叫號，我則慘慘劬勞；彼或棲遲偃仰，我則王事鞅掌；彼或湛樂飲酒，我則慘慘畏咎；彼或出入風議，我則靡事不為。以彼為賢耶，則國事待我而集。以我為賢邪，則厚祿居彼為多。'"

宋·段昌武《毛诗集解》：李曰："自此以下皆言役使不均。"劉曰："彼或不知叫號我則慘慘劬勞，彼或棲遲偃仰我則王事鞅掌彼，彼或湛樂飲酒我則慘慘畏咎，彼或出入風議我則靡事不為……以彼為賢也則國事待我而集，

242

以我為賢耶則厚祿居彼為多。"《左氏傳》晉伯瑕曰："《詩》曰：'或燕燕居息，或憔悴事國。'"

宋·林岊《毛诗讲义·卷六》："或燕燕居息"以下言不均也。

又：孔子曰："不患寡而患不均。"

宋·严粲《诗缉·卷二十二》：皆言役使不均也。

元·胡一桂《詩集傳附錄纂疏·卷十三》：李氏曰："有棲遲於家而偃仰者。劉氏曰：彼或不知叫號，我則慘慘劬勞；彼或棲遲偃仰，我則王事鞅掌；彼或湛樂飲酒，我則慘慘畏咎；彼或出入風議，我則靡事不為。以彼為賢也，則國事待我而集。以我為賢耶，則厚祿居彼為多。"

元·刘瑾《诗传通释·卷十三》：言事煩勞不暇為儀容也。

輔氏曰："燕，安也，重言之，見安之甚也。或燕燕而自居於休息，或盡瘁而力為國事；或息偃在牀以自逸，或不已於行以自苦；或深居而不接人聲，或憂慘而自極劬勞；或棲遲於家而偃仰自適，或煩勞於國而儀容不整；或耽樂飲酒以自樂，或慘慘畏咎以自憂；或出入風議而親近從容，或靡事不為而疎遠勞勩。"

元·梁益《诗传旁通·卷九》：範處義詩：《補傳》曰："鞅掌皆所以拘物，謂王事所拘也。"

元·许谦《诗集传名物钞·卷六》：五章，李氏有"棲遲於家而偃仰"者。棲遲，見《陳·衡門傳》。

元·朱公迁《诗经疏义》（《诗经疏义会通·卷十三》）：極言勞逸不均而深怨之也。

元·刘玉汝《诗缵绪·卷十一》：此下三章承上申言不均，既極盡不均之情態，以冀上之察，又皆以"或"言，見非獨為己而發，皆忠厚之意也。又一逸一勞，隱然相對而不必整然相反，古人言語渾厚如此，亦可以為法矣。十二"或"字，韓文公《南山》五言四十"或"字，本於此，文果無法乎？

明·梁寅《诗演义·卷十三》：此下三章極言不均之失。

明·胡广《诗传大全·卷十三》：言役使之不均也。

明·季本《诗说解颐·卷二十》：言役使不均之意，其間蓋有可使之人，而大夫不以為意也。

明·黄佐《诗经通解·卷十四》：或深居安逸不聞人聲，或朝夕從事慘慘劬勞，欲深居而不可得也；或棲遲偃仰動如己意，或王事煩勞不暇為儀容，欲自適而不可得也。此何勞而彼何逸哉？

明·邹泉《新刻七进士诗经折衷讲意·卷二》："或燕燕居息"三章

此三①章只以人己之勞逸不同相形為言，而大夫之獨賢自見諸"或"字。以彼此對言，猶曰同一臣也，或如此或如彼耳，非有許多樣也。各勞逸處，須見相反意始得。如云"或燕燕居息"而無國事之勞；或則"盡瘁事國"而不遑燕息矣；"或息偃在牀"而無道路之涉；或則"不已於行"而不遑安寢矣。以彼之燕居息偃，視此之盡瘁不已，何勞逸之不均耶？或有深居安逸而不知叫號，或則任事於外，而慘慘劬勞無深居之安者矣；動靜自得而棲遲偃仰，或王事煩勞而鞅掌失容無自得之休者矣。以彼之深居偃仰，視此之劬勞鞅掌，何勞逸之不均耶？或湛樂飲酒，而伸笑語於樽俎之間，罪罟非所憂也；或則慘慘畏咎，而憂慮乎罪罟之，及則飲酒而不可得矣；或則出入風議，而從容於親信之餘事，為無所迫也；或則靡事不為，而勞勩於疎逖之地，則從容而不可得矣。以彼之湛樂風議，視此之畏咎任事，又何勞逸之不均耶？

明·丰坊《鲁诗世学·卷二十一》：考補：言在朝之臣，彼或燕安之甚而休居之常，我則形容憔悴而盡力國事；彼或息偃在牀而無所事事，我則不已於行而休息無日；彼或深居宮中而不聞人聲，我則慘慘劬勞而備嘗險阻；彼或起居無時而卤遲匽卬，我則王事鞅掌而儀容不整；彼或湛樂飲酒身體自適，我則憂讒畏譏而自救不暇；彼或親信從容而出入風議，我則疎逖驅使而靡事不為。以彼為賢耶，則國事待我而集；以我為賢耶，則厚祿居彼為多。皆以申言大夫不均之寃也。雖詞繁而不殺，亦怨而不怒，每形忠厚之言，益其所以為溫柔敦厚之教也歟？

明·李资乾《诗经传注·卷二十六》：上文"居息"，猶覺而未寐，此云"不知叫號"，熟睡不醒，雖叫而小叩，號而大呼，昏昏不知矣。上云"息偃"猶復而未反，此云"栖遲偃仰"窮上反下，窮下反上，方睡未醒，既醒而復睡。此高臥東山，南陽氣象。上文盡瘁，不過盡力于瘁，猶未慘傷也。此云"慘慘劬勞"，則内盡其悽愴，外拯其旅力矣。上云于行，不過盡力於行，猶未鞅掌也。此云"王事鞅掌"，則視王事為戎事，視即戎為馳驅，無時可暇矣。

明·许天赠《诗经正义·卷十五》：詩人屢言役使之不均，所以寓傷悼之意也。

此三章總是役使不均之意而疊言之。若約其意，則曰"或宴宴居息，或盡瘁事國"二句亦已盡矣。每二句俱以勞逸相對，"或"字蓋以彼此對言，蓋曰同一臣也，或如此或如彼耳，非有許多般樣也，但言之重詞之復，則其傷

---

① 原文材料像"二"字，據文意改為"三"。

悼者益深，而仰望於王者益切矣。每二句亦須講得各異些，"出入風議"，言出入於朝廷之上而風議人之是非也。

夫以我從事之獨賢如此，則不均之嘆其能免乎？是故同一臣也，"或燕燕居息"，固安處之自如矣；而或者乃盡瘁事國，疲病於奉公之餘，其視居息者為何如？"或息偃在床"，固寢處之自適矣；而或者乃"不已於行"，奔走於道路之上，其視息偃者為何如？或"深居安逸"，而叫號之不聞；或慘慘劬勞，而憂傷之日甚，劬勞之與安逸大有間矣。或棲遲偃仰，而容止之安舒；或王事煩勞，而儀容之不整，鞅掌之與棲遲區以別矣。或湛樂飲酒，可謂樂矣；而或者乃慘慘畏咎，惟恐罪罟之或及也，慘慘之憂豈若飲酒之樂哉？或"出入風議"，可謂親信而從容矣；而或者乃"靡事不為"，無一事不集於其身也，幾務之勞豈若風議之逸哉？吁！是誠不均之甚者矣！是則作此詩者不均之嘆，雖形於嗟怨之間，而忠厚之意，每存於微詞之表，其諸當時之賢者歟?!

明·顧起元《诗经金丹·卷五》：末三章旨。此正所謂不均也。各章每二句要相反說，方見不均意。

第五章，一處優而罔聞，一耿勞而自傷也；一優遊而自適，一事煩而顛頓也。

又：一口言之而不為，一身為之而靡盡也。言逸者亦①皆屬人，言勞者亦皆屬我。看十二"或"字，皆以彼之逸形此之勞，其不均自見矣。

明·江环《诗经阐蒙衍义集注》（《诗经铎振·卷五》）：夫我之獨賢，固不敢自愛其身矣，而其不均者，是亦安能已於言哉？彼居王土者，皆王臣也，夫何燕燕居息而無國事之勞？或有盡瘁事國，而燕息之不遑焉；或有息偃在牀，而無道路之涉；或有不已於行，而安寢之不暇焉。以彼之燕居息偃，視此之盡瘁不已，何勞逸之相懸耶？

不特此也，或有深居安逸，而不知叫號；或有任事於外，而慘慘劬勞，無深居之安者矣。或動靜自得，而棲遲偃仰；或有王事煩勞，而鞅掌失容，無自得之休矣。以彼之深居偃仰，視此之劬勞鞅掌，何苦樂之相懸耶？

又不特此也。或有"湛樂飲酒"，而笑語於樽俎之間，罪罟非所憂也；或有"慘慘畏咎"，而慮乎罪罟之及歟，飲酒而不可得矣；或出入風議，而從容於親信之餘，事為無所迫也；或則"靡事不為"，而勞勩於疎逖之地歟，從容而不可得矣。以湛樂風議，而視夫畏咎盡勞，是彼何樂而此何憂，彼何逸而此何勞耶？然則大夫之不均，不可得辭其責矣。

---

① 此"亦"字，原件模糊不清，像是亦字。下句中的"亦"字，亦然。

《诗经·小雅·北山》研究

■■各章每二句，要相反說，方見不均情狀。本講已明"盡瘁"等句，即"經營四方，朝夕從事"者，便是要見逸者豈不當任勞，勞者豈不當處逸，豈此為王臣而彼獨非乎？豈此為賢而彼獨不賢乎？勞者獨勞，逸者獨逸，此所以嘆也。

又：此三章皆是詳不均之实，然亦不過以人己之勞逸不同相形為言，而大夫之獨賢見諸"或"字，以彼此対言，犹是同一臣也，或如此或如彼耳。

明·郝敬《毛诗原解·卷二十二》：有深居不聞外人叫號者，有慘然劬病勞苦者；有棲遲于家偃仰得意者，有為王事牽持鞅掌失容者。

明·徐光启《毛诗六帖讲意·卷二》：四、五、六章

三章只以人己之勞逸不同相形為言，而大夫之不均自見。但言之重辭之複，則其仰望者亦切矣，詩可以怨，此類是也。

《箋》曰："鞅，猶何也。掌，謂捧之也。負何捧持以趨走，言促遽也。風，猶放也。"

明·姚舜牧《重订诗经疑问·卷六》：燕燕居息，對盡瘁事國，言佚勞之不均也。息偃在牀，對不已於行，言行止之不均也。不知叫號是付之罔聞者，慘慘劬勞是靡所控訴者。栖遲偃仰是惟意所適者，王事鞅掌是莫可解脫者。耽樂飲酒，何等逸豫，慘慘畏咎，猶恐其或及之。出入風議，何等從容。靡所不為，維日其猶不給。此各相為對言而總之，則所謂役使之不均也。

明·陆燧《诗筌·卷二》：末二章應"不均"二字。"燕燕"二句以安危分，"息偃"二句以休止分，"不知叫號"二句以動靜分，"棲遲"二句以勤惰分，"湛樂"二句以憂樂分，"出入"二句以親疎分。每二句相形，須重下句，此詩怨而不怒，須要理會。①

明·陆化熙《诗通·卷二》：此三章俱以一勞一逸，極相反者相形看，數"或"字未嘗粘著自己而已隱然在中，大夫之不均亦不言自見。

明·徐奋鹏《诗经尊朱删补》（《诗经铎振·卷五》）：三章皆言勞逸之不均，正從上不均之意而言也。

明·顾梦麟《诗经说约·卷十六》：【李润民按：参看四章总说】

《大全》，慶源輔氏曰："燕，安也，重言之見安之甚也。或燕燕而自居於休息，或盡瘁而力為國事；或息偃在牀以自逸，或不已於行以自苦；或深居而不接人聲，或憂慘而自極劬勞；或栖遲于家而偃仰自適，或煩勞於國而儀容不整；或耽樂飲酒以自樂，或慘慘畏咎以自憂；或出入風議而親近從容，

---

① 按：陆燧把后边的十二句看成两章。

246

或靡事不為而疎濟遠勞勛。"

麟按：後三章，俱各二句，繫對發議為妙。

明·黃道周《诗经琅玕·卷六》：不特此也。或深居安逸而不知叫號有之，或任事於外而慘慘劬勞，無深居之安者幾人？或動靜自得而棲遲偃仰者有之，或王事煩勞而鞅掌失容無自得之休者幾人？

明·錢天錫《詩牗·卷九》：後三章兩兩言之，正使人之自察，告勞意，非怨懟之詞。

明·冯元飇、冯元飆《手授诗经·卷五》：【李润民，按：原文有"五、六讲同"字样，故此章总说，可参看四章总说。】

又：王守溪曰："各章每二句要相反說，方見不均情狀。本講已明盡瘁等句，即經營四方，朝夕從事者，便是要見逸者豈不當任勞？勞者豈不當處逸？豈此為王臣而彼獨非乎？豈此為賢而彼獨不賢乎？勞者獨勞，逸者獨逸，此所以嘆也。"

明·何楷《诗经世本古义·卷十八之下》：劉公瑾云："以下凡十二句為偶，皆以他人之逸樂對己之憂勞，所以形容不均之意。"愚按：單句六"或"字分，六項人看。首言"燕燕居息"，蓋指正大夫也。自息偃在牀，而後其情狀各不同，則三事大夫之輩耳。雙句分，六項總是自道，以與上文對舉相形，故皆用"或"字。

又：然何嘗以身親之乎？而我則百責交萃，至於無所不為？《雨無正》之詩曰："哀哉不能言，匪舌是出。維躬是瘁，哿矣能言。巧言如流，俾躬處休。"正此詩之謂也。以上兩兩相形其不均有如此者。劉氏云："彼或如彼，我則如此。以彼為賢，則國事待我而集。以我為賢耶，則厚祿居彼為多。"

明·黃文煥《诗经嫏嬛·卷五》：五章：不特此也。或有深居安逸而不知叫號，或有任事於外而惨惨劬勞，無深居之安者矣；或動靜自得而棲遲偃仰，或有王事煩勞而鞅掌失容，無自得之休矣。以彼之深居偃仰，視此之劬勞鞅掌，何苦樂之相懸耶？

又：此正所謂不均也。各章每二句要相反說，方見不均意。第四章，一寧家一勤王也，一止居一徵逐也。第五章，一處憂而罔聞，一戚勞而見傷也，一優遊而自適，一事煩而失容也。第六章，一在樂無憂，一畏事不樂也，一口言之而不為，一身為之而靡鹽也。言逸者六皆屬人，言勞者六皆屬我。看十二"或"字，皆以彼之逸，形此之勞，其不均自見矣。

明·唐汝諤《毛诗蒙引·卷十二》：四章至末。輔潛庵曰："此不過以其勞逸者對言，使上之人自察耳。但言之重詞之複，則其望於上者亦切矣。"

人臣職在奉公，即勞瘁何敢辭？即燕逸誰敢羨？但以彼之逸，形此之勞，則此獨奚堪彼獨何幸？就兩人並觀，大夫之不均自見矣。"

薛希之曰："燕燕者安居無事，而盡瘁者啟處不遑；息偃者無行役之艱，而不已者無日夕之暇。或深居而勞勩不聞，或劬勞而疲於奔命。棲遲偃仰者優遊自得，而王事鞅掌者無暇修容；湛樂飲酒者方怡情樽俎，而慘慘畏咎則惟憂罪罟之及矣，出入風議者方親信從容，而靡事不為則惟勞於踈逖之地矣，其不均蓋如此！"

孔氏曰："《傳》以鞅掌為煩勞之狀。"

胡雙湖曰："鞅掌皆所以均物，謂王事所拘也。"

姚承庵曰："鞅以控馬而執在手者，一釋手則馬奔而不可禦矣。總覽國事亦然，故曰鞅掌。"

明·楊廷麟《詩經聽月·卷八》：不特此也。或有深居安逸而不知叫號，或有任事於外而慘慘劬勞，無深居之安者矣；或有動靜自得而棲遲偃仰，或有王事煩勞而鞅掌失容，無自得之休矣。以彼之深居偃仰，視此之劬勞鞅掌，何苦樂之相懸耶！

又：各章每二句要相反說，方見不均意。第四章一寧家一勤王也，一止居一征逐也。第五章一處優而罔聞，一職勞而自作也，一優遊而自適，一事煩而顛躓也。第六章一在樂無憂，一畏事不樂也，一口言之而不為，一身為之而靡盡也。

明·萬時華《詩經偶箋·卷八》：後三章各就上下句比勘出不均來。"燕燕"二句以安危分，"息偃"二句以行止分，"叫號"二句以動靜分，"棲遲"二句以勤惰分，"湛樂"二句以憂樂分，"出入"二句以親疏分。鞅掌，鞅以控馬而執在手者，一釋手則馬奔而不可御矣，故總攬國事曰鞅掌。看數"或"字不尚粘着自己，而已隱然在其中。

明·陳組綬《詩經副墨》：（四、五、六節）："燕燕"二句以安危分，"息偃"二句以行止分，"叫號"二句以動靜分，"棲遲"二句以勤惰分，"湛樂"二句以有憂樂分，"出入"二句以親疏分。每二句相形，須重下句。"燕燕"重言之，見安之甚。"息偃"之"偃"作臥字看，"偃仰"之"偃"作俯字看。偃仰從容，閒暇之意。鞅以控馬而執在手，一脫手則馬奔而不可御矣。總攬國事亦然，故曰鞅掌。風議是立身事外，談論人之是非，此指點勞逸，俱極其相反。看數"或"字，未嘗粘著自己而已隱然在其中，大夫之不均，亦不言自見。

明·胡紹曾《詩經胡傳·卷七》：末三章只彼此互形，怨而不怒。

清·朱鹤龄《诗经通义·卷八》：讀後三章知當時以役使不均不得養父母者，非獨賦《北山》之一人也，連用十二"或"字，章法甚奇。

清·钱澄之《田间诗学·卷八》：劉公瑾云："以下凡十二句為偶，皆以他人之逸樂對已之憂勞，所以形容不均之意。"詩用十二"或"字為六偶句，對舉相形。上六句所稱分六種人，下六句所云則自道也。

清·张沐《诗经疏略·卷八》：四、五、六章言役使不均之實。

清·冉觐祖《诗经详说·卷五十三》：言役使之不均也。

又：《正解》"此章'叫號'二句，一處優而罔聞，一職勞而見傷也，以動靜分。'棲遲'二句，一優遊而自適，一事煩而失容也，以勤惰分。鞅以控馬而執在手，一脫手則馬奔而不可御矣。總攬國事亦然，故曰'鞅掌'。"

講："不特此也。或深居而不接人聲，或憂慘而自極劬勞，豈但叫號之聞耶？或棲遲於家而偃仰自適，或煩勞於國而儀容不整，又何鞅掌之苦耶？"

清·王鸿绪等《钦定诗经传说汇纂·卷十四》：《集傳》："言使役不均也"集說：李氏公凱曰："大夫或有深居於內，而不知外之叫號者；或有慘慘然憂戚，而憚其劬勞難堪者；或有安息無事，而偃仰自得者；或有勞於王事，而鞅掌失容者，其役使不均如此。"

清·姚际恒《诗经通论·卷十一》：《北山》四章，三章章六句，一章十二句。末舊分三章，今當為一章，以其文法相同也。

清·王心敬《丰川诗说·卷十五》：有深居不問他人叫號者，有悴然劬病勞苦者；有棲遲於家偃仰得意者，有為王事牽持鞅掌失容者。

清·李塨《诗经传注·卷五》：末三章實指不均也。

清·姜文灿《诗经正解·卷十七》：言役使之不均也。

合条：不特此也，或有深居安逸而不知叫號，或有任事于外而慘慘劬勞，無深居之安者矣；或者動靜自得而棲遲偃仰，或者王事煩勞而鞅掌失容，無自得之休者矣。以彼之深居偃仰，視此之劬勞鞅掌，何苦樂之相懸耶？

析講：此章"叫號"二句，一處優而罔聞，一職勞而見傷也，以動靜分；"棲遲"二句，一優遊而自逸，一事煩而失容也，以勤惰分。鞅以控馬額執在手，一脫手則馬奔而不可御矣，總攬國事亦然故曰鞅掌。

清·黄梦白、陈曾《诗经广大全·卷十三》：《正義》云："不知叫號者居家閑逸，不知有徵發呼召。棲遲偃仰，謂栖遲於家而偃仰得意也。鞅掌，煩勞失容之狀，言事煩鞅掌，然不暇為儀容也。"

清·张叙《诗贯·卷八》：此平列其不均之壯也，相反相對一線穿，一層又進一層，妙在只是兩平開說，總不着下斷語。蓋有各行其志，各成其是之意，雖不均而無怨焉，此其所以為賢也。

【李润民按：张叙对《北山》六章，分成两段，前三章一个合为一段评说，后三章合为一段评说。】

清·汪绂《诗经诠义·卷七》：歷數其不均至是，始有怨之之意而不忍明言，然言外可想也。夫王臣貴賤有分，勞逸有時，安必盡舉朝，股肱俱勞，道左無一逸者，而後為均。使人臣有役使而遂，謂他人皆可使，何得獨逸，則是自私其身，非人臣矣。乃詩人云然者，則以當時多所偏私，小人寵幸得志安居，而賢者則盡瘁不恤也。但此意不欲明言，此人不欲明指耳。玩許多"或"字，則任勞者亦不止一人，但其云獨賢者，則詩人自指耳。總之，逸者多而勞者鮮，王臣之中獨勞數人而不止是不均矣。此三章不過以勞逸對言，所以甚言其不均，故辭意重複煩而不殺，不必太求分別，然意亦迭深，至於"靡事不為""慘慘畏咎"則太苦矣。

清·牛运震《诗志·卷四》：此下三章所謂"大夫不均"也。十二"或"字錯落盡致，怨意隱然。

清·刘始兴《诗益·卷五》：同四
此下三章皆極言其大夫不均之意也。

清·顾镇《虞东学诗·卷八》：後三章皆言不均之實，四章五章猶言勞逸不同耳。

清·傅恒等《御纂诗义折中·卷十四》：或耳不聞徵發之聲，或面常帶憂苦之狀；或退食從容而俯仰作態，或經理煩劇而倉卒失容，極言不均之致也。

清·罗典《凝园读诗管见·卷八》：或傳聲與大夫而欲其知之，必其冤抑待伸者矣。此而不知其時，蓋由作樂演劇，有如《伐木》篇之言："坎坎鼓我，蹲蹲舞我，"故致喧闐充庭，此外漠然不知也。其導歡豈不極與？若夫慘慘劬勞者，以身之憊成顏之感，殆不殊叫號之聲不絕於耳，以重增其忉怛矣。栖遲，宿久而不起也，於栖遲之所在，而又見有偃者向下仰者向上，此其事為何事乎？為指其事，俗有比之於乘馬者。按：馬之頸組曰鞅，即今之扯手也。持之則馬惟所使，是謂鞅掌。■以王事■■駓駓周道，正鞅掌之實也，其與栖遲，偃仰之■■，鞅掌者，詎可以一視哉。

清·姜炳璋《诗序补义·卷十八》：四章、五章、六章，"或"字謂王事多難，凡在有位，義不顧私，忠孝無可兩全，而今逸者如彼，勞者如此，王試察之，孰爲寬閒，孰爲勞瘁，孰闺房燕樂，且有妻子之歡，孰馳驅道路，莫慰門閭之望，則勞逸見苦樂分，必有以遂人子終養之志矣。

清·牟庭《诗切·卷三》：或有寐覺尚棲遲，前伏而偃後臥仰。或勤王事不為容，面目黑醜貌鞅掌。或有臥起謀湛樂，無事閉門飲美酒。或有毒痛意慘慘，動而得辜畏罪咎。或有出遊併入息，情牽色授愛風儀。或有一身兼衆役，動苦之事靡不為。【按：牟庭把《北山》分為五章，前三章與《毛詩正義》同，後兩章是把《毛詩正義》的三個章四句合併成兩個章六句。】

清·刘沅《诗经恒解·卷四》：或耳不聞徵發之聲，或面常帶憂苦之狀，或退食從容而俯仰作態，或經理煩劇而倉促失容。極言不均者之衆。

清·顾广誉《学诗详说·卷二十》：《折中》曰："或耳不聞徵發之聲，或面帶憂苦之狀，或退食從容而俯仰作態，或經理煩劇而倉促失容，極言不均之致也。"《集傳》於四章言"役使之不均也。下章放此"。案：三章專就己身言之，以申從事獨賢之意，四章至六章則統人己相形言之，以申不均之意，而首章憂我父母，又其所以歎不均獨賢之故也。

清·邓翔《诗经绎参·卷之三》：專寫事勞，不見獨賢之意。今三章十二"或"字，上下句兩兩對舉，獨字意乃透上六句"或"字不止六人，下六句"或"字只我獨賢者一人而已。此六"或"字句中情景皆移入憂字里，■父母所憂，正憂其"盡瘁""鞅掌""畏咎"等，恐傷生耳。

清·梁中孚《诗经精义集钞·卷三》：極言不均之故也。

清·陈百先《诗经备旨·卷五》：不特此也。或有深居安逸而不知叫號，或有任事於外而慘慘劬勞，無深居之安者矣；或有動靜自得而棲遲偃仰，或有王事煩勞而鞅掌失容，無自得之休者矣。以彼深居偃仰視此之勤勞鞅掌，何苦樂之相懸耶？

又：言逸者亦皆屬人，言勞者亦皆屬我。看十二"或"字，皆以彼之逸形此之勞，其不均自見矣。

又：詩固歷言不均之實，亦不過以勞逸對言，使上之人自察，怨而不怒，即此可見。

民国·王闿运《毛诗补笺·卷十三》：《補》曰：此下十二"或"字刺三公三孤六卿心不同不合旅力，息偃不問政也。行者欲致諸侯凶國之臣有此十二種也。

民国·李九华《毛诗评注·卷二十》：（評）此下三章所謂大夫不均也，十二"或"字錯落盡致怨意隱然（《詩志》）。（同四）

（評）首句摹深居簡出之狀入妙。鞅，《說文》以為頸靼也。沈青崖云：服務之馬頸有鞅蹄有掌不得休息，以喻士之從事於王事者如馬之服鞅與掌也。此解良是。（《詩志》）

民国·焦琳《诗蠲·卷七》：反反覆覆計較勞逸之不均，而於逸者則結以出入風議，則無事獨逸且不論，專以人短長，而肆其諔諆，為尤可惡也。於勞者既歸諸"慘慘畏咎"，則不但徒勞無功，且將獲罪，已極不堪，而終以"靡事不為"，則是已風議我罪愆，仍是每事必歸之我，尤不可解也，所以風上之意專在此。

【案：焦琳分章："舊分六章，今併作四章，前三章各六句，卒章十二句。"故：】《蠋》曰：王於實力任事之臣，不恤去勞使之無度，而於讒忒之臣，則一於聽其風議，並不攷其實行如何，致勞力者慘慘畏咎焉。救過不暇，更何所施為？故作詩之意，雖不主羨人之逸，怨已獨勞，而王事之所以終無堅固之期者，由風議者撓之，實由王之視臣不均，使風議者得以撓之也。既確見王事靡盬，由王心不均之故，故舉不均之實象，傾箱倒篋罩快言之，所以此章一十二語，須一氣讀下，方見其衝喉滿口暢然傾吐之神，若逐句逐句，較其立意之同異，對偶之比合，則不精神矣。而舊分作三章，既分三章，又於其前章下註曰："下章放此"，誠不知其所以分章者為何事也。

所以著其不均如此者，欲王察識於此也。

析而觀之，則是言或安樂盡致，且專攻摘人罪過，或勞瘁不支，且常被人讒閒指彈，而仍不得謝其責任也。

民國·吳闓生《诗义会通·卷二》：闓生案：此詩《孟子》"勞於王事而不得養父母"一語盡之序，即本《孟子》爲說。然詩惟首章有"憂我父母"一語，以下更不溯及，後三章歷數不均之狀戛然而止，更不多著一詞，皆文法高妙之處。舊評"不均"二句爲一篇之綱，"四牡"以下承"獨賢"，"燕燕"以下承"不均"是也。朱子曰"不斥王而曰大夫，詩人之忠厚如此，亦是謝枋得謂"嘉我未老"四句反以王爲知己則不然，此實怨悱而故反用。十二"或"字開退之《南山詩》句法。

附

《晋骆先生辑着诗经小雅·卷七》："或燕燕居息"三章。

夫均之為人子也，夫何或燕燕居息，曾何國事之勞？或盡瘁事國而燕息之不遑焉，或息偃在牀曾何道路之涉，或不已於行而安寢之不暇焉，以彼之燕居息偃視此之盡瘁不已，何勞逸之相懸耶？不特此也，或深居安逸而不知叫號，或任事於外外而慘慘劬勞，無深居之勞者矣，或動靜自得而栖遲偃仰，或王事煩勞而鞅掌失容，無自得之休者矣！以彼之深居偃仰，視此之劬勞鞅掌，又何勞逸之相殊耶？又不特此也。或湛樂飲酒而嘆語於樽俎之間，罪罟非所憂也；或慘慘畏咎而慮乎罪罟之及，欲飲酒而不可得矣；或出入風議而從容於親信之餘，事為無所迫也；或靡事不為而勞勌於踈逖之地，欲從容而不可得矣。以彼之湛樂風議而視此之畏咎盡瘁，又彼何逸而此何勞耶？豈此為王臣而彼獨非王臣乎？豈此為賢而彼獨不賢乎？勞者獨勞而逸者獨逸，抑何其不均至此耶？

此下十二句為偶，皆以他人之逸勞對己之憂勞，以形容不均之意。然不明說出人與己，只以"或"字疊說，此等處亦是渾厚的意思，俱要体點。

日本

日本·中村之欽《笔记诗集传·卷十》：或不知叫號　五章

舊說，孔《疏》云"或不知號者，居家閒逸不知上有徵發呼召也。"

一說，《古義》云："慘慘，當依《釋文》作懆懆，以別於後之'慘慘畏咎'。懆，《說文》云'愁，不安'，與下'劬勞'連言，所謂勞人懆懆也。"

李氏曰："有棲遲於家而偃仰者。"《古義》云："按：此如今仕者之請急休沐，或偃或仰則象其夷，猶言自得之容耳。"

日本·冈白驹《毛诗补义·卷八》：案：五章：不知叫號，居家閒逸不知上有徵發呼召也。棲遲，遊息也。王事鞅掌，言王事煩勞不暇為容儀也。

日本·赤松弘《诗经述·九述》：言役使不均，勞佚大異也。

日本·皆川愿《诗经绎解·卷十一》：此章言居息之中，或有不知叫號者；盡瘁之中，或有慘慘劬勞者；在牀者之中，或有棲遲偃仰者；不已於行之中，或有王事鞅掌者也。

日本·伊藤善韶《诗解》：是後段三章共言役使之不均也。一樂一憂，舉類而盡其意。

日本·冢田虎《冢注毛诗·卷十三》：皆言役使之不均也。

又：毛云："叫，呼。號，召也。"余云：不知叫號，深居安逸，不聞人聲也。今云皆不得之。顏師古《匡謬正俗》"■叫號者，猶言喧呼自恣耳，非必要謟號咷之號"。（今云：師古非也，■說則不消不知之言。）毛云："鞅掌，失容也。"鄭云："鞅，猶何也，掌謂捧持之也。"今云：毛辭蓋古訓，朱亦從毛鄭，說似鑒矣。

日本·猪饲彦博《诗经集说标记》：五章　《鄭箋》："鞅，猶何也。掌，猶謂捧之也。負何捧持以趨走，言促遽也。"《補傳》："說者謂'鞅也''掌也'，皆所以拘物，謂為王事所拘也。"

日本·仁井田好古《毛诗补传·卷二十》：劉公瑾曰："以下三章，凡十二句為偶，皆以他人之逸樂對己之憂勞，所以形容不均之意。"

253

日本·龟井昱《毛诗考》：四章以下重言以反復前二章之意。三章皆以苦樂勞逸反對。

日本·金子济民《诗传纂要·卷三》：五章，按：叫，號，亦以勞者言。

日本·山本章夫《诗经新注》：以下三章六節互言閙劇，映出同爲士子，同章官祿，而致幸不幸有如此差異，所以不堪痛恨也。

朝鲜

朝鲜·李瀷《诗经疾书》：第四章首二句爲捻，會下十句相反，其五"或"字皆"燕燕居息"之事，五"或"字皆"盡瘁事國"之事，此皆不均之註腳。一段閑忙不均也，二段勞逸不均也，三段勤慢不均也，四段憂樂不均也，五段貴賤不均也。

朝鲜·正祖《经史讲义·诗·卷九十一》：或不知叫號，是言不聞行役者叫苦愁嘆之聲，而《集傳》泛言不聞人聲何歟？

若鏞對：不知與不聞有異，謂不知叫號之苦也。《集傳》之釋終屬可疑。共人僚友之處者之於行者在所當羡，而念之反至於涕零如雨者何歟？處者亦無樂事，則與北山之或湛樂飲酒者異矣，非一時之詩歟？

羲淳對①：在室在塗勞佚相懸，而燕居者反為行役者所念，則其無閑逸之樂可知矣。此詩與北山同為久役不歸之辭，似是一時之詩。

朝鲜·赵得永《诗传讲义》：御製條問曰：或不知叫，是言不聞行役者叫苦愁嘆之聲，而《集傳》泛言不聞人聲何歟？

臣對曰：以為不聞行役者之叫之聲，似親切有味，《集傳》之泛言不聞人聲者，無乃龃龉應為齟齬乎？

朝鲜·朴文镐《枫山记闻录》（毛诗）：上句"或"字指在朝者，下句"或"字行者自謂也。他皆放此。（顯喆）

下句六"或"字，即上三章之三"我"字也，變"我"作"或"，不復辨人已而混稱之，此詩人之厚也（相弼）

王事鞅掌，非王事之鞅掌也。乃以王事之故，而容貌鞅掌也。《諺》釋"未瑩。"（相範）

朝鲜·朴文镐《诗集传详说·卷十一》：言役使之不均也。（前章不均二字，實此篇之綱領。）下章（二章）放此。

慶源輔氏曰："此以下，方言其不均之實，然亦不過以其勞逸者對言之，

---

① 李潤民案：這一段話或許不是論《北山》一詩的，待查證。

使上之人自察耳，但言之重辭之複，則其望於上者亦切矣。《詩》可以怨謂此類也。"安成劉氏曰："三章十二句，逸樂憂勞皆為偶，所以形容不均之意。"

李润民按： 因为后三章表现的思想感情及写作手法完全一样，古人论者也把后三章放在一起评论，我们在这里也不另做案语了，请参看第四章按语。

六章句解

或湛乐飲酒

中国

唐·陆德明《毛诗音义》(《毛诗正义·卷十三》)：湛，都南反。樂，音洛。

宋·李樗《毛诗详解》(《毛诗李黄集解·卷二十五》)：或有惟湛逸樂而飲酒者，或慘慘而畏獲罪者。

宋·范处义《诗补传·卷二十》：彼則湛樂燕飲，此則慘戚畏罪。

宋·段昌武《毛诗集解》：劉曰："彼或不知叫號，我則慘慘劬勞；彼或棲遲偃仰，我則王事鞅掌彼；彼或湛樂飲酒，我則慘慘畏咎；彼或出入風議，我則靡事不為。……以彼為賢也，則國事待我而集，以我為賢耶，則厚祿居彼為多。"

或湛（都南反）樂（音洛）飲酒，或慘慘畏咎。

宋·严粲《诗缉·卷二十二》：湛樂，音耽洛

明·梁寅《诗演义·卷十三》：湛樂飲酒，滛酗也。

明·黄佐《诗经通解·卷十四》：湛樂，音耽樂。咎，巨九切。

明·李资乾《诗经传注·卷二十六》：上文"燕息""偃仰"，猶有困憊不樂之意，此云"湛樂飲酒"，湛樂者冘之甚，猶云樂之甚也，飲酒不過自樂其樂。又云"出入風議"，一出一入，以風聞議朝政為事，無問其聞之真否而喜談樂道，又不相關之特甚者矣。

明·郝敬《毛诗原解·卷二十二》：或湛（妉）樂飲酒，或慘慘畏咎（久）。

有湛樂飲酒為驩者，有慘然畏不免於罪者，有出入優游聞譚風議者，有

諸務交責無事不為者，役使不均如此。

明·姚舜牧《重订诗经疑问·卷六》：耽樂飲酒，何等逸豫。

明·徐奋鹏《诗经尊朱删补》（《诗经铎振·卷五》）：湛樂飲酒，燕飲以為樂也。

明·黄道周《诗经琅玕·卷六》：湛，是久。

明·冯元飏、冯元飙《手授诗经·卷五》：湛，是久。

明·何楷《诗经世本古义·卷十八下》：湛（家諱。）《説文》云："媅，樂也，從女。"今文與從水通用。又《説文》云："酖樂，酒也。"徐云："酖，酖然，安且樂也。"觀下文言飲酒則通云酖亦可，此以酷酊而曠廢職業者，亦其咎責不及，故能適意如是。

明·杨廷麟《诗经听月·卷八》：湛是久，湛樂飲酒則無憂乎罪罟。

清·钱澄之《田间诗学·卷八》：湛，通作"酖"，《説文》云："樂酒也"。凡酖酒而曠職者，以其咎責不及，故能適意如此。

清·张沐《诗经疏略·八卷》：湛，沉也。

清·陈启源《毛诗稽古编·卷七十三》：《北山》詩連用十二"或"字，各兩或意自相反。首二"或""燕"與"瘁"反也；次二"或""息"與"行"反也；又次二"或""逸"與"勞"反也；又次二"或"舒遲與促遽反也；又次二"或""湛樂"與"畏咎"反也；終二"或"閒暇與冗煩反也。

清·胡文英《诗经逢原》：湛樂飲酒，湛樂而又得飲酒也。

清·马瑞辰《毛诗传笺通释·卷二十一》：或湛樂飲酒。瑞辰按：《説文》："酖，樂酒也。"又："媅，樂"，二字音義並同。此詩"湛樂"，及《抑》詩"荒湛於酒"，皆酖字之叚借。《氓》詩"士之耽兮、女之耽兮"，及《常棣》詩"和樂且湛"，《賓之初筵》詩"子孫其湛"，《爾雅·釋詁》"妉，樂也"。皆"媅"字之叚借。《書·無逸》"惟耽樂之從"。《論衡》引作"湛之從"，是"耽、樂"互通之證。

清·陈奂《诗毛氏传疏·卷二十》：湛亦樂也，讀爲酖。連言湛樂般樂也，連言般樂娛樂也，連言娛樂愉樂也，連言愉樂喜樂也，連言喜樂康樂也。連言康樂；皆其例"慘慘"亦"懆懆"之誤。

清·王先谦《诗三家义集疏·卷十八》：馬瑞辰云："《説文》：'酖，樂酒也'，又'媅，樂也'，二字音義並同。此詩'湛樂'，及《抑》詩'荒湛於酒'，皆'酖'字之叚借。《氓》篇'士之耽兮、女之耽兮'，及《常棣》詩'和樂且湛'，《賓之初筵》詩"子孫其湛"，《釋詁》：'耽，樂也'，皆'媅'字之叚借。"

民国·马其昶《诗毛氏学·卷二十》：陳曰："湛亦樂也，讀爲酖。"

民国·李九华《毛诗评注·卷二十》：註：湛，樂也。

附现代人

高亨《诗经今注》：（十八）湛樂。過度的享樂。

陈子展《诗经直解·卷二十》：或湛樂飲酒，有的狂歡作樂飲酒。

日本

日本·中村之钦《笔记诗集传·卷十》：《古義》云："《說文》：'媅，樂也。'今文與從水通用。"

日本·三宅重固《诗经笔记》：湛，樂之永也，見《小雅·鹿鳴》。

日本·皆川愿《诗经绎解·卷十一》：《說文》云："媅，樂也，從女。"今文與從水通用。

日本·龟井昱《毛诗考》：樂也。

朝鲜（李润民按：朝鲜学者此句无解）

李润民按："或湛乐飲酒"一句，句义简单明了，因此作解的人很少。有少数人对其中的"湛"字作了一些训诂，主要的说法是：

1. "湛，是久。"（见明·黄道周《诗经琅玕·卷六》）

2. "湛，通作'酖'，《说文》云：'乐酒也。'"（见清·钱澄之《田间诗学·卷八》）

3. "湛，沉也。"（见清·张沐《诗经疏略·八卷》）

4. "湛亦乐也，读爲酖。"（见清·陈奂《诗毛氏传疏·卷二十》）

5. "湛，乐之永也，见《小雅·鹿鳴》。"（见日本·三宅重固《诗经笔记》）

以上几种对"湛"字的训诂，没有多大的区别。那么，"或湛乐飲酒"整句的意思就是：有的人无节制地饮酒狂欢。无疑这与下一句"或惨惨畏咎"形成对照，和前边的"或燕燕居息，或尽瘁事国"等句子一样，是对"大夫不均"的批评。

或慘慘畏咎

中国

汉·郑玄《毛诗笺》(《毛诗正义·卷十三》)：咎，猶罪過也。

唐·陆德明《毛诗音义》(《毛诗正义·卷十三》)：咎，其九反。

宋·李樗《毛诗详解》(《毛诗李黄集解·卷二十六》)：或有惟湛逸樂而飲酒者，或慘慘而畏獲罪者。

宋·朱熹《诗经集传·卷十三》：咎，猶罪過也。

元·胡一桂《诗集传附录纂疏·卷十三》：咎，猶罪過也。

明·梁寅《诗演义·卷十三》：慘慘畏咎，恐懼也。

明·胡广《诗传大全·卷十三》：咎，猶罪過也。

明·丰坊《鲁诗世学·卷二十一》：正说 朱子曰："咎，罪過也。"

明·李资乾《诗经传注·卷二十六》：上云"盡瘁""鞅掌"猶有稍暇息肩之意，此云"慘慘畏咎"則慘之外。一心畏天命，一心防咎誀，何時已乎？

明·顾起元《诗经金丹·五卷》：畏咎，恐王事不終而罪過及也。

明·姚舜牧《重订诗经疑问·卷六》：慘慘畏咎，猶恐其或及之。

明·徐奋鹏《诗经尊朱删补》(《诗经铎振·卷五》)：慘慘畏咎，則唯恐罪罟之及矣。

明·顾梦麟《诗经说约·卷十六》：咎，猶罪過也。

明·黄道周《诗经琅玕·卷六》：咎是罪過。湛樂飲酒者方怡情樽俎，而慘慘畏咎者惟憂罪罟之及。此二句以憂樂分。

明·冯元飏、冯元飙《手授诗经·卷五》：咎是罪過。

明·何楷《诗经世本古义·卷十八下》：慘，《爾雅》云"憂也"。咎，《说文》云"災也"，從人從各。各者，相違也。鄭云"猶罪過也"。救過不暇，其焉能樂？畏者樂之，反也。

明·杨廷麟《诗经听月·卷八》：咎是罪過，與樂飲反。

清·钱澄之《田间诗学·卷八》：慘，憂也。咎，猶罪過也。救過不暇，其焉能樂？畏者，樂之反也。愚按：責不在身，言之甚易，出入優遊，高談闊論，豈知為其事者之難？彼則無事不議，此則無事不為。《雨無正》詩曰："匪舌是出，惟躬是瘁。"言已不得言事而擔任事之責也，與徒有言者對看。

《诗经·小雅·北山》研究 >>>

清·张沐《诗经疏略·八卷》：咎，過也。

清·陈启源《毛诗稽古编·卷七十三》：《北山》詩連用十二"或"字，各兩或意自相反。首二"或""燕"與"瘁"反也；次二"或""息"與"行"反也；又次二"或""逸"與"勞"反也；又次二"或"舒遲與促遽反也；又次二"或""湛樂"與"畏咎"反也；終二"或"閒暇與冗煩反也。

清·冉觐祖《诗经详说·卷五十三》：咎，猶罪過也。

《毛傳》："咎，猶罪過也。"

清·王鸿绪等《钦定诗经传说汇纂·卷十四》：《集傳》："咎，猶罪過也。"

清·姜文灿《诗经正解·卷十七》：咎，猶罪過也。

清·黄梦白、陈曾《诗经广大全·卷十三》：咎，猶罪過也。

清·牛运震《诗志·卷四》：鍾氏曰："或慘慘畏咎，此句之苦又深於他數語。"

清·刘始兴《诗益·卷五》：咎，猶罪過也。

清·罗典《凝园读诗管见·卷八》：《集傳》："咎，猶罪過也。"

清·胡文英《诗经逢原》：慘慘畏咎，慘慘而又須畏咎。

清·牟庭《诗切·卷三》：《釋訓》曰："慘慘，慍也。"《說文》曰："慘，毒也。"《鄭箋》曰："咎，猶罪過也。"

清·徐华岳《诗故考异·卷二十》：《箋》："咎，猶罪過也。"

清·邓翔《诗经绎参·卷之三》：咎，猶罪也。救過不暇，去何能樂，畏者樂之反也。

清·梁中孚《诗经精义集钞·卷三》：咎罪也。

清·王先谦《诗三家义集疏·卷十八》：疏：《箋》："咎，猶罪過也。"

清·陈百先《诗经备旨·卷五》：咎，猶罪過也。

民国·王闿运《毛诗补笺·卷十三》：《箋》云："咎，猶罪過也。"

民国·马其昶《诗毛氏学·卷二十》：鄭曰："咎，猶罪過也。"

民国·李九华《毛诗评注·卷二十》：註：咎，罪過也。風，放也。（鄭《箋》孔《疏》）

民国·林义光《诗经通解·卷二十》：慘，憯。

附现代人

高亨《诗经今注》：（十九）咎，災殃。

陈子展《诗经直解·卷二十》：或慘慘畏咎，（幽部）有的人慘慘害怕得咎。

日本

日本·赤松弘《诗经述·九述》：咎，過責也。

日本·皆川愿《诗经绎解·卷十一》：咎，《說文》云："災也。"

日本·伊藤善韶《诗解》：咎，猶罪過也。

日本·冢田虎《冢注毛诗·卷十三》：咎，猶罪過也。

日本·龟井昱《毛诗考》：苦也，畏此罪罟。夫樂者，燕燕居息，而棲遲偃仰，而湛樂飲酒而已。苦者，憔悴事國而悁悁劬勞，猶且慘慘畏罪。

日本·安井衡《毛诗辑疏·卷十上》：《箋》："咎，猶罪過也。"

日本·安藤龙《诗经辨话器解》：或（閉口）慘慘畏咎。《箋》云："咎，猶罪過也。"

日本·山本章夫《诗经新注》：咎，尤也。畏咎，謂畏受罰也。

朝鲜

朝鲜·朴文镐《诗集传详说·卷十一》：咎，猶罪過也。

李润民按："或惨惨畏咎"一句的关键词是"咎"，对"咎"的阐释，汉·郑玄说的是："咎，犹罪过也"（《毛诗笺》）。后来包括朱熹在内的一些人基本都是重复着这个说法，只有日本学者赤松弘说："咎，过责也"（《诗经述·九述》）；皆川愿说："咎，《说文》云：'灾也'"（《诗经绎解·卷十一》）；山本章夫说："咎，尤也。"（《诗经新注》）但是这些说法其实与郑玄的说法也没有实质性区别。那整句的含义就是：有的人在愁苦忧伤，害怕获罪。这与"或湛乐饮酒"形成鲜明对照，同样是表达了对"大夫不均"的批评。

或出入风议

中国

汉·郑玄《毛诗笺》（《毛诗正义·卷十三》）：風，猶放也。

唐·陆德明《毛诗音义》（《毛诗正义·卷十三》）：風，音諷。議，如字協句，音宜。

唐·孔颖达《毛诗正义·卷十三》："或出入風議"，謂閒暇無事，出入放恣議量時政者，或勤苦無事不為者。定本、集本並作"議"，俗本作"儀"者誤也。

宋·李樗《毛诗详解》（《毛诗李黄集解·卷二十六》）：或有出入放恣議量時政者。

宋·王质《诗总闻·卷十三》：議，魚羈切。今西人猶有此音。佛書《思議》讀作宜，大率西音多然。

宋·朱熹《诗经集传·卷十三》：出入風議，言親信而從容也。

宋·吕祖谦《吕氏家塾读诗记·卷二十二》：王氏曰："出入風議，親信而優游也。"陳氏曰："出入風議，從口舌也。"

宋·段昌武《毛诗集解》：或出入風（音諷）議，或靡事不為。王曰："出入風議，親信而優遊也。"陳曰："出入風議，從事口舌也。"

宋·杨简《慈湖诗传·卷十四》：議，魚羈切，論也。《糾繆正俗》："或問曰：'今人讀議為宜，得以通否？'答曰：'《詩》云：或出入風議，或靡事不為'，故知議有宜音。"東方朔《七諫》："高陽無故而委塵兮，唐虞點灼而毀議。誰使正其真是兮，雖有八師而不可為。"崔駰達："行有枉徑，而我弗隨；臧否在予，唯世所議。"今釋氏亦有宜音。

又：議則有所辯難。風者，譏風也，有所譏而不切之謂風，亦從容和緩之狀。

宋·林岊《毛诗讲义·卷六》：出入風議，以言語勝者也。

宋·严粲《诗缉·卷二十二》：風音諷。王氏曰："出入風議，親信而優遊也①。"曹氏曰："風議則任口舌而已。"

元·胡一桂《诗集传附录纂疏·卷十三》：出入風議，言親信而從容也。《纂疏》："陳氏曰：'出入風議，從事口舌也。'"

明·梁寅《诗演义·卷十三》：出入風議，見信聽也。

明·胡广《诗传大全·卷十三》：出入風議，言親信而從容也。

明·季本《诗说解颐·卷二十》：風議，謂聞風則任口舌以議論人也。

明·黄佐《诗经通解·卷十四》：風，音諷。

明·丰坊《鲁诗世学·卷二十一》：正说朱子曰："出入風議，謂親信而從容也。"

---

① 根据其他人的文本，此句应该是：言亲信而從容也。

明·顾起元《诗经金丹·五卷》：出入風議，謂登降于朝堂之上而有議論風采矣。

明·郝敬《毛诗原解·卷二十二》：有湛樂飲酒為驩者，有慘然畏不免於罪者。有出入優游閒譚風議者，有諸務交責無事不為者，役使不均如此。

明·徐光启《毛诗六帖讲意·卷二》：《箋》曰："風，猶放也。"

明·姚舜牧《重订诗经疑问·卷六》：出入風議，何等從容。

明·陆化熙《诗通·卷二》：風議，是主身事外談論人之是非。

明·徐奋鹏《诗经尊朱删补》（《诗经铎振·卷五》）：出入風議，親信于君而從容論列也。

明·顾梦麟《诗经说约·卷十六》：出入風議，言親信而從容也。

明·邹之麟《诗经翼注讲意·卷二》："出入風議"，言出入于朝廷之上，而諷議人之是非也。

明·张次仲《待轩诗记·卷五》：出入風議，言其議論不根，如風飄蕩，且出亦議入亦議，天下事不經其議論者亦少矣，何嘗以身親為之乎？

明·黄道周《诗经琅玕·卷六》：出入，是出入朝廷之上。風議，是諷人是非而議論之，出入■■。【李潤民，按：據文意看，此處似未完，待查補】）。

明·冯元飏、冯元飙《手授诗经·卷五》：出入，是出入朝廷之上。諷議，是諷人是非。

明·何楷《诗经世本古义·卷十八下》：風，如馬牛其風之風，鄭云"猶放也"，言其議論不根，如風飄蕩，且出亦議論，入亦議論，則天下事之不經其議論者，蓋亦少矣。

明·黄文焕《诗经嫏嬛·卷五》：出入風議，言親信而從容也

明·杨廷麟《诗经听月·卷八》：出入，是出入朝廷之上。諷議，是諷人是非而議論之。出入諷議則不迫於事。

明·胡绍曾《诗经胡传·卷七》：出入風議，只因身在事外，惟論旁人短長。

清·钱澄之《田间诗学·卷八》：愚按：責不在身，言之甚易，出入優遊，高談闊論，豈知為其事者之難？彼則無事不議，此則無事不為。《雨無正》詩曰："匪舌是出，惟躬是瘁。"言已不得言事而擔任事之責也，與徒有言者對看。

清·张沐《诗经疏略·八卷》：出入風議，不事勞役，而且出入譏談人之勤惰也。

清·陈启源《毛诗稽古编·卷七十三》：《北山》詩連用十二"或"字，各兩或意自相反。首二"或""燕"與"瘁"反也；次二"或""息"與"行"反也；又次二"或""逸"與"勞"反也；又次二"或"舒遲與促遽反也；又次二"或""湛樂"與"畏咎"反也；終二"或"閒暇與冗煩反也。

議事易而任事難，議事者立身事外，任事者置身事內，此"出入風議"與"靡事不爲"所以一暇而一勤也。又《箋》云"風猶放也"，則應如字。而《釋文》"風，音諷"，與鄭意異。而鄭音風乃風逸之風，與上出入為類。如陸音風乃風刺之風，與下議為類。風刺義較優矣。

清·冉觐祖《诗经详说·卷五十三》：出入風議，言親信而從容也。

《毛傳》："風，猶放也。"

《孔疏》："或出入風議謂閒暇無事，出入放恣議量時政者，或勤者無事不為者。《定本》《集本》並作議，俗本作儀者，誤也。"

《釋文》："風，音諷。議，如字，協句音宜。"

按：毛以風為放，謬甚，風猶規諷之諷。隱言為諷，顯言為議。

清·王鸿绪等《钦定诗经传说汇纂·卷十四》：《集傳》："出入風議，言親信而從容也。"孔氏穎達曰："謂閒暇無事，出入放恣，議量時政者。"

嚴氏粲曰："曹氏曰'風議則任口舌而已'。"

清·李塨《诗经传注·卷五》：出入風議，謂無事而妄譏人長短也。

清·姜文灿《诗经正解·卷十七》：出入風議，言親信而從容也。

清·黄梦白、陈曾《诗经广大全·卷十三》：風，《箋》云："猶放也"。《正義》云："放恣議量時政。"朱子云："出入風議，言親信而從容也。"

清·张叙《诗贯·卷八》：議，漁賀反。

清·牛运震《诗志·卷四》：風如言論風旨之風，舊解以爲專事口吻，是也。

清·刘始兴《诗益·卷五》：出入風議，言親信而從容也。

清·顾镇《虞东学诗·卷八》：議，為去平通。

清·胡文英《诗经逢原》：風議，議論風生而安逸也。

清·汪龙《毛诗异义·卷二》：或出入風議，毛無《傳》。《箋》云"風，猶方也"。《疏》申之曰"出入放恣，議量時政"，則"風"讀如字。《釋文》云："風，音諷，則非放義。"又引《箋》注，於下殊歧誤。

清·牟庭《诗切·卷三》：《鄭箋》曰："風，猶放也。"

余按：《淮南·主術訓》曰："頃襄好色不使風議，而民多昏亂。"風議字出此，經議當讀為儀。儀，匹也。今俗語淫戲謂之風，與不使風儀之語恰

264

合，然則風儀之言男女嬈戲而匹合耳。《箋》訓"風"為"放"也。《疏》云："定本、集注並作議，俗本作儀者誤。"今以《淮南》證之，則作儀者為是，非俗本也。

清·阮元《毛诗注疏校勘记》（十三之一）》：或勤者，無事不為者。閩本、明監本、毛本同案。山井鼎云：宋板者作若，其實不然，當是剢也。

清·徐华岳《诗故考异·卷二十》：《箋》："風，猶放也。"《正義》："出入放恣，議量時事。"

清·马瑞辰《毛诗传笺通释·卷二十一》：或出入風議。《箋》："風猶諷，放也。"（瑞辰）按：《左氏·僖四年傳》："唯是風馬牛，不相及也。"賈逵註："風，放也。"服注同。《釋名》："風，放也。言放散也。"《廣雅》亦曰："風，放也。"風議即放議也。放議猶放言也，或靡事不為，為言與行相反。鄭讀風為放，為如字讀，《釋文》音諷，失之。

清·李允升《诗义旁通·卷七》：《孔疏》："或出入風議，謂閒暇無事，出入放恣，議量時政者。"

清·陈奂《诗毛氏传疏·卷二十》：《箋》云："風，猶放也。"

清·陈乔枞《诗经四家异文考·卷三》：或出入風儀。

《毛詩正義》云："定本、《集注》並作'議'，俗本作'儀'者誤也。"

清·顾广誉《学诗详说·卷二十》："或出入風議"則已不任勞而轉持勞者之短長。

清·方玉润《诗经原始·卷十一》：出入風議，孔氏穎達曰："謂閒暇無事，出入放恣，議量時政者。"

清·邓翔《诗经绎参·卷之三》：出入朝廷之上，風議人之是非，置身事外，逸矣。

清·龙起涛《毛诗补正·卷十七》：《箋》："風，猶放也。"《釋文》："風，音諷。"

案：如《箋》意，則為風聞之風，當讀平聲；如《釋文》則如風刺之風，當讀上聲。二者俱通，大抵局外之人好彈射局中之事，或耳有所聞隨口放言，或心有所傾故為異論，使任事之人救過不暇，慘慘畏咎，職由於此。明季風氣大抵類此，此亡國之徵也。

清·吕调阳《诗序议·卷三下》：出入風議，言親信而從容也。

清·王先谦《诗三家义集疏·卷十八》：疏：《箋》："風，猶放也。"馬瑞辰云："風議即放議，放議猶放言也。"

清·陈百先《诗经备旨·卷五》：風，音諷。議，言親信而從容。

又：出入風議，謂閒暇無事出入放恣，任口舌以議量朝政。

【眉批】姚氏云："湛樂"句何等逸豫，"畏咎"猶恐或及之，"出入"句何等從容，"靡事不為"雜曰猶不勞矣。

民國·王闓运《毛诗补笺·卷十三》：議，一作"儀"。《箋》云："風猶放也。"《補》曰：議讀爲俄邪也。風儀者務詆時政。

民國·马其昶《诗毛氏学·卷二十》：鄭曰："風，猶放也。"孔曰："出入放恣，議量時政。"

民國·张慎仪《诗经异文补释·卷十》：或出入風議，《文選》陸士衡《辯亡論》注引《毛詩》"出入諷議"。桉：風字《釋文》音諷，《選》注："挩或字。"

民國·丁惟汾《诗毛氏传解诂》：或出入風議，《傳》云："風，放也。"按：風放雙聲。

民國·李九华《毛诗评注·卷二十》：註：風，放也。出入放恣，議論長短。（鄭《箋》孔《疏》）

民國·林义光《诗经通解·卷二十》：議，讀為儀。"出入風議"與前章"王事鞅掌"相反。鞅掌者以勞瘁而失容，風儀者以閒暇而修容也。若解為出入諷議，則事在諫諍不為無功矣。"儀"字古文作"義"。《詩》當作風義。《傳》寫改為"議"耳。

民國·焦琳《诗蠲·卷七》：风，譏也。

風議上又加出入字，不但見其尋事詆諆，可見美惡由其心，是非任其口，怙寵而一無忌憚也。

民國·吴闓生《诗义会通·卷二》：風，讀曰諷。

现代人：

附1

高亨《诗经今注》：（二）風，通諷，諷刺也。

陈子展《诗经直解·卷二十》：或出入風議，有的人進退自由放言高論。

高本汉《诗经注释》：或出入風議（《毛傳》沒有注釋）。

A《鄭箋》："風，猶放也"，所以有些人裏裏外外的恣意議論。支持這一說的例證前人一向引用《尚書·費誓》："馬牛其風"，還是鄭玄說："風，放也。"又《左傳·僖公四年》："唯是風馬牛不相及也"；賈逵和服虔都說："風，放也"；不過這兩處的"風"實在是"聽任交配，春情發動的叫，性慾衝動。"（瑞典語"性慾衝動"叫，本來是"跑"的意思）；所以並不足以證實A說。

B《釋文》:"風",音"諷"。《周禮·大帥》"風"用作"諷"指"諷誦"("諷"見於同書《大司樂》)。不過,正如"議"字是"議論"而常有"批評,非議的意思,"諷"字老早也就用作"批評,諷刺",如《史記·滑稽列傳》的"諷諫"。本篇的"風(諷)議";正是這樣的複詞;所以,有些人裏裏外外的批評。

"風議"連用,證實B說。

附2

《晋骆先生辑着诗经小雅·卷七》:或出入風議,而從容於親信之餘事為無所迫也;或靡事不為,而勞勤於疎逖之地,欲從容而不可得矣。

日本

日本·三宅重固《诗经笔记》:風,《箋》云"猶放也"。《正義》:"放恣議量時政。"

按:此說與朱子《傳》不同。朱子意諷是諷吟,議是議談,故曰親信從容也。

日本·赤松弘《诗经述·九述》:風,猶放也。出入風議,言出入無事,閒暇放縱,徒從口舌,議量時政也。

日本·皆川愿《诗经绎解·卷十一》:出入者,謂出入於家門。風者,諷也。議,議事可否也。言罷官家居,出與人言,入與家人語,常好微言以風議當時執政者,所為以摽己材事識。

日本·伊藤善韶《诗解》:出入風議,出入君側有風標。議,擬也,謂得勢有德色者。

日本·冢田虎《冢注毛诗·卷十三》:鄭云:"風,猶放也",餘云:出入風議,言親信從容也。今云皆不穩也。

出入風議,身不勤勞於事而從諷誦論議者也,與無事不為者相反。

日本·仁井田好古《毛诗补传·卷二十》:補:鄭玄曰:"風,猶放也。"孔穎達曰:"謂閒暇無事,出入放恣,議量時政者。"

陳長發曰:"議事易而任事難,議事者立身事外,任事者置身事內。此出入風議與靡事不為,傷怨一暇而一勤也。"

日本·亀井昱《毛诗考》:■也,或出或入悠然議事。閑者,息偃在床,而棲遲偃仰,而有時風儀而已。

日本·东条弘《诗经标识》:按:《晉書·荀組傳》:"組兄弟貴盛,懼不容于世，雖居大官，並風議而已。"是乃此篇"風議"之意也。蓋議事不剴切，如風飄蕩也，謂苟容全身，無憂國任職之心者。

日本·安井衡《毛诗辑疏·卷十上》：《箋》："風，猶放也。"《釋文》："風，音諷。"陳啟源云："鄭音風，乃風逸之風，與上'出入'為類。如陸音諷，乃諷刺之風，與下'議'為類。風刺義較優矣。"

日本·安藤龙《诗经辨话器解》：或（開口）出入風議，《箋》云："風猶放也。"譬喻也。

日本·山本章夫《诗经新注》：出入，謂出入王家。風議，風刺謀議，徒以喉舌爲事也。

朝鲜

朝鲜·朴世堂《诗经思辨录》：鄭云："風，猶放也。"愚謂"出入風議"舊說不及今傳。

朝鲜·申绰《诗次故》：《漢書·敘傳》："從容風議"，師古曰：風，讀曰諷。《文選·陸機論①》注李善引此，"風"作"諷"。呂向曰："風議，謀議也。"《釋文》："風，音諷。"《疏議》定本集本並作"議"，俗本作"儀"者，誤也。

朝鲜·申绰《诗经异文》：風議，《文選》陸機論注，李善引此詩，"風"作"諷"。呂向曰："諷議，謀議也。"《釋文》："風，音諷。"疏義定本、集本並作"議"。俗本作"儀者"，誤也。

朝鲜·朴文镐《枫山记闻录》（毛诗）：云"風議"，則行者反見彈議，於處者是困於內外也。（顯喆）

朝鲜·朴文镐《诗集传详说·卷十一》：出入風議，言親信而從容也。或議己之咎。

李润民按：对"或出入风议"一句作解的人很多，看似有点众说纷纭的样子，但其实没有多大分歧。这一句的关键词是"风议"，有人把"风议"看成两个词，分别释之，有人说"风议"连用，是一个复词。

把"风议"分别解释的主要有：

1. 汉·郑玄说："风，犹放也"（见《毛诗笺》）。后来附议的人很多。
2. 宋·杨简说："议，鱼羁切，论也。""议则有所辩难。风者，讥风也，

---

① 此"论"字，疑有误，待考。

有所讥而不切之谓风。"（见《慈湖诗传·卷十四》）

3. 民国·焦琳说："风，讥也。"（见《诗蠲·卷七》）

4. 日本·皆川愿说："风者，讽也。议，议事可否也。"（见《诗经绎解·卷十一》）

把"风议"作为一个复词解释的主要有：

1. 明·季本说："风议，谓闻风则任口舌以议论人也。"（见《诗说解颐·卷二十》）

2. 明·陆化熙说："风议，是主身事外谈论人之是非。"（见《诗通·卷二》）

3. 明·黄道周说："风议，是讽人是非而议论之。"（见《诗经琅玕·卷六》）

4. 清·胡文英说："风议，议论风生而安逸也。"（见《诗经逢原》）

5. 日本·山本章夫说："风议，风刺谋议，徒以喉舌爲事也。"（见《诗经新注》）

6. 朝鲜·沈大允说："风议，讽论也。"（见《诗经集传辨正》）

可以看得出来，无论是把"风议"分释成两个词，还是看出一个复词，归到句中的含义没有多大区别。

对"或出入风议"整句作阐释的人很多，他们在表达上和侧重面各有所不同，因涉及篇幅较长，这里就一一列举了。归纳起来，大体的意思不外乎是：有的人闲暇无事，出入朝廷之上，放言议论时政，讥讽他人。这与下一句"或靡事不为"，形成对照，和前边的"或燕燕居息，或尽瘁事国"句子一样，表达了诗人对"大夫不均"的批评。

或靡事不为

中国

宋·李樗《毛诗详解》（《毛诗李黄集解·卷二十六》）：有無事不為者。

明·梁寅《诗演义·卷十三》：靡事不為，無少暇也。

明·季本《诗说解颐·卷二十》：靡事不為，雖有咎之事亦不敢辭也。

明·李资乾《诗经传注·卷二十六》：至"靡事不為"，則無時不為，無念不為，無事不為。

269

明·姚舜牧《重订诗经疑问·卷六》：靡所不為，維日其猶不給。

明·徐奋鹏《诗经尊朱删补》（《诗经铎振·卷五》）：靡事不為，則身勞于多事之擾矣。

明·冯元飏、冯元飙《手授诗经·卷五》："或靡"一句，言投艱遺大，而疎遠勞勩。

明·杨廷麟《诗经听月·卷八》：靡事不為，言投艱遺大，而疎遠勞勩，與樂飲反。

清·陈启源《毛诗稽古编·卷七十三》：《北山》詩連用十二"或"字，各兩或意自相反。首二"或""燕"與"瘁"反也；次二"或""息"與"行"反也；又次二"或""逸"與"勞"反也；又次二"或"舒遲與促遽反也；又次二"或""湛樂"與"畏咎"反也；終二"或"閒暇與冗煩反也。

清·胡文英《诗经逢原》：靡事不為，事事須親歷也。

清·顾广誉《学诗详说·卷二十》：或靡事不為，則是勤勞王事之外，又畏風議者之口，而周旋彌縫之也。

清·邓翔《诗经绎参·卷之三》：靡事不為，任事者勞矣，懸殊若此。

民国·王闿运《毛诗补笺·卷十三》：《補》曰：靡事不爲，多所興作也。

民国·焦琳《诗蠲·卷七》：靡事不為，無論如何危辱勞苦之事，一被投畀，無或敢辭。

附现代人

陈子展《诗经直解·卷二十》：或靡事不為，有的人沒有一事不負責任。

日本

日本·龟井昱《毛诗考》：■也。忙者，不已於行，而王事鞅掌，而靡事不爲也。苦樂間■■甚，王臣之衆，均役王事，何至使我獨憂父母乎？

日本·安藤龙《诗经辨话器解》：或靡事（羣臣百姓言行）不為。

日本·山本章夫《诗经新注》：靡事不爲，王事皆敦我也。

朝鲜

朝鲜·沈大允《诗经集传辨正》：言徒為言論而不為事也。

李润民按："或靡事不为"一句，句义简单，没有需要训诂的字词，为句义作解的人也很少。"或靡事不为"是一个否定之否定句，其中大多数人对"靡事不为"的解释无非是：（有的人）没有哪一种事情不去干的（参看宋·李樗《毛诗详解》）；（有的人）没有不干的事情，没有一点空闲的功夫（参看明·梁寅《诗演义·卷十三》）；没有不干的事情，即使多危险、多艰难、多卑贱、多劳累的事情，一旦被"投畀"就不敢推辞（参看民国·焦琳《诗蠲·卷七》）。基本意思一样，即有的人什么事情，无论苦累危险都得干。

　　只有朝鲜·沈大允的解释有些不同："言徒为言论而不为事也。"（《诗经集传辨正》）沈大允的解释是顺着上一句"或出入风议"的含义讲的，合起来的意思是：有的人出入朝廷议论政事，讥讽他人，其实是徒然地说三道四而不干实事，不负责任。沈大允的解释恐怕有些窒碍，不必在意，聊备一说即可。

　　从大多数人对这句话的解释看，它的言外之意就是，我什么苦活累活危险活都干了，而你只是出入朝廷放言高论，实在是不均平啊。显然是对执政大夫的批评。

六章总说

中国

  唐·孔颖达《毛诗正义·卷十三》：三章勢接，湏通鮮之，皆具說在注。

  宋·李樗《毛诗详解》（《毛诗李黄集解·卷二十五》）：自此以下皆是言役使不均，有燕燕然而居息者，有盡力以事國者，有偃息而在牀者，有不止於行驅馳於道路者，有或不知上有徵裦呼召者，有或慘慘然而劬勞者，有棲遲於家而偃仰者，有或以王事之勞鞅掌而失容者，或有惟湛逸樂而飲酒者，或慘慘而畏獲罪者，或有出入放恣議量時政者，有無事不為者……其不均如此之甚矣。夫坐而論道謂之三公，作而行事謂之士大夫。三公之與大夫則有勞逸之殊其勢然也，孰敢懷怨上之心哉？今也，同是大夫而不均如此，所以《北山》致大夫之怨也。

  宋·范处义《诗补传·卷二十》：此三章皆歷陳不均之事。彼則燕安居處，此則疲於國事；彼則息偃牀第，此則行役不止；彼則深居簡出，叫號有所不知，此則慘慘憂戚，劬勞無所辭避；彼則棲遲於家，偃仰自如，此則王事所拘，鞅掌無措；彼則湛樂燕飲，此則慘戚畏罪；彼則出入風議，專事口吻，此則無所不為，越其官守。同為王臣而勞逸不均如此，以見明不能察。此其所以為《北山》歟？說者謂"鞅也，掌也"，皆所以拘物。謂"為王事所拘也"義亦通。

  宋·朱熹《诗经集传·卷十三》：言役使之不均也。

  宋·吕祖谦《吕氏家塾读诗记·卷二十二》：李氏曰："自此以下皆言役使不均。劉氏曰："彼或不知叫號，我則慘慘劬勞；彼或棲遲偃仰，我則王事鞅掌；彼或湛樂飲酒，我則慘慘畏咎；彼或出入風議，我則靡事不為。以彼為賢耶，則國事待我而集。以我為賢邪，則厚祿居彼為多。"

  宋·段昌武《毛诗集解》：李曰："自此以下皆言役使不均。"（劉曰："彼或不知叫號我則慘慘劬勞，彼或棲遲偃仰我則王事鞅掌彼，彼或湛樂飲酒我則慘慘畏咎，彼或出入風議我則靡事不為……以彼為賢也則國事待我而集，以我為賢耶則厚祿居彼為多。")《左氏傳》晉伯瑕曰:"《詩》曰:'或燕燕居息,或憔悴事國。'"同五。

宋·輔廣《诗童子问·卷五》:燕,安也。重言之,見安之甚也。或燕安而自居於休息,或盡瘁而力為國事;或息偃在牀以自逸,或不已於行以自苦;或深居而不接人聲,或憂慘而自極劬勞;或栖遲於家而偃仰自適,或煩勞於國而儀容不整;或就樂飲酒以自樂,或慘慘畏咎以自憂;或出入風議而親近從容,或靡事不為而踈遠勞勩。

宋·林岊《毛诗讲义·卷六》:出入風議,以言語勝者也。孔子曰:"不患寡而患不均。"

元·朱公遷《诗经疏义》(《诗经疏义会通·卷十三》):極言勞逸不均而深怨之也。

元·劉玉汝《诗缵绪·卷十一:【李潤民,按:參看四章總說】

明·梁寅《诗演义·卷十三》:【按按:參看四章總說】

明·胡廣《诗传大全·卷十三》:慶源輔氏曰:"燕,安也,重言之見安之甚也。或燕燕而自居於休息,或盡瘁而力為國事;或息偃在牀以自逸,或不已於行以自苦;或深居而不接人聲,或憂慘而自極劬勞;或棲遲於家而偃仰自適,或煩勞於國而儀容不整;或就樂飲酒以自樂,或慘慘畏咎以自憂;或出入風議而親近從容,或靡事不為而踈遠勞勩。"

明·季本《诗说解颐·卷二十》:此上三章,皆言役使不均之意,其間蓋有可使之人,而大夫不以為意也。

明·黃佐《诗经通解·卷十四》:或湛樂飲酒而罪罟之不驚,或慘慘畏咎而無燕笑之樂也;或出入風議而王事無所埤,或靡事不為而慮日隔之踈也。此何勞而彼何逸哉?後三章始言其不均之實,曰或者十有二,如唐人賦體,然亦不過以其勞逸者對言之,而其辭重複,使上之人自察耳。故曰詩可以怨。

明·鄒泉《新刻七进士诗经折衷讲意·卷二》:"或燕燕居息"三章
此三①章只以人己之勞逸不同相形為言,而大夫之獨賢自見諸"或"字。以彼此對言,猶曰同一臣也,或如此或如彼耳,非有許多樣也。各勞逸處,須見相反意始得。如云"或燕燕居息"而無國事之勞;或則"盡瘁事國"而不遑燕息矣;"或息偃在牀"而無道路之涉;或則"不已於行"而不遑安寢矣。以彼之燕居息偃,視此之盡瘁不已,何勞逸之不均耶?或有深居安逸而不知叫號,或則任事於外,而慘慘劬勞無深居之安者矣;動靜自得而棲遲偃

---

① 原文材料像"二"字,據文意改為"三"。

仰，或王事煩勞而鞅掌失容無自得之休者矣。以彼之深居偃仰，視此之劬勞鞅掌，何勞逸之不均耶？或湛樂飲酒，而伸笑語於樽俎之間，罪罟非所憂也；或則慘慘畏咎，而憂慮乎罪罟之，及則飲酒而不可得矣；或則出入風議，而從容於親信之餘事，為無所迫也；或則靡事不為，而勞勤於疎迖之地，則從容而不可得矣。以彼之湛樂風議，視此之畏咎任事，又何勞逸之不均耶？

明·丰坊《鲁诗世学·卷二十一》：考補：以上三章，言在朝之臣，彼或燕安之甚而休居之常，我則形容憔悴而盡力國事；彼或息偃在牀而無所事事，我則不已於行而休息無日；彼或深居宮中而不聞人聲，我則慘慘劬勞而備嘗險阻；彼或起居無時而卤遲偃卬，我則王事鞅掌而儀容不整；彼或湛樂飲酒身體自適，我則憂讒畏譏而自救不暇；彼或親信從容而出入風議，我則疎迖驅使而靡事不為。以彼為賢耶，則國事待我而集；以我為賢耶，則厚祿居彼為多。皆以申言大夫不均之寡也。雖詞繁而不殺，亦怨而不怒，每形忠厚之言，益其所以為溫柔敦厚之教也歟？

明·李资乾《诗经传注·卷二十六》：上文"燕息""偃仰"，猶有困憊不樂之意，此云"湛樂飲酒"，湛樂者之甚，猶云樂之甚也，飲酒不過自樂其樂。又云"出入風議"，一出一入，以風聞議朝政為事，無問其聞之真否而喜談樂道，又不相關之特甚者矣。上云"盡瘁""鞅掌"，猶有稍暇息肩之意，此云"慘慘畏咎"，則慘之外一心畏天命，一心防咎諭，何時已乎？至"靡事不為"，則無時不為，無念不為，無時不為，又"從事獨賢"之死而後已者。愚故以為，鄭桓公之詩焉。

明·许天赠《诗经正义·卷十五》：詩人屢言役使之不均，所以寓傷悼之意也。

此三章總是役使不均之意而疊言之。若約其意，則曰"或宴宴居息，或盡瘁事國"二句亦已盡矣。每二句俱以勞逸相對，"或"字蓋以彼此對言，蓋曰同一臣也，或如此或如彼耳，非有許多般樣也，但言之重詞之復，則其傷悼者益深，而仰望於王者益切矣。每二句亦須講得各異些，"出入風議"，言出入於朝廷之上而風議人之是非也。

夫以我從事之獨賢如此，則不均之嘆其能免乎？是故同一臣也，"或燕燕居息"，固安處之自如矣；而或者乃盡瘁事國，疲病於奉公之餘，其視居息者為何如？"或息偃在床"，固寢處之自適矣；而或者乃"不已於行"，奔走於道路之上，其視息偃者為何如？或"深居安逸"，而叫號之不聞；或慘慘劬勞，而憂傷之日甚，劬勞之與安逸大有間矣。或栖遲偃仰，而容止之安舒；或王事煩勞，而儀容之不整，鞅掌之與栖遲區以別矣。或湛樂飲酒，可謂樂矣；

而或者乃慘慘畏咎，惟恐罪罟之或及也，慘慘之憂豈若飲酒之樂哉？或"出入風議"，可謂親信而從容矣；而或者乃"靡事不為"，無一事不集於其身也，幾務之勞豈若風議之逸哉？吁！是誠不均之甚者矣！是則作此詩者不均之嘆，雖形於嗟怨之間，而忠厚之意，每存於微詞之表，其諸當時之賢者歟?!

明·顾起元《诗经金丹·卷五》：末三章旨：此正所謂不均也。各章每二句要相反說，方見不均意。

第六章，一在樂無憂，一畏事不樂也。

又：一口言之而不為，一身為之而靡盡也。言逸者亦①皆屬人，言勞者亦皆屬我。看十二"或"字，皆以彼之逸形此之勞，其不均自見矣。

明·江環《诗经阐蒙衍义集注》（《诗经铎振·卷五》）：夫我之獨賢，固不敢自愛其身矣，而其不均者，是亦安能已於言哉？彼居王土者，皆王臣也，夫何燕燕居息而無國事之勞？或有盡瘁事國，而燕息之不遑焉；或有息偃在牀，而無道路之涉；或有不已於行，而安寢之不暇焉。以彼之燕居息偃，視此之盡瘁不已，何勞逸之相懸耶？

不特此也，或有深居安逸，而不知叫號；或有任事於外，而慘慘劬勞，無深居之安者矣。或動靜自得，而棲遲偃仰；或有王事煩勞，而鞅掌失容，無自得之休矣。以彼之深居偃仰，視此之劬勞鞅掌，何苦樂之相懸耶？

又不特此也。或有"湛樂飲酒"，而笑語於樽俎之間，罪罟非所憂也；或有"慘慘畏咎"，而慮乎罪罟之及歟，飲酒而不可得矣；或出入風議，而從容於親信之餘，事為無所迫也；或則"靡事不為"，而勞勤於疎逖之地歟，從容而不可得矣。以湛樂風議，而視夫畏咎盡勞，是彼何樂而此何憂，彼何逸而此何勞耶？然則大夫之不均，不可得辭其責矣。

■■各章每二句，要相反說，方見不均情狀。本講已明"盡瘁"等句，即"經營四方，朝夕從事"者，便是要見逸者豈不當任勞，勞者豈不當處逸，豈此為王臣而彼獨非乎？豈此為賢而彼獨不賢乎？勞者獨勞，逸者獨逸，此所以嘆也。

又：此三章皆是詳不均之實，然亦不過以人己之勞逸不同相形為言，而大夫之獨賢見諸"或"字，以彼此對言，猶是同一臣也，或如此或如彼耳。

明·郝敬《毛诗原解·卷二十二》：有湛樂飲酒為驕者，有慘然畏不免於罪者；有出入優游聞譚風議者，有諸務交責無事不為者。役使不均如此。

明·徐光启《毛诗六帖讲意·卷二》：四、五、六章

---

① 此"亦"字，原件模糊不清，像是亦字。下句中的"亦"字，亦然。

《诗经·小雅·北山》研究 >>>

三章只以人己之勞逸不同相形為言,而大夫之不均自見。但言之重辭之複,則其仰望者亦切矣,詩可以怨,此類是也。

明·徐光启《毛诗六帖讲意·卷二》:《序》曰:"《北山》,大夫刺幽王也。役使不均,已勞於從事而不得養其父母。"此詩可謂怨矣,然悲楚之意,達以委婉之辭,不失忠厚之道。

一 ●○○○○　　杞子事母
二 ○○○○○　　下土　濱臣均賢
三 ○○●○○○　　彭傍將剛方
四 ○○○○　　　息國　牀行
五 ○○○○　　　號勞　仰掌
六 ○○○○　　　酒咎　議為

明·姚舜牧《重订诗经疑问·卷六》:燕燕居息,對盡瘁事國,言佚勞之不均也。息偃在牀,對不已於行,言行止之不均也。不知叫號是付之罔聞者,慘慘劬勞是靡所控訴者。栖遲偃仰是惟意所適者,王事鞅掌是莫可解脫者。就樂飲酒,何等逸豫,慘慘畏咎,猶恐其或及之。出入風議,何等從容。靡所不為,維曰其猶不給。此各相為對言而總之,則所謂役使之不均也。

明·沈守正《诗经说通·卷八》:同四

四、五、六章雖言勞逸之不同亦只兩兩言之,使人之自察,告勞之意無怨懟之詞,《北山》之所以為厚也。

明·陆燧《诗筌·卷二》:末二章應"不均"二字。"燕燕"二句以安危分,"息偃"二句以休止分,"不知叫號"二句以動靜分,"棲遲"二句以勤惰分,"湛樂"二句以憂樂分,"出入"二句以親疎分。每二句相形,須重下句,此詩怨而不怨,須要理會。①

明·陆化熙《诗通·卷二》:此三章俱以一勞一逸,極相反者相形看,數"或"字,未嘗粘著自己而已,隱然在中,大夫之不均亦不言自見。

明·徐奋鹏《诗经尊朱删补》(《诗经铎振·卷五》):三章皆言勞逸之不均,正從上不均之意而言也。

明·顾梦麟《诗经说约·卷十六》:《大全》,慶源輔氏曰:"燕,安也,重言之見安之甚也。或燕燕而自居於休息,或盡瘁而力為國事;或息偃在牀以自逸,或不已於行以自苦;或深居而不接人聲,或憂慘而自極劬勞;或栖遲于家而偃仰自適,或煩勞於國而儀容不整;或就樂飲酒以自樂,或慘慘畏

---

① 李润民,按:陆燧把后边的十二句看成兩章。

276

咎以自憂；或出入風議而親近從容，或靡事不為而疎濟遠勞勸。"

麟按：此輔注所謂繋對發議之■也。

明·张次仲《待轩诗记·卷五》：出入風議，言其議論不根如風飄蕩，且出亦議入亦議，天下事不經其議論者亦少矣，何嘗以身親為之乎？"或"字十二疊，詩中奇格。韓昌黎《南山詩》、文信國《正氣歌》皆祖此。

明·黄道周《诗经琅玕·卷六》：又不特此也。或有湛樂飲酒笑語於樽俎之間，罪罟非所憂；或有惨惨畏咎慮乎罪罟之及，欲飲酒而不得。或出入諷議，從容於親信之餘，事為無所迫也；或靡事不為，勞於疎逖之地，欲從容而不得矣。以湛樂諷議視夫畏咎盡勞，彼何樂而此何憂，彼何逸而此何勞耶？然則人我不均，誠不得辭其責矣。

明·冯元飚、冯元飙《手授诗经·卷五》：①

王守溪曰："各章每二句要相反說，方見不均情狀。本講已明盡瘁等句，即經營四方，朝夕從事者，便是要見逸者豈不當任勞？勞者豈不當處逸？豈此為王臣而彼獨非乎？豈此為賢而彼獨不賢乎？勞者獨勞，逸者獨逸，此所以嘆也。"

明·何楷《诗经世本古义·卷十八之下》：劉公瑾云："以下凡十二句為偶，皆以他人之逸樂對己之憂勞，所以形容不均之意。"愚按：單句六"或"字分，六項人看。首言"燕燕居息"，蓋指正大夫也。自息偃在牀，而後其情狀各不同，則三事大夫之輩耳。雙句分，六項總是自道，以與上文對舉相形，故皆用"或"字。

又：然何嘗以身親之乎？而我則百責交萃，至於無所不為？《雨無正》之詩曰："哀哉不能言，匪舌是出。維躬是瘁，哿矣能言。巧言如流，俾躬處休。"正此詩之謂也。以上兩兩相形其不均有如此者。劉氏云："彼或如彼，我則如此。以彼為賢，則國事待我而集。以我為賢耶，則厚祿居彼為多。"

明·黄文焕《诗经嫏嬛·卷五》：六章：不特此也。或有湛樂飲酒，笑語于樽俎之間，罪罟非所憂；或有惨惨畏咎，慮乎罪罟之及，欲飲酒而不得；或出入諷議，從容於親信之餘，事為無所迫也；或靡事不為，勞於疎逖之地，欲從容而不得矣。以湛樂諷議，視夫畏咎盡勞，彼何樂而此何憂，彼何逸而此何勞耶？然則人我不均，誠不得辭其責矣。

又：此正所謂不均也。各章每二句要相反說，方見不均意。第四章，一寧家一勤王也，一止居一徵逐也。第五章，一處憂而罔聞，一戕勞而見傷也，

---

① 李润民，按：原文有"五六讲同。"字样，故此章总说，可参看四章总说。

一優遊而自適，一事煩而失容也。第六章，一在樂無憂，一畏事不樂也，一口言之而不為，一身為之而靡鹽也。言逸者六皆屬人，言勞者六皆屬我。看十二"或"字，皆以彼之逸，形此之勞，其不均自見矣。

明·唐汝谔《毛诗蒙引·卷十二》：四章至末。輔潛庵曰："此不過以其勞逸者對言，使上之人自察耳。但言之重詞之複，則其望於上者亦切矣。"

人臣職在奉公，即勞瘁何敢辭？即燕逸誰敢羨？但以彼之逸，形此之勞，則此獨奚堪彼獨何幸？就兩人並觀，大夫之不均自見矣。"

薛希之曰："燕燕者安居無事，而盡瘁者啟處不遑；息偃者無行役之艱，而不已者無日夕之暇。或深居而勞勤不聞，或劬勞而疲於奔命。棲遲偃仰者優遊自得，而王事鞅掌者無暇修容；湛樂飲酒者方怡情樽俎，而慘慘畏咎則惟憂罪罟之及矣，出入風議者方親信從容，而靡事不為則惟勞於疎逖之地矣，其不均蓋如此！"

孔氏曰："《傳》以鞅掌為煩勞之狀。"

胡雙湖曰："鞅掌皆所以均物，謂王事所拘也。"

姚承庵曰："鞅以控馬而執在手者，一釋手則馬奔而不可禦矣。總覽國事亦然，故曰鞅掌。"

明·杨廷麟《诗经听月·卷八》：又不特此也。或有湛樂飲酒笑語於俎豆之間，罪罟非所憂也；或有慘慘畏咎，慮乎罪罟之及，欲飲酒而不得矣；或有出入諷議，從容於親信之餘，事為無所迫也；或則靡事不為，勞於疏逖之地，欲從容而不得矣。以湛樂諷議，視夫畏咎盡勞，彼何樂而此何憂，彼何逸而此何勞耶？肰則，人我不均，誠不得辭其責矣。

此正所謂不均也。"燕燕"二句以安危分，"息偃"一句以行止分，"叫號"二句以動靜分，"棲遲"二句以勤惰分，"湛樂"二句以憂樂分，"出入"二句以親疎分。每二句相形，須重下句。

宋澄嵐曰："言逸者亦皆屬人，言勞者亦皆屬我者。十二'或'字皆以彼之逸，形此之勞，則不均之意不言自見。"

又：各章每二句要相反說，方見不均意。第四章一寧家一勤王也，一止居一征逐也。第五章一處優而罔聞，一職勞而自作也，一優遊而自適，一事煩而顛躓也。第六章一在樂無憂，一畏事不樂也，一口言之而不為，一身為之而靡盡也。

明·万时华《诗经偶笺·卷八》：後三章各就上下句比勘出不均來。"燕燕"二句以安危分，"息偃"二句以行止分，"叫號"二句以動靜分，"棲遲"二句以勤惰分，"湛樂"二句以憂樂分，"出入"二句以親疎分。鞅掌，鞅以控馬而執在手者，一釋手則馬奔而不可御矣，故總攬國事曰鞅掌。看數"或"字不尚粘著自己，而已隱然在其中。

明·陈组绶《诗经副墨》：（四、五、六節）："燕燕"二句以安危分，"息偃"二句以行止分，"叫號"二句以動靜分，"棲遲"二句以勤惰分，"湛樂"二句以有優樂分，"出入"二句以親疏分。每二句相形，須重下句。"燕燕"重言之，見安之甚。"息偃"之"偃"作臥字看，"偃仰"之"偃"作俯字看。偃仰從容，閒暇之意。鞅以控馬而執在手，一脫手則馬奔而不可御矣。總攬國事亦然，故曰鞅掌。風議是立身事外，談論人之是非，此指點勞逸，俱極其相反。看數"或"字，未嘗粘著自己而己隱然在其中，大夫之不均，亦不言自見。

明·胡绍曾《诗经胡传·卷七》：末三章只彼此互形，怨而不怒。

清·朱鹤龄《诗经通义·卷八》：同四

讀後三章知當時以役使不均不得養父母者，非獨賦《北山》之一人也，連用十二"或"字，章法甚奇

清·钱澄之《田间诗学·卷八》：劉公瑾云："以下凡十二句為偶，皆以他人之逸樂對己之憂勞，所以形容不均之意。"詩用十二"或"字為六偶句，對舉相形。上六句所稱分六種人，下六句所云則自道也。首言"燕燕居息"，指大夫也。自"息偃在牀"以下情狀各別，則三事大夫之屬耳。

清·张沐《诗经疏略·卷八》：四、五、六章言役使不均之實。

清·冉觐祖《诗经详说·卷五十三》：言役使之不均也。

又：慶源輔氏曰："燕，安也，重言之見安之甚也。或燕燕而自居於休息。或盡瘁而力為國事，或息偃在牀以自逸，或不已於行以自苦；或深居而不接人聲，或憂慘而自極劬勞，或棲遲於家而偃仰自適，或煩勞於國而儀容不整；或湛樂飲酒以自樂，或慘慘畏咎以自憂，或出入風議而親近從容，或靡事不為而疏遠勞勤。"

《正解》："此章'湛樂'二句，一在樂無憂，一畏事不樂也，以憂樂分；'出入'二句，一口言之而不為，一身為之而靡盡也，以親疏分。出入，謂出入朝廷之上，風議，是立身事外談論人之是非。以上三章盡瘁等句，即經營四方、朝夕從事者，便是要見逸者豈不當任勞，勞者豈不當處逸，豈此為王臣而彼獨非乎？豈此為賢而彼獨不賢乎？勞者獨勞，逸者獨逸，此所以歎也。楊伯祥曰：'夫人臣職在奉公，即勞瘁何敢辭？即燕逸誰敢羨？但以彼之逸形此之勞，則此獨奚堪，彼獨何幸？就兩人並觀，其不均甚矣。'看數'或'字，未嘗黏自己而己隱然在其中，大夫之不均，亦不言自見。"

《衍義》："言逸者六皆屬人，言勞者六皆屬己。此三章皆是詳不均之實，然亦不過以人己之勞逸不同相形為言，而大夫之獨賢自見。諸'或'字以彼此對言，猶曰：同一臣也，或如此如彼耳。"

講："又不特此也。或湛樂飲酒以自樂，或慘慘畏咎以自憂，雖欲飲酒而不可得矣。或出入風議而親近從容，或靡事不為而疏遠勞勤，更恐議之難免矣。彼何逸此何勞，不均如此大夫，能無念耶？"

清・王鴻緒等《欽定诗经传说汇纂・卷十四》：《集傳》："言使役不均也"

集説》：姚氏舜牧曰："湛樂飲酒，何等逸豫。慘慘畏咎，猶恐其或及之，出入風議，何等從容。靡事不為，維日其猶不給，所謂不均也。"

清・王心敬《丰川诗说・卷十五》：有湛樂飲酒為驩者，有慘慘畏不免於罪者；有出入優遊閒談風議者，有諸務交責無事不為者。役使不均如此。

清・李塨《诗经传注・卷五》：末三章實指不均也。

清・姜文燦《诗经正解・卷十七》：言役使之不均也。

合糸：又不特此也，或有湛樂飲酒而笑語於樽俎之間，罪罟非所憂也，或則慘慘畏咎而慮於罪罟之及，欲飲酒而不可役矣；或出入風議而從容於親信之餘，事為無所迫也，或則靡事不為而勞勤於疎邈之地，欲從容而不可得矣。以湛樂風議而視夫畏咎獨勞，是彼何樂而此何憂，彼何逸而此何勞也？然則大夫之不均，誠不得辭其責矣。

析講：此章"湛樂"二句，一在樂無憂，一畏事不樂也，以憂樂分；"出入"二句，一口言之而不為，一身為之而靡盡也，以親疎分。出入，謂出入朝廷之上。風議，是立身事外談論人之是非。

以上三章"盡瘁"等句，即經營四方、朝夕從事者，便是要見逸者，豈不當任勞，勞者豈不當處逸？豈此為王臣而彼獨非乎？豈此為賢而彼獨不賢乎？勞者獨勞，逸者獨逸，此所以嘆也。

楊伯祥曰："此不過以其勞逸者對言，使上之人自察耳。但言之重詞之復，則其望於上者亦切。夫人臣職在奉公，即勞瘁何敢辭？即燕逸誰可羨？但以彼之逸形此之勞，則此獨奚堪，彼獨何幸？就兩人並觀，其不均甚矣！""看數'或'字，未嘗粘自己而己隱然在其中，大夫之不均，亦不言自見。"

清・张叙《诗贯・卷八》：此平列其不均之狀也，相反相對一線穿，一層又進一層，妙在只是兩平開說，總不着下斷語。蓋有各行其志，各成其是之意，雖不均而無怨焉，此其所以為賢也。

【李潤民，按：張叙對《北山》六章，分成兩段，前三章一個合為一段評

說，後三章合為一段評說。】

清·汪绂《诗经诠义·卷七》：歷數其不均至是，始有怨之之意而不忍明言，然言外可想也。夫王臣貴賤有分，勞逸有時，安必盡舉朝，股肱俱勞，道左無一逸者，而後為均。使人臣有役使而遂，謂他人皆可使，何得獨逸，則是自私其身，非人臣矣。乃詩人云然者，則以當時多所偏私，小人寵幸得志安居，而賢者則盡瘁不恤也。但此意不欲明言，此人不欲明指耳。玩許多"或"字，則任勞者亦不止一人，但其云獨賢者，則詩人自指耳。總之，逸者多而勞者鮮，王臣之中獨勞數人而不止是不均矣。此三章不過以勞逸對言，所以甚言其不均，故辭意重複煩而不殺，不必太求分別，然意亦迭深，至於"靡事不為""慘慘畏咎"則太苦矣。

清·刘始兴《诗益·卷五》：同四
此下三章皆極言其大夫不均之意也。

清·顾镇《虞东学诗·卷八》：同四
後三章皆言不均之實，四章五章猶言勞逸不同耳。末章言"湛樂飲酒"與"慘慘畏咎"則有安危之判矣，"出入風議"與"靡事不為"則有雲泥之隔焉。（《詩測》）

清·傅恒等《御纂诗义折中·卷十四》：言不止勞逸不均而已。或湛樂飲酒則是既已逸矣，且深知逸之無妨，故愈耽於逸也；或慘慘畏咎則是勞無功矣，且恐因勞而得過，反不如不勞也。或出入風議，則已不任勞而轉持勞者之短長；或靡事不為，則是勤勞王事之外，又畏風議者之口，而周旋彌縫之也。此則不均之大害，而不敢詳言之矣。

清·罗典《凝园读诗管见·卷八》：管見：王事為戎事，有咎則不可■■，而慘慘畏之，當不得云"何以解憂，惟有杜康"也。■■■得酒亦不飲矣，況湛樂乎？風，隱詞，議，正詞。出有■則■入無嫌則議。出入風議者，謂何謂王事之可不為也，而北山之大夫，則迫於王而靡事不為，當夫"偕偕士子，朝夕從事"，苟非不能忍於父母，有吞聲茹苦以終而已，尚何言哉？尚何言哉？

清·姜炳璋《诗序补义·卷十八》：四章、五章、六章，"或"字謂王事多難，凡在有位，義不顧私，忠孝無可兩全，而今逸者如彼，勞者如此，王試察之，孰為寬閒，孰為勞瘁，孰閨房燕樂，且有妻子之歡，孰馳驅道路，莫慰門閭之望，則勞逸見苦樂分，必有以遂人子終養之志矣。

清·牟庭《诗切·卷三》：或有寐覺尚棲遲，前伏而偃後臥仰。或勤王事不為容，面目黑醜貌輘掌。或有臥起謀湛樂，無事閉門飲美酒。或有毒痛意

281

《诗经·小雅·北山》研究 >>>

惨惨,動而得辜畏罪咎。或有出遊併入息,情牽色授愛風儀。或有一身兼衆役,勷苦之事靡不為。【李潤民,按:牟庭把《北山》分為五章,前三章與《毛詩正義》同,後兩章是把《毛詩正義》的三個章四句合併成兩個章六句。】

清·刘沅《诗经恒解·卷四》:此又言不止勞逸不均而已,或湛樂飲酒逸而益縱其欲,或慘慘畏咎勞而猶恐得罪,或出入風議,己不任勞而且持勞者之短,或靡事不為,憑權藉勢以苦同列。

清·顾广誉《学诗详说·卷二十》:《折中》曰:"不止勞逸不均而已。或湛樂飲酒則是既已逸矣,且深知逸之無妨,故愈就於逸也;或慘慘畏咎則是勞無功矣,且恐因勞而得過,反不如不勞也。或出入風議,則已不任勞而轉持勞者之短長;或靡事不為,則是勤勞王事之外,又畏風議者之口,而周旋彌縫之也。此則不均之大害,而不敢詳言之矣。"

《集傳》於四章言"役使之不均也。下章放此。"案:三章專就己身言之,以申從事獨賢之意,四章至六章則統人己相形言之,以申不均之意,而首章憂我父母,又其所以歎不均獨賢之故也。

清·邓翔《诗经绎参·卷之三》:專寫事勞,不見獨賢之意。今三章十二"或"字,上下句兩兩對舉,獨字意乃透上六句"或"字不止六人,下六句"或"字只我獨賢者一人而已。此六"或"字句中情景皆移入憂字裡,■父母所憂,正憂其"盡瘁""鞅掌""畏咎"等,恐傷生耳。

又:飲酒比居息不知叫號更快活,畏咎比畏咎劬勞更憂愁,風議比息偃樓遲更放恣,靡事不為比長行鞅掌更嘿苦不均,一至於此。

清·梁中孚《诗经精义集钞·卷三》:言親信而從容也。此不均之大害,不敢詳言之也。

姚氏舜牧曰:"湛樂飲酒,何等逸豫。慘慘畏咎,猶恐其或及之出入風議,何等從容靡事不為。惟曰其猶不給,所謂不均也。"

清·陈百先《诗经备旨·卷五》:讲:又不特此也。或有湛樂飲酒而笑語於樽俎之間,罪咎非所憂也,或則慘慘畏咎而慮乎罪咎之及,欲飲酒而不可得矣;或有從容諷議而從容於親信之餘,事為無所迫也,或有則靡事不為而勞勷於疎逖之地,欲從容而不可得矣。以耽樂諷議視夫畏咎盡勞,是彼何樂而此何憂,彼何逸而此何勞耶?然則大夫之不均,誠不得辭其責矣。

又:姚氏云:"湛樂句何等逸豫,畏咎猶恐或及之;出入句何等從容,靡事不為,維曰其猶不給。"

民国·焦琳《诗蠲·卷七》:反反覆覆計較勞逸之不均,而於逸者則結以出入風議，則無事獨逸且不論，專以人短長，而肆其詆諆，為尤可惡也。於勞者既歸諸"慘慘畏咎"，則不但徒勞無功，且將獲罪，已極不堪，而終以"靡事不為"，則是已風議我罪愆，仍是每事必歸之我，尤不可解也，所以風上之意專在此。

【案：焦琳分章："舊分六章，今併作四章，前三章各六句，卒章十二句。"】《蠋》曰：王於實力任事之臣，不恤去勞使之無度，而於讒忒之臣，則一於聽其風議，並不攷其實行如何，致勞力者慘慘畏咎焉。救過不暇，更何所施為？故作詩之意，雖不主羨人之逸，怨已獨勞，而王事之所以終無堅固之期者，由風議者撓之，實由王之視臣不均，使風議者得以撓之也。既確見王事靡盬，由王心不均之故，故舉不均之實象，傾箱倒篋罄快言之，所以此章一十二語，須一氣讀下，方見其衝喉滿口暢然傾吐之神，若逐句逐句，較其立意之同異，對偶之比合，則不精神矣。而舊分作三章，既分三章，又於其前章下註曰："下章放此"，誠不知其所以分章者為何事也。

所以著其不均如此者，欲王察識於此也。

析而觀之，則是言或安樂盡致，且專攻摘人罪過，或勞瘁不支，且常被人讒間指彈，而仍不得謝其責任也。

附現代人

附1

陈子展·《诗经直解·卷二十》：六章。已上三章，以勞逸、苦樂、善惡、是非，兩兩相形。連下十二或字，作為六個對比來說，眞使人憤懣不平。

孫鑛云："末章只如此便住，更不著收語，蓋總出之無意、必。"

沈德潛云："《鴟鴞》詩連下十'予'字，《蓼莪》詩連下九'我'字，《北山》詩連下十二'或'字。情至、不覺音之繁、辭之複也。後昌黎《南山》用《北山》之體而張大之，下五十餘'或'字。然情不深而侈其辭，只是漢賦體段。"

附2

《晋骆先生辑着诗经小雅·卷七》："或燕燕居息"三章。

夫均之為人子也，夫何或燕燕居息，曾何國事之勞？或盡瘁事國而燕息之不遑焉，或息偃在牀曾何道路之涉，或不已於行而安寢之不暇焉，以彼之燕居息偃視此之盡瘁不已，何勞逸之相懸耶？不特此也，或深居安逸而不知叫號，或任事於外外而慘慘劬勞，無深居之勞者矣，或動靜自得而棲遲偃仰，或王事煩勞而鞅掌失容，無自得之休者矣！以彼之深居偃仰，視此之劬勞鞅掌，又何勞逸之相殊耶？又不特此也。或湛樂飲酒而嘆語於樽俎之間，罪罟非所憂也；或慘慘畏咎而慮乎罪罟之及，欲飲酒而不可得矣；或出入風議而從容於親信之餘，事為無所迫也；或靡事不為而勞勣於疎逖之地，欲從容而不可得矣。以彼之湛樂風議而視此之畏咎盡瘁，又彼何逸而此何勞耶？豈此為王臣而彼獨非王臣乎？豈此為賢而彼獨不賢乎？勞者獨勞而逸者獨逸，抑何其不均至此耶？

此下十二句為偶，皆以他人之逸勞對己之憂勞，以形容不均之意。然不明說出人與己，只以"或"字疊說，此等處亦是渾厚的意思，俱要体點。

日本

日本·中村之欽《笔记诗集传·卷十》：《古義》云："《說文》：'媅，樂也。'今文與從水通用。此以酖酊而曠廢職業者，亦其咎責不及，故能適宜如是。慘，《爾雅》云：'憂也'。咎，鄭云：'猶，罪過也。'救過不暇，其焉能樂畏者，樂之反也。"

欽按：《鄭箋》云："風，猶放也。"《釋文》："音諷"，然非風諫風切之風也。《古義》云："風如馬牛其風之風，言其議論不根，如風蕩。"《娜嬛》云："一口言之而不為，一身為之而靡鹽也。"

日本·冈白驹《毛诗补义·卷八》：案：**卒章**：咎猶罪過也。畏咎，言救過不暇其焉能樂。風議，謂議論不根，如風飄蕩曾無用心也，言出入但風議而已，何嘗以身親之乎？

日本·皆川愿《诗经绎解·卷十一》：此章言"不知叫號"之中，或有"湛樂飲酒"者；劬勞①之中，或有"慘慘畏咎"者；"棲遲偃仰"之中，或有"出入風議"者；"王事鞅掌"之中，或有"靡事不為"者也。

日本·伊藤善韶《诗解》：是後段三章共言役使之不均也。一樂一憂，舉類而盡其意。

日本·冢田虎《冢注毛詩·卷十三》：皆言役使之不均也。

日本·仁井田好古《毛诗补传·卷二十》：【案：参看四章总说】

劉執中曰："彼或如彼我則如此，以彼為賢也，則國事待我而集；以我為賢也，則厚祿居彼為多。"

日本·龟井昱《毛诗考》：四章以下重言以反復前二章之意。

三章皆以苦樂勞逸反對。

---

① 疑原件此处"劬勞"前漏刻慘慘二字。

日本·茅原定《诗经名物集成》：丁奉云："'或'字十二疊，詩中奇格也。後世韓昌黎《南山詩》、文信國《正氣歌》皆祖諸此。"

日本·安藤龙《诗经辨话器解》：【旁批】是皆王所不知也，同姓大夫作此詩以怨刺幽王也。

朝鲜

朝鲜·朴世堂《诗经思辨录》：孔云："三章勢接須通鮮之，或居家閒逸不知上有徵發號召，或出入放恣議量時政或無事不為。"又云："《傳》以鞅掌為煩勞之狀故云'失容'，言事煩不暇為容儀也。今以職煩為鞅掌出於此也。"鄭云："以鞅掌為事煩之實故言'鞅猶何也'，鞅讀如馬鞅之鞅，負荷則須鞅持之。以掌執物，是捧持之促遽，亦是失容。但本意與傳異耳。"愚謂"出入風議"舊說不及今傳。

朝鲜·李瀷《诗经疾书》：第四章首二句爲捴，會下十句相反，其五"或"字皆"燕燕居息"之事，五"或"字皆"盡瘁事國"之事，此皆不均之註腳。一段閒忙不均也，二段勞逸不均也，三段勤慢不均也，四段憂樂不均也，五段貴賤不均也。

朝鲜·正祖《经史讲义·卷九十一》：羲淳對：在室在塗勞佚相懸，而燕居者反為行役者所念，則其無閒逸之樂可知矣。此詩與北山同為久役不歸之辭，似是一時之詩①。

朝鲜·沈大允《诗经集传辨正》：風議，諷論也。言徒為言論而不為事也。夫怨生於不均生於無節，無節者可已而不已也，非不可不為而為之者也。使之無節而又重之以不均怨之所聚也，後之君子可以鑑焉。

朝鲜·朴文镐《枫山记闻录》（毛詩）：上句"或"字指在朝者，下句"或"字行者自謂也。他皆放此。（顯喆）

下句六"或"字，即上三章之三"我"字也，變"我"作"或"，不復辨人己而混稱之，此詩人之厚也。（相弼）

云"風議"，則行者反見彈議，於處者是困於內外也。（顯喆）

朝鲜·朴文镐《诗集传详说·卷十一》：言役使之不均也。（前章不均二字，實此篇之綱領）。下章（二章）放此。

慶源輔氏曰："此以下，方言其不均之實，然亦不過以其勞逸者對言之，使上之人自察耳，但言之重辭之複，則其望於上者亦切矣。《詩》可以怨謂此

---

① 这一段话，是否讨论《北山》一诗，待查证。

類也。"

安成劉氏曰:"三章十二句,逸樂憂勞皆為偶,所以形容不均之意。"

李潤民按:因為后三章表現的思想感情及寫作手法完全一樣,古人論者也把后三章放在一起評論,在這裏也不另做案語了,請參看第四章按語。

集　评

中国

宋·范处义《诗补传·卷二十》：是詩六章，獨"北山"為興，餘皆賦也。

宋·王质《诗总闻·卷十三》：《總聞》曰："不均歸咎於大夫，大夫以君命而役庶位者也。大率詩人於君多婉。"

宋·朱熹《诗经集传·卷十三》：全篇皆賦也。

元·胡一桂《诗集传附录纂疏·卷十三》：全篇皆賦也。

元·刘瑾《诗传通释·卷十三》：李润民按：刘瑾认为《北山》诗六章，皆赋也。

元·朱公迁《诗经疏义》(《诗经疏义会通·卷十三》：全篇皆賦。

元·刘玉汝《诗缵绪·卷十一》：二章乃詩本意。前章先言不均後說獨賢，後章先申獨賢後申不均，交互承接之法也。

又：此下三章承上申言不均，既極盡不均之情態，以冀上之察，又皆以或言，見非獨為已而發，皆忠厚之意也。又一逸一勞，隱然相對而不必整然相反，古人言語渾厚如此，亦可以為法矣。十二"或"字，韓文公《南山》五言四十"或"字，本於此，文果無法乎？

明·梁寅《诗演义·卷十三》：六章皆賦也。

明·胡广《诗传大全·卷十三》：全篇皆賦也。

明·吕柟《毛诗说序·卷四》：《北山》，大夫刺幽王也。役使不均，己勞於王事而不得養其父母焉。盛德曰："顧如《序》說矣，六章謂之何？曰上三章似言王使之不均，下三章似言臣使之不均。蓋賢者勞勤歷艱於外，皆此'息偃''棲遲''飲酒''風議'者之所陰遣也。"

明·季本《诗说解颐·卷二十》：全篇皆賦也。

明·丰坊《鲁诗世学·卷二十一》：大夫行役，不得養其父母而作是詩，全篇皆賦也。

明·李资乾《诗经传注·卷二十六》：此篇前三章專言勞力王事，下三章以勞逸並舉以逸形勞。勞之善益彰，逸之過不顯，此又溫厚和平之極。

明·许天赠《诗经正义·卷十五》：吁，是誠不均之甚者矣！是則作此詩者不均之嘆，雖形於嗟怨之間而忠厚之意，每存於微詞之表，其諸當時之賢者歟?！

明·郝敬《毛诗原解·卷二十二》：北山，背陽之比。杞，苦菜，食苦之比。

明·徐光启《毛诗六帖讲意·卷二》：三章只以人己之勞逸不同相形為言，而大夫之不均自見。但言之重辭之複，則其仰望者亦切矣，詩可以怨，此類是也。

明·沈守正《诗经说通·卷八》：通詩雖為役使不均而作，詞旨溫厚。首章敘行役之情事，曰"偕偕士子"非一人之詞。《傳》說恐礙獨賢意，必以為一人亦固矣。二章正言不均而又不直言，設為疑惑之詞，而隨下轉語，若曰："普天下非王土乎？率土非王臣乎？何大夫之不均也？亦以我之獨賢耳？"三章正所謂獨賢也。曰"嘉我""鮮我"若以之為知己者，曰"未老方將"方剛正獨賢處也。四、五、六章雖言勞逸之不同，亦只兩兩言之，使人之自察有告勞之意，無怨懟之詞，《北山》之所以為厚也。

明·凌蒙初《诗逆》：全篇皆賦也。

明·陆燧《诗筌·卷二》：每二句相形，須重下句，此詩怨而不怒，須要理會。

明·徐奋鹏《诗经尊朱删补》（《诗经铎振·卷五》）：六章皆賦

明·顾梦麟《诗经说约·卷十六：李润民按》：顾梦麟认为《北山》一诗，六章，皆賦。

明·张次仲《待轩诗记·卷五：李润民按》：

張次仲又曰："或"字十二疊，詩中奇格。韓昌黎《南山詩》、文信國《正氣歌》皆祖此。

明·黄道周《诗经琅玕·卷六》：全篇皆賦也。

剖明：（一章）馮爾廖曰：重"王事"二字，憂我父母也；一"我"字，詞旨躍然。

剖明：（二章）許子位曰："溥天"四句詞平而意串，而走重在王臣一邊。"大夫"二句是一章綱領，語須和平不可涉怨懟語。

剖明：（三章）■曰"嘉我""鮮我"，若以之為知己者，然■言■要見未老方將非一人也，兩"我"字緊連上章我字，俱對"莫非王臣"說，■然字■■之意。

明·钱天锡《诗牗·卷九》：通詩為役使不均而作。首言"偕偕士子"括盡"未老方將"等意，"朝夕從事"括盡"盡瘁""鞅掌"等意，"憂我父母"只是念於勤勞非以缺養也。

"溥天"四句正可想出不均的意。

"未老方將"正獨賢處也，曰"嘉我""鮮我"若以之為知己者，然經營以區畫造作言，然言外要見"未老方將"非我一人之意。

後三章兩兩言之，正使人之自察，有告勞意，非怨懟之詞。

明·冯元飏、冯元飙《手授诗经·卷五》：全篇皆賦也。

明·何楷《诗经世本古义·卷十八之下》：全篇皆賦也。

丁奉云："'或'字十二疊，詩中奇格也。後代韓昌黎《南山詩》，文信國《正氣歌》皆祖諸此。"

明·黄文焕《诗经嫏嬛·卷五》：全篇皆賦也。

明·唐汝谔《毛诗蒙引·卷十二》：徐玄扈曰："此以悲楚之意達委婉之詞，詩真可以怨矣。"

明·杨廷麟《诗经听月·卷八》：全篇皆賦也。

又：四句分。上敘其行役之不息，下推其以王事而貽憂於親也。

又：文法：李非熊擬"偕偕士子二句題"，此二句包全章。言"偕偕士子"便伏下"未老方將"意，言"朝夕從事"便伏下"盡瘁劬勞"意。但不可露出，只會其發端之言，以"偕偕"字、"朝夕"字虛虛翻美，不犯下意為妙。

文法：吳永錫擬"嘉我未老四句題"，此題須從不均發意，承上"獨賢"來。上二句另講過。文云：大夫薄量，天下士既不能破其格以收之于予一人之外；大夫薄量，我又未聞優其遇以旌於常格之外。茀謂"未老"者之有膂力也，而"經營"之命屬之耳。"方將"者之必方剛也，而四方之責叢之耳。要如此發揮。

（後三章）賦也。各章每二句要相反說，方見不均意。第四章一寧家一勤王也，一止居一征逐也。第五章一處優而罔聞，一職勞而自作也，一優遊而自適，一事煩而顛躓也。第六章一在樂無憂，一畏事不樂也，一口言之而不為，一身為之而靡盡也。

文法：楊伯祥擬"或燕燕三章題"，此題是嘆不均者，曲摹其異態相懸之憾。作者只皆曉得勞逸不均，不知有責大夫任事意。我任事如此之勞，■並無休沐之暇；子不任事靡此之逸，可併廢靖共之思。看數"或"字，未嘗粘

289

著自己，而己隱然在其中。大夫之不均，亦不言自見，行文以不■煞為佳。

明·胡紹曾《诗经胡传·卷七》：末三章只彼此互形，怨而不怒。"或"字十二疊，亦異格也。後世若昌黎《南山詩》、信國《正氣歌》皆祖此。

明·贺贻孙《诗触·卷四》：首章述行役也。陟山采杞，役者感物傷懷。偕偕，猶言遺父母憂也。

二三章嘆獨勞也。不言獨勞而言獨賢，寓意深婉。"嘉我未老，鮮我方將。旅力方剛，經營四方"，又將獨賢意而暢言之。詩意本言勞役不均，而詩詞似誇似喜，其怨歎傷嗟之情，皆以感恩知己之語出之，占地甚高，立言甚厚。

四、五、六章又遞相比勘，以見不均之意，言雖重、辭雖複，而終無一語怨王，此所謂可以怨也。然其妙尤在將勞佚二意演為十二句，於勞字一邊不甚形容，獨於佚處極力刻畫，似讚似羡，以志不平。如："燕燕居息"而又燕安之甚也；"息偃在牀"高臥而廢人事，又甚於居息矣；不知叫號，深居不聞人聲，無復知世間有愁苦叫號之聲，又甚於在床矣；棲遲偃仰疲於佚也，盡佚者之疲於佚，亦猶勞者之疲於勞，終日飽殜熟寐，憫憫困人如病入癃，故棲遲遊衍，或偃或仰，使其筋骨脈絡鼓舞搖蕩，以舒其惰寐之氣也，又甚於不知叫號矣；湛樂飲酒，則鼓舞沉湎逍遙醉鄉，又甚於棲遲偃仰矣；出入風議，則不獨居己於事外也，且以事外而彈射事中之是非，蓋優閒之人無處栖心，故其一出一入，惟以風議他人為事，則又甚於湛樂飲酒矣。《楚辭·卜居》篇，亦將忠佞二意演為十六句，亦於忠處不甚費力，獨於佞一邊深文巧詆，窮極工妙，以寫其騷怨，與此篇筆意彷彿相似，深心者自辯之。

清·朱鶴齡《诗经通义·卷八》：連用十二"或"字，章法甚奇。

清·钱澄之《田间诗学·卷八》：劉公瑾云："以下凡十二句為偶，皆以他人之逸樂對己之憂勞，所以形容不均之意。"詩用十二"或"字為六偶句，對舉相形。上六句所稱分六種人，下六句所云則自道也。首言"燕燕居息"，指大夫也。自"息偃在牀"以下情狀各別，則三事大夫之屬耳。

清·陈启源《毛诗稽古编·卷十四》：《北山》詩連用十二"或"字，各兩或意自相反。首二"或""燕"與"瘁"反也；次二"或""息"與"行"反也；又次二"或""逸"與"勞"反也；又次二"或"舒遲與促遽反也；又次二"或""湛樂"與"畏咎"反也；終二"或"閒暇與冗煩反也。其"叫號"之義，毛訓"呼召"，孔申之為"徵發呼召"，故《釋文》號字讀去聲，協平聲。夫徵發呼召，正劬勞之事，不聞之所以為安逸也。今號字讀平聲，言深居安逸，不聞叫呼之聲，義亦可通。

清·冉觐祖《诗经详说·卷五十三》：六章皆賦。

清·李光地《诗所·卷十四》：大夫行役者之詩，然王非能知其賢而勞之也，即或知其賢而勞之，亦直使爲其難而藉此以疏遠之耳。彼燕息湛樂而出入風議者，且將沮格而制其命，蓋有驅馳憔悴而功無可成，罪或不免者矣。前三章不敢爲懟君之辭，若君之知已而任之者，厚也。後三章則露其意彼從容議者，即此之所以慘慘畏咎而懼憂我父母者與？

清·王鸿绪等《钦定诗经传说汇纂·卷十四》：按：采《集傳》說，六章皆賦。

清·姚际恒《诗经通论·卷十一》：本韻。全篇皆賦也。

評："或"字作十二疊，甚奇。末更無收節，尤奇。

清·陆奎勋《陆堂诗学》：陟彼采杞，興也。

又：後三章連用"或"字，昌黎《南山詩》句法祖此。

清·姜兆锡《诗传述蕴》：陟彼北山，言采其杞。偕偕士子，朝夕從事。王事靡盬，憂我父母（賦也）。

清·黄梦白、陈曾《诗经广大全·卷十三》：全篇皆賦也。此章（四章）以下皆不均之實，各二句為偶，下句即反上句。

清·张叙《诗贯·卷八》：此平列其不均之狀也，相反相對一線穿，一層又進一層，妙在只是兩平開說，總不着下斷語。蓋有各行其志，各成其是之意，雖不均而無怨焉，此其所以為賢也。

連用"或"字實亦奇格。昌黎《南山詩》句法祖此。

清·汪绂《诗经诠义》：歷數其不均至是，始有怨之之意而不忍明言，然言外可想也。夫王臣貴賤有分，勞逸有時，安必盡舉朝股肱俱勞，道左無一逸者而後為均。使人臣有役使而遂，謂他人皆可使，何得獨逸，則是自私其身，非人臣矣。乃詩人云然者，則以當時多所偏私，小人寵幸得志安居，而賢者則盡瘁不恤也。但此意不欲明言，此人不欲明指耳。玩許多"或"字，則任勞者亦不止一人，但其云獨賢者，則詩人自指耳。總之，逸者多而勞者鮮，王臣之中獨勞數人而不止是不均矣。此三章不過以勞逸對言，所以甚言其不均，故辭意重複煩而不殺，不必太求分別，然意亦迭深，至於"靡事不為""慘慘畏咎"則太苦矣。

清·顾栋高《毛诗订诂·卷十八·附录二卷》：後三章連用"或"字，昌黎《南山詩》句法祖此。

清·牛运震《诗志·卷四》：陟彼北山，言采其杞。偕偕士子，朝夕從事。王事靡盬，憂我父母。（疊字，新而雅。）

溥天之下，莫非王土。率王之濱，莫非王臣。大夫不均，我從事獨賢。（妙在從大處立論。獨賢字渾妙。）

四牡彭彭，王事傍傍。嘉我未老，鮮我方將。旅力方剛，經營四方。（作知遇感奮語，極興頭正極悲怨，似《碩人》俁俁之旨。）

或燕燕居息，或盡瘁事國。或息偃在牀，或不已於行。（十二"或"字錯落盡致，怨意隱然。）

或不知叫號，或慘慘劬勞。或棲遲偃仰，或王事鞅掌。（或不知叫號，摹深居簡出之狀，入妙。）

清·刘始兴《诗益·卷五》：陟彼北山，言采其杞。偕偕士子，朝夕從事（葉上止反）。王事靡盬，憂我父母（葉滿彼反）。

賦也。下五章同。……亦賦中有興義。

清·顾镇《虞东学诗·卷八》：前三章詞氣蘊藉，後三章稍露。連用十二"或"字戞然竟止，體格尤奇。前人以《大東》為盧仝《月蝕》之祖，此則昌黎《南山》所自出也。

清·傅恒等《御纂诗义折中·卷十四》：全篇皆賦也。

清·任兆麟《毛诗通说·卷二十》：全篇皆賦也。

清·汪梧凤《诗学女为·卷二十六》：前三章其詞婉，後三章其詞激，然形容不均之狀戞然便止，不更著一語，可謂怨而不怒，詩格亦奇。

清·姜炳璋《诗序补义·卷十八》：一章言王事靡盬，君臣之義固無可諉，而憂我父母人子之心其何以安？李氏樆云：王事則無不堅固矣，然而憂我不得養父母也。

二章言天下孰非臣，而父母惟有子，王無我無不可使之臣，親無我更無可依之子，何爲從事獨賢不容終養也，獨使我有父母之子所以爲不均。

三章旅力方剛經營四方，是報國之日長而報親之日短。《陳情表》似以此詩為藍本，只就王使我之意於人子身上一照便有，垂白二親需人奉養意，一"未"字兩"方"正見報效無窮，何苦奪我愛日致恨終天。

四章、五章、六章"或"字謂王事多難，凡在有位，義不顧私，忠孝無可兩全，而今逸者如彼，勞者如此，王試察之：孰爲寬閒，孰爲勞瘁，孰閨房燕樂，且有妻子之歡；孰馳驅道路，莫慰門閭之望，則勞逸見苦樂分，必有以遂人子終養之志（矣）。故此篇孝子之悲思，非勞臣之感情也。

清·牟庭《诗切·卷三》：五章章六句。舊作六章，後三章章四句。

清·刘沅《诗经恒解·卷四》：（　章）比而賦也，（二三四五六章）賦也。

清·李诒经《诗经蠡简》："偕偕"句謂自己與之從事也，"偕偕"與"方將""獨賢""未老""方將""方剛"前後相配，獨賢生"未老""方將""方剛"，"未老""方將""方剛"生下三章盡瘁等六項。以"溥天"四句跌不均，奇警異常。"獨賢"若易作"獨勞"，天淵之別矣。"鮮我"，字法生新。"居息""息偃""叫號""棲遲""湛樂""風議"六句，與"盡瘁""不已""劬勞""鞅掌""畏咎""靡事"六句，俱是一層進一步說。

清·夏炘《诗章句考》：丁氏奉曰："或"字十二疊，詩中奇格也。後世韓昌黎《南山詩》、文信國《正氣歌》皆祖諸此。

清·李灝《诗说活参·二卷卷下》：《序》云"役使不均者"，得之；刺幽，則未有考。

忠孝本難兩全，但爲君者能以臣之心爲心，則臣無不均之嘆矣。今《北山》詩人既勞於王事，又不得養父母，則其志苦矣，乃其作詩獨以賢勞致慨立言，盡善能令君受同爲感泣。詩可以怨，信也。

清·顾广誉《学诗详说·卷二十》：《集傳》於四章言役使之不均也，下章放此。案：三章專就己身言之，以申從事"獨賢"之意；四章至六章則統人己相形言之，以申不均之意；而首章憂我父母，又其所以歎"不均、獨賢"之故也。

清·方宗诚《说诗章义》：上之政役不均，致賢者獨勞而不能養父母，然首章則曰"王事靡盬"，見大義所在不敢避也；二章則曰"我從事獨賢"；三章則曰"嘉我未老，鮮我方將"。若以上之人爲知我獨賢未老，而故使我獨任其勞，並非上之人有偏私也，何等忠厚。

清·方玉润《诗经原始·卷十一》：前三章皆言一己獨勞之故，尚屬臣子分所應為，故不敢怨。末乃勞逸對舉，兩兩相形，一直到底，不言怨而怨自深矣。此詩人善於立言處，固不徒以無數或字見局陣之奇也。

又：歸重獨勞，是一篇之主。末乃以勞逸對言，兩兩相形，愈覺難堪。姚氏曰："或字作十二疊，奇。"末更無收束，竟住，尤奇。

清·邓翔《诗经绎参·卷之三》：六章皆賦。

二"我"二"方"對仗，化四為三，句法。

又：後三章申言不均，十二"或"字，■落分點，指數不盡，訕然而止，不用總收拖尾。此格最難，如七律八句皆對。章法之奇，無奇於此，然調雖對舉，而語盡而意不盡，又不總之總矣。

清·龙起涛《毛诗补正·卷十七》：評：《楚詞·卜居》亦將忠佞二意演爲十六句，亦於忠處不甚費力，獨於佞字一邊深文極詆，窮極工妙，以寫其騷怨，與此爲篇筆意相似，深心者自辨之。子翼。

清·梁中孚《诗经精义集钞·卷三》：六章皆賦。

集評："十二"或"字曲寫錯雜淆亂之情。"

清·陈百先《诗经备旨·卷五》：六章皆賦也。

【眉批】上四句言王者所統之廣，下嘆己之獨見役也。此微露不均意。莫非王土者，內畿甸外侯封，職方屬於大司馬，昔昭代之土宇。莫非王臣者，內公卿外牧伯，版籍屬於大司徒者，皆今日之黎獻。王土王臣，重王臣，兼在位與不在位說。大夫自執政者言，執政不均則王之不均可知。但詩人不斥王而曰大夫耳，"獨"字與二"莫非"字應。

【眉批】上二句敘從事之勞，下原己從事之故，此正發明上章所以"從事獨賢"之意。未老方將方剛，即所謂賢也。"經營"就行役上說，應上"四牡"二句；二"我"字並上章"我"字俱對；"莫非王臣"言上曰"獨賢"，此曰"嘉我""鮮我"，若以王為知己，忠厚之至也。

【眉批】此下三章正所謂不均也，每二句須相反說，方見不均意。"盡瘁"等句，即"經營四方、朝夕從事"。要見逸者，寧不當任勞，勞者豈不當處逸？豈此為王臣而我獨非者，豈此為賢而彼獨不賢乎？勞者獨勞，逸者獨逸，此所以歎也。

【眉批】言逸者亦皆屬人，言勞者亦皆屬我。看十二"或"字，皆以彼之逸形此之勞，其不均自見矣。

【眉批】詩固歷言不均之實，亦不過以勞逸對言，使上之人自察，怨而不怒，即此可見。

【眉批】姚氏云："湛樂句，何等逸豫，畏咎，猶恐或及之；出入句何等從容，靡所不為，維日其猶不給。"

民國·马其昶《诗毛氏学·卷二十》：六章皆賦。

民國·李九华《毛诗评注·卷二十》：陟彼北山，言采其杞。偕偕士子，朝夕從事。王事靡盬，憂我父母。

杞、事、母，韻。（《傳》註）

評：疊字新而雅（《詩志》）

溥天之下，莫非王土。率土之濱，莫非王臣。大夫不均，我從事獨賢。

下、土，韻。濱、臣，韻。均、賢，韻。（《傳註》）

評：妙在從大處立論，末二句一篇本意。"獨賢"字渾妙，朱子以為此詩人忠厚處。（《詩志》）

四牡彭彭，王事傍傍。嘉我未老，鮮我方將。旅力方剛，經營四方。

（評）作知遇感奮語。極興頭正極悲怨，似《碩人》俁俁之旨。（《詩志》）

或燕燕居息，或盡瘁事國。或息偃在牀，或不已於行。

息、國，韻。牀、行，韻。（《傳註》）

評：此下三章所謂大夫不均也，十二"或"字錯落盡致怨意隱然。（《詩志》）

或不知叫號，或慘慘劬勞。或棲遲偃仰，或王事鞅掌。

號、勞，韻。仰、掌，韻。（《傳註》）

評：首句摹深居簡出之狀，入妙。鞅，《說文》以為頸靼也。沈青崖云："服勞之馬頸有鞅，蹄有掌，不得休息，以喻士之從事於王事者，如馬之服鞅與掌也。"此解良是。（《詩志》）

或湛樂飲酒，或慘慘畏咎。或出入風（音諷）議，或靡事不為。

酒咎韻。議為韻。（《傳註》）

評：或慘慘畏咎，此句之苦又甚於他數語（《詩志》）。

《北山》六章，三章章六句，三章章四句。（朱云："賦也。"）

總評："大夫不均，我從事獨賢"二語，一篇之旨。"四牡"一章正寫"賢勞"之實，是其精神凝注。

民國・焦琳《詩𩅶》：王政不均固，王事所以靡鹽之故，然此所云不均則非也。此不均但就事偏任已而言也，偏任已者，怨不任人也。怨不任人者，非真欲徧任溥天率土之衆也，蓋意中自有所謂出入風議者也。蓋天下之事，言之必易，行之實難，小人避難就易，故不恤人行之之難，但覺己言之之易。人已靡事不為，不勝鞅掌，而彼身不任事，不知甘苦者，方吹求風議，媒糵其間，使畏咎之不暇，而王乃但聽風議者之言，不恤為事者之苦，此王事靡鹽之由耳。故此章之意，若曰：天下之事天下皆當為之，且天下明明有賢於我之人，盍亦任以我之任，以觀其為事究何如耶？夫詩文之前後呼應，而意互相成如此，徒節節句句斷續以讀之，烏能知其意所在哉？

又：棲息在牀，已極，又下"棲遲"字，則是出氣翻身，亦將以為勞力事，而惟恐其不從容也，形容小人驕矜入畫。

又：舊分六章今併作四章，前三章各六句，卒章十二句。

又：以首章"王事靡鹽"與卒章"出入風議"緊相呼應，其詞雖少，乃所以諷王之要旨。其"不均"二字當分兩層看，其淺一層是人逸己勞，詩中許多語句是也，非意之要淺；其深一層是王偏信風議之人，則尤為詩中要旨矣，然淺者由深者發出。

295

民国·吴闿生《诗义会通·卷二》：然詩惟首章有"憂我父母"一語，以下更不溯及，後三章歷數不均之狀，戞然而止，更不多著一詞，皆文法高妙之處。舊評："不均"二句爲一篇之綱。"四牡"以下承"獨賢"，"燕燕"以下承"不均"，是也。

又：舊評：連用十二"或"字開退之《南山詩》句法。

附现代人

附1

陈子展·《诗经直解·卷二十》：六章. 已上三章，以勞逸、苦樂、善惡、是非，兩兩相形。連下十二或字，作為六個對比來說，真使人憤懣不平。

孫鑛云："末章只如此便住，更不著收語，蓋總出之無意，必。"

姚際恒云："或字作十二疊，甚奇。末更無收結，尤奇。"

沈德潛云："《鴟鴞》詩連下十予字，《蓼莪》詩連下九我字，《北山》詩連下十二或字。情至，不覺音之繁、辭之複也。後昌黎《南山》用《北山》之體惡張大之，下五十餘或字。然情不深而侈其辭，只是漢賦體段。"

附2

《晋骆先生辑着诗经小雅·卷七》：首章分，首言其行役而貽憂於親，下因嘆其役之不均而極言之也。

時說，四句分或云五句分，不知詩詞本自一氣說，下何故苦苦分截？一說憂我父母乃父母念子勤勞之意，蓋子以王事為憂，父母以子勤勞為憂相因而致者也，更詳之。

此詳"從事獨賢"之意，"四牡"二句即下"經營四方"也。"嘉我"以下詩詞本自一氣，未老即方壯而有旅力時也，時講多破碎不類詩人聲口，又詩中全無王字出。"嘉我""鮮我"還只渾說，時講多露出王字，全無体認。

此下十二句為偶，皆以他人之逸勞對己之憂勞，以形容不均之意。然不明說出人與己，只以"或"字疊說，此等處亦是渾厚的意思，俱要体點。

日本

日本·皆川愿《诗经绎解》：此篇言天下衆民智愚賢不肖，既各異，其優劣則雖其志之所趨，其身之所處，亦皆有高卑勞逸之不均。苟必欲皆與之偕和，然後以從事，則德不可得成，功不可得就也，故篇末三章十二句，但以見其不均以終之矣。

日本·仁井田好古《毛诗补传·卷二十》：丁氏臆言云："或字十二疊，

詩中奇格也。後世韓昌黎《南山詩》、文信國《正氣歌》皆祖諸此。"

日本·东条弘《诗经标识》：丁奉云："'或'字十二疊，詩中奇格也。後世韓昌黎《南山詩》、文信國《正氣歌》皆祖諸此。

日本·金子济民《诗传纂要·卷三》：輔曰氏："此章而下方言其不均之实，然亦不以勞逸對言。詩可以怨謂此類也。"顧氏曰："後三章俱各繫對，媄議爲妙。"

按：首章母（蒲彼反）與杞、子、事叶一韻。二章下（後五反）與土、叶、賢，（下珍反）與濱、臣均叶二韻。三章一韻。四章息、國（職韻）牀、休（陽韻）亿（億疑爲亦）二轉韻。五章號、勞一韻，仰、掌一韻亦二轉韻。六章酒、咎（有韻）、議（魚羈反）爲（支韻）亦二換韻。

日本·安藤龙《诗经辨话器解》：陟彼北山，言采其杞。朱注：賦也。

日本·山本章夫《诗经新注》：（一章）賦也；（二章）賦而興也；（三章）賦而興也；（四章）賦也；（五章）賦也；（六章）賦也。

朝鲜

朝鲜·朴世堂《诗经思辨录》：李润民按：朴世堂认为《北山》一诗，六章，皆赋。

朝鲜·李瀷《诗经疾书》：第四章首二句爲捴會，下十句相反，其五"或"字皆"燕燕居息"之事，五"或"字皆"盡瘁事國"之事，此皆"不均"之註腳。一段閑忙不均也，二段勞逸不均也，三段勤慢不均也，四段憂樂不均也，五段貴賤不均也。

朝鲜·沈大允《诗经集传辨正》：全篇皆賦也。

朝鲜·朴文镐《枫山记闻录》（毛诗）：《北山》二章末言獨賢，三章又自解其獨賢之由，其辞雖若自誇而其實則甚怨之意也。但古人語不迫切，故其怨常從忠厚中出來。（相範）

上句"或"字指在朝者，下句"或"字行者自謂也。他皆放此。（顯喆）

下句六"或"字即上三章之三"我"字也，變我作"或"不復辨人己而混稱之，此詩人之厚也（相弼）

祇自重思憂則憂更生也，載離之離猶歷也。（洵衡）

朝鲜·朴文镐《诗集传详说·卷十一》：全篇皆賦也。

李润民案：通过对334种《诗经》著作进行梳理，关于《北山》的艺术手法的条目共计95条，整理统计分析后，发现古今中外对《北山》艺术特色的评析主要有以下几个方面：

《北山》的篇章结构问题

绝大部分人都认可孔颖达的分法，即共分六章，前三章章六句，后三章三章章四句。有个别人分法不同，如：

宋·王质共分五章，前三章与孔颖达分的相同，他把最后十二句，分成两章，五章都是章六句。

清·姚际恒、清·方玉润、朝鲜·李瀷等人的分法是：全诗共分四章，前三章章六句，末一章十二句。

另外还有一些人的认为，《北山》一诗六章，前三章，与后三章可分成两个层次。

以上说法，不无道理，可供参考。

《北山》的基本表现手法问题

关于《北山》的基本表现手法，诸家看法分歧不大，基本上都认为是"六章皆赋"，个别人对某一章有一点小异议或补充：

宋·范处义说："是诗六章，独《北山》为兴，余皆赋也"。（见《诗补传·卷二十》）

清·刘始兴认为第一章是赋体，但"亦赋中有兴义"，其余五章为赋体。（见《诗益·卷五》）

清·刘沅认为首章是"比而赋也"，其余五章为赋。（见《诗经恒解·卷四》）

日本·山本章夫认为：第二章"赋而兴也"。第三章"赋而兴也"。其他各章爲赋体。（见《诗经新注》）

《北山》的艺术风格问题

关于《北山》的艺术风格，多数人的评价是"多婉""怨而不怒"。

如：宋·王质说："不均归咎于大夫，大夫以君命而役庶位者也。大率诗人于君多婉"（《诗总闻·卷十三》）。

明·唐汝谔引徐玄扈曰："此以悲楚之意达委婉之词，诗真可以怨矣。"（《毛诗蒙引·卷十二》）。

明·陆燧说："此诗怨而不怒，须要理会"（《诗筌·卷二》）。

朝鲜·朴文镐《枫山记闻录》（毛诗）：《北山》二章末言独贤，三章又自解其独贤之由，其辞雖若自诩而其实则甚怨之意也。但古人语不迫切，故其怨常從忠厚中出來。（相范）

《北山》的偶对与用韵问题

明·徐光启《毛诗六帖讲意·卷二》：《序》曰："《北山》，大夫刺幽王也。役使不均，己勞於從事而不得養其父母。"此詩可謂怨矣，然悲楚之意，達以委婉之辭，不失忠厚之道。

一 ●○○○○　　杞子事母
二 ○○○○○○　下土　濱臣均賢
三 ○○●○○○　彭傍將剛方
四 ○○○○　　息國　牀行
五 ○○○○　　號勞　仰掌
六 ○○○○　　酒咎　議為

清·陈启源《毛诗稽古编·卷十四》：《北山》詩連用十二"或"字，各兩或意自相反。首二"或""燕"與"瘁"反也；次二"或""息"與"行"反也；又次二"或""逸"與"勞"反也；又次二"或"舒遲與促遽反也；又次二"或""湛樂"與"畏咎"反也；終二"或"閒暇與冗煩反也。其"叫號"之義，毛訓"呼召"，孔申之為"徵發呼召"，故《釋文》號字讀去聲，協平聲。夫徵發呼召，正劬勞之事，不聞之所以為安逸也。今號字讀平聲，言深居安逸，不聞叫呼之聲，義亦可通。

民國·李九華《毛诗评注·卷二十》：陟彼北山，言采其杞。偕偕士子，朝夕從事。王事靡盬，憂我父母。

杞、事、母，韻。（《傳註》）

下、土，韻。濱、臣，韻。均、賢，韻。（《傳註》）

息、國，韻。牀、行，韻。（《傳註》）

《诗经·小雅·北山》研究 >>>

號、勞，韻。仰、掌，韻。（《傳註》）

或湛樂飲酒，或慘慘畏咎。或出入風（音諷）議，或靡事不為。

酒 咎 韻。議 為 韻。（《傳註》）

日本·金子济民《诗传纂要·卷三》：輔曰氏："此章而下方言其不均之实，然亦不以勞逸對言。詩可以怨謂此類也。"顧氏曰："後三章俱各緊對，欵議爲妙。"

按：首章母（蒲彼反）與杞、子、事叶一韻。二章下（後五反）與土、叶、賢，（下珍反）與濱、臣均叶二韻。三章一韻。四章息、國（職韻）牀、休（陽韻）亿（億疑爲亦）二轉韻。五章號、勞一韻，仰、掌一韻亦二轉韻。六章酒、咎（有韻）、議（魚羈反）爲（支韻）亦二換韻。

《北山》的具体写作技法问题

《北山》的写作技法引起了不少人的兴趣，从而给予赞赏，甚或是理论性的归纳总结。下边列举几个典型说法：

元·刘玉汝说："前章先言不均后说独贤，后章先申独贤后申不均，交互承接之法也。

又：此下三章承上申言不均，既极尽不均之情态，以奠上之察，又皆以或言，见非独为己而发，皆忠厚之意也。又一逸一劳，隐然相对而不必整然相反，古人言语浑厚如此，亦可以为法矣。十二'或'字，韩文公《南山》五言四十'或'字，本于此，文果无法乎？"（见《诗缵绪·卷十一》）

明·杨廷麟说："看数'或'字，未尝粘着自己而己隐然在其中。大夫之不均，亦不言自见，行文以不■煞为佳。"（见《诗经听月·卷八》）

明·胡绍曾说："末三章只彼此互形，怨而不怒。'或'字十二叠，亦异格也。"（见《诗经胡传·卷七》）

清·张叙说："此平列其不均之壮也，相反相对一线穿，一层又进一层，妙在只是两平开说，总不着下断语。盖有各行其志，各成其是之意，虽不均而无怨焉，此其所以为贤也。连用'或'字实亦奇格。昌黎《南山诗》句法祖此。"（见《诗贯·卷八》）

清·汪梧凤说："前三章其词婉，后三章其词激，然形容不均之状戛然便止，不更着一语，可谓怨而不怒，诗格亦奇。"（见《诗学女为·卷二十六》）

300

清·邓翔说："二'我'二'方'对仗，化四为三，句法。"

又："后三章申言不均，十二'或'字，■落分点，指数不尽，訖然而止，不用总收拖尾。此格最难，如七律八句皆对。章法之奇，无奇于此，然调虽对举，而语尽而意不尽，又不总之总矣。"（见《诗经绎参·卷之三》）

清·李诒经说："鲜我，字法生新。居息、息偃、叫号、栖迟、湛乐、风议六句，与尽瘁、不已、劬劳、鞅掌、畏咎、靡事六句，俱是一层进一步说。"（见《诗经蠹简》）

仅这几个人就提到了字法、句法、章法、文法、交互承接之法、诗格、隐然相对、彼此互形等术语，可见《北山》之诗在艺术表现手法上，是相当成熟的，为后世的诗人们提供了借鉴学习的成功典范。

《北山》对后世诗歌创作的影响问题

很多人谈到了《北山》对后世诗歌创作的影响。

明·张次仲说："或字十二叠，诗中奇格。韩昌黎《南山诗》、文信国《正气歌》皆祖此"（见《待轩诗记·卷五》）。

明·贺贻孙说："然其妙尤在将劳佚二意演为十二句，于劳字一边不甚形容，独于佚处极力刻画，似赞似羡，以志不平。……《楚辞·卜居》篇，亦将忠佞二意演为十六句，亦于忠处不甚费力，独于佞一边深文巧诋，穷极工妙，以写其骚怨，与此篇笔意仿佛相似，深心者自辩之"（见《诗触·卷四》）。

日本·仁井田好古：丁氏臆言云："或字十二叠，诗中奇格也。后世韩昌黎《南山诗》、文信国《正气歌》皆祖诸此。"（见《毛诗补传·卷二十》）

日本·东条弘《诗经标识》：丁奉云："或"字十二叠，诗中奇格也。后世韩昌黎《南山诗》、文信国《正气歌》皆祖诸此。

陈子展说：六章。已上三章，以劳逸、苦乐、善恶、是非，两两相形。连下十二或字，作为六个对比来说，真使人愤懑不平。（见·《诗经直解·卷二十》）

孙𪩘云："末章只如此便住，更不著收语，盖总出之无意，必。"

姚际恒云："或字作十二叠，甚奇。末更无收结，尤奇。"

沈德潜云："《鸱鸮》诗连下十予字，《蓼莪》诗连下九我字，《北山》诗连下十二或字。情至，不觉音之繁、辞之复也。后昌黎《南山》用《北山》之体恶张大之，下五十馀或字。然情不深而侈其辞，只是汉赋体段。"

参考文献

[1]〔汉〕韩婴.《韩诗外传》[M].北京：北京古籍出版社，1957年版.

[2]〔唐〕孔颖达.《毛诗正义》[M].北京：中华书局，1980年版.

[3]〔唐〕陆玑.《毛诗草木鸟兽虫鱼疏》[M].北京：中华书局，1985年版.

[4]〔宋〕朱熹.《诗集传》[M].北京：中华书局，1958年版.

[5]〔宋〕朱熹.《诗序辨说》[M].上海：上海古籍出版社，2002年版.

[6]〔宋〕吕祖谦.《吕氏家塾读诗记》[M].台北：台湾商务印书馆，1983年版.

[7]〔宋〕严粲.《诗缉》[M].台北：台湾商务印书馆，1983年版.

[8]〔元〕许谦.《诗集传名物钞》[M].台北：台湾商务印书馆，1983年版.

[9]〔元〕谢枋得.《诗传注疏》[M].上海：上海古籍出版社，2002年版.

[10]〔元〕胡一桂.《诗集传附录纂疏》：[M].北京：北京师范大学出版社，2013年版.

[11]〔清〕王士禛.《池北偶谈》[M].北京：中华书局，1982年版.

[12]〔清〕方玉润.《诗经原始》[M].北京：中华书局，1958年版.

[13]〔清〕姚际恒.《诗经通论》[M].上海：上海古籍出版社，2002年版.

[14]〔清〕牟庭.《诗切》[M].济南：齐鲁书社，1983年版.

[15]〔清〕牟应震.《诗问》[M].上海：上海古籍出版社，2002年版.

[16]〔清〕陈奂.《诗毛氏传疏》：[M].北京：中国书店，1984年版.

[17]〔清〕马瑞辰《毛诗传笺通释》[M].北京：中华书局，2012年版.

[18]〔清〕王夫之.《诗广传》[M].北京：中华书局，1964年版.

[19]〔清〕顾炎武.《诗本音》[M].北京：中华书局，1982年版.

[20]谢无量.《诗经研究》[M].上海：上海商务印书馆，1923年版.

[21] 吴闿生.《诗义会通》[M].北京：中华书局，1959年版.

[22] 孙作云.《诗经与周代社会研究》[M].北京：中华书局，1966年版.

[23] 高亨.《诗经今注》[M].上海：上海古籍出版社，1980年版.

[24] 刘大白.《白屋说诗》[M].上海：开明书店，1935年版.

[25] 余冠英.《诗经选》[M].北京：人民文学出版社，1956年版.

[26] 朱东润.《诗三百篇探故》[M].上海：上海古籍出版社，1981年版.

[27] 陈子展.《诗经直解》[M].上海：复旦大学出版社1983年版.

[28] 程俊英，蒋见元.《诗经注析》[M].北京：中华书局，1991年版.

[29] 夏传才.《诗经研究史概要》：[M].台北：台湾万卷楼图书公司，1993年版.

[30] 刘毓庆.《雅颂新考》[M].太原：山西高校联合出版社，1996年版.

[31] 扬之水.《诗经名物新证》：[M].北京：北京古籍出版社，2000年版.

[32] 刘毓庆.《从经学到文学——明代诗经学史论》[M].北京：商务印书馆，2001年版.

[33] 刘毓庆.《历代诗经著述考》[M].北京：中华书局，2002年版.

[34] 林义光.《诗经通解》[M].上海：中西书局，2012年版.

[35] 闻一多.《匡斋尺牍》》[M].武汉：湖北人民出版社，1993年版.

[36] 闻一多.《风诗类抄乙》[M].武汉：湖北人民出版社，1993年版.

[37]〔日〕冈村繁.《毛诗正义注疏选笺》[M].上海：上海古籍出版社，2009年版.

[38]〔日〕家井真.《诗经原意研究》[M].南京：江苏人民出版社，2011年版.

[39] 王晓平.《日藏诗经古写本刻本汇编》[M].北京：中华书局，2016年版.

[40] 寇淑慧.《二十世纪诗经研究文献目录（1901—2000）》[M].北京：学苑出版社，2001年版.

[41] 马辉洪，寇淑慧.《中国香港、台湾地区：诗经研究文献目录（1950-2010）》[M].北京：学苑出版社，2012年版.

[42] 李华.孟子与汉代《诗经》学研究[D].山东师范大学，2011.

［43］邱奎."幽王变雅"七篇诗旨考论［D］.上海大学，2016.
［44］马志林.《诗经》"二雅"研究［D］.陕西师范大学，2016.

后　记

本书是国家社科基金重大招标项目《中日韩〈诗经〉百家汇纂》的系列成果之一，也是姚奠中国学基金项目"《诗经·小雅·北山》研究"的最终成果之一。在项目的完成过程中，几多辛苦，几多收获，而更多的还是感谢！

接到项目之后，我首先根据项目组提供的"中日韩三国《诗经》汇注目录"（共计 334 条）及相应的原始文献，辑录出与《北山》相关的部分，然后按《毛传》目次将原始文献分为"总说""句解""分章总说"和"集评"四部分，以条目的形式分类整理。"总说"部分辑录中日韩历代学者对于《东山》主题、作者、写作年代等各类问题的述评近 150 多条；"句解"部分辑录对本诗每一句（共计 30 句）的解释 1570 多条；"分章总说"部分辑录本诗每个段落（共计 6 个段落）意思的概括或分析 430 条以上；"集评"部分辑录本诗写作艺术方面的述评 90 条以上。在此基础上，为辑录的全部文献做校勘，加标点，并写出按语 46 处。

《诗经》汇纂项目，工程浩大，耗时费力，而且特别考验一个人的学识修养和耐心细心，具体实践过程中，遇到了诸如繁体字的转换、冷僻字的输入、"句解"部分的拆分、"总说"和"集评"部分的归属问题等等，需要反复揣摩、仔细斟酌。另外为原始文献标点断句也是一个浩大的工程，需要花费大量时间和精力反复查证。

虽然完成项目的过程中需要克服许多困难，但是每克服一个困难项目的进程就向前推进一步。面对中、日、韩，特别是中国古代历朝的经学大家，首先为他们的广征博引、见解独到所撼服，又被他们的精诚所感动，眼前的苦累化作神圣和崇高，有了无穷的动力。

本书付梓在即，借此机会，我要对那些帮助我完成项目的老师、领导、同仁和亲人表示衷心的感谢。

感谢本项目的首席专家刘毓庆老师，山大读研时承蒙教诲，每每交流都有一种如沐春风的感觉！感谢古代文学教研组的同仁，特别感谢李奉戬、宋东来、孙小梅老师，为我解决了很多疑惑和难题。感谢学院院长凌建英老师、张忠堂老师鼓励和支持。

感谢中国书籍出版社的编辑团队，他们以认真负责的态度，精湛高超的专业水平，勘误补缺，加工润色，为本书避免了诸多疏漏和失误。

感谢妻子的理解、支持和鼓励，使我能鼓起学术研究的信心和勇气。

由于时间和学识水平有限，本书疏漏和失误之处还有不少，望专家批评指正。